novum pro

Peter Jakkyl

SCHATTEN
des schwarzen LICHTS
Band 1

Seele und Cyberware

www.novumverlag.com

Bibliografische Information
der Deutschen Nationalbibliothek:

Die Deutsche Nationalbibliothek
verzeichnet diese Publikation in
der Deutschen Nationalbibliografie.
Detaillierte bibliografische Daten
sind im Internet über
http://www.d-nb.de abrufbar.

Alle Rechte der Verbreitung,
auch durch Film, Funk und Fernsehen,
fotomechanische Wiedergabe,
Tonträger, elektronische Datenträger
und auszugsweisen Nachdruck,
sind vorbehalten.

© 2016 novum Verlag

ISBN 978-3-99038-920-1
Lektorat: Katja Wetzel
Umschlaggestaltung, Layout & Satz:
novum Verlag

Gedruckt in der Europäischen Union
auf umweltfreundlichem, chlor- und
säurefrei gebleichtem Papier.

www.novumverlag.com

Warum immer auf den Boden werfen?

"Und wie zum Teufel soll ich hier was erkennen?" JC Denton lag auf dem Dach eines Hochhauses und spähte hinunter in eine Menge, die sich wie eine zähflüssige Masse über die Straßen bewegte. Er versuchte sich auf seinen Auftrag zu konzentrieren. Das schwarze Fadenkreuz des Zielfernrohres strich über die Menschen und Metamenschen. Er suchte nach der Person, die er ausschalten sollte. Der Auftrag lautete einen Mann, einen Menschen, der für einen Sicherheitskonzern arbeitete, den Kopf wegzublasen. Da ihn ein gewisser anderer nicht leiden konnte. Der „Gewisse andere", hatte genug Geld, um sich die Dienste eines Profis zu leisten. Wie, wann, wo, war dem Auftraggeber Mister Jonson vollkommen egal. JC hatte eine genaue Beschreibung des Mannes und mehr brauchte er nicht. Aber es war unmöglich die Zielperson zu erkennen. Überall flogen Luftschlangen und Konfetti durch die Luft, die seine Sicht zusehends erschwerten. Die Leute aller Rassen auf den Straßen waren eher hinderlich als hilfreich. JC war es ziemlich egal, wenn jemand vor seinem Ziel stand. Seine Waffe war stark genug, um das Projektil nicht einmal durch eine massive Wand von der Flugbahn ablenken zu lassen. Zu allem Überfluss begann es auch noch ziemlich stark zu regnen. Es blitzte. In dem kurzen Lichtblitz wirkte es, als ob JC gar keine Augen in den Höhlen hatte. Er hatte sich die Cyberaugen schwärzen lassen. Als es noch stärker zu regnen begann, entfalteten auf den Straßen die Leute ihre Regenschirme und jetzt war JC sprichwörtlich am Arsch. *"Verfluchter Scheißdreck. Und jetzt!? Warum ist den die gesamte Welt gegen mich? Ich bin doch nur ein bisschen kriminell."* JC spähte noch etwas umher, aber es war zwecklos. Er versuchte es dann auch mit der Thermalsicht. Doch die schimmernden Wärmesilhouetten, die sich durch die Regenschirme zeichneten, halfen ihm überhaupt nicht weiter. Der

Regen durchweichte JCs schulterlanges, schwarzes Haar und dicke Tropfen rannen ihm über die Stirn. Das schwarze Barrett 121 begann nun zu glänzen. Das mochte er gar nicht. Der Lauf glitzerte und das konnte für ein geübtes Auge seine Position verraten. Er hatte den Lauf zwar mit Imprägnierspray präpariert, aber Regen war eben Regen. Da half alles nichts. Die Imprägnierflüssigkeit wurde einfach weggeregnet. Der Waffe selbst machte das ganze Wasser überhaupt nichts aus. Sie hatte zusammen mit JC schon Schlimmeres durchgemacht. *„Verflucht. Ich werde mir was Besseres überlegen müssen."* Er klappte die Zweibein-Schützenhilfe, die unter dem Lauf befestigt war nach hinten und erhob sich langsam. JC zog das Kabel aus seiner Datenbuchse, das er mit dem Zielfernrohr verbunden hatte. Er hätte ja nur zu gerne die Schlagzeilen der Seattle News gesehen, wenn er geschossen hätte. Er schloss kurz die Augen und stellte sich die Zeilen vor.

‚Lonestar findet toten Körper auf Straße. Die Parade des wieder kandidierenden Bürgermeisters Montgomery Higgins verfällt ins Chaos. Die Behörden gehen von einem Scharfschützen aus. Die faustgroße Eintrittswunde der betreffenden Person ließ die Leute in Panik geraten. Die Austrittswunde hatte die Größe einer Wassermelone. Das Projektil konnte bis jetzt noch nicht geborgen werden, da es mindestens 10m tief im Asphalt steckt. Lonestar-Ballistiker vermuten ein Hochgeschwindigkeitsgeschoss.'

JC grinste in sich hinein. Die Projektile, die er für diesen Auftrag verwendete, waren 6 x 22 cm groß und durchschlugen einfach alles, was so dumm war, sich in den Weg zu stellen. Das Barrett Modell 121 feuerte mit doppelter Überschallgeschwindigkeit und nicht einmal eine gepanzerte Limousine war davor sicher. Er grinste noch etwas breiter. Doch das Lächeln erstreckte sich nicht auf seine kalten, emotionslosen Cyberaugen. Er war stolz auf seine Waffen- und Munitionssammlung. Vor allem hatte er für das Barett mehrere Munitionstypen zur Auswahl. Vollmantelgeschosse, panzerbrechend. Splittergeschosse. Dum-Dum-Geschosse. Geschosse, die beim Aufprall detonierten und noch so einiges Spielzeug. Zwar passten in das Magazin nur vier Schuss, aber das reichte ihm. Die größeren Magazine für zehn Schuss lagen bei ihm zu Hause auf dem Küchentisch. Aber man konnte eben nicht schießen, wenn man kein Ziel hat. JC warf einen kurzen Blick in den Himmel. Schwarze Wolken ließen keinen einzigen Stern durchblicken. Er fragte sich, ob er bei dieser Sintflut, die sich aus dem Himmel ergoss, eine Zigarette anzünden konnte. Tatsächlich schaffte er es. Nach zwei tiefen Zügen steckte er das Kabel in eine Innentasche seines bodenlangen, schwarzen Ledermantels, der im Wind schwer wehte. Die silbernen Zeichnungen an den Schultern erinnerten ihn jedes Mal aufs Neue an einen Horrorfilm. Er sah auf seine Stiefel. Die Hose hing über einem Paar Springerstiefel, 20 Loch hoch und an den Außenseiten glitzerten vier großen Schnallen. Er brauchte zwar ewig, bis er in den Dinger drinnen war, aber dafür hatten ihm die Stahlkappen schon einige Dienste geleistet. JC drehte sich zur Tür um, durch die er auf das Dach gekommen war. Die ihm aber im selben Moment entgegensprang und auf ihn zuflog. JC reagierte rasend schnell, um nicht von der Tür vom Dach gefegt zu werden. Er bewegte sich mindestens dreimal so schnell wie ein normaler Elf. Wie in Zeitlupe sprang er auf die Seite und rollte sich ab. Hinter einem hüfthohen Lüftungsverteiler ging er in Deckung. Das konnten nur die Cops sein. Diese Art, eine Tür zu öffnen, war ganz in ihrem Stil. Aber wie um Himmels willen wussten sie, dass er hier war? „JC Denton! Ich weiß, dass sie hier sind. Sie haben keine Chance zu entkommen. Wir sind in der Überzahl und ihr Fluchtweg ist versperrt." JC erkannte die Stimme, Sergeant Slow. Einer der „korrekteren" Bullen, die herum liefen. JC saß in der Falle. Er konnte keinen Blick über den Verteiler riskieren. Es hatten gewiss alle die Waffen im Anschlag und waren sicher bereit ihm den Kopf weg zu schießen. Aufs Sterben hatte er keine Lust. Aber wer hat das schon? „O.k! O.k Gibt's nicht eine Möglichkeit für mich hier rauszukommen ohne Knast?" Ein schallendes Gelächter kam als Antwort. *„Fragen kann man ja mal"*, dachte JC. „Nein, das glaube ich nicht, aber sie könnten ja mal einen Vorschlag machen!" JC grübelte „Ich könnte sie ... bestechen." *„Dieses blöde Lachen."* „Was haben Sie, was Sie glauben, das ich haben möchte?" „m... Geld!" Der Cop lachte erneut. JC nutzte die Zeit. Er beobachtete seine Umgebung. Auf die Straße springen kam nicht in Frage. Seine Sprungmotoren waren nicht stark genug, um einen Sprung aus dieser Höhe zu dämpfen. In dem gegenüberliegenden Gebäude schloss jemand die Vorhänge. Die Spiegelung des Daches war im Fenster gerade so zu erkennen. Das brachte ihn auf eine Idee. „Warten Sie. Geben Sie mir 2 Minuten Bedenkzeit." „Wofür?" „Zum Denken!" „Was wollen Sie in ihrer Situation schon groß bedenken?", raunte der Cop. „Tja. Ob ich mich ergebe oder gleich selbst erschieße." „Also gut, du sollst deine Minuten haben, Denton." JC blickte auf das Fenster gegenüber der anderen Straßenseite. In seinen Augen summte ein kleiner Motor. Das Fenster wurde viele Male vergrößert. Er sah seine eigene Position und dann die der anderen Cop's. Slow stand in der Mitte des Daches. Zu seiner Rechten waren drei weitere Bullen. Zwei hatten M4 Karabiner. Dann war da noch ein weiterer mit einem LAW-Raketenwerfer auf der Schulter. Links neben Slow waren noch zwei weitere Cops, sie standen in derselben Linie mit der Tür. Einer war bewaffnet mit einer P90. Der Andere hatte eine deutsche, taktische Sturm MP. *„Verfluchte Scheiße, das ist etwas zu viel Bewaffnung."* Doch da er die Knarren aller kannte und wusste wie sie funktionierten, entwarf er sofort einen Plan. JCs taktischer Computer errechnete in Millisekunden die Bewegungen, die die Cops machen könnten. „O.k. Ich glaub, ich werde mich nicht erschießen. Ich komm raus." Langsam streifte er das Barrett von der Schulter und nahm es mit der rechten Hand am Griff. Er hob es langsam in die Höhe. Dann stand er noch langsamer auf. Beide Hände in den sternenlosen Himmel gestreckt ging er auf Slow zu. „Das war aber jetzt sehr langsam. Kommen Sie her … das ist nahe genug, Denton. Lassen Sie das Gewehr auf den Boden fallen." „Nein", sagte JC eiskalt. „Was nein?" „Nein insofern, dass mir dann meine gesamte Zieleinrichtung verbogen wird. Ich werd's auf den Boden legen." „Na gut, aber keine hektischen Bewegungen." In JCs Blickfeld blendete er nun das rote Fadenkreuz seiner Smart Verbindung ein, verschiedene Entfernungsdaten erschienen. Er blickte auf Slow. Er war 2 Meter entfernt. Aber ihn interessierte mehr der Trottel mit dem Raketenwerfer, der war 8 Meter entfernt und zielte genau auf JC. JC ging in die Knie und berührte mit der Spitze seines Gewehrlaufes den Boden. Dann schaltete er die Reflexbooster wieder ein. Nun verschwamm alles in Zeitlupe. JC sprang nach vorne und im nächsten Moment schoss er genau in die Mündung des Raketenwerfers. Ein leises Zischen und das Projektil fegte durch die Luft und in die Mündung hinein. Die Rakete, die geladen war, explodierte in weißlichem Licht. Alle drei Stars, die in der Nähe standen, wurden durch die Luft geschleudert. Der Raketenschütze wurde sogar vom Dach geworfen, die anderen beiden fingen noch im Flug Feuer. Das konnte nur eine Phosphor-Rakete gewesen sein. JC duckte sich unter dem ausgestreckten Arm von Slow hindurch, dessen Hand nun eine Pistole enthielt, und rammte ihn nach vorne. Das Barrett ließ er fallen. Für einen weiteren Schuss musste er repetieren, dafür hatte er nicht die Zeit. Das dumpfe „Klonk", das der Stahl verursachte, als das Gewehr auf den Boden fiel, schmerzte in JC's Seele. Er mochte seine Waffe. Waren nicht alle Scharfschützen mit ihren Gewehren irgendwie … verheiratet? Slow war schon herumgedreht und JC packte ihn um den Hals. Er presste Slows Rücken an seine Brust und nutzte ihn als menschlicher Schutzschild. JC hatte plötzlich ein eigenartiges Gefühl, so als ob er nach hinten gedrückt wurde. JC kämpfte dagegen an, drückte sich selbst etwas nach vorne. Das Gefühl wurde stärker. Die beiden anderen Cop's hatten offenbar begriffen, was vorgefallen war. Etwas durchgeschüttelt wegen der Explosion eröffneten sie das Feuer. JC sah die Projektile auf sich zurasen und in die Panzerweste von Slow einschlagen. Er warf sich mit samt dem Bullen auf die Seite. JC fühlte ein Kribbeln in den Armen und Beinen. Selbst in seinem Kopf. Seltsamerweise im Bereich um seine Festplatte herum. Er griff im Flug nach seiner Ares Predator 3 und schoss zurück. Das Fadenkreuz bewegte sich auf die Stirn des einen Cop's und im nächsten Moment war da schon ein Loch. Der andere Cop blickte kurz zu seiner Rechten und das war ein Fehler. Im nächsten Moment brach ein weiteres von JC's Projektilen in seine Schläfe. Die Boltpatrone splitterte sich innerhalb seines Schädels auf und verarbeitete sein Gehirn zu Brei. Dann schlugen er und Slow auf dem Boden auf. Slow blinzelte und starrte JC genau ins Gesicht, der nun auf seiner Brust saß und die Waffe in dessen Mund gesteckt hatte. Slow blinzelte noch mal. „Verdammt noch mal. Was war das gerade für 'ne verfluchte Scheiße?", sagte JC mit eisiger Ruhe. „Mmbf … mmm …!" „Was?", grinste JC und fixierte Slow. Mit seinen Knien drückte er Slow's Ellenbogen auf den Boden. Er griff an sein linke Halfter, holte eine zweite Ares heraus und legte die Mündung unter Slow's Kinn. Langsam nahm er die Pistole, die er in der rechten Hand hielt, aus dem Mund des Bullen. „Sie dummes Arschloch!", fluchte und schrie Slow, während er in das blasse Gesicht von JC blickte. JC sah ihn nur an. Er hatte ein schräges Lächeln aufgesetzt, das den Cop anscheinend immer wütender machte, während der Regen auf das Gesicht des Bullen prasselte. „Och, warum so mürrisch? Machen wir es so, ich stelle Ihnen eine Frage, und wenn mir die Antwort gefällt, werden Sie vielleicht überleben." Aus JCs Pferdeschwanz hatten sich durch das Gefecht einige Strähnen gelöst. Das Wasser rann daran herunter und tropfte auf Slow's Stirn. „Also. Erste Frage: Wie viele Leute warten im Treppenhaus?" Slow öffnete den Mund. „50", sagte er knapp. Das konnte nicht stimmen. „Gut, das hat mir nicht gefallen und deshalb werden Sie sterben." „NEIN WARTEN SIE." „Wenn jetzt nicht etwas Informatives kommt, bist du tot, Sternchen. Sie sind mir im Weg." Slow starrte ihn nur böse an. JC war es jedoch egal, ob der Cop noch irgendwelche Infos hatte. JC war es egal, ob Slow noch eine Familie hatte. JC war alles egal. Dieser Lonestar-Bulle, der schon zweimal versucht hatte, ihn zu schnappen. Nun hatte JC die Gelegenheit ihn ein für alle Mal aus dem Weg zu räumen. Außerdem war er JC im Weg und er hielt ihn nur unnötig auf. So drückte er einfach ab. Mit einem lauten Knall verteilte sich Gehirn auf dem Dach. Es brach aus der Schädeldecke und zeichnete die Spuren des Einschusses. Auf den verzweifelten Ausdruck, der immer noch in den offenen Augen des Cops stand, achtete JC nicht. Er stand auf und blickte sich um. Er war doch normalerweise schneller und was war das für ein eigenartiges Kribbeln? So, als ob er aus seinem Körper herausgezogen würde. Vielleicht lag das an der neuen Software, die er sich auf seine Festplatte geladen hatte. Der taktische Computer half ihm die Bewegungen des Feindes voraus zu sehen. JC kümmerte sich jedoch im Moment nicht um dieses Gekribbel. Er schnappte sich sein Gewehr, hängte es sich wieder über seine Schulter und lud die Ares neu. Seine Zigarette schwamm nutzlos in einer Wasserpfütze herum. Er überlegte kurz, ob er sich eine Neue anzünden sollte, doch er entschied sich dagegen. Dann spurtete er los in Richtung Tür. Die zweite Ares war wieder in seinem linken Hüfthohlster. Wie eine Spezialeinheit näherte er sich dem Treppenhaus. JC ging schnell die Stufen hinunter. Im Treppenhaus, einige Stockwerke tiefer, waren Leute postiert. JC griff mit der linken Hand unter den langen Ledermantel und zog eine Granate hervor. Er hakte den Ring, an dem der Sicherungsstift befestigt war, an dem Halfter ein und zog kräftig. Das elendigliche Ding löste sich nur schwer. Er dachte kurz an die Kriegsfilme, die er gesehen hatte und musste schmunzeln. In den Filmen zogen die Soldaten den Splint immer mit den Zähnen heraus. Das Problem war, dass das nicht möglich war, denn man würde sich das Gebiss herausreißen. Er ließ den zweiten Sicherungssplint wegschnappen. Das helle „Klink" war im gesamten Treppenhaus zu hören. Unten im Treppenhaus schrie jemand: „Granate!" JC warf die Granate nach unten. Sie schlug auf eine Stufe, sprang schräg in die Höhe und explodierte. Binnen Sekunden breitete sich schwarzer Qualm aus. Die gesamte Sicht war buchstäblich vernebelt. JC rannte los. Er schaltete auf Thermalsicht und nahm nun von allem nur noch Thermoumrisse wahr. Er sprang die Stufen hinunter und erledigte einen Cop, der ihm gerade den Rücken zudrehte, durch einen Genickschuss. Er fiel nach vorne und auf zwei weitere Lonestar-Bullen, die ihn aufzufangen versuchten. JC sprang mithilfe seiner Sprungmotoren über die anderen Bullen hinweg, bremste ab und visierte die beiden an. Seine Mündung gab zwei weitere Projektile frei. Beide Cop's wurden im Kopf getroffen. Die Helme, die sie trugen, schützten sie in keinster Weise vor JCs Geschossen. Er kurvte eine weitere Etage hinunter. Siebter Stock. Er musste in den vierten. *„Verflucht. Wo ist der vierte? Na ja. Vermutlich weiter unten."*

Auf der Treppe erwarteten ihn drei weitere Cop's. Durch den Qualm hatten sie JC nicht bemerkt. Er feuerte erneut zweimal. Die Projektile trafen den Ersten mitten in sein Gesicht. Der zweite Schuss prallte von irgendetwas ab. JC hörte ein metallisches Geräusch, als der Querschläger sich auf eine andere Flugbahn machte. Die Lonestar's eröffneten das Feuer. Keiner konnte JC sehen, jedoch wurde die Wand am oberen Treppenende durchlöchert. Es blieb nicht viel Zeit, JC musste seinen Wagen erreichen, bevor die Verstärkung das gesamte Treppenhaus stürmte. Er blickte noch einmal schnell um die Ecke. Die Thermalumrisse der Cops waren schwächer als üblich. Beide hatten Stahlschilde. Lonestar hatte wohl eine Antiterroreinheit gerufen. Die Verstärkung war offensichtlich schon da. JC hatte nur eine Wahl. Er nahm das Barrett von der Schulter, repetierte und steckte das Kabel wieder ein. Dann zielte er mit der Waffe um die Ecke ohne seine Position zu verlassen. Das Bild des Zielfernrohres blendete er in einem kleinen Fenster am rechten oberen Rand seines Blickfeldes ein. Es zeigte ihm die Wärme der Polizisten. JC schaltete den Zoom auf die niedrigste Stufe und zielte auf den Körper des Bullen, der ihm am nächsten stand. JC drückte ab. Der Schuss hallte im Treppenhaus wider. Der Lichtblitz des Mündungsfeuers erhellte die Szenerie. Der Cop wurde von den Füßen gerissen. Das Projektil war durch die Stahlplatte geschlagen und auch durch die rückwärtige Wand gerast und dann irgendwo hin. JC repetierte und drückte erneut ab. Dem zweiten Cop erging es nicht anders. Auch er segelte ähnlich einer Marionette nach unten. JC lud wieder durch. Er hatte noch einen Schuss im Magazin des Scharfschützengewehrs. Warum und wann er den Schallunterdrücker vom Lauf genommen hatte, wusste er nicht. Er atmete ein und stand schnell auf. Die kurze Pause machte ihm jetzt erst bewusst, wie sehr der Rauch im Hals kratzte. Schreie drangen unten von der Straße herauf. Das Scharfschützengewehr wieder auf der Schulter, setzte er den Sprint in den vierten Stock fort. Im Magazin seiner Ares befanden sich noch drei Schuss, die er sofort in die nächsten Cops verfrachtete. Der Schlitten seiner Waffe sprang zurück und klinkte sich ein. Die schwere Körperpanzerung hatte diesem Bullen auch nichts gebracht. Der Rauch war nun nicht mehr so undurchdringlich dick. Endlich erreichte er das Stockwerk, in das er wollte. JC spurtete den langen Gang entlang und schaltete wieder auf normale Sicht. Während er lief, hielt er seine Waffe mit dem Lauf schräg in die Höhe. Das Magazin glitt heraus und er fing es auf. Schnell legte er ein Neues ein. So wie es eingerastet war, schnappte der Schlitten wieder nach vorne und die Waffe war wieder schussbereit. Er rannte bis zu einer Tür mit der Nummer 42 A und trat diese ein. Zumindest versuchte er es. Die Tür war anscheinend verstärkt. Er schoss auf das Schloss und warf sich dann noch einmal dagegen. Mit einem Krachen stolperte er in eine Küche und sah drei Menschen. Das letzte Mal war die Wohnung noch unbewohnt gewesen. Ein Mann, etwas kräftiger gebaut und mit einem Golfschläger bewaffnet, stand vor JC. Dahinter waren eine Frau mittleren Alters und ein kleiner Junge, der sich an, wahrscheinlich seine Mutter, klammerte. JC's taktischer Computer meldete, dass von dem Golfschläger-Mann eine gewisse Bedrohung ausging. „Halt, ich warne Sie! Wenn Sie meiner Familie etwas antun, werde ich Sie wie einen Golfball benutzen. Mein Handicap liegt bei 3." JC sagte das gar nichts, er war nicht gerade der Profigolfer schlechthin. Er hatte nur einmal gespielt und musste dann aber feststellen, dass er besser schießen konnte. Doch mit drei schweren Schritten durchquerte er den Raum. Aus JCs linker Hand schossen zwischen jedem Knöchel, Sporne heraus. Zentimeterlang, Kohlefaser, Teleskop und tödlich scharf. Mit einer Bewegung schlug er den Schläger in der Mitte durch. Die gesamte Familie wich an die Küchenkästen zurück, während die Stücke des Schlägers auf dem Teppich herumrollten. Der Vater hob aber dennoch die Fäuste. „Sie bekommen meine Familie nicht einmal über meiner Leiche." Er sprach ängstlich, aber bestimmt. Der Mann hatte Courage. „Hey, beruhigen Sie sich. Ich will nichts von Ihrer Familie, solange Sie mir nicht in die Quere kommen. Ich will nur ein Fenster benutzen." JC senkte die Stimme zu einem tiefen bedrohlichen, roboterähnlichen Ton. „Werden Sie mir in die Quere kommen?" Der Mann schluckte, schüttelte aber sofort den Kopf. „Gut", sagte er und griff in seine Hosentasche. JC holte einen Credstick heraus, den er auf den Tisch warf. „Ich entschuldige mich für die Tür, das dürfte auch für das Fenster reichen. Sie haben mich nie gesehen. Wenn doch, schneide ich Ihnen alles ab, was irgendwie von Nutzen sein könnte." Bei diesen Worten schwang JC die Sporne vor der Nase des Mannes hin und her. Dann ging er in einen, zum Schlafzimmer gewordenen Raum und schlug das Fenster ein. Er blickte hinunter auf die Straße. Das Gebäude gegenüber war gut 30 Meter entfernt. Er schoss auf ein anderes Fenster, stieg auf den Rahmen und stieß sich ab. Die Sprungmotoren in seinen Beinen erledigten den Rest. Er flog beinahe durch das zerbrochene Fenster einen Stock tiefer. Er rollte sich ab und rannte zur Eingangstür, öffnete sie, indem er sich dagegen warf, und spurtete das Treppenhaus hinunter. Bis zu einer Hintertür, die wiederum verschlossen war. *„Warum hatten die Menschen nur dieses blöde Bedürfnis alle Türen zu verschließen? Wenn jemand irgendwo rein will, ist es ihm doch vollkommen egal, ob die Tür verschlossen war oder nicht."* JC schoss wieder das Schloss auf und befand sich nun in der dunklen Gasse, in der sein Auto stand. Er öffnete die Tür, verstaute das Barrett unter der Rückbank und startete den Motor seines alten, klapprigen, zwei türigen Golfs. Der Motor erwachte noch klappriger zum Leben und er fuhr den Verkehrsregeln entsprechend die düstere von Laternen gesäumte Straße entlang.

Der Beginn eines neuen Lebens

„Liebling. Dass du uns verteidigt hast, ist … ist …" Sie setzte sich an den Küchentisch und nahm den Credstick in die Hand. „Wir wollten doch in eine Gegend, in der es weniger Kriminalität gibt und wir haben es wieder nicht geschafft. Ich denke, wir müssen wieder umziehen", meinte ihr Mann verzweifelt. Er setzte sich zu seiner Frau an den Tisch. „Liebling, du hast recht", begann sie. „Ich hab auch schon eine Idee. Wir werden morgen umziehen." „Aber Schatz, wir haben nicht die nötigen Nuyen. Ich bin nur Postbote." Sie nahm ihren Sohn auf den Schoß. „Liebling, ich werde den Vertrag kündigen, dann ziehen wir in die äußeren Distrikte von Seattle. Da, wo es sicher ist." „Aber Schatz, das Geld …" „Darüber brauchen wir uns in nächster Zeit keine Gedanken mehr zu machen. Mit der Kaution von der Wohnung und dem Credstick hier reicht es gerade für einen Umzug." Sie schob ihrem Gatten den Stick zu. Er nahm ihn in die Hand und drückte auf den Knopf für das Licht. Auf dem feuerzeuggroßen Ding leuchtete ein kleiner Bildschirm auf. Er war nicht verschlüsselt und für eine Abhebung bereit. Der kleine Junge jedoch war immer noch in Gedanken. Er dachte an den Mann, der Golf nicht leiden und durch die Luft fliegen konnte. Das wollte er auch irgendwann mal können. Er wusste, er war erst 5 und seine Schwester noch im Bauch seiner Mutter, aber er wusste immer schon sehr früh, was er wollte.

Starke Gefühle

JC war endlich zu Hause angekommen. Er wohnte in einem der äußeren Distrikte von Seattle in einem neunstöckigen Gebäude ohne Lift und zu allem Überfluss auch noch ganz oben. Er stieg aus seinem Auto. Die Sonne war schon aufgegangen. Er hatte ja noch etwas gewartet und war in der Gegend etwas herumgefahren. Schließlich verstaute JC mit wenigen Handgriffen das Barrett in einer schwarzen Sporttasche und versperrte das Auto. Der Regen war bis zum Morgen wieder stärker geworden. Dann machte er sich auf den Weg zur Haustür, während sich eine Sintflut auf Kopf und Schultern ergoss. Als er in seinen Taschen nach dem Schlüssel kramte, hörte er hinter sich eine vertraute Stimme. „Huhuu! Mister Denton! Hallo." Er drehte sich um und erblickte Miss Kolinski. Eine nette, alte Dame, die Mitte 90 war und nicht gerade etwas von Mode hielt, die zusammenpasste und dem Trend entsprach. Sie gurkte schräg wie eh und je durch die Gegend. Der Kofferraum ihres Wagens war geöffnet, sie nutzte ihn als Regenschirmersatz. Sie blickte ihn strahlend an. Zwei große Einkaufstüten standen im Kofferraum. Er schritt durch den Regen zu ihr hinüber. „Hallo, Miss Kolinski, wie oft soll ich Ihnen noch sagen, dass Sie mich ruhig JC nennen können?" Sie lächelte ihn an. „Und wie oft soll ich Ihnen sagen, dass Sie mich Doris nennen können?" Er erwiderte ihr Lächeln. „Mindestens so oft, wie ich Ihnen sagen werde, dass Sie mich JC nennen können. Aber das reicht, es würde sonst noch ewig so weitergehen." Beide brachen in Gelächter aus. Miss Kolinski hatte einen Narren an JC gefressen. Sie wusste, dass er alleine lebte und dass er 25 Jahre alt war. Was er beruflich machte, wusste sie auch. Er war Angestellter in einem Cybernetic Konzern und machte viele Überstunden, und was sie auch wusste, war, dass er nicht kochen konnte und nicht gerade der Ordentlichste war. Sie sah ihn als eine Art Sohn.

Wobei er auch ihr Enkel sein konnte. JC mochte die alte Dame. Er hatte ihr auch eine Riggerkontrolle einbauen lassen. Sie musste ihren Wagen nun nicht mehr selbst steuern. Er fuhr zwar langsam, aber er fuhr. Gerade richtig zum Einkaufen. „Brauchen Sie Hilfe?", fragte er, als er bei ihr war und die Tüten beäugte. „Oh. Das wäre nett. Ich habe mich schon gefragt, ob ich nicht bei Ihnen läuten sollte." „Ich wäre eh nicht da gewesen, aber ich helfe Ihnen gerne." Er hängte sich seine Tasche über die Schulter und nahm die zwei Einkaufstüten. Sie waren ungewöhnlich schwer. Dann schritten sie beide zur Haustür und sie öffnete ihm. Miss Kolinski arbeitete sich schließlich die Stufen empor. Sie bewahrte sich ihre Sportlichkeit. Nach einigen Rastpausen waren beide im neunten Stock angekommen und plötzlich klingelte der Komlink an JC's linkem Handgelenk. „Oha … ein Anruf. Da müssen wir uns aber beeilen", krächzte sie völlig außer Atem und eilte so schnell sie konnte den Gang entlang. Sie wohnte genau gegenüber von JC. Er grinste. Er fand es witzig, wenn die kleine Dame in Stress geriet. Da wurde sie immer so quirlig und schusselte nur noch herum. „He, he, he", sagte er freundlich. „Ich kann ja zurückrufen." Als sie den Schlüssel fand und ins Schloss gesteckt hatte, erstarb das Klingeln. „Oh nein. Jetzt haben Sie wegen mir einen Anruf verpasst." Sie öffnete die Tür. „Ist nicht schlimm." Beide traten ein und JC stellte die Einkäufe auf den Küchentisch. Dann ließ sie sich auf einen Stuhl fallen und wischte sich mit einem Taschentuch die Stirn. Das Einzige, was von ihr kam war ein „Uff". Er sah sich um. Ihre Wohnung war ordentlich aufgeräumt. Ganz anders als in JCs Wohnung. Sie lächelte plötzlich verschmitzt. „Aber vielleicht war das Miss Parker." JC grübelte in sich hinein. Phönix. Sie wollte er so schnell wie möglich zurückrufen. Die Deckerin der Superlative. Das Sicherheitssystem, das sie nicht hacken konnte, musste erst noch erfunden werden. Und selbst da würde sie einen Weg finden. Sie war noch dazu nett und sympathisch. Und Phönix sah zu all dem noch verdammt gut aus. Er mochte sie sehr gerne, etwas mehr als gerne. Er wollte eigentlich mit ihr zusammenleben. Aber er hatte da so seine Probleme. Noch dazu kam, dass sie wie er ein Elf war. JC jedoch hatte sich seine Ohren chirurgisch verändern lassen. Er sah nun aus wie ein Mensch und behauptete das auch. Selbst wenn es komisch klang, aber er verleugnete immer seine Abstammung. Vor jedem. Mit Ausnahme vielleicht vor Phönix. Ihr erzählte er eigentlich alles. JC half Miss Kolinski jetzt die Einkäufe in die Regale zu räumen, währenddessen schaltete er den Komlink ein und rief Phönix zurück. Es klingelte zwei Mal. „Ja. Hallo, JC hier, du hast mich angerufen?" „Ja. Ich hab was für dich. Hast du Zeit?" „Jap. Heute den ganzen Tag. Ich muss zwar noch ein wenig Programme für Cybernetics erstellen, aber ansonsten hab ich Zeit." Phönix wusste sofort, dass JC nicht alleine war und nicht unbedingt seine Identität in den Schatten preisgeben wollte. „Gut, dann … Hättest du was dagegen, wenn wir uns treffen?" „Nein, kein Problem. So gegen mittags?" „O.k., alles klar, ich fahr zu dir, O.k.?" „Ja, gut." „Gut, dann bis … zwei?" „Jap, bis zwei." Sie legte auf. Miss Kolinski grinste noch immer. „Was?", fragte er leicht lächelnd. „Miss Parker kommt bei Ihnen vorbei?" „Ja", sagte JC langsam. Sie grinste ihn noch breiter an. „Wissen Sie was, ich werde Ihnen etwas kochen und es dann rüberbringen." „Nein!" „Keine Widerrede. Sie gehen jetzt und ich komme dann vorbei, ist ja nicht weit." Sie bugsierte ihn mit sanfter Gewalt und immer noch grinsend in den Hausgang hinaus. Etwas verdutzt betrat er seine Wohnung. Das Licht der Sonne fiel durch das Fenster in der Küche und beleuchtete das Wohnzimmer. Nicht weit von der Eingangstür entfernt standen eine schwarze Couch und ein dazu passender Couchtisch. An der gegenüberliegenden Wand war eine Tür zum Schlafzimmer. Rechts daneben ein Rundbogen in die Küche. Er zog den Mantel aus und hängte ihn links neben dem Eingang an die Tür der Abstellkammer. Der Spiegel an der Schlafzimmertür zeigte ein Bild des Bades. Die Tür stand offen. An der Wand gegenüber der Couch war noch ein Zimmer, das JC als Arbeitszimmer oder besser Gerümpelkammer nutzte und das auch seine gesammelten Waffen beherbergte. Natürlich versteckt in einem Geheimfach in der Wand. Seine gesamte Wohnung war in Schwarz eingerichtet. Er mochte es gerne düster. Es war aufgeräumt. Miss Kolinski hatte einen Schlüssel. JC gab ihn ihr einmal wegen seiner

Pflanzen, die sie gießen sollte, als er wegen eines Auftrags einige Wochen nicht zu Hause war. Dann hatte sie behauptet, sie hätte ihn verloren. Seitdem räumte sie bei ihm auf und hielt seine Wohnung in Schuss. Ansonsten wäre er in Pizzaschachteln, Fast-Food-Kartons und Staub ertrunken. Zumindest hätte er aufräumen müssen, wenn Phönix kam. Auch eine der Sachen, die er nicht leiden konnte. Als Miss Kolinski letzte Woche nicht da gewesen war, gingen alle seine Pflanzen ein. Er hatte nicht gerade einen grünen Daumen. Jetzt war JC der stolze Besitzer eines Blumentopfs, in dem ein Gänseblümchen fröhlich vor sich hin wucherte und einen mit Moos. Wieder musste er an Phönix denken. Sie hatte ihm geraten, sich Topfpflanzen zu kaufen. Er verstaute seine Sporttasche mit dem Barrett 121 auf dem Schreibtisch in seinem Arbeitszimmer. Dann zündete er sich die nächste Zigarette an und ließ sich auf die Couch fallen. JC war beinahe ein Kettenraucher. Anstatt Geschirr hatte er Stangen seiner Zigarettenmarke in den Küchenregalen. Er wollte sein Scharfschützengewehr reinigen. Also quälte er sich hoch und schnappte sich erneut seine Sporttasche. JC legte die Teile auf den Couchtisch und begann sie sorgfältig zu putzen. Dabei blickte er hin und wieder auf den Fernseher. JC wollte wissen, was die Medien zu der Schießerei mit den Bullen sagte. Er zappte die Programme durch, bis er endlich die Nachrichten fand. Der Nachrichtensprecher, ein Troll, las gerade die Meldungen. Der Teleprompter wurde schon lange nicht mehr verwendet. Die Nachrichtensprecher besaßen ein internes Bildverbindungsimplantat. „Es wurde verlautbart, dass die neue Gesetzesregelung akzeptiert wurde. Der Abschnitt G-72A Z-2, besagt, dass sich alle mit einer Cyberware der Beta- und Deltaklasse in den Lonestar- Hauptquartieren zu registrieren haben." JC fragte sich, ob er sich registrieren lassen sollte. Er hatte Cyberware vom Feinsten. Alles, was er implantiert hatte, war ausschließlich Deltaware. Chrom war ihm immer noch am liebsten. „Diejenigen, welche für bestimmte Organisationen arbeiteten, wo Cyberware notwendig ist, können sich von der Firma aus registrieren lassen." JC hatte eine SIN. Der Name der falschen Identität darauf war Brian Warner.

Der Kerl war auch der, der in dem Cybernetic Konzern arbeitete. Vermeintlich. Brian könnte sich eine Registrierung verschaffen. Selbstverständlich unter der Hand. JC Denton war, nachdem er seine militärische Laufbahn beendet hatte, bei einem tragischen Autounfall ums Leben gekommen. Offiziell war er also nicht mehr am Leben. JC überlegte, ob er sich nur so zum Spaß registrieren lassen sollte. Er hatte genug Cyberware, um dafür vor einen Exekutionsausschuss zu kommen. Er lächelte und schruppte weiter an seinem Gewehr herum. Sein Lauf war vollkommen verdreckt. Die Überschallmunition schaffte das immer am schnellsten. „Zu den weiteren Meldungen. Seattle." Vermutlich kam jetzt die Schießerei. „Im Stryker Stadion wurden während einem Fußballspiel mehrere Bomben gezündet. Die Zahl der Opfer ist bis jetzt noch nicht bekannt." Bilder von qualmenden Überresten, die wohl aus einer Vektor-Hubmaschine gefilmt worden waren, wurden gezeigt. „Mittlerweile wurden 500 Leichen aus den Trümmern geborgen. Das Stryker Stadion fasste allerdings 1.000 Plätze. Die Wahrscheinlichkeit, dass jemand überlebt hat, ist gering. Die Bomben wurden an der tragenden Konstruktion des Stadions gezündet und bewirkten einen sofortigen Einsturz. Lonestar war nicht bereit der Presse Informationen zu geben. Nun werfen wir einen Blick auf die Wetterkarte." Das Bild wechselte auf seinen Co- Moderator, einen Ork. In all den Jahren entwickelte sich alles weiter. Nur der Stil der Medien war gleich geblieben. „Ja, es tut mir leid, liebe Sonnenanbeter. Der Regen wird noch bis morgen anhalten. In der Zwischenzeit wird die Straßenverwaltung sich darum kümmern, dass wir nicht ertrinken. In den nächsten Tagen wird sich der Regenetwas zurückziehen, aber in ungefähr einer Woche kommt er verstärkt zurück. Die Temperaturen liegen in den nächsten Tagen zwischen 10 und 15 Grad. Ein kleiner Tipp noch. Zieht euch warm an und schnappt euch ein Boot. Es ist nicht zu fassen. Der Winter scheint einige Monate zu früh zu kommen, so wie er uns mit dem ganzen Regen begrüßt und jetzt zum Sport." Das Bild wechselte wieder. Die Sportmeldungen wurden von einer Frau kommentiert. Eine Orkdame, sie gehörte nicht gerade zu der hässlichsten Sorte. „Die

X Fighters werden in Madrid in Spanien auftreten und das Stadion ist jetzt schon ausverkauft." Sie grinste und man konnte deutlich ihre Hauer sehen. „Karten sind nun unmöglich zu bekommen und jetzt zum Kampfsport." Bei diesen Worten leuchteten ihre Augen auf. Der Kampf lag in der Natur der Orks und der Trolle. „Die Weltmeisterschaften im Bereich des gemischten, waffenlosen Kampfes liegen ganz im Zeichen der Cyberware. Ki-Adepten, die sonst immer die Kämpfe bestritten haben, wurden schon in den ersten Runden auf die hintersten Plätze zurückgestuft. Der orkische Favorit Brian Gorin aus Glasgow Schottland, legte eine Spitzenzeit hin. Indem er seinen Gegner Max Ramirres, einen Elf aus Spanien, in drei Sekunden aus dem Ring warf." JC grinste böse. Das geschah diesen verfluchten Ki-Adeptärschen gerade recht. *„Verfluchte Wichser, puschen sich mit Magie hoch und meinen auch noch, das ist besser als Cyberware."* Die Magie war zwar für den Körper besser, aber dafür hatten sie mehr Nachteile, als gut für sie war. JC schaltete auf einen anderen Sender. Es lief ein Film, den er schon mindestens hunderte Male gesehen hatte. Ein Oldie. „Romeo must Die." Mit Jet Li. Der hatte mittlerweile ins Gras gebissen. JC war mit der Reinigung seiner Waffe fertig geworden. Gerade als Romeo mit seinem Gegner den letzten Kampf bestritt, klingelte es an der Tür. Er ging zum kleinen Bildschirm über dem Türöffner und drückte auf den Sprechen-Knopf. „Wer?" „Hallo JC." Er erkannte auf dem Bildschirm nur die Straße gegenüber. „Hey. Ich komm gleich runter." Er schaltete seinen Fernseher auf stumm, warf die Fernsteuerung auf die Couch und verließ die Wohnung. Er spurtete mitHilfe seiner Reflexbooster die Treppe hinunter. Unten angekommen, öffnete er Phönix die Haustür und sie rollte herein. Sie sah wieder verboten hübsch aus. Sie war nicht wirklich in viele Farben gekleidet. Sie mochte es auch gerne schwarz. Nur ihre Haare waren blau, ein kräftiges, knalliges Blau. „Hallo, darf ich bitten?", fragte JC. Phönix hob die Arme. Er klappte die rechte Seitenlehne hinunter und schob eine Hand unter ihre Oberschenkel. Mit der anderen stützte er ihren Rücken. Sie legte die Arme um seinen Hals und er hob sie ohne Anstrengung aus dem Rollstuhl. Mit hilfe der Kraftverstärker trug er sie die Treppen hinauf bis zu seiner Wohnungstür. Er blieb davor stehen. „Mist." Er fluchte schon wieder. „Was ... hast du etwa den Schlüssel drinnen?" „Nein ... in meiner Tasche. Linke Hintertasche ... Hose, könntest du ...?" Sie nickte und beugte sich nach hinten. JC spürte ihre Hand in der Tasche nach dem Schlüssel suchen. Er starrte auf die Tür. Sie hatte den Schlüssel gefunden. Schade, eigentlich etwas zu früh. JC ging in die Knie und Phönix sperrte auf. Er setzte sie auf die Couch, rannte ins Erdgeschoss und holte den Rollstuhl. Er stellte ihn neben die Couch und sie setzte sich hinein. Es läutete wieder. Diesmal an seiner Wohnungstür. JC schaltete auf Thermalsicht und erkannte die kleinen Wärmeumrisse von Miss Kolinski. Sie hielt etwas in den Händen, das sehr viel Wärme abstrahlte. Bevor JC öffnete, warf er den langen Mantel, der in der Garderobe vor sich hin tropfte, über die Einzelteile seines Gewehrs. Er öffnete die Tür und wieder auf Normalsicht geschaltet, lächelte er Miss Kolinski ins Gesicht. Sie drückte ihm eine kleine Glaswanne in die Hände, beugte sich an ihm vorbei und winkte Phönix. „Huhu, Miss Parker. Lassen Sie es sich schmöcken. Selbst gemachte Lasagne." Dann drehte sie sich schwungvoll auf dem Absatz herum und verschwand mit einem zweideutigen Blick zu JC in ihrer Wohnung. JC ging zu Phönix und stellte die Lasagne auf den Couchtisch. Sein Barrett schob er mit samt dem Mantel auf die Seite. Er brauchte nicht einmal fünf Sekunden, um die frisch geölte Waffe wieder zusammen zu setzen. Phönix wirkte gespannt, was JC zum Trinken auftischte. Es war Wasser. Er holt auch seine einzigen zwei Teller aus dem Geschirrspüler und setzte sich neben Phönix. Sie hatte sich dann doch für die Couch entschieden. „Also." Sie begann ohne Umschweife. „Ich hab mal etwas herumgeforscht nach deinem Anruf wegen der Dachschießerei mit den Stars. Ich hab rausgefunden, wer dich verraten hat. Es war Hodges." JC, wieder mit einer Zigarette im Mund, blickte auf den NanoTec-Bildschirm seines Fernsehers. Der Film war zu Ende und es lief Werbung. „Verdammt, ich wusste doch, dass er ein Arschloch ist! Ich glaube, ich muss ihn umlegen. Der versucht jetzt sicher mich auszuschalten. Wetten, er ist untergetaucht. Feige, dreckige, Ratte."

„Zweiteres, vermute ich", meinte Phönix. „Ich vermute beides", sagte JC. „Kohle hat er ja. Der setzt sicher ein paar Killer auf mich an. Glaub nicht, dass er wirklich denkt, dass mich die Cops erledigt haben." Den restlichen Tag verbrachten sie mit Fachsimpeln darüber, wen Hodges wohl anheuern würde, um JC zu töten. Darüber wurde es auch schon Abend. Miss Kolinski kam noch mal mit Spaghetti Carbonara vorbei und dann war es 01:00 am nachts. JC, der schon seit Langem nicht mehr geschlafen hatte, war ziemlich müde. JC bot Phönix an, sie nach Hause zu fahren. Er betonte aber auch, dass sie gerne hier schlafen konnte. Er würde auf der Couch pennen. Sie hatten schon oft im selben Bett übernachtet. Aber waren sich noch nie nähergekommen. „Ich werde nur noch schnell das Bett überziehen", sagte JC, als sich Phönix für die zweite Option entschieden hatte. Er begab sich ins Schlafzimmer und Phönix rollte ins Bad. Dann begann JC mit dem Bettlaken zu kämpfen, wobei er fürchterlich scheiterte. Nach einigen Minuten war er schon dabei, die Laken mit den Handspornen zu zerfetzen. Aber schließlich schaffte er es endlich. Mit einigen Flüchen und Beschimpfungen, wer den Scheiß denn erfunden habe und dass er die Laken kaltmachen würde, schaffte er es doch, das Bett richtig zu überziehen. Mit einem Kissenbezug auf dem Kopf erblickte er Phönix. Die unter dem Türstock war. Er machte einen Schritt auf sie zu, stolperte über ein Kopfpolster, den er vergessen hatte. Im letzten Moment schlug er sich mit beiden Spornen in den Türrahmen. Der Kissenbezug war nun auf Phönix gefallen. Sie zog ihn herunter. So zerzaust sah sie wirklich sexy aus. Ihre knallblauen, halblangen Haare standen kreuz und quer herum. Ihre Gesichter waren sich sehr nahe. Nur Zentimeter voneinander entfernt. *„Das ist der richtige Moment. Küss sie doch, du verdammtes Arschloch." „Du darfst mich küssen, wenn du willst." „Was denkt sie? Was ist, wenn ich sie jetzt küsse? Vielleicht hasst sie mich." „Er wird es nicht tun."* Beide gingen auseinander. Phönix rollte etwas zurück und JC stellte sich auf. Er zog die Sporne mit einem Ruck aus dem Rahmen und Phönix rollte in das Zimmer. JC entsorgte die Bettwäsche mit einigen Fußtritten in der Rumpelkammer und ging dann ins Bad. Phönix hatte geduscht. JC schloss die Augen und atmete ihren Duft ein. Er warf sich auch unter die Dusche, rauchte nachher noch eine Zigarette und zog sich um. Er betrachtete seinen Oberkörper im Badspiegel. Er war muskulös gebaut. Schwach zeichneten sich die gerippten Schläuche seiner Kunstmuskeln unter der Haut ab. Er hatte zwei verblasste Schusswunden über dem Herzen und noch drei große Narben rechts daneben. Die stammten noch von seiner Zeit als Militär. Als er von einer Chimäre angefallen wurde. Die hatte ihn übel zugerichtet. JC musste sich nach diesem Kampf einen neuen Arm anschrauben lassen. Aber mit der heutigen Medizin ... Die Narben hatte er behalten, sie gefielen ihm. Die anderen kleineren, schwachen Schnitte ignorierte er schon länger. *„So schlecht schau ich doch gar nicht aus. Oder?"* Mit einer schwarzen Trainingshose bekleidet, betrat er das Schlafzimmer. Vorher hatte er noch Tasche und Waffe in der Geheimwand verstaut. Es kam ihm doch etwas komisch vor, das Barrett 121 mit Zweibein auf dem Couchtisch zu haben. Die beiden Ares, frisch durchgeladen und schussbereit, hatte er in den Händen. „Du brauchst nicht auf der harten Couch schlafen. Du bist sympathischer ohne Kreuzschmerzen." „Sicher?" „Ja. Sicher." Sie lag schon im Bett und war unter die Decke gekrochen. Phönix trug ein Trägertop in Weiß. Ihre Brüste waren nicht zu groß und nicht zu klein. Sie waren in JC's Augen einfach perfekt. Plötzlich wurde ihm bewusst, dass er sie anstarrte. Er legte sich ebenfalls in das Bett und begann seine Waffen zu reinigen. Naja, er reinigte sie nicht wirklich. Phönix las ein Buch. *„Er findet mich nicht attraktiv. Er steht sicher auf blonde Tussis, die nichts in der Rübe haben."* Sie las gar nicht wirklich. *„Sie denkt ich bin zu blöd für sie. Ich weiß, ich hab nicht so viel Grips wie sie und sie ist mir weit überlegen, aber, verdammt, ich hab mich in sie verliebt. Ich hab doch nie eine Chance. Phönix braucht jemanden, der intellektuell ist und nicht einen Street Sam, der nur ballern im Hirn hat."* „Was mach ich falsch? Ist es, weil ich im Rollstuhl sitze? Ist inoperabel, ich kann's nicht ändern. Es liegt an mir." „Es liegt an mir."

JC hatte die Waffen gereinigt und legte eine unter das Kopfkissen und die andere auf den Nachttisch, den er mit Klebeband geflickt hatte. Daran war der Wecker schuld, der zerschlagen in der Küche stand. Zu dieser Zeit hatte er sich gerade die Kraftverstärker implantieren lassen, er hatte sich erst noch an seine übermäßige Stärke gewöhnen müssen. JC lag in der Nähe der Tür. Dann löschte er das Licht und sie lagen im Dunkeln. Beide starrten an die Decke.

„*Soll ich zu ihr hinübergreifen? Nein, oder? Ich könnte sie nur umarmen. Muss ja nichts passieren. Wobei ... Arsch, denk doch nicht mit deinem Schwanz!*"

„*Ich könnte ihn umarmen. Oder bitten, mich zu umarmen, nein, dann denkt er ich bin nur auf Sex aus. Ich will nicht, dass er denkt, ich bin so eine für eine Nacht.*"

„*Ich will nicht mit ihr schlafen. Ich möchte sie ja nur festhalten. Nein, dann denkt sie ich will sie nur für eine Nacht und das war's. Ich könnte doch einfach fragen, ob ich sie halten kann.*"

„*Bitte frag mich, ob du mich halten kannst. Ich bräuchte jetzt eine Umarmung. Nur eine Umarmung. Nur eine ...*"

Aber nach ewigem Hin- und Hergegrüble schliefen sie schließlich ein.

JC erwachte, Adrenalin durchflutete seinen Körper. Die Geräuschverstärker waren voll aufgedreht. Er hatte etwas gehört. In der Küche war jemand. Er hörte genau hin. Weiche Schuhe. 1,60 m ungefähr. Nach dem Rascheln seiner Kleidung zu urteilen, leichte Bewaffnung. 9 mm vermutlich. Er erhob sich leise und griff nach der Waffe unter dem Kopfkissen. JC entsicherte die Ares Predator 3. Er spürte einen leichten Druck auf seiner Schulter. Er hatte die Lichtverstärker eingeschaltet und alles war nun in Schwarz-Weiß getaucht. Er blickte Phönix an. Er ruckte mit dem Kopf in Richtung zur Tür und deutete auf seine Waffe. Das Licht, das von der Straße durch das Schlafzimmerfenster fiel, durfte gerade genug sein, dass Phönix seine Gesten verstanden hatte. JC schlich sich zur Tür und öffnete sie leise einen Spaltbreit. Er schlüpfte hindurch. Der Typ hatte offensichtlich nicht die Haustür benutzt. Er war durch das Küchenfenster hereingekommen. Das schloss JC aus dem leichten Windhauch. Der Logik halber hätte er sich vom Dach abgeseilt. JC hatte es seit Neuestem mit Dächern. Der Einbrecher trug etwas sehr Schweres. Durch die schwarz gestrichenen Wände seiner Wohnung war JC kaum zu sehen. Er drückte sich mit dem Rücken an die Wand und hob die Waffe im Anschlag. Der Einbrecher trug eine Tasche in das Wohnzimmer und stellte sie vor dem Couchtisch ab. Dann öffnete er den Reißverschluss langsam und leise. Das reichte JC. Er schlich nach vorne und drückte dem schwarz Gekleideten die Waffe an den Hinterkopf. „So, Kleiner, das reicht." JC war sicher 20 cm größer als der Einbrecher. 1,80 m, um genau zu sein. Der Einbrecher hob langsam beide Hände. JC griff mit seiner freien, linken Hand nach der Waffe des Einbrechers. Eine 7 mm Walther PPK2. Eine leichte Waffe mit Schalldämpfer. „Sonst irgendwelche Waffen?" Der Einbrecher schüttelte den Kopf. „Gut." Nun hatte JC noch eine Waffe, die er verkaufen konnte. „Aufstehen, langsam, keine schnellen Bewegungen" JC ging außer Arm- und Beinreichweite. Man konnte ja nie wissen, ob der Typ irgendwelche Kampfsportarten beherrschte. Der Einbrecher stand langsam auf und ließ die Hände in der Luft. „Umdrehen!" Das tat der Einbrecher schließlich auch. „Phönix. Hab ihn", sagte JC halblaut, wobei er den Einbrecher nicht eine Sekunde aus den Augen ließ. Phönix öffnete die Schlafzimmertür und rollte heraus. JC sah aus den Augenwinkeln, das Phönix eine 9 mm Glock in der Hand hielt. Die P80 machte nicht ganz so große Löcher wie JC's Ares Predator 3, die Glock durchschlug auch keine Körperpanzerung und zerfetzte bei einem Treffer einem Gegner auch nicht den Kopf, aber die hatte 12 Schuss und war eigentlich zur Verteidigung und eher Mann stoppend. „So. Ausrüstung ablegen und zwar langsam. Dann wirst du dich ausziehen. Bis auf deine Unterwäsche." Der Einbrecher begann nun langsam, seinen Gürtel abzulegen und ließ ihn auf den Boden fallen. „Hey, JC, ich schalte das Licht ein. Ich will sein Gesicht sehen." „Da gibt's nicht viel zu sehen. Er trägt eine Maske." Dennoch knipste Phönix das Licht an. JC's Augen wurden nur für einen Bruchteil einer Millisekunde schwarz die Blitzkompensatoren schützten ihn vor Blendgranaten und abruptem Lichtwechsel. Es funktionierte auch umgekehrt von hell auf dunkel. Der Einbrecher wirkte auch nicht so, als ob ihm der Lichtwechsel etwas ausmachte. Er hatte offensichtlich auch Kompensatoren. „Maske runter!", befahl JC. Der Einbrecher schüttelte den Kopf. „O.k. Ich sage das nur einmal. Ich werde eine Forderung stellen und du wirst sie ausführen und selbst wenn ich sage, dass du auf einem Bein herumspringen sollst, wirst du das machen. Andernfalls ... weißt du, was das für eine Waffe ist?" Er hob seine Ares und der Einbrecher nickte. „Gut, dann weißt du auch, was passiert, wenn ich dir in dein Bein schieße?" Der Einbrecher nickte erneut. „Gut. Maske runter" Der Einbrecher gehorchte. Er fasste langsam an seinen Hals und zog die Maske herunter. Der Stoff sah aus wie der eines Taucheranzugs. Das Neopren machte große, runde Falten. Dann war das Gesicht zu sehen. Es war eine Einbrecherin, eine japanische oder chinesische. JC konnte das einfach nicht unterscheiden. Er wusste nur, dass es bei Japanern Sushi gab und bei Chinesen nicht. Sie wirkte etwas angespannt. „Also bitte, ich möchte nicht sexistisch sein, aber ich will nur sichergehen, dass das hier keine Kamikaze-Aktion ist oder du sonst noch irgendwelche Waffen an dir hast. Runter mit den Fetzen" Also begann sie sich langsam aus ihrem Anzug zu schälen. Er sah wirklich aus wie ein Taucheranzug. Nach einiger Schälerei stand sie in BH und Slip vor den beiden. „Ähm. Phönix, sei doch bitte so lieb und bring mir ein großes Handtuch aus dem Bad und dich bitte ich um eine langsame Drehung um deine eigene Achse." Sie drehte sich langsam um. JC überprüfte ihre Haut und versuchte zu sehen, ob sie irgendwelche Implantate hatte, die man sehen konnte. Aber bis auf eine Datenbuchse über ihrer Schläfe war nichts zu erkennen. „Hier, bitteschön" Phönix gab JC das Badetuch und er warf es der Japanerin oder Chinesin zu. Sie band es oberhalb ihres Dekolletés zusammen. Sie war nun wieder in Schwarz gekleidet. Sie sah aus, als ob sie einen Kimono trug. „Damit du dich nicht mehr erkälten kannst. Das kann in einer tödlichen Lungenentzündung enden. So. Ich werde dir jetzt einige Fragen stellen, du weißt, wie das Spiel geht." JC schaltete nun seine interne Kamera ein und aktivierte sein Aufnahmemikrofon unter seiner linken Schläfe. Über seiner Retinauhr blendete sich ein zweiter Timer ein. Daneben stand REC. „Also. Fangen wir ganz einfach an." Er steckte die Ares 3 hinten in den

Bund seiner Hose. Jetzt bedrohte JC die Einbrecherin mit ihrer eigenen Waffe. Er nahm eine Zigarette aus der Schachtel, die ihm Phönix reichte. „Wie ist dein Nachname?" Sie antwortete mit einer leisen Stimme und mit einem leicht japanischen Akzent. „Mein Name ist Mico." „Bist du Japanerin oder Chinesin?" „Japanerin." „Arbeitest du für den Fuji-Konzern?" „Nein." „Für wen dann?" Sie antwortete nicht. JC schoss ihr mit ihrer eigenen Waffe in das linke Schienbein. Sie brach auf der Stelle zusammen und verkniff sich einen Schmerzensschrei. Sie saß auf dem Boden und drückte mit beiden Händen auf ihre Wunde. Eine Schmerzensträne rann über ihre Wange. „Für wen arbeitest du?", fragte JC eiskalt. „Ich arbeite für die ..." „Jaaa", sagte JC und hob ihre Waffe. „Bin-So-Tschiao." „Sagt mir jetzt gar nichts. Aber egal. Gut, war ja gar nicht so schwer. Ich stelle ja keine so schweren Fragen oder?" Sie blickte JC hasserfüllt an. „Das war eine Frage" Er hob erneut die Waffe in der linken Hand und zielte auf ihre Schulter. Ihre Augen weiteten sich. „NEIN! Nein! Nein! Das tun Sie nicht." „Danke." Er ließ die Waffe wieder sinken. „Also, hat Sie jemand Spezielles auf den Auftrag angesetzt? Bin-So-Tschiao kenn ich nicht. Das geht doch nicht direkt von dem Konzern aus?" „Ich ..." Sie presste die Lippen zusammen. JC schoss ihr, ohne auch nur mit der Wimper zu zucken, in die Schulter. Diesmal konnte sie ihren Schrei nicht unterdrücken. „Schrei so laut, wie du kannst, diese Wohnung ist schalldicht." Phönix rollte näher. „Wenn ich du wäre, würde ich seine Fragen beantworten." JC lächelte böse und genugtuerisch. Das Mädchen war eingeknickt, zur Wand zurückgewichen und presste ihr verletztes Bein an ihre Brust. „Sie ... s...sind ein sadistischer Dreckskerl. Das machen Sie nur, weil ich eine Frau bin." Phönix erhob wieder die Stimme. „Das stimmt so nicht ganz, wenn du ein Mann wärst, dann würde es dir viel schlechter ergehen. Ein Mann hat viel mehr, das man abschneiden kann und auch eine niedrigere Schmerzgrenze als eine Frau." „He, schau mir in die Augen. Wenn ich sexistisch wäre, würde ich dich ganz anders foltern. Das kannst du mir glauben. Aber wenn dir eine andere Folter lieber wäre, ich kenn da einen ganz netten Ork, das kannst du mir auch glauben. Also weiter. Was ist in der Tasche?" Sie schluchzte noch einmal, aber als JC nicht die Waffe hob, sondern einen Knopf auf dem Komlink drückte, sagte sie schnell. „C12, C12 … 5 kg C12 Sprengstoff. Ich hatte den Auftrag, die gesamte Etage in die Luft zu sprengen. Ich wurde beauftragt von einem Typen, der sich den Decknamen Hodges gab. Ich weiß seinen richtigen Namen nicht. Ich hab auch seine Nummer nicht, er kontaktiert mich. Ich hab ihn auch noch nie gesehen, ich hole die Aufträge aus einem Schließfach am Flughafen ab. Die Nummer … die Nummer … die Nummer ist 07-B. Das ist die Wahrheit. Bitte glauben Sie mir." JC blickte unverwandt auf die Einbrecherin. „Weißt du, ich spiele gerade mit dem Gedanken, dir einen Freiflug zu schenken." „JC." Die Stimme von Phönix war aufgebracht. „Was?", fragte er schroff. „Sie hat alles gesagt, was du wolltest. Lass sie gehen." JC lachte leise. „Gehen? Ihr Bein ist so eindeutig am Arsch. He. Die kann nicht auch nur einen Schritt laufen." „Lass sie, ich bitte dich. Besorg ihr ein Taxi." Er seufzte. „Pass doch bitte kurz auf." Er ging in das Bad und kam kurze Zeit später wieder heraus. In den Händen hielt er einen Verbandskasten. „O.k. Du kannst dir nicht vorstellen, was du für ein Glück hast, dass Phönix hier ist. Ich werde dich jetzt verarzten. Keine Panik, ich weiß, wie das geht, ich war Sani im Krieg. Du warst kooperativ, ich lass dich gehen. Versuch schnell einen Arzt zu finden, sonst bist du sowieso bald Guhlfutter." Er beugte sich zu ihr hinunter. „Wir machen 'nen Deal, O.k?" Er legte den Verbandskasten auf den Boden. Dann ließ er an beiden Händen die Sporne heraus schnellen. Das leise „Zing" erschreckte die Japanerin und sie zuckte zusammen. JC war nun etwas gereizt. „Deal, ich werde dich verarzten, ich werde dich gehen lassen, von mir aus rufe ich dir auch ein Taxi. Ich werde dir deine Waffe allerdings nicht zurückgeben. Ich lass dich gehen, wenn du schwörst, Phönix nichts anzutun. Du schuldest ihr dein Leben. Solltest du den Schwur brechen, werde ich dich jagen, finden, foltern und hinrichten, auf die grausamste, sadistischste und von mir aus auch sexistischste Weise, die meinen Ork- und Troll-Freunden und mir einfällt. Hast du mich verstanden?" JC zischte zum Schluss beinahe. Ihre Antwort war ein zittriges „Ja."

Daraufhin begann er ihre Wunden zu verbinden. Er spritzte ihr noch ein Schmerzmittel. „JC, wie wäre es mit etwas zum Anziehen", sagte Phönix. JC seufzte und holte aus seinem Kleiderschrank einige Sachen heraus, die er um nichts in der Welt noch trug. Er hob sie nicht gerade behutsam auf die Couch und zog sie an. Er schlug noch die Ärmel und Hosenbeine um und stellte ihr ein Glas Wasser und einen gefüllten Krug hin, wie ihm Phönix geraten hatte. Sie hatte sich inzwischen an die Tasche gemacht und den Zünder entfernt. Das C12 legte sie neben den Fernseher. Die Ausrüstung der Einbrecherin legte sie ebenfalls dazu. „Ähm. Ist dein Vorname Mico?", fragte JC erneut, nachdem sie das Glas ausgetrunken hatte und er ihr nachgeschenkt hatte. Wieder kam ein leises, zittriges „Ja." Obwohl er der Meinung war, dass alle Japanerinnen den gleichen Vornamen hatten und alle gleich aussahen. „Gut, ich hab dir ein Taxi gerufen. Es ist in einer halben Stunde da." Draußen war es mittlerweile hell geworden. JC gab ihr etwas Geld und half ihr das Treppenhaus hinunter. Er verfrachtete sie grob in das Taxi und kehrte wieder in die Wohnung zurück. Phönix hatte inzwischen Kaffee gemacht. Das war JC's zweite Droge. Er bedankte sich für den Kaffee und setzte sich auf den Küchentisch, wie es seine Gewohnheit war. JC blickte hinunter auf Phönix. Er sprang sofort wieder auf und setzte sich auf den Stuhl, der ihr gegenüberstand. „Das wäre kein Problem gewesen, wenn du auf dem Tisch lieber sitzt, dann …" „Nein, nein, man sollte ja nicht auf dem Tisch sitzen, aber was haben wir jetzt vor?" Phönix rollte etwas näher auf JC zu. Sie sagte: „Ich glaube, wir müssen hier raus. Mico hatte zwar geschworen, aber sicher kann man nie sein." JC nickte. „Stimmt, ich hab auch schon einen Plan. Wir brauchen Dragonfist. Der ist ein guter Freund und ich kenne ihn schon eine Ewigkeit, ich kann mich auf ihn verlassen. Er war mit mir beim Militär, er war im selben Spezialkommando." „Wo treffen wir ihn?", fragte Phönix. „Nachdem ich das Blut aus dem Teppich geschruppt habe, im Die-4. Ich ruf ihn unterwegs an, komm."

Ein alter Partner

„Verdammt, Alter, schieß endlich!" „Ich kann nicht, hab keinen Zielwinkel." „Verdammt, nimm den Arsch doch endlich auseinander!" „Hilf ihm doch endlich! Bring das Schwein endlich um!" „Ich hab keine Munition mehr." „Ich kann ihn nicht richtig erkennen, könnte den Falschen treffen." „Dann renn hin, du verdammtes Arschloch, beweg dich endlich und schlitz ihm den Arsch auf!" „Ich bin ja schon unterwegs!" „Lauf!!!" „Nein, nicht da lang!! Nach rechts." „Was?!!! Er hat mir gesagt dass ich hi…" „Nein, Scheiße!" „AHHH!!!! Meine Beine AHHH ich … AHHH!" „He, bleib liegen, ich versuch dir zu helfen, du musst mir sagen, was ich machen soll. Bleib gefälligst am Leben. Alter, du darfst nicht verrecken." „Achtung Mörsereinschlag, Deckung!!!"

„Verflucht, wo bist du Alter, he, bist du das? AHH! Wo ist der Rest von dir?" „He … ich glaub ich pack's nicht mehr lange …" „Du kommst durch und hör endlich auf Blut zu husten. Sag mir jetzt endlich, was ich machen soll, du bist der Sani. Ich bin nur Blocker." „Meine Tasche … da müsste eine Flasche drinnen sein …" „Wo, ich kann sie nicht finden? Au! Nein!" „Was?" „Ich hab die Flasche gefunden, sie ist hin …" „Dann versuch … aber … du, nicht, meinen." „Sterben, nein kommt nicht infrage … Hilfe … a… h… „Ne…i…n…" „Mach mir jetzt nicht schlapp. Alter." „Wird's versuchen." „He, ich versuch es mal anders. Halt still, muss mich konzentrieren." „Verflucht, lass die Scheiße." „Wenn du leben willst, ist das die einzige Möglichkeit!"

Schwarz, alles war so verschwommen gewesen. Er öffnete seine Augen. Was zur Hölle war denn das für ein Horror gewesen? *„Meine Rübe fühlt sich an wie ein Basketball."* Etwas stimmte nicht. Dragon war sich nicht sicher, ob er den Richtigen vermutete. Warum ihn die Verbindung zu … er wusste nicht wen, gewarnt hatte, konnte er sich nicht erklären. Doch er würde es herausfinden. Es regnete noch immer. Die Tropfen schlugen schwer an das Fenster. Dragon lag im Bett. Dieser Traum war nicht in seinem Kopf gewesen. War er unbewusst eingedrungen, als er geschlafen hatte? Dragon konnte sich nicht erinnern, wem dieser Traum gehört haben könnte. Nur diese Vermutung war vorhanden. Er hatte die Arme um seine Freundin gelegt. Piper schlief seelenruhig. Sie hatte sowieso einen Schlaf, um den sie jeder beneiden konnte. Neben ihr konnte ein Jumbojet starten und sie würde weiterschlafen. An Dragons Handgelenk vibrierte es. Ein eingehender Anruf. Er stand auf und ging aus dem Schlafzimmer in den Wohnbereich. „Ja", raunte er etwas verschlafen. „Hey, Dragon, ich bin's, JC D. Lange nicht mehr gesprochen. Ich wollte dich fragen, ob du schon einen Auftrag hast?" Im Hintergrund hörte Dragon das Geräusch eines Motors. „Nein, zurzeit nicht. Aber noch etwas Kohle machen wäre nicht schlecht." „Ähm, sorry, Fehlanzeige, ich dachte, du tätest einem guten, alten Freund einen Gefallen. Das ist so etwas wie ein privater Auftrag. Pro bono, sozusagen." JC sprach wie immer. Dragon wusste nicht, wie dringend der Auftrag war. Dennoch grummelte er: „He, kein Problem. Ich schulde dir sowieso noch was." „Nix da, du schuldest mir gar nichts, ich schulde dir 'ne ganze Menge mehr als du mir je schulden könntest. Aber egal, das geht sonst ewig so weiter. Wir müssen uns unbedingt treffen." Dragon blickte zur geschlossenen Schlafzimmertür. Piper würde er nie wach kriegen. Sie wusste, dass er Runner war und hin und wieder abrupt wegmusste oder länger nicht zu Hause war. Sie verstand das voll und ganz. Von so einer Frau können manche einfach nur träumen. „Na gut, ich komme. Aber noch nicht jetzt. Ich muss noch einiges erledigen. Sagen wir, wir treffen uns so gegen 02:30 pm im Notquartier 3." „Nein, schlecht. Ich brauch noch jemanden anderen, den ich erst noch finden muss. Ich dachte, wir treffen uns am Abend in Die-4. so gegen 09:00 pm?" „O.k, noch besser. Dann hab ich ja noch Zeit. Ich werde da sein." „Super. Ich werde einen Tisch reservieren auf den Namen Denton." „Perfekt. Bis später. Tschau." „Gut, bis heute Abend. Ciau." JC legte auf. Die-4. Dragon und JC waren öfter in der Bar gewesen. Sie war am Hafengelände und gehörte einem Mafioso. Der verdiente sich nebenbei eine Stange Geld dazu, indem er im Waffenhandel einiges auf dem Schwarzmarkt herumschob. Wenn man nach dem Neuesten suchte, war man hier genau richtig. Der hatte so ziemlich alles, was erhältlich war und auch das, was eben nicht erhältlich war. In den Hinterzimmern konnte man wohnen, und auch wenn es mal nötig war, einige Sachen deponieren, oder untertauchen. JC und er kannten den Besitzer schon länger. In ihrer Schattenlaufbahn halfen sie ihm immer wieder, einige Aufträge zu bewältigen. Mittlerweile waren sie richtig gut befreundet. Er hatte ihm und JC schon angeboten, in die Mafia aufgenommen zu werden, doch beide arbeiteten lieber auf eigene Faust. Dragon ging hinüber zum Kleiderschrank im Schlafzimmer und kramte nach Klamotten. Er verschwand kurz im Bad und kam dann in seinem Tarnfarbenlook wieder heraus. Das grüne, militärische Kopftuch umgebunden, ging er in die Küche und setzte Kaffee auf. Er flackte sich an den Tisch und legte eine Packung Zigaretten darauf. Er nahm sich eine, drehte sie aber nur zwischen den Fingern. Er wollte aufhören, es war nicht gut für ihn. Erwacher sollten auf keinen Fall zu viel rauchen. Bei den anderen, Nicht-Erwachern war es egal, die mussten Manna ja nicht durch ihren Körper leiten und es dann verformt wieder rauslassen, und zwar dahin, wo man will. Die mussten Manna ja nicht umformen, um einen bestimmten Effekt zu erzielen. Die waren einfach nur vollgestopft mit Cyberware. *„Aber ich bin schon viel lieber Erwacher, als so ein Cybersklave."* „Guten Morgen, Liebling. Hast du gut geschlafen?" Dragons Freundin war gerade aus dem Schlafzimmer gekommen, sie hatte seine Jogginghose an, aber ihren BH. Er lächelte sie an. „Kaffee?" Sie schüttelte den Kopf. „Lieber Tee." Dragon stand auf und holte seinen Kaffee und eine Tasse mit kaltem Wasser herein, der Teebeutel folgte. Er setzte sich wieder an den Tisch. Piper lehnte sich an ihn. Dragon nahm die Tasse in die Hand und konzentrierte sich kurz auf das Wasser. Es begann zu blubbern und schließlich war es heiß genug für den Tee. Er hängte den Teebeutel hinein und gab die Tasse Piper. Dragon begann nun langsam nach Worten zu suchen. „Du. Liebes. Ich hab einen Anruf bekommen. Er war von JC Denton. Ich hab dir von ihm erzählt. Ich muss gleich los, ich hab noch was zu erledigen und weiß nicht, wann ich wiederkomme." Nach einer längeren Absprache standen beide an der Haustür. „Ich liebe dich" „Ich liebe dich auch!" Sie küssten sich. „Ich melde mich sobald ich etwas Neueres weiß und sobald ich weiß, wie lange es dauern wird." „Pass auf dich auf." Sie verabschiedeten sich und Dragon fuhr mit dem Lift hinunter in die Tiefgarage. Nach einigen Schritten unter den Neonröhren erblickte er sein Auto. Einen kleinen Nissan Navara Jack Rabbit. Nicht gerade das Megaübermonster- Model der Autos. Aber zwei Sitze reichten ihm. Er startete den Motor und fuhr aus der Garage in den verregneten Morgen.

Tiffany's Smile

Mittlerweile regnete es schon seit einer gesamten Woche. Die Gullydeckel begannen langsam überzulaufen. Lexi saß in ihrer Lieblingsecke in ihrem Stammcafé. Das Tiffany's Smile. Sie trommelte mit den Fingern auf den Tisch. Wo war Rook? Er verspätete sich. Lexi, die immer pünktlich war, langweilte sich ziemlich. Rook hatte gesagt um 10:15 am würde er auftauchen. Aber mittlerweile war es 01:15 pm. Tom kam auf sie zu. Der freche, junge Typ mit dem roten, verstrubbelten Haar und mindestens einer Million Sommersprossen, lächelte Lexi freundlich zu. Er war der Besitzer des Cafés. „Darf ich dir noch etwas bringen, meine Schöne?" Tom stand auf Lexi, er war der Blondinen-Fan schlechthin und am besten noch mit Locken, so wie sie Lexi hatte. Sie war auch einmal mit ihm ausgegangen, aber in dem Gespräch an der Bar hatte Tom durchblicken lassen, dass er der gesetzestreueste Mensch der Welt war und er Verbrechen in jeglicher Art verabscheute. Also der Falsche für Lexi. „Ja bitte, Tom, kann ich noch eine heiße Schokolade haben und …" „Einen Schokoladen-Donut", beendete Tom den Satz für Lexi. Nach einigen weiteren Minuten der Langeweile kam Tom zurück und stellte das Bestellte auf Lexi's Tisch. Sie wartete immer noch. Eigentlich wollte sie verschwinden, wenn nicht Rook etwas gehabt hätte, das sie so unbedingt wollte. Endlich, gegen 02:00 pm, kam Rook herein. Er platschte quer durch das Lokal und schlurfte zu Lexi hinüber. Er nahm seinen Hut vom Kopf und präsentierte seinen kahlen Schädel. „Da", sagte er knapp und schob Lexi eine CD in einer Hülle zu, während er sich auf den Stuhl fallen ließ, der unüberhörbar ächzte. „Hallo, ich bin Tom, der Besitzer des Tiffanys Smile. Darf ich Ihnen etwas zu trinken bringen?" Rook blickte mürrisch in das Gesicht von Tom, der wie aus dem Nichts aufgetaucht war. Rook verzog das Gesicht. Tom strahlte ihn an.

„Darf ich Ihnen nun etwas bringen? Wir haben ausgezeichneten Kaffee." „Nö", sagte Rook kurz angebunden. „Wollen Sie wirklich nichts trinken oder essen? Wir sind bekannt in der gesamten Gegend als bestes Ka…" „Nein. Ich will nichts", knurrte Rook. Tom ließ nicht locker. „Ich könnte Ihnen auch erst mal …" Rook erhob sich langsam. Er überragte Tom schon beinahe im Sitzen. Rook war sicher zwei Meter groß. Tom war hingegen gleich groß wie Lexi, 1,67 m, vielleicht etwas größer. Tom sah gegen Rook aus wie ein dürres Bäumchen. Rook hatte die Breite eines Schrankes und die Muskelmasse eines erwachsenen Trolls. Sein Lieblingssport war Street Fighting und Rook vermöbelte mit Vorliebe Trolle. Das stand sogar in seinem Lebenslauf, den Lexi immer noch irgendwo herumliegen hatte. Tom blickte zu Rook hinauf. „Ich will nichts trinken, nichts essen und einfach meine Ruhe, wenn ich mit Lexi spreche." Tom war entweder einfach nur blöd oder mutiger als groß. „Ich glaube nicht, dass sich Lexi mit großmäuligen Versagern abgibt." Diese Worte klangen mutig und ängstlich zugleich. „He. Kleiner, verschwinde, dann sind Lexi und ich den großmäuligen Versager los. Ich will mit ihr alleine etwas besprechen, das dich nichts angeht. Nichts für Kinder." Rook grinste Tom an. Tom schien nicht zu wissen, was er machen sollte. Lexi verteidigen vor einem Trollmenschen oder seine eigene Haut retten. Tom war gerade mal so dick wie ein Arm von Rook. Rook zog den Mantel aus. Er trug ein ärmelloses, schwarzes Shirt und nun konnte jeder seine Oberarme sehen. „Kleiner, mach dich nützlich. Häng den Mantel auf und verpiss dich." Rook setzte sich wieder auf den Stuhl, nachdem er Tom unter seinem Mantel begraben hatte. Lexi blickte den Runner von oben bis unten an. Er war nicht umsonst der Bote der Auftraggeber, aller Auftraggeber. Er war zwar notorischer Zu-spät-Kommer, aber er hatte noch nie ein Paket verloren. Tom schleppte den zeltartigen, schwarzen Ledermantel zur Garderobe. Rook begann zu erklären: „Also. Der Auftrag ist da drauf, schau ihn dir an. Was du machen musst, weißt du. Solltest du alles ordnungsgemäß erledigen, werden wir uns wiedersehen. Zum einen wegen dem Geld, zum anderen wegen weiterer Aufträge. Willst du das

Geld bar oder überwiesen?" „Überwiesen." „Gut, meine Nummer hast du, schreib mir dann deine Kontonummer wegen der Überweisung auf. Sollte der Auftrag schiefgehen, werde ich mich bei dir melden, um zu eruieren, warum. Fehler passieren, sollten aber nicht. Denke an deinen Ruf. Ich werde mich wieder verpissen. Bis zum nächsten Mal." Er erhob sich ohne ein weiteres Wort und schlurfte wieder durch das Café. Viele Blicke folgten ihm. Doch nicht alle wohlgesonnen. Er nahm seinen Mantel und schlüpfte hinein. „He Würstchen." Er warf Tom eine Münze zu. „Das ist für dein angeknackstes Ego." Und er duckte sich hinaus in den Regen. Lexi betrachtete die CD. Das musste jetzt ein anspruchsvollerer Auftrag sein. Ihr Ruf hatte sich seit den letzten Aufträgen etwas vergrößert. Jetzt hatte sie schon einen Namen. Vielleicht war sie sogar gut genug, um im Die-4 in den VIP-Bereich hineinzukommen. Sie versuchte es schon länger. Ihr größter Fehler war, dass sie sich für ein halbes Jahr aus den Schatten zurückgezogen hatte. Nun musste sie sich wieder nach oben arbeiten. Dann stellte sie ihren Laptop auf den Tisch und startete ihn. Sie legte die CD in das Laufwerk und schloss die Kopfhörer an. Sie startete das Programm auf der CD. „Lexi, Sie kennen mich nicht. Mein Name ist Mr. Jonson. Ihr Auftrag lautet: Entwenden Sie aus diesem Sicherheitskonzern …", ein Foto erschien auf dem Bildschirm, „diese Festplatte." Eine handgezeichnete Skizze erschien. „Töten Sie diesen Mann." Ein Foto mit einem etwas in die Jahre gekommenen Herrn, erschien. „Der Grund für den Mord ist für Sie nicht relevant. Sie können den Auftrag ausführen, wann Sie wollen, und so lange brauchen, wie Sie wollen. Sollte sich etwas ändern, werde ich Sie kontaktieren. Die Bezahlung erfolgt bei abgeschlossenem Auftrag. Der Auftrag ist abgeschlossen, wenn Sie die Zielperson getötet haben. Und die Festplatte in das Postfach 1 29 in der Milano Street gelegt haben. Danach werde ich Sie kontaktieren." Lexi blickte verdutzt auf den schwarzen Bildschirm. Sie steckte ein Kabel in ihre Datenbuchse und verband es mit dem Laptop. Dann lud sie alle wichtigen Daten auf ihre Festplatte und nahm die CD heraus. Sie klappte den Laptop zu. Die CD steckte sie in die hintere Tasche ihrer

Hose. Sie stand auf. „Willst du schon gehen?" „*Glaub, mich tritt 'n Gaul. Schon is' gut.*" Sie war ja eine kleine Ewigkeit hier gewesen. Sie zahlte ihre Bestellungen und verabschiedete sich von Tom. Lexi verließ das Tiffany's Smile. Der Regen trommelte immer noch unaufhaltsam auf die Straße herab. An solchen Tagen fragte sich Lexi immer, warum sie kein Auto hatte. Sie ging unter der Markise heraus und in Richtung einer schwarzen Ducati. Ihr Cowboyhut war in Sekunden durchweicht. Genau wie der Rest von ihr. Sie nahm den Hut ab und setzte den Motorradhelm auf. Den Hut legte sie unter den Sitz. Sie schwang sich auf das Bike und ließ den Motor aufheulen. Etwas unterkühlt kurvte sie zwischen den anderen Autos hindurch und erinnerte sich wieder, warum Motorräder in manchen Situationen einfach angenehmer waren. Jetzt kam die Auffahrt der Autobahn in Sicht, doch sie bremste ab. „*Ich bin doch nicht bescheuert. Wenn ich bei den Temperaturen auf der Schnellstraße fahre, bin ich am nächsten Morgen todkrank. Da muss entweder schöneres Wetter her oder ein Auto.*" Lexi hoffte allerdings auf das Erstere. Also drehte sie um und fuhr nach Hause. Die Straße, in der sie wohnte, war düster und überschwemmt. Hier hätte man schon mit einem Boot durchfahren müssen, das würde mehr bringen. Aus den Gullydeckeln schwappte das Wasser schwallartig heraus und die bräunliche Brühe hatte einen Gestank, der einem den Atem verschlug. Lexi fuhr nun langsam vorwärts. Sie hatte nur noch drei Blocks vor sich. Dann erstarb der Motor ihrer Maschine. „Nein, komm schon!" Lexi hatte bisher darauf geachtet, nicht mit der Brühe in Kontakt zu kommen, aber da half alles nichts. Sie platschte links von der Maschine herunter und sofort ergoss sich eine Welle eisig kalten, stinkenden Wassers in ihre Cowboystiefel. Sie schob fluchend das Motorrad zum Eingang der Tiefgarage. Sie blickte hinunter zum Tor. Das Wasser war schon bis zur Hälfte des Tores gestiegen. Es konnte kein Wasser in die Garage fließen, denn das Tor war versiegelt, aber Lexi wollte die Ducati nicht unbedingt auf der Straße stehen lassen. Nicht in dieser Gegend. Als sie genauer darüber nachdachte, wollte sie die Maschine nirgendwo über Nacht stehen lassen. „*Warum eigentlich nicht?*" Lexi schob das Motorrad zur

Haustür und besah sich die Treppe zur Tür, sieben Stufen. Nach einem lauten Seufzer hievte sie das schwere Motorrad die Stufen empor. Nach gut 15 Minuten hatte sie es endlich geschafft. Einmal wäre sie fast unter ihrem Motorrad begraben worden, aber mithilfe einiger Verdrehungen schaffte sie es schließlich doch, die Ducati die Stufen nach oben zu schieben. Lexi wusste nicht, ob sie durch den Schweiß der Anstrengung noch nasser geworden war. Jedenfalls schob sie die Maschine den Gang entlang zum Lift. Endlich, nach einer Ewigkeit war sie zu Hause in ihrer Wohnung. Sie stellte die Ducati unter die Garderobe und zog sich aus. Sie warf ihre Sachen kreuz und quer in der Wohnung herum und stellte sich unter die heiße Dusche, um sich aufzuwärmen. Das heiße Wasser rann ihren leicht muskulösen Körper hinunter und sie fühlte sich mit einem Mal vollkommen entspannt. Als sie fertig war, wickelte sie sich in ein Badetuch und ging in die Küche. Ihre Wohnung war nicht groß. Aber gerade groß genug für sie und dann und wann für noch jemanden. Ihre gesamte Wohnung war mit Holzmöbel eingerichtet. Nicht das synthetische Holz-Zeug aus der Fabrik. Sondern echtes Holz aus der Natur. Obwohl es nicht so widerstandsfähig, langlebig und billig war, mochte sie es doch lieber. Es roch eben nach Leben. Man konnte auch den Naturgeruch beim Kauf gratis dazu haben. Auch andere Gerüche waren möglich. Es gab auch Holz, das ständig die Farben wechselte und zu bestimmten Zeiten bestimmte Gerüche verströmte. Aber Lexi blieb beim Echten. In Texas, wo sie ursprünglich gelebt hatte, gab es im Umkreis von fünf Meilen keinen einzigen Baum. Ihre Eltern hatten eine Rinderfarm und ihr Familienstammbaum reichte zurück bis zu den ersten Siedlern, die sich in Amerika breitgemacht hatten. Nur dass ihr Vater ein Kontrollfreak war und ihre Mutter eine Alkoholikerin. Lexi war wohl ein Unfall gewesen. Sie hatte mit keinem mehr Kontakt. In der Küche standen überall Pfannen, Teller und Töpfe herum. Sie hielt nichts von Hausarbeit. Sie ging etwas ziellos hinüber zum Telefon an der Wand neben der Sprechanlage der Eingangstür. Das leise Piepen, als sie die Nummer wählte, nervte sie schon lange nicht mehr. „Hallo bei Tonis.

Tonis die größte Pizzakette, die es in Seattle gibt." "Hallo Lorenzo. Ich hätte gerne eine Calzone und ein Coke in die …" "Lexi, tut mir leid, wenn ich dich unterbrechen muss, aber wir liefern heute nicht. Der Regen ist zu stark und die Überschwemmungen behindern unsere Lieferungen zu sehr, tut mir leid", sagte Lorenzo mit seinem italoamerikanischen Akzent. "Ist schon gut, danke. Ich melde mich dann nach der Sintflut noch mal." Sie legte auf. Verdammt, wo bekam sie nun etwas zu essen her? Es klingelte ihr Handy. *Wow kaum aufgelegt schon wieder an der Leitung.* Sie blickte auf das Display. Die Nummer sagte ihr überhaupt nichts. "Ja?" "Hallo, wie geht's dir? Lange nichts mehr voneinander gehört." Lexi war etwas verdutzt. Die Stimme kam ihr bekannt vor, aber sie konnte sie nicht zuordnen. "Mit wem telefoniere ich hier eigentlich?" Ein Kichern. "Oh, sorry, ist ja schon etwas lange her, fast ein Jahr oder so. Ich bin's, JC Denton." Lexi ging ein Licht auf. "AH! Hallo, das ist wirklich lange her. Ich habe gehört, die Lonestars haben dich erledigt." "Ja, sorry musste sein. Ich hab mich töten müssen, hatte da einen wichtigen Auftrag und mein Tod erschien mir als perfekter Plan und ich muss sagen, es hat geklappt. Offiziell bin ich jetzt also zweimal tot. Aber jetzt zu was anderem. Ich könnte deine Hilfe gebrauchen. Ich treff mich mit einigen guten Freunden im Die-4 und möchte, dass du auch kommst. Ich bin da einer Sache auf der Spur, die sich zu etwas ziemlich Großen entwickelt. Ich hab meinen Decker darauf angesetzt. Hast du Lust?" Lexi überlegte kurz. Ein neuer Auftrag. Der Kohle einbrachte und dann noch die Aussicht, dass sie endlich in's Die-4 rein kommen würde. "Sattel den Hengst. Bin dabei, wann treffen wir uns und mit wem?" "Du kennst sicher noch Dragonfist. Der kommt auch. Wir treffen uns abends. So gegen 09:00 pm. Hoffe mal, dass der Regen es sich bis zu unserem Treffen anders überlegt. Der Name der Reservierung ist Denton. VIP." Lexi verabschiedete sich und spähte aus dem Fenster. Der Regen machte nicht die Anstalten, dass er es sich anders überlegen würde.

Phönix, Die-4 und Dreck

Der Regen war nicht mehr so stark wie am Tag. Es nieselte nur noch. Und die Straßenarbeiter hatten ganze Arbeit geleistet. Die Gullys waren nicht mehr verstopft und die Straßen wieder befahrbar. JC lenkte seinen Wagen in Richtung Westen. Zum Hafenviertel, wo das Die-4 lag. Er steuerte zwischen den Containern durch und fuhr, als ob er einer unsichtbaren Straße folgen würde. Links, rechts, links, links ging es dahin. Runner wussten, wo das Die-4 lag. Das war der offizielle Runner-Treffpunkt. Das wusste die gesamte Stadt und selbstverständlich auch die Bullen. Lonestars hüteten sich jedoch im Die-4 eine Razzia zu machen. Da drinnen war mehr Bewaffnung als sonst irgendwo. Jeder wusste, dass sich hier die Elite der Runner traf. Und ohne einen Namen in den Schatten konnte man schon gar nicht in den VIP-Bereich hinein. JC fuhr dann noch um einen großen Container herum und verließ das Labyrinth. Er hielt den Wagen vor einem großen Maschendrahtzaun. Ein Tor war auch zu erkennen. JC fuhr langsam zu den geschlossenen Schranken. Nun stand das Auto unter einem durchsichtigen Dach. Die gesamte Straße war überdacht. Bis zum Eingang. Die Parkplätze waren auch zum Teil überdacht. Die guten, nahe beim Eingang jedenfalls. Hinter dem Tor war ein Häuschen. Wer darin saß, konnte man durch die große Scheibe nicht erkennen. Sie spiegelte die Umgebung. Dann ging eine Tür auf. Zwei hünenhafte Sicherheitstrolle kamen heraus, beide bewaffnet. Einer öffnete das Tor. Der andere ging um die Schranken herum. JC kurbelte das Fenster hinunter. Der zwei- bis- dreieinhalb Meter große Troll beugte sich hinunter. „Guten Abend. Willkommen im Die-4. Mein Name ist Butch. Haben Sie eine Reservierung?" „Ja, ja. Um 09:00 pm auf den Namen Denton." Der Troll nickte. „Gut. Ich werde Ihre Angaben gerade noch bestätigen." Er quetschte kurz an seinem

Handgelenk herum und prüfte einige Daten auf einer digitalen Liste. „Gut. Alles bestens. Fahren Sie bitte nach vorne bis zu der roten Markierung. Da können Sie parken." JC nickte und die Schranken wurden geöffnet. Er fuhr weiter bis zu der roten Markierung. JC stellte den Motor ab und holte den Rollstuhl aus dem Kofferraum heraus. Phönix setzte sich hinein und JC schob sie in Richtung des Eingangs. Vor der Tür standen noch einige Sicherheitsleute. Vier Trolle in schwarzen Anzügen und ein Ork mit Gehrock und Zylinder. „Guten Abend, Mister Denton. Ihr Tisch ist bereitgestellt. Würden Sie mir bitte folgen?", sagte der Ork „Aber sicher, dankeschön", sagte Phönix. Kaum hatte sich die Tür geöffnet, erklang laute, harte Musik. Das Die-4 war eine Mischung aus Gothic Metal Bar. Dementsprechend lief auch die passende Musik. Das Die-4 war vollgestopft mit Leuten. In dem Barbereich durfte ja jeder rein, ob Namen oder nicht. Nur in dem VIP-Bereich, da war der Name ausschlaggebend. Der Ork führte sie an der Bar vorbei, die sich auf der rechten Seite befand. Sechs Barkeeper standen dahinter und mixten Drinks. Der Ork, Phönix und JC gingen durch eine Tür auf der anderen Seite des riesigen Lokals. Der Ork drückte auf einen Knopf und eine Lift-tür öffnete sich. Sie stiegen ein. Oben angekommen brachte er sie zu ihrem Tisch. Durch eine riesige Glasfront konnte man das Treiben unten im Barbereich beobachten. Hier war die Musik leiser und ruhiger. Hier lief eher Low-Metall. JC wartete bis Phönix an den Tisch gerollt war und setzte sich dann selbst dahinter. Der Ork ergriff noch einmal das Wort. „Also, willkommen im Die-4. Mein Name ist Obs. Ich bin heute für Ihren Tisch zuständig. Darf ich Ihnen etwas zu trinken bringen?" JC blickte Phönix an. „Ich hätte gerne einen Lemongrass mit Eis und einem Schuss Vodka." Obs nickte und blickte zu JC. „Bring mir bitte einen doppelten Wodka." Der Ork nickte erneut. JC begann eine Zigarette zu rauchen. „He, sag mal", begann Phönix. „Findest du nicht auch, dass Lonestar mittlerweile die gesamte Befehlsgewalt übernommen hat?" Er nickte. Obs kam mit den Drinks zurück und stellte sie ab. Er lächelte ihnen noch mal freundlich zu und ging dann wieder. „Ja, eigentlich schon. Es will ja keiner zugeben, aber die haben die Gesetze in der Hand. Hast du schon gehört, dass auf Runner, die länger als ein halbes Jahr tätig sind, die Todesstrafe steht? Naja. Auf Street-Sam's, Erwacher und Ki-Adepten jedenfalls. Rigger und Decker steigen viel besser aus. Die offizielle Version ist, dass die nicht so viele Morde auf dem Gewissen haben. Aber irgendwie müssen wir ja leben, oder?" Phönix nickte. „Es ist teilweise auch so, wenn sie einen Decker erwischen, besteht sogar die Möglichkeit, dass sie ihn im Konzern einstellen. Gerade weil er das Sicherheitsnetz geknackt hat. Wobei das nur ein Fake ist", endete Phönix. „Hab ich gehört. Find ich irgendwie beschissen. Aber eine gute Möglichkeit, die Decker zu finden. Die setzen ja schwarzes Eis ein." Das Gespräch verlief sich noch etwas in den Gesetzesbestimmungen, aber es fand nun ein Ende, als Obs wieder auftauchte. Er räusperte sich höflich. Beide blickten auf. Obs stand neben einem größeren Typen, der im Militärlook gekleidet war. Er sah aus wie ein Marine im Einsatz. JC stand auf. „Heee! Hab dich ja ewig nicht mehr gesehen." Sie gaben sich die Hände an den Unterarmen. „JC Denton, ich hab mal gerüchteweise vernommen, dass man dich erledigt hätte." „Jeah, ich weiß, das war ein Fake. Glaube ich zumindest", fügte er mit einem Grinsen hinzu. „Aber egal. Setz dich, wir warten nur noch auf Lexi, dann werde ich euch alles erklären." „Warte mal, Lexi! Die durchgeknallte Texanerin?" „Ja. Darf ich dir Phönix vorstellen? Sie gehört zu den besten Deckern der Welt. Phönix, das ist Dragonfist. Erwacher." Dragon beugte sich hinunter und gab Phönix die Hand. „Nett, deine Bekanntschaft zu machen. JC hat schon einiges über dich erzählt. Nenn mich ruhig Dragon. Das machen eigentlich alle." Beide setzten sich. „Darf ich Ihnen etwas zu trinken bringen?" „Bring mir bitte ein Bier", sagte Dragon sofort. Obs nickte und ging davon. „He, darf ich dir eine Zigarette anbieten?", ahmte JC, Obs in seiner Höflichkeit nach und hielt Dragon die Schachtel hin. „Danke." Dragon nahm sich eine. Er hielt sie aufrecht vor sich und starrte sie an. „Was ist?" JC hielt sein Feuerzeug in der Hand. „Willst du die rauchen oder nur anstarren?" „Eigentlich würde ich sie lieber anstarren." „Warum?" „Das erklär ich dir ein anderes Mal, aber für den Moment, danke." „O.k." JC sah etwas verdutzt aus, aber fing sich schnell wieder. Seine Zigarette zündete er sich an, bald darauf kam Obs erneut mit Bier und einer Frau im Schlepptau. Lexi war eine Texanerin und gab sich auch so. Gekleidet wie ein Cowgirl. Sogar mit Hut. JC stand erneut auf, kam hinter dem Tisch hervor und begrüßte Lexi. „Also. Lexi. Das ist Phönix, Decker. Dragon kennst du ja. Ist zwar etwas lange her, aber ich denke, deine Festplatte hatte noch keinen Absturz." Nachdem Lexi ihr Getränk, einen texanischen Schnaps hatte, begann JC ihnen alles zu erklären. „Also. Hört mal kurz zu." Er zündete sich eine weitere Zigarette an und blickte kurz auf Dragon, der seine immer noch in der Hand hielt. „Bei mir ist eingebrochen worden, ich hab den Einbrecher erwischt. Er hatte den Auftrag, die gesamte Etage in die Luft zu sprengen. Ich hab ihn verhört und erfahren, dass ihn oder besser sie, und jetzt haltet euch fest, Hodges angeheuert hat." Lexi und Dragon blickten bei dem Namen auf. „Ihr kennt Hodges und wir wissen, wie er arbeitet. Er schaltet immer zuerst den aus, den er am wenigsten leiden kann. Das bin in dem Fall wohl ich. Danach wird er versuchen, euch zu erledigen, das heißt, wir müssen ihm so schnell wie möglich zuvorkommen. Er ist nicht gerade schlecht drauf. Er hat so einiges in petto. Aber wir haben einen Vorteil." Er blickte Phönix an. „Dich. Er rechnet mit vier Gegnern und nicht damit, dass einer sein Netz infiltrieren könnte. Der andere in der Runde ist Steel. Aber mal ehrlich. Ich kann einen Computer einschalten und weiß, wie man Spiele spielt. Dragon, bei dir bin ich mir nicht mal sicher, ob du einen Einschalter findest." Er grinste ihn an. „Blödsinn. Scherz bei Seite. Ich habe nur gedacht, bevor er uns erledigt, werden wir ihn erledigen." Lexi und Dragon sahen sich an. Dragon erinnerte sich an Hodges. Er war Schamane. Soweit er sich erinnern konnte, war er Ratten- Schamane und sah auch dementsprechend aus. „Warte mal, Hodges ist doch Ratten- Schamane, nicht?", sagte Dragon. Lexi bejahte. „Stimmt, aber der kann auch ziemlich gut schießen. Er ist ein Ass mit der SPAS 12. Ich weiß noch, was das Ding für Löcher machen kann. Aber was noch schlimmer ist, er hatte einen Draht zu Ratten und die sind einfach überall. Wir

müssen aufpassen." „Meint ihr, er kann mit Ratten sprechen?",
fragte Phönix in die Runde. „Na ja", sagte Dragon. „Nicht wirklich sprechen, aber kommunizieren schon. Das macht er auf Mannaebene. Das ist nicht sehr leicht zu erklären. Schamanen können irgendwie spüren, was ihnen ihr Totem mitteilen will."
Alle sahen Dragon an. „Was ist? Ich hab mich nur etwas schlaugemacht." „Gut zu wissen, aber es gibt ein Problem. Ich bin gerade in einem Auftrag und sollte ihn so schnell wie möglich hinter mich bringen. Erstens ich brauch die Kohle und zweitens ich brauch einen Ruf." „Lexi, kein Problem. Plan ist: Wir erledigen Lexis Auftrag zusammen. Das wird wie in alten Zeiten. Phönix, du siehst dann mal, wie wir arbeiten. Das ist auch nicht zu verdenken." JC lächelte sie freundlich an und Phönix erwiderte sein Lächeln. Dragon und Lexi sahen abwechselnd JC und Phönix an. „Dann würde ich sagen, wir suchen uns ein Versteck, von dem Hodges nichts weiß", warf Lexi ein. „Einer eine Idee?" Alle überlegten. Hodges kannte alle ihre Notquartiere, denn sie hatten lange Zeit zusammen gearbeitet. „Aber was ist, wenn wir in eines der Verstecke gehen, die er kennt?" Sie sahen Phönix an. „Stimmt. Das würde er nicht erwarten", sagte Dragon. „Und ich weiß auch schon, wo das ist. Wisst ihr noch, da ist in der Nähe ein Hubschrauberlandeplatz für eine Privatklinik." Lexi war immer noch kein Licht aufgegangen. „Ja sicher, das ist perfekt, der Platz reicht für fünf Leute", sagte JC. „Aber JC, warum fünf?", frage ihn Dragon. „Ich habe mir erlaubt, die alte Truppe wieder einzuschalten und hab Steel angerufen. Sorry, bin euch wohl übergangen, er hat mit Hodges noch eine Rechnung offen und würde ihm mit Freuden den Hals umdrehen." „Jeah. Steel, stimmt hast's nur kurz angeschnitten, voll übergangen", jauchzte Dragon. Lexi war weniger erfreut. „Ja, ich weiß, er steht auf Blondinen, aber seit du ihm gesagt hast, dass er nicht dein Typ ist, hat er ja nichts mehr versucht oder?", sagte Dragon. Lexi schüttelte den Kopf.
„Na gut. Wenn ich Steel ertragen muss, dann werde ich …" „He, er ist ja kein so übler Kerl." Dragon boxte Lexi leicht auf die Schulter. „Er ist perfekt für den Job. Aber JC, wann ist er dabei?"
„Ich hab ihm gesagt, er soll auf Abruf bereit sein und etwas die

Augen offen halten. Lexi, was ist das für ein Auftrag?", fragte JC. Lexi erklärte mit kurzen Worten, was sie noch zu erledigen hatte und wartete dann ab. Phönix ergriff das Wort. „Dann fahren wir am besten gleich los. Ich würde vorschlagen, wir besorgen uns Ausrüstung, einen Plan entwerfen wir unterwegs. Ich werde in die Matrix gehen und versuchen, etwas über den Konzern herauszufinden." JC stand auf. „Ich bin gleich wieder da." Er verschwand. Dragon und Lexi fluchten inzwischen über Hodges. Phönix werkelte an ihrem Rollstuhl herum. JC tauchte wieder auf. „Alles klar, wir können gehen." Mittlerweile war es 02:00 am. Sie machten sich auf den Weg nach unten. JC schob Phönix, Dragon und Lexi bildeten den Schluss. JC öffnete die Tür zum Barbereich. Er schob Phönix langsam durch die Reihen – jene, die JC und Dragon erkannten, wichen einige Schritte zurück. Sie hatten Namen in den Schatten. Lexi gefiel es, wie die beiden, ohne sich anstrengen zu müssen, eine Schneise durch die Leute machten. Das war auch gut für ihr Image. Sie ließ sich mit den Besten sehen. Draußen beim Parkplatz standen sie vor den Autos. „Leute." JC drehte sich um. „Wir müssen uns bessere Karren besorgen." Alle stiegen ein. Lexi machte die Vorhut. Sie kurvten die Straße entlang und ihr hinterher. Dragon machte das Schlusslicht. Nach 20 Minuten Fahrt waren sie im Industriegebiet angekommen. Sie hatten vorher noch etwas Ausrüstung besorgt. Lexi hielt auf der gegenüberliegenden Seite des betreffenden Konzerns an und stieg ab. Die anderen trafen nacheinander ein. Sie stellten sich um die Beifahrerseite von JCs Wagen. Phönix saß auf dem Beifahrersitz und hatte die Tür geöffnet. Sie hatte sich während der Fahrt über Funk in die Matrix eingeklinkt und so einiges zu berichten. „Also hört zu, dieses Gebäude ist ziemlich gut gesichert und ihr kommt da nicht so ohne Weiteres rein. Überall sind Kameras und das Sicherheitssystem ist nicht von irgendwo. Die haben sich Garding Remove geleistet." „Warte mal, Garding Remove ist doch ein Forschungszentrum für genetische Veränderungen und Mutationen, die sind auch bei den oberen Spitzen im Roboterforschungsbereich", warf JC ein. „Richtig, zum einen, zum anderen machen die auch die besten

Sicherheitssysteme, die es gibt. Das Zeug kriegst du nicht mal auf dem Schwarzmarkt, ohne die entsprechenden Beziehungen. Ich hab mir mal den Grundriss genauer angesehen und das", sie hielt einen Slot für eine Datenbuche in die Höhe, „ist für euch Festplattenbesitzer." Lexi und JC steckten sich nacheinander den Slot in die Datenbuchen an den Schläfen. Dragon schüttelte nur den Kopf. „Wow, das ist großartig." JC blendete einen kompletten Plan der Kanalisation in sein Sichtfeld ein. Er hob die Hand, berührte eines der Fenster und schob es zur Seite. Dragon sah ihn in der Luft herumfuchteln. JC ordnete sich den Plan und ließ ihn wie einen kleinen Fernseher geöffnet, und immer, wenn er sich drehte, rotierte auch der Plan. „Phönix, das ist perfekt. Ich weiß zwar nicht, was uns das bringt, aber egal. Ich könnte dich heiraten." *„Und warum machst du es dann nicht?"* *„Ich bin so ein Idiot. Ich sollte erst überlegen, bevor ich mein blödes Maul aufreiße."* Er und Phönix tauschten einen peinlichen Blick. „Also, der Plan. Ich würde sagen, ihr geht runter in die Kanalisation." Alle blickten Phönix an, als ob sie sie geradewegs in die Hölle schicken wollte. „Da runter? Das kann doch wohl nicht dein Ernst sein? Bitte, Phönix, wie lange kennen wir uns jetzt schon? Ich bin ein Scharfschütze und kein Gullyschrupper", protestierte JC. „Tut mir leid, aber das ist die einzige Möglichkeit, wie ich die Kameras unter Kontrolle bringen und die Sicherheitssysteme umgehen kann. Der Konzern hat keine Verbindung nach draußen, ergo müssen wir eine erschaffen. Die Jungs erzeugen sogar ihren eigenen Strom." „Ha, Leute, dann bleibt uns wohl nichts anderes übrig, als da runterzugehen. JC, das wird sicher wie damals, als wir noch im Cyberkrieg gekämpft haben. Weißt du noch, wie wir das Minenfeld umgangen sind?" JC seufzte mürrisch. „Ja. leider." Dragon bekam einen Rucksack, in den er zwei Rollen mit einem Glasfaserkabel steckte. Er nahm auch eine Taschenlampe mit. Lexi bewaffnete sich mit einer P 90 und zwei Ruger Super Warhawk, 6 schlüssige Revolver. Sie hängte sich noch einige Granaten um und steckte ein Messer in ihre Stiefel. Dragon hatte in einem Holster an seiner Rechten eine 9 mm Baretta. JC nahm seine zwei Ares Predator 3, das Barrett 121 blieb in der Sporttasche.

Unter den Straßen würde er es nicht benötigen. Zusätzlich nahm er noch eine Ares Alpha mit. So bewaffnet, begaben sie sich zum nächstgelegenen Kanaldeckel, den JC raushob. Er machte den Anfang. In der rechten Hand die Alpha, kletterte er über eine Leiter nach unten. Er schaltete seine Lichtverstärker ein und erblickte einen kleinen Vorsprung, der nicht überschwemmt war. „He, verdammt. Mir verschlägt es den Atem, Leute." Bald waren alle in der Kanalisation. Lexi hatte ebenfalls ein Nachtsichtgerät implantiert. Nur Dragon musste sich auf seine Taschenlampe verlassen. JC ging mit dem Sturmgewehr im Anschlag voraus. Dragon war in der Mitte und Lexi sicherte nach hinten. Die dunkle, eklige Brühe war durch den Regen etwas gestiegen. Sie gingen so vorsichtig wie möglich, keiner hatte Lust auf ein Bad. Über den Funk erklang die Stimme von Phönix. „Gut, ihr seid in der richtigen Richtung unterwegs. Ich hab euch auf dem Schirm." Die drei gingen weiter. Wasser rann von den Wänden, die mit Algen überwuchert waren. Der Gestank war widerlich. JC's Stimme erklang in der Dunkelheit „He, Leute, schaut mal, was da im Scheißefluss schwimmt." „Wäh, ist das Scheiße?", rief Lexi. „Ja, das ist es, oder Dragon, was würdest du sagen?" „Ich finde, das sieht eher aus wie ein gewaltiger Kotzeklumpen." „Ich bin für Gedärme." JC beugte sich nach unten und blickte das Etwas genauer an. „Ha, erraten, Phönix hat recht gehabt. Das ist ein riesiger Gedärmhaufen. Ich kann sogar einen Lungenflügel erkennen und da, das ist eine Leber. Ich denke, das hat ein Guhl verloren." Nach noch einigen blöden Aussagen, was denn ekliger wäre, Gedärme oder Scheiße, gingen sie weiter. Nach einigen Metern ragte aus der linken Wand ein großes Rohr heraus. Das Gitter, mit dem es normalerweise verschlossen war, war nach außen gedrückt worden. JC näherte sich vorsichtig. Dann zielte er in das Rohr. Es war leer. Bis auf das, was in ein Rohr gehörte, das in der Kanalisation befestigt war und aus der Wand ragte. Die drei arbeiteten sich weiter. Sie gingen schnell und leise. Keiner hatte Lust auf eine Begegnung mit einem Guhl. Einzeln wären sie nicht so gefährlich, jedoch griffen die ja nie einzeln an. Der Gang spaltete sich nun auf. Sie entschieden sich für den linken

Weg und gelangten in einen großen Raum. „Das wird wohl ein Wasserspeicher sein", sagte Lexi, als sie die abgewaschenen Steine untersuchte. „Wer will denn Kloakenwasser speichern, also bitte. Das haut mich fast aus dem Sattel." Sie standen auf einer Art Stufe, die drei Meter nach unten fiel. Der Boden war mit einigen Rohren übersäht. Knochen lagen überall in kleineren Haufen herum. Die Runner erkannten auch Teile von Uniformen. JC ging weiter, der runde Raum hatte nur einen weiteren Ausgang. Auf der gegenüberliegenden Seite war ein weiterer Tunnel. Auf der erhöhten Stufe hatte er einen guten Überblick. JC besah sich einen Fetzen, der auf dem Boden lag, genauer an. Das war ein Teil einer Kanalarbeiteruniform. Die Guhle mussten eine Gruppe erwischt haben, die nach dem Regen die Rohre überprüft hatte. *„Armes Schwein. Ich möchte nicht in deiner Haut stecken. Hoffentlich war dein Tod schnell und schmerzlos."* Was JC allerdings bezweifelte. Guhle waren zwar Aasfresser, aber spielten gerne mit ihren Opfern und waren sich nicht zu fein, dem vorzeitigen Ableben ihrer Beute nachzuhelfen. JC richtete sich wieder auf. Er hörte mit Hilfe der Geräuschverstärker ein Platschen, aber offensichtlich nicht von Wasser. Es kam von links. Blitzschnell drehte er sich zur Seite und konnte gerade noch seinen linken Arm in die Höhe reißen. Ein ziemlich starker Kiefer grub sich in seinen Unterarm. Die Zähne waren so scharf, dass sie bis zu den Kohlefaserknochen durch bissen. JC war das lieber als sein Hals. Durch den Sprung wurde er von dem Sims gerissen. Die Ares Alpha war zu lang, um den Guhl damit zu erledigen. JC fuhr die Sporne aus seiner rechten Faust und stach in die Brust des Guhls. Rein, raus, rein, raus, rein, raus. Immer noch die Brust durchlöchernd, drehte sich JC in der Luft nach oben und landete auf beiden Beinen. Die Motoren hatten den Sturz gedämpft. Ein normales Bein wäre gebrochen gewesen. JC's Reflexbooster schalteten sich auf Hochtouren. Der Guhl hing nicht mehr an seinem Arm, er war offensichtlich tot. JC sah einen weiteren Guhl, der auf ihn zu rannte. JC spurtete ihm entgegen. Nicht umsonst hatte er beim Militär eine Nahkampfausbildung bekommen. Er zerlegte den Guhl mit einigen gezielten Tritten und Schlägen. Er musste sich sofort auf die Seite rollen, um nicht von einem Rohr getroffen zu werden, das ein anderer Guhl nach ihm schleuderte. JC sah aus den Augenwinkeln das Mündungsfeuer von zwei weiteren Waffen. Lexi und Dragon hatten ganz schön zu beißen. JC erledigte die Guhle im Nahkampf. Es blieb keine Zeit, die Waffe zu ziehen. Er konnte sich keine andere Bewegung erlauben. Selbst wenn er sich dreimal so schnell bewegte wie ein normaler Elf, hatte er alle Hände voll zu tun. Ein weiterer Guhl versuchte JC in das Genick zu beißen. Er drehte sich so schnell um, dass er den Guhl mit den Sporen den Schädel in fünf Teile zersäbelte. Die Reflexbooster leisteten großartige Arbeit und mit Hilfe der Kraftverstärker erledigte er einen nach dem anderen. Auch wenn ihm hin und wieder der eine oder andere Hieb gefährlich nahe kam.

„LEXI GEH AUS DEM WEG!" Lexi warf sich nach hinten und schoss einem Guhl, der sich gerade auf sie stürzen wollte, in den Kopf. „ACHTUNG FEUERBALL!" Dragon hatte den rechten Arm ausgestreckt und die Handfläche mit gespreizten Fingern nach vorne erhoben. Aus seiner Hand schoss eine Feuerwalze, die den gesamten Tunnel ausfüllte. Lexi war hinter Dragon in Deckung gegangen. Sie spürte die Hitze, die von dem Zauber ausging. Die Feuerwalze rollte über die Guhle hinweg, die sich im Gang befanden. Die Hitze war so gewaltig, dass das Wasser vor Dragon verdunstete. Die kleinen Tropfen nutzte er gleich. „LEXI BLEIB LIEGEN!" Die kleinen Wasserteilchen gefroren zu Eiszapfen und schnellten nach vorne. Dragon spießte so noch vier weitere Guhle auf.

Das Blut spritzt durch die Luft. JC blickt nach oben, er war durch eine Schneise gespurtet und hatte im Lauf links und rechts die Guhle erledigt. Er sah eine gewaltige Feuerwelle aus dem Gang brechen, in dem Lexi und Dragon kämpften. JC machte eine Sprungrolle nach vorne und als er aufstand, schlitzte er einem weiteren Guhl den Bauch auf. Dann, ganz plötzlich, hatte er schon wieder das Gefühl, als ob er aus seinem Körper gezogen wurde. Es fühlte sich an, als ob sein Körper schneller war als seine Gedanken. Dann wechselte es. Es waren plötzlich seine Gedanken schneller als sein Körper. Verflucht, was war das? Das Innere quoll aus dem Guhl heraus, den er gerade aufgeschlitzt hatte. Seine Gedanke rasten voraus und sein Körper konnte nicht folgen. *„Beweg dich, verflucht!"* Dann hatte er sein Ziel erreicht. Die Ares Alpha. Sie lag ganz unberührt an der Stelle, wo JC heruntergestürzt war. Die Pistolen waren zwar näher, aber selbst wenn er jedem Guhl einen Kopfschuss verpassen würde, waren einfach mehr Gegner da, als er Schuss in beiden Magazinen hatte. Ein weiterer Sprung und er packte den Griff der Alpha. Dieses Mal kam es ihm vor, als ob er seinen Körper zurück gelassen hatte. Das rote Fadenkreuz erschien in seinem Blickfeld und die Entfernungsmesser zeigten an. JC drückte den Abzug. Der Schlitten sprang nach hinten und die Patronenhülsen flogen in hohem Bogen aus der Kammer. Die Projektile durchschlugen einen Guhl nach dem anderen. JC blieb jedoch nicht stehen. Nichts tödlicher als bei einem Gefecht stehen zu bleiben, wenn man keine Deckung hatte. JC durchlöcherte die Körper der Guhle. Die spezial-panzerbrechende Munition riss den Guhlen teilweise die Gliedmaßen vom Körper weg. Das Schreien der Guhle vermischt mit dem Rattern des Maschinengewehrs. Es hatte eine eigenartige Wirkung auf JC. Er nutzte die Sprungmotoren und sprang mindestens drei Meter in die Luft. Im Flug riss er das Magazin heraus und lud ein anderes ein. Sein schwarzer Mantel flatterte wie ein gewaltiges Flügelpaar. Er feuerte weiter und erledigte Guhle, die schon auf der Flucht waren, mit einer Granate aus dem Unterlauf. JC zielte genau und erledigte die restlichen mit Schüssen in den Kopf. Er stand da. Die Waffe immer noch im Anschlag. Keiner der Guhle, die sich mit JC angelegt hatten, war eine Gefahr. Die Mündung seiner Alpha qualmte. JC zündete sich eine Zigarette an und ließ den Blick über das Schlachtfeld wandern. Einigen hatte er die Beine und Arme weggeschossen, Andere hatten zerfetzte Brustkörbe. Alles war mit Blut bespritzt, JC atmete nicht einmal schwer. Plötzlich entdeckte er Gras auf dem Boden, Stacheldraht. Der Himmel war mit Wolken bedeckt. Mariens lagen um JC herum. Das Geräusch der fernen Schüsse aus den Gewehren seiner Einheit blitzte hinter den Bäumen eines nahen Waldes auf. Magische, beschworene Wesen bombardierten die feindlichen Einheiten mit weiß leuchtenden Mannablitzen. JC blickte an sich hinunter. Die sonst schwarz-grüne Uniform war durch das Blut der Getöteten noch dunkler. Etwas glitzerte auf dem Boden. JC ging darauf zu und hob es auf. Es war eine Patronenhülse. Obwohl durch das interne Nachtsichtgerät alles nur in Grau erschien, wusste JC, dass sie silbern glitzerte. „JC? Kannst du mich verstehen?" Es war die Stimme von Phönix, doch das war nicht möglich. Sie war nicht im Krieg gewesen. „JC. Was ist mit dir los?" Er antwortete in das Mikro des Headsets. „Phönix? Das geht doch gar nicht. Du kannst nicht hier sein. Das ist falsch. Ich kenn dich noch gar nicht." „JC. Hör mir zu. Du bist in der Kanalisation und hör auf, ständig irgendwelche Sachen vor dich hin zu murmeln. Du bist nicht im Krieg. Das liegt schon lange zurück. Mach die Augen auf." JC blickte sich noch einmal um. Tatsächlich. Nun sah er wieder die Umrisse der toten Guhle. „JC, geh zu Lexi und Dragon." Er bewegte sich zwei Schritte nach vorne. In seinem Kopf begann ein heftiger Streit. Er musste sich an der Wirklichkeit festhalten, um nicht wieder auf das Schlachtfeld zu schweben. Es dauerte einige Zeit, bis er sich bewusst war, was die Wirklichkeit war. Phönix trug einen großen Teil dazu bei, dass er sich für das Richtige entschied. „Danke Phönix." Dann fegte er zu der Leiter, die er im Gefecht entdeckt hatte und hastete nach oben zu Lexi und Dragon. Dragon hielt sich eine blutende Wunde am Kopf und Lexi sah auch etwas zerknittert aus. Er kahm näher heran. „Alles O.k. bei euch?" „Ja, danke der Nachfrage. Dragon hat nur die Wand an der Rübe bekommen. Aber ansonsten sieht er noch gleich bescheuert aus." Dragon grinste. „He, he, he, Lexi. JC, ist das mit dem Guhlscheiß eigentlich ansteckend? Mich hat einer gebissen." „Nein. Nicht wenn du geimpft bist. Früher war das nicht so, du bist doch geimpft?" „Nein, verdammt! Ich will nicht …" Lexi unterbrach ihn. „War ein Scherz." JC beendete es. „Super, dann lasst uns weitergehen." Sie machten sich wieder auf den Weg zum Verteilerkasten. Offensichtlich war das Geschehnis seiner kurzen Abschweifung zwischen ihm und Phönix geblieben. Dann stießen sie auf ein neues Problem. „Auf der Karte ist diese Wand aber nicht eingezeichnet." „Nicht so schlimm, Lexi, da ist mal der Sprengmeister dran." Dragon ging nach vorne und wühlte in seinem Rucksack. Er klebe an einige strategische Stellen etwas Plastiksprengstoff an die Wand und die drei gingen in Deckung. Dragon drückte auf den Funkauslöser. Eine dumpfe Explosion war zu hören. Er grinste die beiden an. „Das ist so eine Sache, an der ich gerade herumschraube, schallgedämpfter Sprengstoff." JC kroch als Erster durch das Loch. Die anderen folgten. „Ha. Uhuuuu. Da ist der Verteilerkasten." JC sprang darauf zu und öffnete ihn. „Wow. Das sind viele Kabel. Kennt sich einer aus?" Mit vereinten Kräften machten sie sich daran, das Kabel anzuschließen. Schließlich schafften sie es durch Anleitung von Phönix über Funk. „Und los", sagte Dragon und sie machten sich etwas schneller auf den Rückweg, der glücklicherweise ohne weitere Komplikationen verlief. Den Guhlen hatten sie gehörig eingeheizt. JC kam als Erster aus dem Gully. Er atmete tief durch. „Ahhhh. Abgase, Smog und Industrieluft." Er ging hinüber zu Phönix. Sie war unterdessen nicht untätig gewesen. Sobald sie im Dreck waren, hatte sie den Wissenschaftler ausfindig gemacht und die umliegenden Gebäude untersucht. Sie hatte nun alle Kameras der Gebäude unter Kontrolle und auch schon einen passenden Einbruchsweg parat. Sie öffnete die Augen als JC sachte ihre Schulter berührte. „Hey. Was gibt's Neues?" Sie berichtete kurz. „Was haben wir also als Nächstes vor?", fragte Dragon. Die Uhr zeigte 06:00 am. „Machen wir uns auf den Weg in Richtung Notquartier und springen unterwegs noch bei einem Mc Hagges vorbei?" Alle waren mit Dragons Plan einverstanden. Sie fuhren also wieder in die Innenstadt. „Mc Hagges, Ihre Bestellung bitte." „Hallo. Wir hätten gerne drei doppelte Hühnerburger-Menüs mit zwei mal Cola und einmal Mineralwasser. Dann bräuchte ich noch ein doppeltes Hagges-Menü mit allem dran, vier Salate. Mit dem scharfen Dressingzeug. Weiter noch acht Schokoladen-Donuts. So, ich denke, das war's." „Gut, fahren Sie bitte weiter zum nächsten Schalter, der Betrag ist 76,59 Nuyen." Die Sonne war schon lange aufgegangen, als alle wirklich müde bei ihrem Quartier ankamen. Sie stiegen aus und gingen durch die Haustür in den Flur hinein. Alle benutzten den Lift in den vierten Stock. JC schob Phönix vor sich her. Sie war die halbe Nacht in der Matrix gewesen, er konnte es nicht nachfühlen, aber das war mindestens genauso anstrengend, wie der Kampf, den er gerade hinter sich hatte. JC kramte einen Schlüsselbund heraus und öffnete die Tür der Wohnung. Ein langer Gang erstreckte sich vor ihnen. Auf der linken Seite des Ganges waren drei Türen. Hinter der ersten war ein Schlafzimmer mit Stockbett. Hinter der zweiten Tür war ein kleines Zimmer mit Einzelbett. Hinter der letzten Tür war ein etwas größerer Raum mit einem Doppelbett. Nach zwei Metern ging es nach rechts. Dort war das Badezimmer. Gegenüber des Badezimmers war der Essbereich. Gegenüber den Zimmern war eine große Nische, die die Küche verkörperte. Er hatte auch etwas Ausrüstung deponiert, für jeweilige schnelle Aktionen. Dragon und Lexi hatten dasselbe getan. Als sie noch zusammengearbeitet hatten, hatten sie sich häuslich eingerichtet. Doch die dicke Staubschicht zeigte deutlich, dass hier schon lange niemand mehr gewesen war. JC warf sich als Erster unter die Dusche. Mit dem heißen Wasser auf dem Körper fühlte er sich nun angenehm erschöpft. Er schaltete die künstliche Adrenalindrüse bewusst nicht ein, denn er konnte ja bald schlafen. Das war ein Überbleibsel aus seiner Zeit beim Militär. Durch dieses kleine, raffinierte Ding in seinem Kopf musste er drei Wochen nicht schlafen. Zum Aufladen genügten 24 Stunden Ruhe, das war so eine experimentelle Sache gewesen und er hatte sich sofort freiwillig gemeldet. JC war damals beim Militär der Killer gewesen. Dragon war in seinem Team. Zusammen erledigten sie einen Auftrag nach dem anderen. JC kramte aus seiner Tasche, die er aus dem Auto mitgenommen hatte, Duschgel heraus, und als er fertig war, zog er sich an und ging durch das geräumige Wohnzimmer in die Küche. Lexi stürmte als Nächstes in das Bad. Es hatte noch keiner gegessen. Sie wollten warten bis alle da waren. „Das war … wenn man ehrlich ist, ein absoluter Scheiß." Dragon lachte über JC's Äußerung und verschwand im Bad, nachdem Lexi wieder rausgekommen war. Nach einigen Minuten saßen alle am Tisch in der Küche. Sie begannen schweigend zu essen. Der Tag rückte voran und die Runner wurden zusehends müder. „He, Leute, ich denke, ich hau mich in die Federn. Ich bin etwas fertig. Ich brauch einen Systemneustart." JC stand auf, löschte seine Zigarette aus und verließ die Küche. „Das ist eine geniale Idee. Ich bin auch in den Federn." Dragon erhob sich, dicht gefolgt von Lexi. Sie stupste Dragon auf die Schulter. „Was?" „Ich will das obere Bett." „Bitte, wenn du unbedingt willst, dann brauch ich keine Leitern klettern." Beide verschwanden im größeren Zimmer. Phönix blickte JC an. „Ich werde auf der Couch pennen." Mittlerweile hatte sich das zu seinem Standardsatz entwickelt. „Du kannst das Doppelbett haben." Er ging in das Schlafzimmer und kramte nach einigen Laken. Als er sich umdrehte, stand Phönix in der Tür. „Du kannst hier schlafen, das ist kein Problem." Ihr Standardsatz. Sie rollte hinüber zum Bett und setzte sich darauf. „Kannst du mir bitte helfen?" Phönix lehnte sich zurück und JC öffnete die Knöpfe ihrer Hose. Dann half er ihr sie auszuziehen. Wortlos entkleidete sich JC. Beide lagen nun in Unterwäsche unter der Decke. *„Ich könnte ihn umarmen. Jetzt hab ich ihn schon mal da wo ich ihn haben will. Mittlerweile zum hundertsten Mal."* Sie rückte etwas näher an JC heran. Er lag mit dem Rücken zu ihr und starrte auf die Waffen, die er auf den Nachttisch gelegt hatte. *„Phönix, was hat sie vor?"* „Du? Kann ich dich etwas fragen?" Er drehte sich um. Ihre Nasen berührten sich beinahe. „Du kannst mich alles fragen." Phönix überlegte schnell. Sie hatte nur nach einer Ausrede gesucht um zu erklären, warum sie näher gekommen war. Sie blickte in JC's kalte, emotionslose Cyberaugen. Sie drückten keine Gefühle aus und waren tot. Phönix fiel nichts ein, was sie fragen konnte. „Ich ...", begann sie. JC blinzelte. „Ich habe mir Sorgen gemacht, als du da unten bei den Guhlen warst. Dir hätte etwas passieren können. Ich weiß, du bist gut. Aber jeder macht mal Fehler. Ich hab nachgedacht. Ich kann dir nicht helfen wenn du mal Hilfe brauchst. Ich bin im Einsatz nicht zu gebrauchen." „Soll das etwa heißen, dass du dein Leben als Runner in den Wind schreiben willst?" „Nein, eigentlich nicht. Aber das ist nur eigenartig. Ich bin nur so ausgeliefert." Phönix blickte JC durchdringend an. Sie hatte eines der Themen angesprochen, das ihr schon seit längerer Zeit auf der Seele brannte. „Phönix. Ich weiß, dass es schwierig für dich ist, weil du im Rollstuhl sitzt. Aber auf eines kannst du dich verlassen. Ich werde immer alles, was in meiner Macht steht, unternehmen um dich vor allem zu schützen." „Das bedeutet mir sehr viel." „He." Er streichelte ihr sanft über die Wange. „Ich werde immer für dich da sein." Sie lächelte. JC hatte seine Lichtverstärker nicht eingeschaltet. Phönix sah mal wieder umwerfend aus. Das Blau ihrer Haare schimmerte im Licht der Sonne, das durch einen Spalt in den Vorhängen fiel. Es war ein ziemlich perfekter Moment. JC war ihr so nahe wie noch nie. Phönix empfand dasselbe. Lange lagen beide einfach nur da und schauten sich in die Augen. Phönix's Augen waren so giftig grün, als ob sie Kontaktlinsen trug. „Phönix. Ähm, ich wollte dir schon länger etwas sagen." „Was?" *Ich liebe dich und will den Rest meines gesamten Lebens jede Sekunde mit dir verbringen. Ich werde dir alles geben und du kannst alles verlangen. Verdammt noch mal. Ich liebe dich so sehr dass es wehtut. Nur in deiner Nähe zu sein, ist das Beste was mir an einem Tag passieren kann. So, und das werde ich ihr jetzt sagen.*" Er holte noch einmal Luft. „Ich ..." Phönix blickte tief in seine Augen. „Du bist mir verdammt wichtig." Er hatte es nicht getan. „Würdest du mich halten?" „Äh. Was?" JC war etwas verwirrt. „Ich könnte eine Umarmung gebrauchen. Ich bin etwas fertig, seelisch." JC nickte. Sie drehte sich mit dem Rücken zu ihm. Er schloss die Arme um sie. Ihre Haut war so weich und zart, er spürte ihre Atmung an seiner Brust. Phönix drehte sich wieder zu JC um. „Ich mag dich wirklich sehr." Phönix lächelte ihn an. „Phönix ..." JC blickte tief in ihre Augen. Diese Augen, die so wunderschön waren. Sie kamen sich noch etwas näher. Phönix flüsterte. „JC, bist du dir sicher, dass ich keine Belastung für dich bin?" Sie kamen sich noch näher. JC flüsterte jetzt auch: „Ich bin mir sicher." Ihre Lippen trafen nur sachte aufeinander. Es war kein wirklicher Kuss gewesen. Dieser Moment, dieser perfekte Moment, dauerte eine Ewigkeit. Die warmen Lippen von Phönix, das unbeschreibliche Gefühl, die Frau die er liebte in den Armen zu kalten. Beide gingen wieder auseinander. In Phönix's Augen standen Tränen. „JC ..." Er sagte nichts. Sie schlossen sich fest in die Arme. „Danke, dass du mich wieder in die Wirklichkeit geholt hast. Du hast was gut." Das war zwar nicht das, was er sagen wollte, doch Phönix schien zufrieden. Sie strich ihm mit geschlossenen Augen über die Narben über seinem Herzen. JC schloss die Augen und die Erschöpfung ließ ihn in den Schlaf gleiten.

„JC. JC." Jemand flüsterte ihm ins Ohr. „Da, da drüben ist er, ich kann ihn sehen." JC hob das Fernglas an die Augen. Er spähte über das dunkle Gelände. Da war er, General Rimmores. Er sprach gerade mit einigen Untergebenen. JC ließ das Fernglas sinken und griff nach seinem Scharfschützengewehr. Er schob es langsam über den Boden und legte es an. Mit der anderen Hand klappte er das Zweibein auf. Durch das Zielfernrohr spähend, beobachtete JC den General, wie er auf und ab schritt und mit den Händen fuchtelte. „Hab ihn", sagte JC. „Gut, ich gebe den Funkspruch durch. Taurus, hier 2 1, sind in Position und haben Ziel erfasst. Erbitten um Schussfreigabe." Ein kurzes leises Rauschen, dann kam die Antwort. „2 1, hier Taurus, haben Sie Sprengladungen an den Schnittstellen angebracht?" „Bestätige", erwiderte Dragon. „Positiv, Sie haben Schussfreigabe." „Bestätige positive Schussfreigabe", funkte Dragon und JC legte den Finger auf den Abzug. Das Fadenkreuz des Zielfernrohrs wies genau auf den Kopf des Generals. JC zog den Abzug nach hinten. Er spürte wie in Zeitlupe, dass sich der Schlitten nach hinten bewegte, im nächsten Moment schien die Zeit stillzustehen. Der Rückschlag drückte JC's Schulter nur sachte. Das Projektil raste aus dem Lauf. Der Schallunterdrücker erstickte jegliches Geräusch und sogar das Mündungsfeuer. Nicht mal einen Wimpernschlag lang dauerte es und das Geschoss hatte ihr Ziel erreicht. JC blickte immer noch durch das Zielfernrohr. Er sah wie der Schädel des Generals beim Eintritt des Projektils aufbrach. Blut und Hirnmasse spritzte durch die Luft. General Rimmores brach zusammen. Dragonfist drückte auf den Fernzünder. Es gab eine Explosion im Bereich der Fahrzeuge. Als Nächstes flog die Funkzentrale in die Luft. Dann gab es zeitgleich Explosionen am Haupttor der Basis und in der Energiezentrale. „Taurus, Zielperson ausgeschaltet. Schnittpunkte neutralisiert. Jungs ihr habt die Freigabe, ihr könnt Stürmen." JC und Dragon erhoben sich. Im feindlichen Lager ging sofort ein heftiger Schusswechsel los. Die Spezialeinheiten stürmten von allen Seiten in die Basis. Ein Panzer fuhr durch das gesprengte Tor. „Wow. Das war ein Bums!" „Ja ich mag es, wenn alles in die Luft fliegt. JC lass uns verschwinden." Beide machten sich auf den Rückweg. Sie gingen weiter den Weg den sie gekommen waren, bis sie ihren Jeep erreicht hatten. Dragon setzte sich auf den Beifahrersitz und JC fuhr los, zurück zur Einsatzzentrale.

Er griff nach einem in der Luft schwebenden Licht. Er konnte es nicht berühren. JC versuchte aufzustehen. Er war gefesselt. Nein, er konnte seine Beine nicht bewegen. Phönix lag bewusstlos auf dem Boden. JC sah sich um, er benutzte die Lichtverstärker. Er saß auf einem Stuhl. Mit aller Kraft stemmte er sich gegen die Armlehnen. Er hob sich aus dem Stuhl und stellte die Beine auf den Boden. Er ließ die Armlehnen los. Plötzlich brach er zusammen, seine Beine. Verflucht. JC spürte einen heftigen Schmerz, er griff nach unten. Oberhalb seiner Knie ragten Knochen aus dem Muskel. „Phönix!!" Er kroch nach vorne, eine Blutspur zurücklassend. Nur noch ein paar Meter. Der Schmerz wurde immer schlimmer. JC fühlte Gras und Dreck unter sich. Seine Uniform war über und über mit Blut beschmiert. Sein eigenes Blut. Die Augen fest auf das Gesicht von Phönix gerichtet, zwang er sich weiter-zu-kriechen. „Phönix!" Er hustete Blut. Es erschien ihm wie eine Ewigkeit. Dann ergriff er Phönix's Arm. „Bitte mach die Augen auf." Er fühlte ihren Puls. Er schlug schwach, aber er schlug. „Phönix." Sie öffnete die Augen. „JC? Was machst du denn hier?", fragte sie, gerade so, als ob sie die Uhrzeit wissen wollte. Er stützte sich hoch. „Verdammt. Was ist denn mit dir passiert? Hier, lehn dich da dran." Phönix stand auf und lehnte JC an einen dicken Baumstumpf. „Ich hol mal Hilfe. Ich bin gleich wieder da." Ihre gleichgültige Stimme schnitt messerscharf in seine Seele. „Phönix, ich liebe dich", stieß er atemlos hervor. „Das ist toll, irgendwann werden wir sicher heiraten und hundert Kinder haben. Komm schon, mach dich doch nicht lächerlich. Glaubst du, dass jemand mit einem Krüppel zusammen leben will? Ich will jemanden, der mit mir mithalten kann und etwas intelligenter ist als du." Sie beugte sich zur Seite und hob einen Verbandskasten auf. JC blickte plötzlich in die Mündung einer Waffe. BUMM!!! Er spürte, wie das Projektil in seine Brust eindrang und das Blut auf Phönix spritzte. *"Toll, wegen dir bin ich jetzt voller Blut, danke, du Arsch."* Er rutschte nach rechts. Phönix erhob sich. Er sah, wie sich ihre Lippen bewegten und alles dunkler wurde. Eine Eiseskälte breitete sich in seinem Körper aus. Er blickte noch ein letztes Mal in ihre Augen. Der verächtliche Blick der darin lag, nahm ihm das letzte bisschen Leben. Sein Körper verkrampfte sich und er würgte. Nach Atem ringend versuchte er Luft zu holen. Etwas verhinderte es. Der Schmerz überflutete ihn. Er starb in einem Wirbel aus heftigen Krämpfen.

JC wusste nicht mehr wann er eingeschlafen war, er blickte auf die Decke des Raumes. Er hatte nur ein Geräusch gehört. JC atmete schwer. Er schaute auf seine Brust. Waren es Phantomschmerzen? Irgendjemand werkelte in der Küche herum. Es schien wohl Dragon zu sein. Er versuchte leise zu sein, aber er war nicht leise genug. Die Sonne leuchtete noch immer durch die Fenster und tauchte den Raum in abendliches Rot. Phönix lag eng an JC geschmiegt. Er strich ihr die Haare aus dem Gesicht. Sie sah so friedlich aus. Dann stand er auf und zog sich leise an. Als er die Küche betrat sah er Dragon, der mit einer Tasse Kaffee am Küchentisch saß. JC warf ihm ein „Morgen" entgegen und schenkte sich Kaffee ein. Er setzte sich Dragon gegenüber und kramte nach seinen Zigaretten. Dragon grinste ihn an. „Lange Nacht, was?" JC zündete sich die Zigarette an und blies Dragon den Rauch ins Gesicht. „Weiß nicht, was du meinst." JC nahm noch einen Zug. „War eine scheiß Nacht. Hab vergessen die Festplatte zu deaktivieren, jetzt hab ich hundert Ohrwürmer, und zwar von den schrecklichsten Liedern, die je erfunden wurden. Ich hab so einen Schädel dran. Werd mal einen Systemstart machen, wart mal." JC schloss seine Augen, er legte den Kopf schief. Nach etwa zehn Sekunden war er wieder ansprechbar. „Fuck. Hat nichts gebracht." JC nahm einen weiteren Zug. Dragon grinste noch immer. „Grins doch nicht so blöd, du Arschloch. Wir haben nicht miteinander geschlafen." „Das soll ich dir glauben?" „Ja, verdammt!" „Gut, glaub ich's eben. Aber jetzt zu etwas anderem. Ich hab dich in den letzten zwei Tagen etwas beobachtet. Ich mach mir Sorgen." Jetzt schaute JC blöd drein. „Was meinst du jetzt damit, ich versteh dich heute überhaupt nicht. Hab ich beim Pennen mein Hirn verlegt? Oder hab ich einen Virus? Würdest du dich bitte so ausdrücken, dass ein normal Sterblicher es versteht." Dragon neigte den Kopf leicht zur Seite. Seine Augen wurden glasig. JC wusste, dass Dragon ihn auf Essenz untersuchte. Dragon zuckte zusammen, JC grinste. „Kleinen Schock gekriegt, was?" „Siehst du, das meine ich, du hast kaum noch Essenz. Deine Seele hat schon Schwierigkeiten, sich an deinem Körper zu halten." Dragon sah wirklich besorgt aus. „Du stopfst zu viel Cyberware in dich rein. Das macht deine Seele kaputt. Sie wird sich von deinem Körper lösen und du weißt ja, was dann passiert." JC's Komlink klingelte. „Wer?", sagte er knapp. Er war gereizt. Er hasste es, wenn ihm Leute Vorschriften darüber machten, was er sich implantieren lassen soll und was nicht. „Hallo Mr. Denton ihr Termin um 11:15 am. Ich wollte ihn gerade noch bestätigen." „Werde da sein. Wiederhören." „Wer war denn das?" JC blickte genervt zu Dragon hinüber. „Das war die Vorzimmerschnepfe meiner Ärztin." „Was willst du denn bei der?" JC reichte es jetzt endgültig. „Verflucht noch mal! Du kannst dir ja genau denken, was ich bei der will! Ich werde mir noch mehr Scheiße in die Rübe pflanzen lassen!" Klirr. Die Tasse war in JC's Hand zerquetscht worden. Scherben bohrten sich in seine Hand. Er schrie jetzt. „Ich kann verdammt noch mal selbst bestimmen, was ich mir implantieren lasse. Du bist nur ein verdammter Erwacher. Du weißt gar nicht, wie geil das Gefühl ist, wenn sich deine Cyberware einschaltet. Wenn du dich fast außerhalb deines Körpers bewegst." Jetzt schrie auch Dragon. „Ja das, genau das ist es. Dein Geist versucht schon deinem Körper zu entfliehen. Du Idiot, du mutierst zu einem Cyberzombie, du hast dich nicht unter Kontrolle. Hast du die Scherben in deiner Hand bemerkt?" JC sah in seine Hand. Erst jetzt registrierte er, dass die Tasse nicht mehr da war. Es floss kein Blut. Eine bläuliche Flüssigkeit tropfte auf den Tisch. Er konnte das reparieren, aber er wollte sowieso noch zu seinem Street Doc Nemesis. Er wollte das neue Move-by-wire-System haben. Damit schlitzte er einen Erwacher auf, bevor er nur einen Zauber überlegt hatte. „Noch mehr Cyberware. Das wird dich erledigen! Deine Seele hat kaum noch etwas an das sie sich klammern kann, weil dein beschissener Körper nur noch aus synthetischer Scheiße besteht." JC schlug die Faust in den Tisch. Seine Sporne waren herausgefahren und hatten drei Löcher in die Tischplatte gestanzt. „Ich kann mir so viel synthetische Scheiße einpflanzen wie ich will! Ich werd das schon überleben!" Dragon blickte JC wie einen Feind an. „Willst du wissen, was ich sehe, wenn ich deine Essenz-Aura überprüfe?" „Du blöder Wichser! Nein, will ich nicht. Das ist mir scheißegal!" JC drehte sich um. Hinter ihm war Phönix. Lexi war an die Wand gelehnt. Beide starrten ihn an. „Verflucht! Ich weiß besser, wie jeder andere wie viel mein Körper verkraftet!" Er verschwand kurz im Schlafzimmer. Als er wieder auftauchte, hatte er seine Waffen umgeschnallt. „Du!", sagte JC knapp, er richtete eine Ares 3 auf Dragons Kopf, der immer noch in der Küchentür stand. „Du bist verantwortlich, dass Phönix nichts geschieht. Sollte ihr auch nur eine Kleinigkeit fehlen, werde ich dich erledigen. Du kannst dich verstecken, wo du willst. Ich werde dich finden." JC ging in die Knie. „Phönix", sagte er ruhig und freundlich. Lexi fand, dass er sich nun plötzlich nicht mehr wie eine Maschine verhielt. An Phönix's Wange schmiegte sich eine Träne. „Ich will auf dich aufpassen und werde es auch tun. Aber um das besser zu können, brauche ich etwas Unterstützung." Er streichelte ihr zum Abschied noch mal sanft über die Wange und verschwand dann durch die Tür. Einige Minuten sagte keiner ein Wort. Sie warteten, bis sie den Motor von JC's Wagen hörten. „Du verfluchter Mistkerl!" Phönix schlug mit der Faust auf ihre Rollstuhllehne. „Wenn du den Eingriff nicht überlebst, werde ich zugrunde gehen. Ich liebe dich verdammt." Phönix schlug so heftig mit dem Ellenbogen gegen die Lehne, dass sie aus ihrem Rollstuhl rutschte. „Mist!" Dragon und Lexi kamen ihr zu Hilfe. „Phönix. Beruhige dich erst mal. Hier." Dragon half Lexi, Phönix wieder in den Rollstuhl zu setzen. Er wandte sich noch mal an Phönix. „JC ist stark. Stärker als die meisten. Er wird den Eingriff überleben." Er brachte Phönix in die Küche und stellte ihr eine Tasse Kaffee hin. Phönix war aufgelöst. Sie hielt mit zitternden Händen ihre Tasse. Sie konnte kaum einen klaren Gedanken fassen. „Phönix, jetzt hör mir mal zu. JC, er wird den Eingriff überleben. Er wird nicht sterben. Er hat noch genug Essenz. Ja, nicht mehr wirklich viel, aber er wird dich nicht im Stich lassen." Phönix blickte Dragon an. Seine Augen waren warm und schienen ehrlich. „Aber was ist, wenn nicht?" „JC und ich kennen uns schon ewig. Er hat es dir sicher erzählt. Wir waren zusammen im Krieg. Danach haben wir oft zusammengearbeitet. Worauf ich hinauswill, er hat mir vieles erzählt. Als wir dich zum ersten Mal getroffen haben, hat er wochenlang nur von dir geredet. Mir hängt das mittlerweile zum Hals raus. Was ich damit sagen will, auch wenn er nicht mehr viel Essenz hat, hat er sehr starke Gefühle für dich. Er hat es mir gesagt. Eine Seele braucht Lebendiges, um sich an einem Körper zu halten, das ist bewiesen. Aber was auch wichtig ist, sind Gefühle. Die werden ihm helfen. Phönix, das ist zwar nicht bewiesen, aber ich weiß, dass es so ist." Mit diesen Worten hatte Dragonfist Phönix etwas beruhigt. Sie war nun nicht mehr ganz so zittrig. „Dragon, vielleicht hast du recht." Er lächelte sie an. „Ich glaube schon." „Was ist mit ihm in letzter Zeit los? Er verwandelt sich langsam in eine Maschine." Dragon schob ihr etwas zu essen von gestern hin. „Hey. Sieh es doch mal positiv. Solltet ihr eine Beziehung haben und ihr würdet streiten, dann schallte ihn doch einfach ab." Er grinste. Sie sah ihn nur an. „Oh, das ist wohl danebengegangen. Aber ich verspreche dir, dass dir nichts passieren wird. Ich hab Angst davor, dass er mich umlegt." Jetzt lächelte sie. Er hatte es endlich geschafft. Alle aßen noch etwas und Phönix's Laune besserte sich. Dragon sah sie an. „Aber weiß er es?" „Weiß wer was?", fragte Phönix, wobei sie schon wusste, was Dragon fragen wollte. „JC. Weiß er, dass du dich in ihn verliebt hast?" Phönix blickte auf den Boden. Nachdem sie festgestellt hatte, dass der nicht sonderlich interessant war, antwortete sie Dragon: „Ich weiß es nicht wirklich. Ich denk einfach mal, er mag mich recht gerne, aber das war's auch schon. Ich bin einfach nicht diese Art von Frau, auf die er steht. Sieh mich doch mal an." „Du siehst verdammt gut aus. Mal ganz ehrlich, andere würden dich beneiden. Du bist eine der schlauesten Frauen, die ich kenne und das ist noch lange nicht alles. Du kombinierst das alles noch mit gutem Aussehen. Wenn JC nicht wäre, hätte ich dich schon lange auf einen Drink eingeladen. Und dann so was von flachgelegt." Phönix fixierte ihn. „Hallo, ich sitze in einem Rollstuhl und auf medizinischem Weg kann man daran nichts ändern. JC braucht doch jemanden, der mit ihm mithalten kann." Dragon war verdutzt. „Was macht er immer, wenn du zu ihm kommst? Er rennt die Treppen runter und trägt dich rauf. In den neunten Stock." „Das macht er nur, weil er keinen Lift hat." „Ja gut, bilde es dir nur ein. Er könnte ja auch zu dir fahren. Denk doch mal nach. Er mag dich. Er mag dich sehr, seit er dich gesehen hat. Er will nur nicht riskieren, etwas kaputt zu machen. Er möchte dich nicht verlieren. Du bist ihm verdammt wichtig. Er hat mir schon einiges über dich erzählt. Langsam hängt es mir auch schon zu den Ohren raus. Er hat nur erwähnt, wie du aussiehst und ich muss sagen, er hat's ziemlich gut getroffen. Ich wusste auch nicht, dass du im Rollstuhl sitzt, bevor ich dich gesehen hatte. JC ist ein herzensguter … na ja, Fast-Mensch. Er übertreibt es nur ein bisschen mit seinem ganzen Cybermist. Außerdem gibt es eine einfache Möglichkeit das herauszufinden, ob er bei der Operation gestorben ist." Lexi und Phönix blickten in verdutzt an. „Ja. Ich schneide dir einfach eine Haarsträhne ab und schicke sie ihm. Dann wird er auch von den Toten auferstehen, um mich zu erledigen."

System abgeschaltet

JC war durch die Straßen gerast und vor der Praxis des Street Docs stehen geblieben, bei dem er den Termin hatte. Nemesis hatte sich von ihrem Hinterhof tatsächlich bis zu einer Praxis hochgearbeitet. Er stieg aus seinem Wagen und ging die Stufen hinauf. Vor einer der großen Eingangstüren blieb er stehen und drückte auf die Klingel mit dem Namen Nemesis. „Ja", antwortete ihm eine gelangweilte Stimme. „Denton", sagte JC knapp und die Tür wurde geöffnet. JC ging zum Lift und fuhr in den sechsten Stock. Er steuerte auf eine bestimmte Tür zu und öffnete sie. Er war in einem größeren Raum. An den Wänden waren einige Stühle aufgestellt. Zeitschriften lagen auf einem kleinen Tisch in der Mitte des Raumes. JC achtete nicht darauf und ging geradewegs durch eine andere Tür. Hinter einem Tisch saß eine gelangweilt aussehende Elfe. „Ja", sagte sie schleppend und ohne aufzusehen. Es war dieselbe Stimme wie an der Sprechanlage. „Denton", sagte JC wieder. „Der Doc erwartet Sie, gehen Sie durch die Tür da." Sie wies mit dem Daumen auf die Wand hinter ihr. JC schüttelte leicht den Kopf und öffnete die nächste Tür und erblickte Nemesis. Sie arbeitete an ihrem Computer. Auf dem Tisch stand ein längliches Paket. „Hallo JC. Was macht die Arbeit?" „Können wir das so schnell wie möglich hinter uns bringen?" JC warf einen Credstick auf ihren Schreibtisch. „Ist das da das Move-by-wire-System?" Nemesis nickte. Sie war etwas genervt. Sie und JC hatten einmal etwas miteinander. Seither waren sie nicht gerade gut aufeinander zu sprechen. JC hatte die Beziehung beendet. Nemesis war ihm zu … zu … JC wusste nicht, woran es gelegen hatte. Es hatte einfach nicht funktioniert. Nemesis stand auf und JC ging vor ihr in einen kleinen OP. JC legte sein T-Shirt ab und warf sich mit dem Gesicht nach unten auf den OP-Tisch. Nach einigen Minuten kam Nemesis herein.

Mit Mundschutz und Handschuhen blickte sie JC an. „Bist du dir wirklich sicher, dass du das machen willst?" JC wusste nicht genau, warum er es tat, aber er schnauzte Nemesis regelrecht an. „Warum nerven mich immer alle wegen meiner Vercyberungen? Ich weiß, was ich will und niemand hat das Recht mir irgendetwas vorzuschreiben. Fang endlich an und lass mich nach der Operation bitte in Ruhe. Ich hab dir das Geld gegeben und sollte ich verrecken, kannst du ja meine Cyberware haben. Das reicht sicher, um dir ein neues Leben zu kaufen." Nemesis begann und zog eine Spritze auf. Nacheinander legte sie Operationswerkzeuge auf einen kleinen Tisch, der auf Rädern stand und mit einem Tuch bedeckt war. Sie schaltete etwas ein und JC hörte das Piepsen seines Herzschlages. Er blickte sich noch einmal im Raum um. Dann legte Nemesis ihm eine Infusion. „Für dich brauche ich die dreifache Dosis Betäubungsmittel. Versuche doch bitte während der OP die Adrenalindrüse ausgeschaltet zu lassen." Im nächsten Moment hatte JC schon das Gefühl des Schlafes. Seine Festplatte begann zu arbeiten. JC schaltete die Drüse ab und im nächsten Moment wurde alles schwarz. Es blinkte noch kurz eine Meldung auf. System abgeschaltet.

Der Neuanfang

„So …" Die harte Stimme machte eine Pause. „Bitte chören sie aufmerksam zu." Etwas Kaltes, Kreisförmiges drückte gegen seine Stirn. Der russische Akzent kam ihm nicht bekannt vor. Er öffnete die Augen. Dennoch sah er nichts. Seine Augen waren verbunden. „He! Wer … wer … wer sind S…S…Sie? W…w…was habe ich getan? Warum b… binn ich hier?" „Sie wissen exakt, was Sie getan chaben. Mister Cross." „Was Cross, ich bin nicht Mister Cross. Ich kenne diesen Herren nicht." „Ach … kennen Sie nicht?" „N…n…nein. M…m…mein Name i…i…ist Rupert H…H…Holden." „Wo arbeiten Sie, Mister Choldon?" „Ich bin Briefträger. I…i…in meiner Tasche müsste m…m…mein…ne Genehmigung s…s…sein." Der Druck auf seiner Stirn erstarb. Etwas wurde auf Russisch gesprochen. Rupert verstand kein einziges Wort. „Mister Choldon. Das ist jetzt dumm. Wir chaben Angaben überprüft, die auf Papieren stehen und Sie sind korrekt." Rupert atmete erleichtert durch. Ein schwaches panisches Lachen entkam ihm. „Das … das ist wunderbar. Ich bin der Falsche. Ich bin der Falsche. Der, der, der, der, der Falsche." „Das ist chorrekt, Sie sind Falsche. Dennoch sieht schlecht aus." Rupert geriet in Panik. „Warum bitte, ich bitte, bitte ich habe nicht mal ihre Gesichter gesehen." Die Augenbinde wurde daraufhin heruntergerissen. „NEIN! NEIN! NEIN!" Rupert presste die Augen so fest zusammen, wie er konnte und drehte den Kopf nach unten. Rupert zitterte am gesamten Leib. „Sie sind nicht Mister Cross. Chaben aber dennoch Kontakt zu Mister Denton gehabt!!" Der Russe brüllte ihn an. Rupert zitterte nun so heftig, dass die Handschellen, mit denen er an den Stuhl gefesselt war, zu klirren begannen. „Sie hatten Kontakt zu Mister DENTON! Ich habe es gerade aus Unterlagen entnommen. Sie haben eine größer Summe Geld von ihm bechommen. Gut, dass wir immer etwas mehr schnüffeln."

„Bitte Sir. Lassen Sie mich bitte gehen. Ich weiß nicht, wer das ist … ich weiß ja n…n…nicht mal w…w…wer S…Sie sind. Ich w…w…will es auch gar nicht wissen." „Du cheulst wie Baby. Hast du Frau?" „J…j…ja." Rupert schluchzte, Tränen rannen ihm über das Gesicht und es schüttelte ihn am ganzen Leib. Er kauerte sich auf dem Stuhl noch mehr zusammen. „Hmm." Etwas Klebriges wurde auf seine Augen gedrückt. „Klebeband. Frage. Chast du Kind?" „I…j…ja." „Mhm. Wo leben sie?" Rupert presste die Lippen zusammen. „Dann wir dich eben zum Reden bringen müssen." Im nächsten Moment spürte er einen scharfen Stich in seine Kniescheibe. Rupert schrie. Dann schlug ihn jemand heftig ins Gesicht. Rupert wurde auf die Seite geschleudert. Der Stuhl war offenbar am Boden festgemacht, denn er kippte nicht um. Er hing seitlich vom Stuhl herunter. Jemand packte ihn grob an den Haaren und setzte ihn wieder aufrecht hin. Rupert schluchzte. „Selbes Frage. Wo lebben Frau und Kind?" „DAS WERDEN SIE NIEMALS AUS MIR RAUSBEKOMMEN!" Rupert spuckte in Richtung der Stimme. „Das ist richtige Antwort gewesen. Sie sind ein Mann von Ehre. Ist selten zu finden in letzter Zeit. Aber chören Sie das an." Es gab ein Geräusch, als ob Klebeband von Haut heruntergezogen wurde. „Liebling! Liebling! Ich bin hier. Rupert, Schatz." Rupert war entsetzt. „Ashlay, nein. Ist Charlie auch hier?" „Ich weiß es nicht." „Tut mir leid, Ehegespräch zu stören, aber …" Rupert unterbrach ihn. Er flehte in Richtung der Stimme. „Bitte. Mister. Bitte lassen Sie meine Frau gehen. Tun Sie meinem Sohn nichts. Sie können mich haben. Ich werde alles machen. Aber bitte lassen Sie meine Familie." Rupert hörte Ashlay schluchzen. „Das ist wirklich Mann von Ehre. Wissen Sie, ich mache Ihnen Vorschlag." Rupert hörte ihn näher kommen. „Sie müssen mir beweisen, dass Sie echter Mann sind und es verdienen mit Familie zu leben." Er schritt hinter Rupert und öffnete eine der Handschellen. Die andere Hand war noch festgekettet. „Strecken Sie Hand aus." Rupert streckte seine Hand zitternd nach vorne. „Handfläche nach oben. Gut. Hier." Rupert fühlte etwas Hartes in seiner Hand. „Das ist Messer." Der Russe lachte leise, ihm lief es kalt den Rücken hinunter. „W…W…Was s…s…soll ich mir a…a…abschneiden?" „Nichts. Sie werden in Freiheit entlassen. Stecken Sie Messer in Gürtel." Er tat, was ihm der Russe sagte. „Wir werden Sie in Gully werfen, wenn Sie nach Hause schaffen, dann sehen Sie uns nie wieder. Das ist Versprechen und Ihre Waffe ist Messer." „Ich wer…" Doch weiter kam er nicht. Er spürte einen stechenden Schmerz im Nacken und im nächsten Moment verlor er das Bewusstsein …

„*Wo bin ich?*" Rupert rieb sich den Kopf. Er öffnete die Augen. Ashlay lag vor ihm. „Liebes! Ashlay. Ashlay!" Er versuchte sich aufzurichten. Dann kehrte ein stechender Schmerz in seinem rechten Knie zurück. Er blickte darauf. Ein langer, dicker Nagel steckte darin. „Rupert! Schatz." Seine Frau kroch zu ihm. „Wo sind wir?" Rupert blickte sich um. Um sie herum waren steinerne Wände. Sie waren in einem gemauerten Gang. Eine Art Tunnel. Es roch wie damals, als sich der Abfluss in der Küche übergeben hatte. „Liebling, wer waren diese Männer?" „Ich weiß es nicht." „Ist doch egal. Kannst du aufstehen?" Ashlay half Rupert auf die Beine. Eine Taschenlampe lag eingeschaltet auf dem Boden. Ashlay hob sie auf. „Ich glaube, wir sind in der Kanalisation." Beiden lief ein Schauer über den Rücken. Rupert griff nach hinten in seinen Gürtel. Er zog das Messer heraus, das ihm der Russe gegeben hatte. „Glaubst du, dass es stimmt, dass hier unten Monster leben?", fragte ihn seine Frau. Rupert humpelte gestützt von ihr weiter. Sie kamen nur langsam voran. Der Tunnel wollte kein Ende nehmen. Er war groß und breit. „Was du da machst?" Eine heisere Stimme erklang hinter ihnen. Sie drehten sich um. Das Etwas wich vor dem Licht der Taschenlampe zurück. Vor den beiden stand eine eigenartige Kreatur. Weißliche Haut, ein haarloser Körper, ein übergroßes Maul, in dem lange, spitze, gelbe, Zähne waren. Die Ohren waren riesig, so wie die Augen, die weißlich schimmerten. Das Wesen stand einfach nur da und starrte sie beide an. Ashlay flüsterte in Ruperts Ohr: „Was ist das?" „Ich weiß nicht." „Was ist Guhl", sagte das Monster. Es kam einige Schritte auf sie zu, blieb aber außerhalb des Lichtkegels. „He!" Rupert hob das Messer. „Ich habe eine Waffe. Komm ja nicht näher." „Du Blut." Es zeigte auf die Wunde an Ruperts Bein. „Du gut." Es schnüffelte. „Du wirst mich nicht fressen. Ich werde dich sonst töten." Er hielt das Messer zitternd in die Höhe. Der Guhl wich einige Schritte zurück, bis er in den Schatten verschwand. „Er holt bestimmt Verstärkung. Ashlay, jetzt hör mir gut zu. Nimm die Taschenlampe und das Messer. Lauf zu einem Gullydeckel und kümmere dich um Charlie." „Nein. Wir werden das zusammen schaffen. Ich werde dich nicht zurück lassen." „Liebes, es ist die einzige Möglichkeit. Ich bin zu langsam und die werden meinem Blut folgen." „Ich lass dich nicht hier!" „Du musst. Wenn du mich nicht zurück lässt, sterben wir beide." Er blickte in ihr Gesicht. Sie weinte. Dann fiel sie ihm um den Hals. „Ich liebe dich." „Ich liebe dich auch. Ich werde hier auf dich warten. Hol Menny, ruf ihn an. Der ist Kanalarbeiter und ein guter Freund, der wird mich finden und in wenigen Sekunden hier sein. Ich schaffe es. Das verspreche ich dir." „Aber." „Nix aber. Wann hab ich je ein Versprechen gebrochen?" Sie küssten sich noch einmal und Rupert gab Ashlay das Messer. „Los, lauf, lauf. Ich warte hier. Ich verspreche es." Ashlay rannte wie vom Teufel besessen den Gang entlang. Rupert war an einer feuchten Wand nach unten gesunken. Er war erschöpft, der Blutverlust hatte ihm übel mitgespielt. Er sah das ferne Hüpfen des Lichtkegels. „Ich liebe dich, Ashlay. Oh Gott. Bitte lass sie es schaffen. Nimm mich an ihrer Stelle." Rupert kauerte sich an die Wand. Er schluchzte und sah auf den Lichtkegel, der immer kleiner wurde. Dann hielt er an. Das Licht leuchtete in seine Richtung. Es bewegte sich nicht mehr. Dann erstarb der Lichtkegel. Was war geschehen? Was war los. Er zog sich an der Wand hoch und folgte dem Weg, den seine Frau genommen hatte. Plötzlich hörte er etwas, dass ihm das Blut in den Adern gefrieren ließ. Ein panischer lauter Entsetzensschrei seiner Frau. Sie schrie seinen Namen. In blinder Panik stürzte er nach vorne, sein gebrochenes Knie konnte das Gewicht des Körpers nicht tragen. Er hörte noch einen Schrei. „ASHLAY!!!!" Doch keine Antwort. Rupert kroch so schnell er konnte weiter. Er schrie nach seiner Frau. „Du Schmerz?" „Er Schmerz." „Riecht gut." Rupert war umzingelt von Guhlen.

„*HAUT AB!!! WAS ZUR HÖLLE HABT IHR MIT MEINER FRAU GEMACHT??*" Rupert hatte Panik. Was war mit Ashlay? Lebte sie noch? Nein. Nein. Nein! Sie war noch am Leben, sie hatte es geschafft. „Frau tot." Rupert erstarrte. Sein Inneres brach in sich zusammen. Ashlay. Er atmete ein. Im nächsten Moment formte er das Ausatmen zu einem Schrei. Einer der Guhle hatte sich auf ihn gestürzt und die langen Zähne in sein verletztes Bein geschlagen. Dann folgte ein Biss nach dem anderen. Rupert schrie und kämpfte. Nicht um sein Leben, sondern um das Leben seines Sohnes. Einer der Guhle biss Rupert in den Hals und riss ein gewaltiges Stück heraus. Rupert röchelte. Er konnte nicht mehr atmen. Er lag auf dem Rücken und blickte nach oben. Er spürte den kalten Atem eines Guhls an seinem Gesicht. Er hatte zum ersten Mal ein Versprechen gebrochen, das er seiner Frau gegeben hatte. Die Glieder ausgestreckt, lag er zuckend in der stinkenden Brühe des Abwassers. Bei jedem Versuch Luft zu holen, verteilte sich Blut. Seine röchelnde Stimme versuchte einen Hilferuf. Doch er röchelte nur. Lichter tanzten vor seinen Augen, die Lungen stachen vor Schmerz. Mit aller letzten Kraft schnappte er nach Atem. Dann sah er nur noch lange Zähne.

Einbruch

Die Welt lag in einem Schleier. Das Licht, das von den Lampen an der Decke leuchtete, war zu hell. JC setzte sich auf. Er war noch etwas benommen. Die Narkose hatte ihre Wirkung nicht verfehlt. Die Festplatte war im Nu wieder gestartet. Die Adrenalindrüse fing an zu pumpen und in wenigen Augenblicken war JC wieder zu 100 % einsatzbereit. Er stand auf. „Hilfe. *Den Fummel trag ich sicher nicht länger als es nötig ist.*" Er ging hinüber zum Kleiderschrank und zog seine eigene Kleidung an, den rosaroten Patientenkittel warf er auf das Bett. JC schnallte sich seine Ausrüstung um. Bevor er sich das T-Shirt anzog, ging er ins Bad. Im Spiegel betrachtete er seinen Rücken. Eine lange, feine Narbe zog sich entlang der Wirbelsäule. Nemesis hatte gute Arbeit geleistet. Der war zugelasert. Und die Haut zusammengewachsen. Die Retinauhr zeigte ihm, dass es mittlerweile 07:45 pm war. Er musste sich schleunigst auf den Weg zurück machen. Er verließ das Zimmer und schlich sich einen Korridor entlang. Die Sprechstundenhilfe saß nicht da. JC ging schnell zur Eingangstür und schlüpfte hindurch. Beim treppab gehen bemerkte er etwas in seiner Hosentasche. Er zog es heraus. Es waren seine Zigaretten. Als er die Schachtel öffnete, sah er einen Zettel. Mit einer rauchenden Zigarette war JC in seinem Wagen. Dann entfaltete er das Papier. ‚Hallo JC. Ich weiß, dass du immer noch rauchst. Ja, das Move-by-wire-System ist mit Vorsicht zu genießen. Du solltest es nicht innerhalb von 24 Stunden benutzen. Dein gesamtes Rückenmark besteht nun aus einem Glasfaserkabel. Sei zu Anfang vorsichtig und versuch dir nicht das Rückgrat brechen zu lassen. Die Nebenwirkungen sind dir ja bekannt. Ich kann dich nicht …' weiter las er nicht. Es war ihm egal, was sie sonst noch zu kritisieren hatte. Er warf das Blatt auf den Boden des Wagens, fuhr los und hielt an einer roten Ampel an. Um 08:36 pm öffnete

JC mit seinem Schlüssel die Tür des Apartments, das Wohnzimmer war leer. Er ging in die Küche. Keiner war da. Die Badezimmertür stand ebenfalls offen. JC ging in das Schlafzimmer. Er erblickte Phönix, sie lag auf dem Bett und hatte ein Kabel in einer, der zwei Datenbuchsen an ihrem Kopf. Er ging näher auf sie zu. Ihre Augen waren halb geöffnet und die Lider zitterten. Phönix war in der Matrix. Die Matrix, ein Zufluchtsort für sie. In der virtuellen Welt konnte sie sein und machen, was sie wollte. JC setzte sich zu ihr auf das Bett. Er wusste, dass sie ihn nicht hören konnte. „Phönix. Ich will dir schon seit einer Ewigkeit etwas sagen. Ich liebe dich und lege mein Leben in deine Hände." Sie reagierte nicht. JC saß einfach nur da und beobachtete sie. Er hörte die Tür des anderen Zimmers aufgehen und einige Schritte. Den Schritten nach zu urteilen, war das Dragonfist. Er war als Wache zurück geblieben. JC ging nicht hinaus. Er wollte jetzt nur bei Phönix sein. Er blendete inzwischen den Gebäudeplan ein, den Phönix ihm gegeben hatte. Er studierte ihn sorgfältig und musste feststellen, dass das Gebäude wirklich gut gesichert war. „JC?" Phönix regte sich. Er sah sie an und blendete dabei alles bis auf seine Uhr aus. Phönix richtete sich auf. Sie blickte ihn fragend an. „Bist du bereit, Phönix?" „Sicher, brechen wir auf." Lexi war inzwischen auch gekommen. Sie versammelten sich für eine Besprechung im Wohnzimmer. „Also, Leute. Der Plan." Dragon schritt auf und ab und fuchtelte dabei wild mit den Händen herum. Noch bevor er seinen Satz richtig weiterführen konnte, sprach ihn Phönix an. „Dragon, es gibt so keine Möglichkeit. Wir müssen uns vor Ort ein Bild machen." Darauf gab es nichts zu erwidern. Sie entschieden sich mit einem Auto zu fahren. Mit dem Golf von JC.

Nach einer normalen Fahrt ohne Probleme waren sie am Konzern angekommen. JC parkte bei dem Gullydeckel, zwei Straßen weiter, wo das Glasfaserkabel darunterlag. Er stieg hinunter und holte es herauf, schloss den Deckel, wobei er das Kabel durch eine der Löcher fädelte. Dann setzte JC den Wagen darüber. Phönix wickelte den Dreckschutz, ein Kondom, herunter und steckte es in ihr Decker-Board. „So. Die Entschlüsselung läuft." Die anderen waren ausgestiegen und bewaffneten sich. JC schraubte die Schallunterdrücker auf seine Pistolen. Er suchte im Kofferraum nach einer geeigneten Waffe. Das Barrett 121 nahm er natürlich mit. Zerlegt in einem kleinen, anatomisch angepassten Kampfrucksack. „Ich liebe dieses Teil", sagte er und zerlegte sein Gewehr in Windeseile in 7 Stücke. „Ich brauch noch was für Räume und enge Gänge." Er kramte noch etwas herum und fand die perfekte Waffe. Das Ares Alpha mit Schalldämpferaufsatz. JC fragte sich, warum er zuerst überlegt hatte. Er hoffte allerdings, dass er den Unterlaufgranatwerfer nicht verwenden musste. Nicht, dass das leise „Flump" das Problem wäre, eher das meistens darauffolgende „Bum". Dragon hatte wieder seine 9 mm Barett und seine Remington 990, wobei er seinerseits hoffte, dass er sie nicht brauchte. Die Schrotflinte machte einigen Lärm. Lexi stand vor einem Problem. Ihre texanischen Waffen waren nicht für Schalldämpfer ausgerichtet. Sie nahm also nur die Ruger mit. Das Messer war wieder an seinem Platz. JC war ausgerüstet wie ein Panzer. Die Schutzwesten waren Standard. Alle trugen sie unter ihrer Kleidung. „O.k. Macht euch auf den Weg. Ich werde euch navigieren." Phönix schloss die Tür des Wagens und legte einen gefälschten Ausweis auf die Ablage. Der war für Arbeiter im Fabrikbezirk. „Gut, Leute, Uhrenvergleich." JC's Uhr zeigte 11:00 pm. „JC, ich hab keine Uhr." Er blickte zu Dragon. „War doch nur ein Witz." Er verabschiedete sich von Phönix und sie stöpselte sich wieder in die Matrix ein. Die drei machten sich auf den Weg. Das Haupttor war verschlossen und gut gesichert. Davor standen fünf Wachen. JC zoomte drauf. „Die sind bewaffnet und gepanzert. Kein Problem, aber wir kommen nicht durch das Tor, wenn wir sie kaltstellen." Sie blickten sich um. „Phönix an Truppe." Ihre Stimme meldete sich aus den Headsets. „Ich könnte euch das Tor öffnen, aber ich glaube, die würden dann Alarm auslösen oder zumindest argwöhnisch werden. O.k. Ich bin im Kamerasystem. Hinter dem Tor sind auch noch Wachen." „Bullshit", sagte Lexi und ging einen Schritt zur Seite. Dadurch sah JC etwas. „He. Wartet mal. Da oben ist ein Kabel." Sie blickten in die Richtung, in die JC deutete. Ein dickes Kabel war an einer

Antenne befestigt und führte zu einem anderen Gebäude, das mindestens genauso hoch war. „Phönix, check mal die Fabrik im Norden. Was ist das?" Einen kurzen Moment Stille. „JC, das ist eine Autofabrik. Die stellen hier gepanzerte Limousinen her." Das war perfekt. Sie umrundeten die gewaltige Mauer, die zu der Fabrik gehörte. Dragon sah das Tor als Erster. Davor waren zwei Wachen postiert. „Erledigen?" „Nein, warte noch, Lexi, ich will keine Aufmerksamkeit erregen. Dragon, dieselbe Nummer wie im Rebellenlager?" Dragon nickte. Er konzentrierte sich kurz und dann wurden seine Umrisse unscharf. Im nächsten Moment war er verschwunden. „Bin auf dem Weg." Die Stimme kam aus dem Nichts. „JC, ist er unsichtbar?" „Ja. Siehst du doch, oder eben nicht. Schalt mal auf Thermalsicht. Dann kannst du ihn sehen. Er bricht nur das Lichtspektrum um sich oder so. Für das menschliche Auge unsichtbar, aber für Maschinen nicht." Dragon schlich hinüber zu den Wachen. Er stellte sich hinter einen und berührte ihn leicht an der Schulter. Im nächsten Moment wurde der Typ ganz zittrig. Er wurde bleich und schwankte etwas hin und her. Plötzlich beugte er sich nach vorne und übergab sich. Die andere Wache lief zu ihm. „He, Mann, alles in Ordnung?" Die von Dragon's Fluch belegte Wache konnte nicht sprechen. Als er den Mund öffnete, würgte es ihn heftig. „Warte, ich bring dich rein. Soll doch Fintsch deine Schicht weiter übernehmen." Er drückte auf ein Steuerungspad an seinem Gürtel. Ein kleines Kästchen am Tor schnappte auf. Er trat nahe heran. „Tennessee Hexler 210537." Dann drückte er seine Handfläche auf einen Scanner. Das Tor schob sich seitlich auf. Er begleitete seinen Kollegen hinein. Kurz bevor sich das Tor geschlossen hatte, schlüpften Lexi, JC und der unsichtbare Dragon hinein. Der Betonboden war grau vom Staub, der sich mit der Zeit angesammelt hatte. Die drei gingen in Richtung einer Tür, die in das Gebäude führte. Die beiden Wachen waren in die entgegengesetzte Richtung unterwegs, zu einem kleinen Wachhäuschen. „He, nur mal so nebenbei. Kann einer von euch Schlösser knacken?" Dragon und Lexi schüttelten die Köpfe. „Wartet, ich mach euch auf, die Tür ist magnetisch verriegelt." Es gab ein leises Klicken und dann schnappte die Tür nach außen einen Spaltbreit auf. Sie bedankten sich bei Phönix und schlichen hinein. Es war dunkel. JC und Lexi schalteten ihre Lichtverstärker ein. Dragon stand in der Finsternis und vor einem Problem. Die beiden schlichen weiter und Dragon folgte ihnen vorsichtig. Dann gab er ein leises Knurren von sich. JC, der die Geräuschverstärker auf volle Lautstärke geschaltet hatte, drehte sich um. „Was machst du denn für einen Lärm, Mensch?" Dragon sah an JC vorbei. „Alter, ich sehe überhaupt nichts. Es ist stockdunkel hier drinnen. Die haben die Fenster vergessen." JC überlegte. Daran hatte er gar nicht gedacht und dass Dragon die Taschenlampe nicht mit hatte war noch ein weiteres Thema. „Kannst du nicht irgendwie sehen?", fragte ihn Lexi leise. „Jo. Ich könnte einen Ball aus Licht erschaffen, der dann in der Luft herum schwebt, aber ich denke, das würde auffallen." Lexi fragte in erneut: „Dragon, hast du nicht etwas Kleineres auf Lager?" Dragon schnipste und auf seiner Handfläche erschien eine kleine, bläuliche Flamme. Sie leuchtete schwach, aber gerade genug, dass Dragon etwas sah. Daran hätte er früher schon denken können. „Ist doch perfekt. Aber fummle nicht mit dem Ding vor meinen Augen herum", sagte Lexi und dann machten sie sich weiter auf den Weg. In der großen Halle waren zahlreiche Maschinen. Roboterarme in verschiedensten Variationen standen am Rand eines Förderbandes, das gerade leer war. Sie folgten JC eine Treppe hinauf. Sie stiegen immer höher und dann leuchtete Licht von draußen herein. Dragon löschte die Flamme. „Hier, ich glaube wir nehmen den Lift." Dragon zeigte auf eine silberne Lifttür. Nach einiger Zeit erreichten sie das Dach. Sie betraten es und blickten hinüber zu dem Gebäude, in das sie eigentlich wollten. Auf der anderen Seite unterhalb des großen Kabels war ein Wachturm. Zwei Sicherheitsleute befanden sich darauf. Lexi deutete auf sie. „Wow, das ist eine Aussicht. Ich bin beeindruckt", staunte Lexi und blickte über den Rand des Daches. Unter ihnen war das abgefuckteste Industriegebiet, das sie je gesehen hatte. „So, Leute, das Erste wäre geschafft. Das Nächste sind die Wachen auf dem Turm da drüben." „Das mach ich", sagte JC zu Lexi, die ihren Zoom aktiviert hatte. JC legte sich auf den Boden, in

Windeseile schraubte er das Barrett zusammen, klappte das Zweibein auf und schraubte genüsslich den großen Schalldämpfer auf den Lauf. Mit einem Glasfaserkabel verband er das Zielfernrohr mit der Datenbuchse. Das Smartlink Fadenkreuz war jetzt im Inneren des Zielfernrohres zu sehen. Er spähte durch das Glas. Das dünne, schwarze Kreuz war nun rot. Auf der rechten Seite erschienen einige Daten.

Distanz:	300 m, 63 cm, 32 mm
Windgeschwindigkeit:	00,0012 km/h. SW
Ziel:	Ork (Homostabilis)
Größe:	1,97 m
Bewegung:	00,000 m/s
Panzerung:	00-Reflektor

Sein strategischer Kampfcomputer machte hervorragende Arbeit. JC atmete ein und hielt die Luft an. Der erste Schuss musste sitzen. Er wartete, bis sich die andere Wache umdrehte. Diesmal verwendete er keine Vollmantelgeschosse. Für so etwas lud er Hohlmantel-Spitz-Stumpf-Geschoße, die bei einem Aufprall auf Stein, Beton, Asphalt oder Ähnliches zersplitterten. Aber sie durchschlugen nicht jede Körperpanzerung. Die Wache drehte sich um. JC schaltete das Move-by-wire-System ein. Alles war verlangsamt. Ein unglaubliches Gefühl durchströmte ihn. Die Wache schien stillzustehen, nicht auch nur eine Bewegung. Nichts. Der Schalldämpfer gab ein leises Pst! von sich und im nächsten Moment brach die Wache in sich zusammen. JC repetierte, visierte sofort die andere Wache auf dem Turm an und schoss. Diese brach ebenfalls zusammen. Beide Kopfschüsse waren perfekt gewesen. JC repetierte erneut. Zwei Schuss verbraucht. Zwei Schuss noch da. Er atmete langsam aus. Das Fadenkreuz bewegte sich kaum. Ein zweites und drittes Magazin hatte er in Griffreichweite neben sich aufgestellt. Er hielt wieder die Luft an. Schaltete das Move-by-wire-System ab und ließ das Fadenkreuz langsam über den Turm wandern. Wenn er beim Militär eines gelernt hatte, dann war es das, dass man immer noch nach etwaigen kommenden Typen Ausschau halten sollte. Aber es kam keiner. „O.k. Ich würde sagen, dass die Luft rein ist." Er verstaute das Gewehr wieder im Rucksack. „Kein Problem", sagte JC und ging hinüber zu der Antenne, die am oberen Ende das Kabel befestigt hatte. Dragon blickte über den Rand des Daches. „Was glaubt ihr, wie hoch das ist?" Lexi, warf einen Blick über die Dachkante. „Das müssten mindestens 500 Meter sein." JC war inzwischen schon auf die Antenne geklettert und überprüfte die Stabilität. Sie hielt. Nacheinander erklommen auch Lexi und Dragon das Eisengestell. JC hakte sich mit beiden Beinen an dem Seil ein und fing an zu klettern. Lexi war die Zweite. Beide hingen am Kabel und überquerten so die Distanz. Dragon hatte eine andere Möglichkeit entdeckt. Er war auf das Kabel gestiegen und schritt einfach darüber. Mithilfe seiner Magie war es kein Problem. Dragon war als Letzter gestartet und als Erster angekommen. Drüben sprang er einfach von dem 10 Meter hohen Antennenmast hinunter. Sein Fall verlangsamte sich und er landete weich wie eine Feder. JC und Lexi kamen dann auch an. „Das bestätigt wieder den Spruch: Die Letzten werden die Ersten sein", sagte JC und suchte nach einer Tür oder einer Dachluke. Dragon hatte eine gefunden. JC untersuchte sie. „Die ist versperrt und mit einem Alarmsystem gekoppelt." „Ich hab's gehört, bitte einfach öffnen." Dragon grinste. JC öffnete die Luke und blickte hinein. Er sah einen Korridor. Der weiße Boden war blitzblank gewischt worden und an den Sesselleisten befanden sich Neonröhren. „Wu hu. Die müssen Kohle haben. Dragon, das wird dich freuen. Es ist nicht vollkommen dunkel", grinste ihn JC an. Das Licht wurde offenbar in der Nacht reduziert. Nun lagen halbkreisförmige Lichtkegel am Boden. Wie ein gezacktes, zweischneidiges Schwert zog sich der Schatten den Korridor entlang. JC stieg langsam hinunter. Den letzten Meter musste er springen. Die Motoren in seinen Beingelenken federten den Fall ab. Unten angekommen hatte er sofort seine Alpha in der Hand und sicherte. „Alles klar, kommt runter." Lexi stieg dann auch durch die Luke. JC stellte sich unter sie. Lexi zweckentfremdete JC's Schulter als Leiter. Und landete neben ihm. Auch sie sicherte sofort. „Fühlst du dich etwas betreten?" „Nein, Lexi, nicht mal auf den Kopf gestiegen."

Dragon schwebte wieder und grinste dabei. JC blickte ihn an. „Ja. Ja. Magie geht über alles. Ja. Ja. Aber ich finde Vercyberungen einfach viel geiler. Phönix, wir sind jetzt im Gang. Wo hin jetzt?" „Ihr müsst vier Stockwerke hinunter. Das Treppenhaus ist nicht gerade die beste Möglichkeit. Da sind überall Bewegungsmelder. Die kann ich nicht abschalten. Die sind autonom, haben keine Verbindung zum Hauptnetz", erklärte sie nach Lexi's „Hä?" „Dann würde ich den Lift empfehlen", sagte Dragon. „Spart Zeit und ist weniger anstrengend." „Tut mir leid, so bequem wird es wohl nicht werden. Der Lift ist gut, nur dass da Kameras drinnen sind. Ich will sie noch nicht abschalten. Die sollen erst merken, dass ich im System bin, wenn es zu spät ist. Ihr wisst ja. Anfassen verboten." „Ja und wer es kaputt macht, muss es bezahlen." „JC, musst du immer einen draufsetzten?" „Kennst mich ja, Fäustlein." „Ihr könnt den Lift benutzen. Na ja, solange ihr außerhalb der Kabine bleibt." „Also wieder nichts mit Bequemlichkeit. Danke Phönix", murrte Dragon. Sie gingen leise weiter. JC, die Waffe im Anschlag und bereit auf jeden zu schießen, der sich ihnen entgegenstellte. Phönix gab die Anweisungen, in welche Richtung sie gehen sollten. JCs Fadenkreuz leuchtete rot und hob sich klar von den strahlend weißen Wänden ab. Nach einer Biegung erreichten sie die Lifttüren. Zwei nebeneinander. „Juhu, wir haben den Lift gefunden. Wenn ich hier arbeiten müsste, bräuchte ich einen Lageplan", sagte JC und legte die Hand auf eine der Türen. „Phönix, wo ist der Lift jetzt?" „Im sechsten Stockwerk." JC hängte seine Ares Alpha über die Schulter und fuhr die Sporne aus. Er steckte sie in den Spalt und drückte die Tür auf. Lexi steckte den Kopf durch. „Hier drinnen ist es dunkel." „Wartet. Ich mach Licht." Im nächsten Moment gingen einige schwache Neonröhren an. „Wow. Die haben sogar einen Reinigungsdienst für den Liftschacht", sagte Lexi und JC drückte die Tür weiter auf. „Darf ich bitten?", sagte er. Lexi stieg auf die Sprossen einer Leiter, die an der rechten Seite, neben der Tür, an der Wand befestigt war. Dragon folgte ihr. JC hatte noch einige Schwierigkeiten mit dem sich ständig schließen wollenden Lift. Mit Verrenkungen schaffte er es aber schließlich doch auf die Leiter. Die Tür verschloss sich und sie stiegen nach unten. Nach einer längeren Kletterei hatten sie es geschafft. JC steckte wieder seine Sporne in die Tür und drückte sie auf. Einer nach dem anderen kletterten sie in den Korridor. „So. Sind wir eigentlich richtig?" JC blickte die anderen fragend an. Sie zuckten mit den Achseln. Sie sahen sich um. Nirgends war ein Schild, wo darauf stand, in welchem Stock sie waren. „Phönix?" Dragon wartete auf die Antwort. „Keine Ahnung. Ich kann euch ja nicht sehen. Aber ist vor euch ein T- förmiger Gang?" „Jo", sagte Dragon. „Aber ich glaube, das sieht in fast jedem Stockwerk gleich aus", sagte Lexi. „He, Leute." JC ließ gerade die Lifttür wieder zugehen. „Wir sind im richtigen Stockwerk. Im Liftschacht ist ein Schild. Wir waren im 50. Stock und jetzt sind wir im 46., das sollte eigentlich stimmen." Sie machten sich weiter auf in den dunklen Gang. Das Licht war sehr schwach. Dragon tat sich schwer irgendetwas zu erkennen. JC hob plötzlich die Hand. Sie blieben stehen. „Da drüben ist wer. Ich kann ihn atmen hören", flüsterte er. Hinter einer Ecke saß eine Wache an einem Schreibtisch. Sie hatte die Beine auf den Tisch gelegt und las in einer Zeitschrift. Neben seinen Schuhen war ein Fernseher. Offenbar lief gerade eine Quizsendung. JC blickte sich um. Er deutete auf eine Kamera, die den Gang überwachte. „O.k. Ich habe bereits fünf Minuten aufgenommen. „Dragon, versuch ihn irgendwie abzulenken, damit der nach hinten sieht. Ich will nicht unbedingt Blut auf dem gesamten Boden verteilen." Dragon formte zwischen seinen Händen eine imaginäre Kugel. Lexi und JC schauten ihn an. Dragon legte sie in die rechte Hand und warf sie mit einer kurzen Bewegung hinter die Wache. Es gab ein eigenartiges Geräusch. Wie eine Welle von Energie, die sich in den hinteren Teil des Ganges aufteilte. Die Wache hatte es bemerkt. Er blickte nach hinten. „Jetzt, Phönix", flüsterte JC und huschte um die Ecke. Die Wache griff bereits nach seinem Funkgerät. JC hatte keine andere Wahl. Er schaltete das Move-by-wire-System ein. Er fühlte, wie sich seine Muskeln strafften. Das System beschleunigte JC's Körper und er fegte los. Er bewegte sich schneller als er sich je bewegt hatte. Die Wache stand da, wie eingefroren. Nicht einmal einen Wimpernschlag dauerte es und er war bei der Wache. Er hatte die Entfernung von sieben Metern überwunden. JC sprang über den Tisch und traf die Wache mit einem Schlag auf die Wirbelsäule. Er zog die Hand wieder zurück und sah seinen Gegner schief in der Luft hängen. Mit einem weiteren Schlag traf er sie zwischen die Schulterblätter. JC schaltete das Move-by-wire-System wieder ab. Die Wache schlug zu Boden. Sie war tot, bevor sie es merkte. JC fühlte sich großartig. Kaum hatte er gedacht, wie er die Wache erledigen würde, war es auch schon passiert. Er packte sie am Kragen und hob sie spielend an. Die Kraftverstärker arbeiteten. Dragon und Lexi kamen dann auch nach. JC trug die Wache um eine Ecke zu einer weiteren Tür. Dragon versuchte sie zu öffnen und es klappte. Es war eine Art Besenkammer. Er warf den leblosen Körper hinein und schloss die Tür. Er blickte die beiden an. „Was ist?" Er grinste. Er zeigte auf Dragon. „Versuch mal, mich mit einem Mannablitz zu erledigen. Ich schlitz jetzt jeden Erwacher auf, bevor er nur an einen Spruch denkt." Er zeigte mit dem Daumen auf seinen Nacken. „Mit der Scheiße kann ich Kugeln ausweichen. Ich fühl mich wie der Typ in dem einen Film, der immer von den Anzugträgern davonläuft. Nur, dass ich das in der wirklichen Welt machen kann." Dragon war etwas durch den Wind. Lexi blickte JC auch an, als ob er von einem anderen Stern wäre. „Wie viel hast du für die Scheiße bezahlt?", fragte ihn Dragon. „Ich kann nur so viel sagen. Es ist Stufe 4 und ich bin jetzt pleite." Sie gingen weiter und erreichten die richtige Tür. „Verschlossen?", fragte Lexi. „Verschlossen", sagte Dragon und rüttelte am Türgriff. „He, Phönix, kannst du uns mal helfen?" „Nein. Tut mir leid, Leute, zu dieser Tür gehört ein Schlüssel." „Kein Problem", sagte JC und rammte im nächsten Moment seine Sporne in den Spalt am Türstock. Er rüttelte etwas hin und her, dann sprang der gesamte Verschlag heraus. Die Tür öffnete sich langsam nach innen. Dahinter war ein Büro. Ein Computer stand auf dem Schreibtisch und Lexi ging darauf zu. JC und Dragon sicherten den Gang, während Lexi die Festplatte entfernte, indem sie sie mit ihren Nagelmessern einfach heraus riss. Das war zu einfach. „So, Leute, gut gemacht.

Jetzt müsst ihr nur noch diese Flasche erledigen." Sie machten sich auf den Rückweg. JC hielt noch mal bei der Abstellkammer. „Was willst du von dem, der ist doch schon hin?", fragte Dragon genervt. JC kramte in den Taschen herum und entfernte den Gürtel. „Wir können jetzt den Funk mithören." Er warf Lexi das Funkgerät der Wache zu. „Außerdem haben wir jetzt ein paar Schlüssel." Er hielt einen dicken Schlüsselbund in der Hand. „Und eine zusätzliche Waffe kann ja nicht schaden." Er entnahm der Wache auch noch die Colt Manhunter. Sie gingen laut den Anweisungen von Phönix wieder zum Lift, stiegen nach unten und hielten an der Liftkabine. „Können wir uns da nicht irgendwie vorbeiquetschen?", fragte Lexi die beiden. Der Spalt zwischen der Lichtkabine und der Leiter war sehr eng, aber groß genug, dass sie dazwischen passten. Also quetschten sich die drei an der Kabine vorbei. „He, ich bin mal auf Kontrollgang. Bin gleich zurück." Jemand funkte: „Gehst du im dritten vorbei?" „Ja." „Bring mir doch bitte eine Wurstsemmel mit." „O.k." „Verdammt!", fluchte JC, eine Wache war auf Kontrollgang. Er würde sicher den Lift benutzen. „Leute hoch." Dragon kletterte so schnell er konnte die Sprossen entlang hinauf. Sie hatten schon ein größeres Stück hinunter zurückgelegt. Dragon war gut in Form. Er war sehr schnell. Er kletterte zwischen Kabine und Schacht hindurch und griff dann Lexis Hand. JC zog sich eine Sekunde später auch nach oben. Kaum auf der Liftkabine angekommen, als sie schon die Liftmotoren hörten. Der Lift setzte sich in Bewegung. Er fuhr, nach oben. „Ektoplasma Sekret. Wir haben es gerade noch mal geschafft und dann so was." Lexi und JC schmunzelten über Dragons Aussage. „Sei doch froh. Du wolltest doch unbedingt mit dem Lift fahren", sagte Lexi. Dragon antwortete: „Schon, ja, aber so hab ich mir das nicht vorgestellt." „Leute, was ist?", fragte Phönix dazwischen. JC schilderte ihr die Situation und sie begann haltlos zu lachen. „Ich kann daran überhaupt nichts witziges finden", ärgerte sich Lexi. „Ich stell mir das gerade bildlich vor, wie ihr auf dem Lift nach oben fahrt, obwohl ihr eigentlich nach unten wollt. Das ist wie aus einem Comic." Die drei setzten sich. Der Lift fuhr immer weiter nach oben, bis er schließlich stehen blieb. Die drei warteten. JC hatte seinen rechten Arm auf sein rechtes Knie gelegt und rauchte. Dragon saß im Schneidersitz, Lexi lag auf dem Rücken und starrte nach oben. „Ich weiß nicht. Sollen wir nach unten klettern?" Dragon schüttelte den Kopf. „Lexi, wer weiß, ob der Fahrstuhl nicht wieder nach unten fährt." „Ja, aber ewig können wir hier auch nicht bleiben. Irgendwann verhungern wir", sagte JC. „He, Phönix, gibt es irgendwelche Hinweise darüber, wo der Gefangene ist?" „Ich bin dran." Also warteten sie. Aber schon nach einigen Minuten meldete sich Phönix. „Ich hab ihn gefunden. Er ist nicht im Hauptgebäude. Ihr müsst auf das Gelände. Er befindet sich in einem kleineren Komplex, der nicht mit dem Hauptgebäude verbunden ist. Allerdings gibt es verschiedene Sicherheitseinrichtungen, er ist gut bewacht. Sobald ich die Systeme umgehe, wissen die, dass ich im Netz bin. Ihr müsst dann schnell sein." „Den Typen kaltmachen ist kein Problem, aber wir brauchen einen guten Fluchtweg", sagte JC. „Leute, hört mir kurz zu. Ich hab was rausgefunden. Unten auf dem Gelände, und das wird euch jetzt nicht gefallen, da sind Mechs." JC fluchte. „Verdammt. Wir haben nicht zufällig einen Skorpion in unserem Handgepäck?" „Die Mechs sind autonom gesteuert. Es gibt Ladestationen, wo ich versuchen kann, ihnen einen Virus zu verpassen. Aber die sind in zwei Gruppen aufgeteilt. Die eine ist gebaut für die Nachtwache und die anderen für Tag." Jetzt hatten sie wirklich ein Problem. Der Lift bewegte sich plötzlich. Sie fuhren wieder nach unten. Der Lift hatte ein ganz schönes Tempo drauf. Dann wurde er langsamer und kam zum Stehen. Sie stiegen sofort die Leiter hinunter und JC öffnete leise die Lifttür. Im Gang war niemand. „Phönix, in welchem Stockwerk sind wir?", fragte Lexi. „Erdgeschoss." JC ergriff das Wort. „O.k. Wir müssen auf das Gelände, da hilft alles nichts. Killen wir den Kerl und versuchen wieder in das Hauptgebäude zu kommen. Wir verlassen das Gelände auf demselben Weg, den wir gekommen sind. Wenn es sein muss, werden wir eben einige Zeugen beseitigen." „Wartet. Ich kann euch wieder fünf Minuten geben, ich hab die Bilder der Kamera, die auf den Lift zeigt, aufgenommen. Aber maximal

fünf Minuten. Sonst würden sie merken, dass etwas nicht stimmt."
„Phönix, gib Lexi, Dragon und mir zwei Minuten, länger brauchen wir nicht." Sie stiegen schnell in die Fahrstuhlkabine. JC nahm die Ares aus dem Holster und schritt los. Lexi hatte sich Dragons 9 mm genommen. Dragon formte einen Zauber. Sie gingen den Gang entlang. Die Wache, die beim Eingang saß, musste sie gehört haben und kam um die Ecke. Sie griff nach der Waffe. Doch im nächsten Moment brach die Wache zu Boden. JC's Lauf rauchte. Ohne ihn auch nur eines Blickes zu würdigen, gingen sie weiter. In der Lobby waren viele vom Sicherheitspersonal. JC hob erneut die Waffe. Zwei der Wachen brachen schon zusammen, bevor sie sich umgedreht hatten. Dragon schoss seinen Mannablitz auf eine der Wachen. Wie von einem unsichtbaren Schlag getroffen, wurde sie nach hinten geschleudert. Lexi erledigte eine Wache mit mehreren Schüssen in die Brust. Eine andere griff nach der Pistole. Kaum hatte sie sie berührt, wurde sie schon von den Füßen gerissen. JC erledigte einen nach dem anderen. Das Zischen der Schalldämpfer erfüllte für einen kurzen Moment den Raum. Keine der Wachen hatte Gelegenheit die Waffe zu ziehen. Einer nach dem anderen wurde erschossen. JC ging einfach langsam. Lexi hatte nicht so viel Übung mit der 9 mm, sie musste öfters schießen. Dragon schnappte sich einen aus dem Sicherheitspersonal mit Telekinetik. Er schleuderte ihn gegen Wände und zerschmetterte Knochen. JC ging nun im Schritttempo in Richtung Tür. Der Schlitten sprang zurück und hakte sich ein. Er hielt die Waffe schräg und ließ das leere Magazin heraus springen. Mit einer rasend schnellen Bewegung ging er in die Knie und duckte sich in eine Drehung. Während der Bewegung lud er ein neues Magazin ein. Er richtete sich auf und sein Mantel flatterte träge. Er sah das Blitzen von Mündungsfeuer. Das Projektil raste auf ihn zu. Er beugte sich nach hinten. Die Kugel flog über seiner Schulter hinweg. JC fühlte Hitze und Wind auf der Wange. Ein zweiter Schuss und ein dritter. JC drehte sich zur Seite. Das Projektil flog an seiner Brust vorbei. Beim nächsten legte er nur leicht den Kopf zur Seite. Die Wache schoss noch einmal. JC wich wieder mit spielender Leichtigkeit

aus. Während die Wache auf ihn schoss, ging er auf sie zu. Langsam. Er konzentrierte sich auf die Mündung der Pistole. Die Wache zielte nun auf JC's rechtes Bein. Peng. Er sprang nach vorne, sah, wie das Projektil unter ihm durchsauste. Er rollte sich ab. Dann schlug er nach oben. Er traf die Wache am Ellenbogen, der zweite Schlag traf ihn in der Brust. Der Lauf der Zeit beschleunigte sich wieder. Die Wache flog nach hinten. Sie rutschte über den Boden. JC ließ den Schlitten seiner Waffe nach vorne schnappen. Das „Klink" war reiner Horror in den Ohren der Wache. „Was zur Hölle sind Sie?" JC blickte ihn an. Dann trat er ihm ins Gesicht. Da waren mehr Wachen, als sie erwartet hatten. JC sah sich um. Alle waren getötet. Er steckte die Waffe zurück in das Halfter. Er sah auf Lexi und zu Dragon hinter ihm. Niemand war verletzt worden. Das Überraschungsmoment hatte ihnen einen erheblichen Vorteil verschafft. In der gesamten Eingangshalle lagen Leichen. Blut verteilte sich langsam auf dem Boden. Sie gingen zur Glastür. Sie war verschlossen. „Da ist kein Schloss dran", sagte Lexi. JC blickte sich um. Es war ein Handscanner. Er schritt hinüber zu einer der Leichen und zog sie zum Scanner. Er drückte die Handfläche des Toten darauf und die Tür öffnete sich. Draußen hatte offensichtlich niemand etwas gehört. Die Verglasung schien schalldicht zu sein. Noch ein Bonuspunkt für sie. Lexi klemmte ihr Messer in den Türspalt. Sie hatten keine Lust eine Hand, mit sich herumschleppen zu müssen. Phönix sagte ihnen, wo das Gebäude war, das sie suchten. Das Gelände lag im Halbdunkel, einige Scheinwerfer leuchteten, doch mehr als die Hälfte war ausgeschaltet. So leise sie konnten liefen sie in die Richtung des Bunkers. Alle hatten sich auf diese Bezeichnung geeinigt. Immer wieder suchten sie Deckung hinter Fässern und nutzten die Schatten aus. Keiner hatte Lust auf eine Begegnung mit einem Mech. Schnell näherten sie sich dem kleinen Gebäude. Sie spähten um einen Container. Der Bunker befand sich exakt vor ihnen, nur zehn Meter entfernt. Sie lauschten in die Dunkelheit. Diese schweren, stampfenden Schritte ließen sie sofort wieder in Deckung gehen. Das Zischen der Hydraulik, der „Rums" wenn er einen Schritt machte, der Geruch von Öl. Nach jedem

Schritt sprangen kleine Kiesel in die Höhe. JC spürte selbst durch seine schweren Stiefel die Vibration, die immer stärker wurde. Schnell kam der Mech näher. Er trat in einen Lichtkegel, genau vor der Tür, durch die sie wollten. Die unheilvolle Gestalt ragte gut drei Meter in die Höhe. Der Mech hatte Ähnlichkeit mit einem Reptil. Die zwei nach hinten gewinkelten Beine waren auf drei Klauen gestützt. Zwei wiesen nach vorne und eine nach hinten. Der Körper war schwarz, der in einem scharf geschnittenen Schnabel endete. Wie an kleinen Flügeln, waren links und rechts Mini-Gun's befestigt. Er hatte noch einen Lauf auf dem rechten Flügel. Dieser besaß große Lüftungslöcher. Offenbar einen Flammenwerfer. Der spitze Schnabel ragte nach unten, wo sich die Panzerscheibe für die Optik befand. Der Körper hatte die schnittige Form eines Kampfjets. Der Mech war mit dunkler Tarnfarbe besprüht. Er drehte den Körper um 360°, die Beine blieben stehen. Dann setzte er seine Patrouille fort. Er stampfte weiter. Die drei Runner warteten noch einen Augenblick. Der Schock saß ihnen noch in den Gliedern. Keiner wollte sich auf einen Kampf mit diesem Konstrukt einlassen. Nicht nur, dass Mechs die beste Panzerung besaßen, die im Umlauf war, noch dazu kam ihre KI. Mechs waren lernfähig. Nicht umsonst wurden sie als die beste künstliche Intelligenz gepriesen. Der Mech war wieder verschwunden und die Kamer näherten sie sich der Tür. „Verdammt, wir brauchen schon wieder eine Hand", stieß Lexi hervor. Dragon reichte es. „Ich werd das Ding jetzt einfach aufsprängen." Lexi und JC gingen in Deckung. Dragon befestigte etwas Sprengstoff an der Türklinke. Dann ging er ebenfalls in Deckung. Ein dumpfes „Bum" und die Tür war offen. „Wo ist der Mech? Kann ihn einer sehen?" „Ja, Dragon, da drüben." Lexi zeigte in die Richtung. Er war wieder auf dem Rückweg. „Schnell!", zischte JC. Sie rasten zur Tür, warfen sich alle dagegen und schlüpften hindurch. Dragon schloss sie sachte. Ein langer Korridor und wieder eine Tür. JC ging darauf zu. Ohne Umschweife die Sporne in den Spalt gerammt, brach er auf. „Phönix, wir sind im Gebäude." „Seit ihr schon durch die zweite Tür gegangen?" „Nein, stehen gerade davor." „Gut. Nicht bewegen. Hier sind Laserstrahlen. Ich kann sie nicht abschalten, ohne dass die Wachen etwas mitkriegen." „Ich könnte eine rauchen." „Warte ich erhöhe die Polarität und die Lichtbrechung, dann könnt ihr sie zumindest sehen." Auf einmal erschienen in der Luft verschiedene Lasergitter. Sie zogen sich über den Boden und machten einen Schritt unmöglich. „Was jetzt?", fragte JC. Die anderen blickten auf die Laser. „Ich habe einen Make-up-Spiegel." „Gut, Lexi, dann kannst du einen Laser umlenken. Hast du auch mindestens 50 Spiegel dabei?", fragte sie Dragon. „Leute, das ist überhaupt nicht gut. Hat jemand eine Idee?" Sie sahen sich um. An der rechten Wand befand sich eine Kombinationstafel. Zu beiden Seiten der Tür gegenüberwaren Schlüssellöcher. Es war für eine synchrone Bedienung. Abschalten kam von hier aus nicht infrage. Außerdem hatten sie keinen Schimmer von Technik. Dragon konnte ein bisschen kochen. Lexi wusste, wie man einen Toaster bediente und JC war in der Küche so fehl am Platz, wie ein Flugzeugträger auf der Schnellstraße. „Die einzige Möglichkeit wäre klettern", sagte Dragon, als er den Raum genauer unter die Lupe nahm. JC starrte ihn an. „Dragon, du bist genial. In deinem Rucksack ist Sprengstoff oder?" „Ja. Aber warum?" „Wir werden die Buden sprengen." „So viel ist das nicht, das würde nicht reichen." „Gut, dann eben anders. Kannst du unter mir so was wie ein Kraftfeld erzeugen?" „Warum?" „Ich werde da rüber klettern. Ich schlag mich in die Wände. Du musst aufpassen, dass herausgerissene Wandstücke nicht auf den Boden fallen." Dragon verstand und JC ging zum Türrahmen. Dragon fuchtelte kurz mit den Händen und dann nickte er. Es machte zweimal „Zing", als die Sporne aus JC Händen schossen. Er rammte die linke Hand in die Wand. Das Material war hart genug, um ihn zu tragen, jedoch nicht hart genug, um die Wucht des Schlages abzuhalten. Immer wenn JC die Sporne wieder aus der Wand zog, bröckelten einige Stücke heraus. Teils kleinere, teils größere. Sie blieben in der Luft schweben, knapp über dem Laser. Nach einer anstrengenden Kletterei war JC am anderen Ende angekommen. Er fand sodann auch gleich ein kleines Schaltpult. Er untersuchte die Knöpfe. Er wusste, dass alle Laser einen Neustartmodus hatten. Er erklärte

Phönix, was er sah. Sie dirigierte ihn und dann hatte er es geschafft. Die Laser flackerten und gingen aus. Lexi und Dragon durchquerten schnell den Raum. JC hatte seine Thermalsicht aktiviert. In diesem Spektrum konnte er Laser sehen. Das war ihm zuvor entfallen. Der Boden wies auf einmal eine merkwürdige Hitzesignatur auf. „Lexi, schalt mal auf Thermal." Sie tat wie ihr geheißen. „Was glaubst du ist das?" „Weiß nicht, aber ich halte es für einen Fehler einfach darauf zu steigen." „Was ist?", fragte Dragon. „Der Boden ist an manchen Stellen wärmer als anderswo." Dragon war ratlos. „Was heißt das?" „Dass man entweder auf die kalten Stellen treten muss oder auf die warmen. Oder es ist wurscht, auf welche man tritt." „Das könnte auch eine Falle sein", warf Dragon ein. „Das hier ist nicht Indiana Jones. Phönix, hast du mitgehört?" „Ja, JC. Ich dachte du fragst nie. Das ist nicht gerade einfach, das ist ein Schaltsystem. In dem Boden sind Drucksensoren. Jedes Mal, wenn du auf eine Stelle steigst, ändert sich die Konstellation. Ihr solltet auf die eingeschalteten Membranen treten. Die warmen." „O.k. Habe verstanden. Wenn wir dich nicht hätten." JC machte den Anfang. Es war ziemlich einfach. Er sprang von einer Membran auf die andere, immer wenn er auf einer neuen Stelle landete, schalteten sich einige Membranen ab und andere wieder ein. Bald hatte er das andere Ende erreicht. Lexi wollte gerade los, als ihr Dragon auf die Schulter griff. „Und wie bitteschön soll ich da durchkommen?" „Stimmt, Erwacher. Wir lotsen dich durch." Lexi und JC sagten Dragon also an, wo er hin steigen sollte. Schließlich hatten sie es geschafft. Die drei waren am andren Ende. Sie gingen weiter. Dann hatten sie ihr Ziel erreicht. In einer großen, verstärkten Tür war ein kleines Sichtfenster. In dem Raum war ein Mann, der ziemliche Ähnlichkeit mit dem Foto hatte. Er saß an die rückwärtige Wand gelehnt und sah die Runner an. Sie öffneten die Tür. Lexi betrat als Erste den Raum. „Wollen Sie mich jetzt noch mal verhören? Sind Sie die Spezialisten?" Er sah etwas ängstlich aus, aber seine Stimme war fest und zitterte nicht. Er erhob sich. „Nein, wir wollen Sie nicht verhören." Er schien verwirrt, sagte jedoch nichts. „Wir werden Sie nur töten." „Dann

sind die Informationen verloren. Ich bin der Einzige, der sie hat."
„Leute, wir sollten ihn mitnehmen. Eigentlich würde mich schon interessieren, was er zu sagen hat", fragte Lexi. JC blickte sie an. „Du bist noch nicht lange in dieser Kategorie. Ich meine schwierigere Aufträge. Ich sag dir mal was. Wenn Jonson dir einen Auftrag gibt, dann erledige ihn ohne Fragen zu stellen."
„Woher weißt du, dass mein Auftraggeber Mr. Jonson heißt?"
„Die heißen alle Jonson. Das ist ein Pseudonym. Du wirst einen Jonson auch niemals persönlich treffen." JC hob seine Waffe und verpasste, ohne mit der Wimper zu zucken, dem Gefangenen einen Schuss in den Kopf. Sie gingen wieder aus dem Raum, schlossen die Tür und machten sich auf den Rückweg. Dragon wurde wieder über die Druckplatten geschleust und dann waren sie auch schon beim Ausgang. JC blickte vorsichtig hinaus. Der Mech latschte gerade an dem Bunker vorbei. Nach einer kurzen Pause rasten sie wieder hinter den Container. Sie schlichen sich nacheinander durch die Deckungen und zurück zum Hauptgebäude. Dann betraten sie wieder die Eingangshalle. Lexi nahm ihr Messer mit und sie liefen in Richtung Fahrstuhl. „O.k. Phönix, ich hab keine Lust bis in den obersten Stock zu klettern, wir nehmen den Lift. Du könntest entweder die Kamera abschalten oder dafür sorgen, dass der Lift nicht angehalten werden kann."
„Ich entscheide mich für die Kamera." JC drückte auf den Ruf-Knopf. Die Türen öffneten sich nach einigen Augenblicken. Sie stiegen ein. Dragon drückte auf den Knopf für die oberste Etage. „Das geht nicht. Da braucht man einen Schlüssel." „Warte mal, ich hab doch irgendwo den Schlüssel der Wache", sagte JC, während er in seinen Taschen kramte. Schließlich fand er ihn. Er steckte ihn in das Schlüsselloch und drückte dann den Knopf für die oberste Etage. Der Lift setzte sich in Bewegung. Sie fuhren schnell nach oben, bis sich die Türen öffneten. Sie gingen weiter und erreichten bald das Fenster, durch das sie gekommen waren. JC half Dragon zuerst nach oben. Lexi war die zweite. Er selbst sprang mithilfe seiner Sprungmotoren nach oben und hielt sich mit den Händen an den gegenüberliegenden Kanten fest. Dann zog er sich langsam nach oben, stieg aus dem Fenster und schloss

es wieder. „Angeber", grinste Dragon. Lexi und JC mussten wieder unter dem Kabel hängend zum anderen Gebäude klettern, Dragon spielte wieder Seilkünstler. Die Runner kletterten nach unten. „Angeber", grinste JC. Der Rückweg bis zum Auto verlief ohne weitere Probleme. Die beiden Wachen hatten sogar das Tor offen gelassen. Dragon hielt JC davon ab, die beiden Wächter vor dem Tor einfach über den Haufen zu ballern. Lexi schlich sich näher und schlug sie k. o. Die Cummers kamen auf die Straße und liefen zum Wagen. Phönix begrüßte sie. „Was habt ihr denn da drinnen so lange gemacht?" JC's Uhr zeigte 04:00 am. Lexi gab JC die Adresse, wo sie die Festplatte abliefern sollte. Er bog in die Milano Street ein und sie suchten nach dem Postfach 1 29. Nach kurzer Suche hatten sie es gefunden. Lexi legte die Festplatte hinein und stieg wieder in den Wagen. JC gab Gas und sie fuhren in Richtung Versteck. Lexi dachte während der Fahrt noch kurz nach. Sie hätte diesen Auftrag alleine niemals bewältigen können. Ohne die Hilfe von Phönix, JC und Dragon wäre sie verloren gewesen. Wollte sie Mr. Jonson loswerden? Oder war das nur ein Test, ob sie das gesamte Unterfangen überlebte? Vielleicht hatte er gewusst, dass sie Hilfe in Anspruch nehmen würde.

Chamäleon

„Hast du es?" „Jetzt frag nicht so blöd und hilf mir endlich." „Warum sollte ich dir helfen? Es ist dein Job, das wieder zusammen zu schrauben." „Du musst mir aber helfen, ich hab leider eine Hand zu wenig." „Ich komme ja schon." Schritte. „Was soll ich halten?" „Das da. Nimm es und halte es einfach in dieser Höhe." „So?" „Ja." Die beiden Stimmen klangen etwas genervt. Einer der beiden war vielleicht ein Techniker. Der andere hatte eine tiefere Stimme. Immer wenn er sich bewegte, ertönte das Klingen von Metall. Er besaß eine Waffe. Vermutlich um die Brust gehängt. „Bist du noch nicht fertig?" „Das dauert eben seine Zeit. Ich kann nicht schneller schrauben." „Wie wäre es mit einem Akkuschrauber?" „Ja, frag du den Chef, ich hab es jedenfalls schon versucht. Ich hab keinen bekommen. So das war's." „Funktioniert?" „Funktioniert." Wieder waren Schritte zu hören. Zwei paar Füße entfernten sich. Eine Tür schlug zu. Die zwei hatten den Raum verlassen. Nun war es still. Nichts rührte sich. Der Raum war dunkel. Eine schwarze Gestalt bewegte sich unverwandt an der Decke. Sie war wie daran festgeklebt, alle Gliedmaßen von sich gestreckt. Sie nestelte an ihrem Gürtel und im nächsten Moment schwebte sie langsam nach unten. Am Boden angekommen, klinkte sie den Karabiner aus und zog das Drahtseil durch den Splint, der in der Decke steckte. Die Gestalt verstaute das Seil in einem kleinen Rucksack. Dann schlich sie zur Tür. Ein kleines Gerät, das am oberen Rand der Tür klebte, verschwand in einer der zahlreichen Taschen. Die Gestalt öffnete die Tür einen Spaltbreit. Nichts war zu erkennen, was auf die Anwesenheit anderer Leute hindeutete. Sie schlüpfte hindurch. Der Ganzkörperanzug erinnerte an einen Taucheranzug. Nicht auch nur ein Fleck Haut war zu sehen. Das Gesicht war von einer Maske verdeckt. Einige verschiedene Werkzeuge waren an einem Gürtel befestigt. Sie bewegte sich geschmeidig wie eine Katze durch eine zweite Tür. Draußen war es hell. Schnee lag am Boden und bedeckte das Gelände. Die Gestalt rannte zu einem nahe gelegenen großen Gebäude. Hinter einer Ecke waren Leute, die miteinander sprachen. Ein Auto kam an. Die vermummte Gestalt ging geduckt zu einer Säule, die aus der Wand heraus gebaut war. Sie griff in eine Ritze der Fassade und begann hinaufzuklettern. Immer höher stieg sie und bewegte sich reptiliengleich. Immer wieder wechselte sie den Griff und stützte sich an Fensterrahmen ab. Sie kletterte immer weiter, bis sie ihr Ziel erreicht hatte. Das Fenster, durch das sie wollte, war verschlossen. Sie kletterte noch einige Meter über das Fenster und griff dann hinten in ihren Gürtel. Sie zog etwas heraus das Änlichkeit mit einer Pistole besaß, setzte die Mündung an die Wand und drückte den Abzug. Es war nur ein Zischen zu hören und dann das leise Brechen der Mauer. Die Gestalt zog die Pistole zurück und in der Wand steckte ein kleiner Sicherungssplint. Sie befestigte ein dünnes Drahtseil an dem Haken, lehnte sich zurück und hing nun kopfüber mit dem Rücken zur Wand am Seil. Die Person blickte sich um. Niemand war auf dem Gelände zu sehen. Sie drehte sich um und legte beide Handflächen an die Wand. Dann schlang sie die Beine um das Seil und griff mit der linken Hand an ihren Gürtel. Das Seil wurde durch einige Karabiner aus dem Rucksack herausgezogen und die Gestalt seilte sich langsam ab, bis sie am oberen Rand des Fensters war, durch das sie wollte. Drinnen im Raum war keine Seele. Jetzt begann sie das Fenster heraus zu schrauben. Mit einem kleinen Akkuschrauber war sie sehr schnell. Als er die oberen Schrauben gelöst hatte, kippte das Fenster nach vorne. Es sah nun so aus, als ob jemand das Fenster mitsamt dem Rahmen gekippt hätte. Die Gestalt griff wieder an ihren Gürtel und seilte sich durch den schmalen Spalt. Im Raum angekommen, klinkte sich die Gestalt wieder aus, zog das Seil durch den Splint und verstaute es wieder im Rucksack. Dann machte sie sich auf den Weg den Gang entlang. Immer wieder blickte sie sich um und blieb dann vor einer Tür stehen. Natürlich war sie verschlossen. Mit einem Dietrich, den sie aus einer Öffnung im Ärmel herauszog, begann sie das Schloss zu knacken. Das leise „Klick" bedeutete, dass die Tür geöffnet war. Die Gestalt öffnete es einen Spaltbreit und schlüpfte hindurch. Sie war in einem großen Raum. Der Boden war mit weißem Marmor gepflastert und gigantische weiße Statuen standen herum. Einige Meter von der Tür entfernt waren drei Stufen, die in der Mitte des Raumes einen Kreis bildeten. Der gesamte Raum war mit Bildern der modernen Kunst gepflastert. Die Gestalt schüttelte den Kopf. Durch die schnittige Brille sah sie, dass im gesamten Raum ein Lasergitter war. Es zog wirr herum und machte ein Durchkommen unmöglich. Doch der Einbrecher griff wieder an den Gürtel und holte ein kleines Gerät heraus. Nicht größer als ein Handy. Die Gestaltschaltete es ein und hielt es in den Raum gestreckt. Eine Linie, die wie die eines Ergs aussah, erschien auf dem Bildschirm. Mit einem kleinen Joystick passte sie eine zweite Linie der anderen an und legte sie darauf. Im nächsten Moment wurden die Laserstrahlen abgeschaltet. Sie steckte das Gerät wieder in die Tasche am Gürtel und ging leichtfüßig zum anderen Ende. Sie überprüfte ein türgroßes Gemälde und klappte es auf. Dahinter war ein riesengroßer Safe. Er hatte ein Kombinationsschloss und einen Schlitz für eine Zugangskarte. Die Person untersuchte den Safe, indem sie mit der Hand über die Stahltür glitt. An einer bestimmten Stelle hielt sie an. Dann überprüfte sie den Rand. Es befanden sich keine Seriennummern darauf. Das war nicht der Safe, den der Besitzer normalerweise verwendete. Er hatte den Safe gewechselt. Doch das war offensichtlich kein Problem. Sie legte ihren Rucksack ab und holte einen kleinen Laptop heraus, dann zog sie eine Schlüsselkarte. Die eine Seite steckte sie in deren Kartenscanner. Auf der anderen Seite waren Drähte befestigt, die sie mit dem Mini-Laptop verband. Auf dem Bildschirm erschien sofort eine Dechiffrier-Matrix. Der Sicherheitscode wurde eingeblendet und die Gestalt gab ihn ein. Es klickte und der Safe öffnete sich automatisch. Der Einbrecher musste schmunzeln. In dem Safe war nur ein kleiner Mikrochip. Sie nahm ihn und verstaute ihn sicher in einem Armband am Handgelenk. Dann zog sie ein Duplikat heraus und steckte es in die Halterung. Schnell verstaute sie ihre Sachen wieder im Rucksack. Sie wollte gerade die Safe- Tür schließen, als eine Stimme hinter ihr erwachte. „Ich glaube, das gehört Ihnen nicht. Ich muss darauf bestehen, dass Sie diesen Chip dem rechtmäßigen Eigentümer zurückgeben." Die Gestalt sagte kein Wort. „Hände hoch und umdrehen." Der Dieb gehorchte. Er hob die Hände und drehte sich langsam um. Er blickte in das Gesicht eines Mannes, der um die 36 Jahre sein musste. Er war mit einer Lederjacke gekleidet und hatte ein weißes Hemd an. Seine Hose war passend zu einem Anzug. Er hielt einen kleinen Kurzlauf-Revolver in der rechten Hand. In der Linken hatte er einen Gehstock. „Maske runter!" Der Einbrecher blickte ihn nur an. „Ich sagte Maske runter!" Er kam noch einige Schritte auf ihn zu. „Ich sagte Maske runter!", wiederholte er mit festem Ton. Der Einbrecher griff langsam mit den Händen hinter seinen Kopf. Dann im nächsten Moment flog etwas in die Luft. Ein kleiner, grün blinkender Gegenstand. Der Kerl mit der Waffe wurde abgelenkt und blickte auf das Objekt. Dann traf ihn ein Tritt und schlug ihm die Waffe aus der Hand. Der zweite Tritt traf ihn auf der Brust. Er wurde zurück geworfen und landete schmerzhaft auf dem Marmorboden. Der Einbrecher fing gekonnt die Waffe auf. Der Lederjacken-Träger stand auf. Er griff mit der rechten Hand an seinen Stock und zog einen Degen heraus. Der Einbrecher warf den Revolver in den Safe. Dann ging der Einbrecher auf den Lederjacken-Träger zu. Dabei ließ er die Fingerknöchel knacken. Der andere holte mit dem Degen zu einem Hieb aus. Der Einbrecher wich ihm aus und schlug ihn mit einem kurzen Faustschlag mitten ins Gesicht. Der andere torkelte zurück und griff dann wieder an. Er hob den Arm. Der Einbrecher machte einen schnellen Schritt nach vorne und schlug ihm mit den Handknöcheln auf die Innenseite seines Oberarms. Dadurch konnte er den Degenhieb nicht ausführen. Wie von einem elektrischen Schlag getroffen, riss er den Arm in die Höhe. Der Einbrecher schlug ihn dann zweimal gezielt auf den Solarplexus. Der Typ mit der Lederjacke krümmte sich vor Schmerz. Ihm blieb die Luft weg. Nun trat ihm der Einbrecher ins Gesicht, was den Mann wieder aufrichtete. Er holte erneut zu einem Schlag aus. Sein Gegner ging mit dem Oberkörper nach hinten, um dem Schlag auszuweichen. Dabei trat er ihm gegen das Knie. Wie er den Mund öffnen wollte, um einen Schmerzensschrei loszulassen, traf ihn ein erneuter Schlag auf den Solarplexus. Dem Mann wurde die Luft erneut aus den Lungen gepresst. Er blickte sich um, der Typ stand nicht mehr vor ihm. Wo war er? Plötzlich traf ihn ein Schlag zwischen die Schulterblätter. Es war keine Luft mehr in den Lungen, die noch herausgepresst werden konnte. Er versuchte Luft zu holen. Auf allen vieren war er auf den Boden gesunken. Der nächste Tritt traf ihn in den Bauch. Er wurde auf den Rücken geschleudert. Der Einbrecher trat ihm auf die Brust. Der Lederjacken-Typ krümmte sich vor Schmerz, er brauchte Luft, er musste atmen. Tränen traten ihm in die Augen und ihm wurde schon schwindlig. Er versuchte Luft zu holen, doch etwas blockierte. Der Einbrecher hatte ihm die Hand auf Mund und Nase gelegt. Der Stoff des Anzugs schmiegte sich an seine Haut und es war unmöglich zu atmen. Er versuchte mit den Händen zu schlagen doch erst jetzt bemerkte der Lederjacken- Kerl, dass er auf seinen Händen lag. Sein Gegner drückte ihm das Knie in den Rücken und hielt seinen Kopf in den Nacken gedrückt. Er brauchte Luft. Weiße Lichter tanzten vor seinen Augen umher. Die Schwärze verschleierte immer mehr seine Sicht. Er versuchte die Luft mit aller Kraft einzusaugen, und endlich füllten sich seine Lungen wieder mit lebensrettenden Sauerstoff. Das Stechen in seiner Brust brachte ihn fast um, er konnte nicht schreien, er brauchte die Luft zum Atmen. Erst jetzt fiel ihm auf, dass er an einer harten, kalten Wand lehnte. Der Einbrecher stand nicht weit von ihm entfernt. Das Licht, das den in Schwarz Gekleideten bestrahlte, kam von hinten. Nur die Silhouette im Licht des Abends. Schnell kam er wieder zu sich. Als er sich umblickte, erkannte er, dass er im Safe saß. Dann wurde alles dunkel. Der Einbrecher hatte die Tür geschlossen. Er kannte den Safe. Es blieb ihm Luft für eine Viertelstunde. Sollte den Safe in dieser Zeit niemand öffnen, war er verloren. Aber der Einzige, der die Kombination und die Schlüsselkarte hatte, war er selbst. Er griff in den Taschen nach dem Handy, es war noch da. Der Einbrecher hatte es vermutlich vergessen. Das Licht des Displays erleuchtete den Innenbereich. 911 die beste Nummer, die ihm einfiel. Doch auch so sehr er es versuchte, das Signal drang nicht durch die stählernen Wände. Das nutzlose Ding landete auf dem Boden. Er blickte sich um. Der Dieb hatte die Safe Tür geschlossen und stellte seine Uhr auf 20 Minuten ein. Der Countdown fing an rückwärtszulaufen. Er schaltete beim Ausgang die Laserstrahlen wieder ein und überprüfte den Gang mit einem kleinen Spiegel und schlüpfte hinaus, so wie er sah, dass niemand da war. Die Gestalt ging aber nicht in Richtung des Fensters, durch das sie hereingekommen war. Der Einbrecher ging schnell und leise auf eine Tür zu, die er öffnete. Es war ein Bad. Niemand war darin. Er versperrte die Tür auf altmodische Weise mit dem Schlüssel, der im Schloss steckte. Dann öffnete die Gestalt einen Reißverschluss an ihrem Anzug und zog ihn aus. Der Einbrecher zog eine kleine Tüte aus dem Rucksack und verstaute den Anzug darin. Er zog an einer kleinen Lasche und die Luft wurde heraus gesaugt. Der gesamte Anzug passte nun in eine Frauenhandtasche. Die Gestalt zog dann ein langes, schwarzes Kleid aus dem Rucksack. Der fließende Stoff war seidig und unmöglich zu knittern. Sie steckte sich Ohrringe an und trug noch etwas Lippenstift auf. Die Schuhe, die sie angehabt hatte, verstaute sie ebenfalls im Rucksack, zusammen mit allen Gerätschaften. Sie zog ebenfalls eine Lasche und die Luft wurde auch aus dem Rucksack gesogen. Er schrumpelte schnell zusammen und nahm die Form einer Handtasche an. Etwas größer, doch nicht groß genug, um nicht aufzufallen. Sie hängte sie sich um die Schulter und schlüpfte in Stöckelschuhe. Noch ein Wuscheln durch die langen, blonden, lockigen, Haare. Nach etwas Volumenschaum sah sie ziemlich einfältig aus. Sie überprüfte sich selbst noch ein letztes Mal im Spiegel und verließ das Bad, gehobenen Schrittes einen Gang entlang und das nächste Ziel war eine mit rotem Samt bespannte Treppe. Beinahe schwebte die Einbrecherin hinunter. Die beiden Wachen, die auf der hohen Brüstung den Saal im Auge behielten, bemerkten nicht, dass sie soeben die Samtschnur wieder einhängte. Viele Leute hielten sich im darunterliegenden Saal auf. Ein Orchester spielte klassische Musik. Einige Leute tanzten. Sie trat an die Brüstung und beobachtete die Gäste. Es waren hauptsächlich reiche Leute anwesend. Die Sorte der Snobs, denen in der Öffentlichkeit nichts gut genug sein konnte. Ihr Blick fiel auf einen, der etwas gelangweilt wirkte. Er hatte die Hände in den Hosentaschen und sprach mit einem alten Mann, der hinten am Kopf eine kahle Stelle hatte. Er war fett und bei jedem Wort schwabbelte sein dicker Hals. Er hatte einige Warzen am Kinn und auf seinem Handrücken wuchsen graue Haare. An seinem Arm klammerte sich eine blutjunge Frau. Oder war es noch ein Mädchen? Sie schien gerade mal 18 Jahre zu sein. Sie verbarg es gut, aber sie ekelte sich vor ihrem Begleiter. Sie interessierte sich anscheinend mehr für den Mann, der mit ihrem Begleiter sprach. Er war groß. Mindestens 1,85 m, schwarze Haare und einen schwarzen Anzug. Seine Krawatte war falsch gebunden und die Hemdärmel waren offen. Die Einbrecherin hatte plötzlich ein Kribbeln im Nacken. Sie wendete den Blick zu den Gemälden im Saal. Aus den Augenwinkeln achtete sie auf die Wachen. Einer ging gerade auf seinen Kollegen zu. Sein Gang und seine Haltung bedeuteten ihr, dass er dem anderen Wächter etwas sagen wollte, das sicher nichts mit dem Wetter zu tun hatte. Als er bei dem anderen war und sie sich umdrehten, war die Diebin verschwunden. Sie durchquerte den Raum und versuchte zu dem gelangweilten Kerl zu gelangen. Sie bewegte sich schnell aber geschmeidig zwischen den Gästen durch, ohne auch nur mit einem zusammen zustoßen. Sie stellte sich in einiger Entfernung hin und blickte dem Mann kurz in die Augen. Sie sah sich um und erblickte den Ausgang. Eine Doppeltür, die zu beiden Seiten des Portals mit Wachpersonal in schwarzen Anzügen gesichert war. Der Mann hatte ihren Blick bemerkt und hatte sich mit einigen knappen Worten von der schleppenden Unterhaltung mit dem fetten Typen gelöst. „Wow. Hat mal jemand die Nummer vom Himmel? Die vermissen da sicher einen Engel. Ich bin Miguel Kantar. Ich bin Eigentümer der Kantare Plantage. Sie kennen sie bestimmt?" Er sprach mit spanischem Akzent und gerade so, als ob er der unwiderstehlichste Mensch der Welt wäre. Sie kannte die Plantage. Sie war als Bananen Farm getarnt. In Wirklichkeit wurde dort Kokain erzeugt. „Isch abe nur einmal davon geört, Sie pflanzen dort Bananen an?" Sie hingegen hatte einen französischen Akzent. „Si, aber nun etwas zu den spaßigeren Dingen." Er kam einen Schritt näher. „Was halten Sie von einem Tänzchen?" Er grinste und offenbarte seine gelben Zähne. „Noch nischt. Isch glaube isch brauche erst nosch etwas su trinken. Es ist schon sehr trocken hier drinnen." Er lachte. „Sie sagen, was Sie denken, das gefällt mir. Sie sind sicher ein Alien." Sie blickte ihn fragend an. „Ja, Sie müssen ein Alien sein, solche Schnitten gibt's nicht auf der Erde." Da ihr nichts besseres in den Sinn kam lachte sie etwas übertrieben. Zumindest war geschafft das sie der Kerl für den Frauenaufreißer schlecht hin hielt. Miguel schlurfte in Richtung Bar. Sie wollte sich gerade umdrehen, doch es war schon wieder jemand vor ihr. „Ich habe Sie hier noch gar nicht bemerkt. Sind Sie gerade erst angekommen?" „Nischt, wirklich, isch ab misch nur etwas verspätet." „Dürfte ich bitte Ihre Einladung sehen?" Sie öffnete ihre Handtasche und suchte darin. „Oh. Isch galube die at Miguel. Er olt uns nur etwas su trinken. Er müsste gleisch surück kommen." Sie sah den Wächter fest in die Augen. „Miguel wer?", fragte der Mann. „Randarez", sagte sie mit zusammengekniffenen Augen. „Und wenn Sie wollen, dass isch ihm sage, dass isch misch von Ihnen belästigt fühle, dann aben Sie ein Problem." Der Mann vom Sicherheitsdienst trat einen Schritt zurück. Die Einbrecherin hatte sich nicht umsonst den Schleimbeutel Migell ausgesucht. Es war seine Party. „Nein, nein. Ich wollte nicht. Verzeihen Sie." Er drehte sich um und war dann schnurstracks bei einem Kollegen. Sie schaltete die Geräuschfilter ein und lauschte dem Gespräch. „He, verdammt Alter, das ist die Begleitung von Randarez. Hast du'n Knall? Der legt mich um, wenn die ihm erzählt, dass ich sie überprüfen wollte." Er schlug den anderen Security auf die Brust und verschwand durch die Tür nach draußen. In ihrem Nacken kribbelte es wieder. Sei schaltete die Geräuschfilter ab und blickte leicht nach oben. „Was suchen Sie da an der Wand?", fragte Miguel.

„Och. Isch betraschte nur die langweiligen Gemälde, isch finde sie grässlisch." „Das kann man laut sagen. Ich finde sie jedenfalls zum Kotzen." Sie drehte sich elegant um. „Das war das Wort, das mir auf der Zunge lag. Aber wir befinden uns ja in noblen Kreisen. Da darf man so etwas nischt sagen." „Hey Baby, ich weiß was Besseres, das du dir auf die Zunge legen kannst." Sie grinste gerade so, als ob sie nicht verstanden hatte, was er gemeint haben könnte. Dann nahm sie das Champagnerglas, das er ihr entgegenhielt. „Sagen Sie. Was führt Sie auf so eine Veranstaltung wie diese, wenn Sie sie so langweilig finden?", fragte er, wobei er nicht so recht wusste, was er sagte. Seine Augen klebten auf ihrem Ausschnitt. „Isch wusste leider nischt, dass die Stimmung so schleppend ist. Was treibt Sie auf diese Veranstaltung?" „Ich hab die Party veranstaltet, um mit einem Typen zu verhandeln. Der kauft mir was ab." Die Frage ließ durchblicken, dass sie nach der Drogenplantage fragen sollte. Also tat sie ihm den Gefallen. „Was sind das denn für Geschäfte?" „Na ja. Im Bereich des Handels eben." Er war etwas in die Ecke gedrängt. „Aber wie ist eigentlich dein Name, Baby? Ich kann dich ja schlecht Baby nennen." „Warum nischt?" Er wirkte genervt. Sicherlich hatte er gehofft, dass er sie heute noch irgendwo in ein Hotelzimmer locken konnte. „Na gut." Sie spürte, dass er einen neuerlichen Versuch unternahm, etwas über sie in Erfahrung zu bringen. Doch sie verhinderte, dass er zu Wort kam. „Sagen Sie. Warum bleiben wir eigendlisch nosch länger auf der Party? Isch weiß nicht, worum es ir geht und isch verste'e nischts von der ganzen Kunst. Aber wovon isch was verstehe ist sischer viel amüsanter." Dabei strich sie mit dem Zeigefinger über sein Jackett. Miguel grinste. Zwischen seinen Lippen bildeten sich Speichelfäden. Er war offensichtlich der Überzeugung, dass er unwiderstehlich war, weil er viel Geld besaß. Aber es gab Leute, mit denen sie sich nicht einmal für Geld länger abgab, als sie sie brauchte. „Ich weiß nicht. Ich bin ja der Gastgeber." „Na gut." Miguel schien mit sich zu kämpfen. „Ach was soll's. Hauen wir in den oberen Stock ab." Das passte ihr jetzt gar nicht. „Isch bin eher für ein Otel. Ich ab ein Simmer", sagte sie und hakte sich bei seinem Arm ein. Er erlag sofort ihrem verführerischen Blick. Breit grinsend schritt Miguel mit seiner neuen Eroberung in Richtung Tür. Die Securitys zu beiden Seiten an dem Portal verabschiedeten sie höflich. Draußen war es bitterkalt. Mittlerweile war es dunkel geworden. Der Spanier sprach kurz mit einem Mann und seine Limousine wurde geholt. Ein Gentleman hätte ihr das Jackett umgehängt, aber Miguel stand einfach nur da und glupschte ihr auf den Busen. Dann piepste es in ihrer Handtasche. „Was 'n das?", fragte er und zog sie mit den Augen förmlich aus. „Das ist mein Wecker." Sie griff in ihre Handtasche und schaltete die Uhr ab. „Mhm", sagte er nur. Mittlerweile wurde es immer kälter, und dass jetzt noch ein eisiger Wind wehte, machte die Sache nur noch schlimmer. Sie zitterte. Der dünne Seidenstoff zog die Kälte förmlich an. Bei jeder Berührung, wenn der Stoff wieder auf ihre Haut flatterte, wurde ihr kälter und sie zuckte jedes Mal etwas zusammen. Miguel schien das nicht zu bemerken. Oder es war ihm einfach nur egal. Nach einer halben Ewigkeit fuhr die Limousine vor. Der Chauffeur sprang heraus und öffnete die Hintertür. Es war ein Ork um die 40. „Verzeihen Sie, dass es so lange gedauert hat, aber ich war eingeparkt. Ich habe nicht damit gerechnet, dass Sie kommen." Miguel grunzte zur Antwort und stieg in den Wagen. Der Chauffeur hielt die Tür weiterhin offen und als sie bei ihm vorbeiging berührte er seinen Hut. Drinnen im Wagen war es zum Glück warm. Sie setzte sich auf die Bank gegenüber von Miguel. „Willst was trinken?", fragte er und holte eine Flasche sehr teuren Wein aus einem kleinen Kühlschrank. Zweifellos versuchte er sie betrunken zu machen, damit er noch leichteres Spiel hatte. Doch er wusste nicht, wie viel sie trinken konnte. Das lag alleine schon in ihrer Natur und Herkunft. Er hielt ihr ein Glas hin. Dann setzte er sich auf ihre Seite der Bank und rutschte näher an sie heran. Er schloss das Fenster zu dem Fahrerraum. „Du bist schon ne feine Chikita." Er griff mit der Hand auf ihre Brust. Das reichte ihr jetzt. Sie nahm ihm die Krawatte ab und öffnete die ersten Knöpfe seines Hemds. Er fummelte inzwischen an seiner Hose herum. Blitzschnell griff sie an ihren Oberschenkel. Die Nadel landete im

Hals von Miguel und das Gift wirkte sofort. Miguel Randarez rutschte bewusstlos zu Boden. Sie wartete, bis der Fahrer an einer Ampel hielt und schlüpfte aus dem Wagen. Der fuhr noch einige Blocks weiter und bog dann um eine Ecke. Sie orientierte sich, und als sie bemerkte, dass sie keine Ahnung hatte, wo sie war, rief sie ein Taxi und fuhr zurück zur Party. Das Taxi, das zum Glück geheizt war, hielt eine Straße vor dem Anwesen. Sie bezahlte den Fahrer und verschwand in einer Seitengasse. Das Taxi fuhr davon. Endlich, da stand ihr Wagen. Im Schatten einer großen, was auch immer das für ein Baum war. Der glatte Boden und die Stöckelschuhe waren keine gute Kombination. Ein Druck auf den Schlüssel und sie stieg ein. In der Fahrerkabine war es eisig kalt. Der Wagen im Schatten des Baumes, hatte sich nicht gerade aufgeheizt. Sie startete den Motor. Es dauerte noch einige Zeit, bis der Van warm war. Größere Autos brauchten eben länger. Aber endlich wurde es gemütlich und sie fuhr in den Abend.

    Endlich betrat sie ihre Wohnung. Sie schaltete den Laptop ein und startete die Software, um mit ihrem Auftraggeber zu sprechen. „Ja", kam es aus den Boxen. „Hier ist Supernova." Nun sprach sie normal ohne französischen Akzent. „Guten Abend, Frau Natalja Subitsch. Ist der Auftrag ausgeführt?" „Ja. Wird das Honorar überwiesen?" „Selbstverständlich. Haben Sie den Chip?" „Ja." „Gut. Einer unserer Boten wird sich mit Ihnen in Verbindung setzen und einen Übergabeort vereinbaren. Sobald der Chip in meinem Besitz ist, überweise ich Ihnen die dritte Hälfte des Honorars." „Gut", sagte sie und klappte den Laptop zu. Sie nahm ihre Handtasche ab und legte sie auf den Boden. Sie öffnete etwas mühsam eine kleine Klappe auf der Innenseite und die Luft wurde eingesaugt. Im nächsten Moment entfaltete sich mit einem leisen Zischen ihr Rucksack. Er lag auf dem Boden und sah nach wie vor brandneu aus. Sie wühlte nach ihrer Ausrüstung. Den Anzug legte sie ebenfalls auf den Boden. Mit einem Messer stach sie ein kleines Loch in die Plastikhülle. Der Sack platzte auf und der schwarze Anzug kam zum Vorschein. Dann machte sie Kaffee. Während der Kaffee in die Kanne tropfte, landete die blonde Perücke auf dem Esstisch. Jetzt konnte sie endlich eine Zigarette rauchen. Schwungvoll beförderte sie sich auf das Küchenregal, lehnte sich zurück und entzündete den Glimmstängel. Erleichterung sprach aus einem Seufzer. Mit einem Klick auf die Fernbedienung schaltete sie den Fernseher ein. Die französischen Nachrichten waren gerade mit den Meldungen aus aller Welt beschäftigt. „Die Behörden gehen von einem Scharfschützen aus. Das Projektil konnte noch nicht geborgen werden, da es etwa 10 Meter im Boden steckt und jetzt zum Wetter." Der Wettermoderator erschien. „Hallo liebe Freunde, ich muss euch leider sagen, dass es mit der Temperatur morgen nicht besonders gut aussieht. Es wird kalt. Ziehen Sie sich also warm an. Die Temperaturen liegen z…" Sie schaltete ab. Sie hasste französisches Fernsehen. Jelena hasste Frankreich sowieso. Sie sehnte sich nach ihrer Heimat. Es war zwar auch kalt in Sankt Petersburg, aber es war eben ihr Zuhause. Sie war dort aufgewachsen und hatte nie verstanden, wie manche Leute die Stadt nicht mögen konnten. Ja der Kommunismus ist seit dem Jahr 2050 zu seiner Spitze gewachsen und man konnte sich nicht mehr ohne Waffe dort aufhalten, aber Heimat war eben Heimat. Nachdem sie ihre Ausrüstung verstaut und gereinigt hatte, klingelte gegen 01:23 pm ihr Handy. Sie hob ab. „Da." „Hallo, sind Sie Frau Subitsch?" „Supernova", sagte sie hart. „Gut. Ich denke Sie haben etwas, das ich brauche. Sie befinden sich noch in Saint-Mére-Église, Frankreich?" „Da", sagte Jelena erneut. „Hmm …, das ist schlecht. Ich bin in den USA. Haben Sie Möglichkeit nach Seattle zu fliegen?" „Mit dem Microchip?" „Ich weiß, dass die Sicherheitsbestimmungen schärfer geworden sind, aber als Gegenleistung habe ich zwei Sachen für Sie." Der letzte Satz klang nach einem riesen Haufen Geld. „Was haben Sie für mich?", fragte ihn Jelena. „Wenn Sie in Seattle ankommen, habe ich einen Folgeauftrag für Sie und eine kleine Aufwandsentschädigung." Sie überlegte kurz. Der Rest des Honorars, das sie noch bekommen würde, wenn ihr Auftraggeber den Chip in den Händen hielt, belief sich auf 5.000 Nuyen. Die Aufwandsendschädigung konnte zwar nicht so viel sein, aber wenig war es bestimmt auch nicht. „Was ist das für ein Auftrag?", fragte sie und wusste nicht wirklich, ob sie ihn annehmen wollte. „Tja. Das will ich Ihnen noch nicht sagen, ich fände es besser, wenn wir uns treffen könnten." „Also schön. Ich werde morgen ... Nijet ... heute noch abfliegen. Ich teile Ihnen dann meine Ankunftszeit in Seattle mit." „Also schön, ich werde am Flughafen bereitstehen und Sie erwarten."

Ausarbeitung eines Plans

Alles schön und gut, die Kameras hatten Lexi's Auftrag beendet und beschlossen sich jetzt um Hodges zu kümmern. Sie saßen in ihrem Quartier und beratschlagten, was sie tun sollten. „Ich zeig euch mal was", sagte Phönix und steckte JC ein Kabel in seine Datenbuchse. „Hee, was soll …" „Ach, sei doch nicht so zimperlich." Sie schloss ihr Kabel an ihr Deckering-Board an. „JC, würdest du bitte deinen Blocker ausschalten?" „Was willst du eigentlich von meiner Festplatte?" „Ich möchte den anderen gerne die Aufzeichnung des Verhöres zeigen, die du gespeichert hast." Nachdem JC sich widerstrebend bereit erklärt hatte, dass Phönix auf seine Festplatte zu griff, erschien die Aufzeichnung auf dem Bildschirm ihres Laptops. Nachdem alle die Aufzeichnung gesehen hatten, sagte Dragon: „Du hast immer noch etwas eigenartige Verhörmethoden." JC überging ihn, und sprach einfach weiter. „Ach übrigens, ich werd Steel anrufen. Er weiß nicht, wo diese Wohnung ist, deshalb würde ich sagen, wir treffen uns bei dem anderen Quartier. Das in der Nähe des Parks. Das ist größer und leichter zu verteidigen. Außerdem sind da mit der Zeit einige Veränderungen gemacht worden, die etwas nützlicher sein könnten." „Was hast du vor?", fragte ihn Lexi. „Ich will Hodges einen Hinterhalt legen und ihn von Steel verhören lassen." Darauf war nichts mehr zu erwidern und sie machten sich auf den Weg in das andere Quartier. Um nicht so viel Aufmerksamkeit zu erregen, fuhren sie alle verschiedene Wege. Doch sie kamen alle zur selben Zeit an. Ein Van stand schon auf dem Parkplatz vor dem Haus. Das war unverkennbar der Van von Steel. Es war ein Chevrolet. Das Einzige, was nicht der Serienausstattung entsprach, waren die verdunkelten Scheiben. Ansonsten sah er völlig normal aus. Aber was das Ding unter der Haube hatte, stellte alles in den Schatten. Er fuhr fast 350 km/h. Wobei sie vermuteten, dass er sogar noch schneller ging. Steel war in seinem Leben vor dem Runner-Dasein, Rennpilot gewesen. Er war auf Rennstrecken gefahren und hatte auch einige Rallyes durch die Wüste bestritten. Sie stiegen aus, nachdem sie etwas entfernt geparkt hatten. Lexi hatte ihr Motorrad bei den Stufen vor der Tür abgestellt. JC schob Phönix und Dragon ging neben ihnen her. JC zog Phönix die vier Stufen empor und Lexi öffnete ihnen die Tür. Alle vier betraten den Lift. Dragon drückte auf die Nummer 8 und der Lift setzte sich in Bewegung. So wie er stoppte, öffneten sich die Türen und sie betraten den Gang. Dragon führte sie einen Gang entlang. Er bog um eine Ecke und ging bis zum Ende. Er bog noch einmal nach rechts und blieb stehen. Vor der Tür, durch die sie wollten, stand schon jemand. Er hatte ihnen den Rücken zugedreht und werkelte am Schloss der Tür herum. Lexi zog die Waffe. „He verdammt, was macht du da? Wichser. Hände in die Wolken und langsam umdrehen, Rindvieh." Der Mann war mindestens 1,90 m. Auf dem Rücken war eine Schrotflinte, die SPAS 12. Er drehte sich langsam um. Es war ein Ork, mit kräftigen Oberarmen und trug ein ärmelloses Shirt. Er sah aus wie ein Skinhead. Er hatte sich eine Glatze rasiert und die Hosen in die Springerstiefel gesteckt. Sie hatten weiße Schuhbänder. Seine Hauer unter den Schneidezähnen ragten etwas aus seinem Mund. Die Haut des Ork's hatte nur einen leichten grünlichen Stich. Er war fast so breit wie der gesamte Gang. „Öh. Lexi, ich dachte schon man sieht dich nirgends mehr. Dragon", rief er und ließ die Hände sinken. „Das gibt's nicht, alter Erwacher. Immer noch 'n Militär-Fanatiker." Er erblickte JC, der gerade an Phönix vorbeigeging. Sie schlugen die Hände ineinander. JC musste etwas nach oben blicken. „Steel." „JC Denton. Alias Hardware. Stimmt's?" JC nickte. „Wette du bist immer noch dabei dich mit Cyberware voll zustopfen. Aber mal was anderes. Ich war im Die-4. Du warst anscheinend auch da. Die anderen Runner haben beinahe Angst vor dir. Glaub, die denken, du bist schon fast 'n Cyberzombie." „Cool", sagte JC und sprach sofort weiter. „He. Das ist Phönix. Sie ist unsre Deckerin." Dragon und Lexi drückten sich an die Wand, um Steel vorbeizulassen. „Hey", sagte Steel. Er beugte sich hinunter und gab ihr die

Hand. „Hey Steel." Er grinste zu JC hinüber. „Genau Steel, wie Steel oder Stahl. Rigger, und zwar der Beste, den's gibt." Sie schüttelten sich die Hände. JC öffnete unterdessen die Tür der Wohnung. Es war ein schreckliches Bild. Über die Wand gegenüber der Tür zogen sich Hunderte von Einschusslöchern, der Tisch, der mit einer Stahlplatte präpariert war, wies mit der Tischplatte in Richtung Eingang. Eine Couch stand mit der Lehne zur Tür halb zerfetzt neben dem Tisch. Sie sah ziemlich mitgenommen aus. Am Boden war ein großer, schwarzer Brandfleck. Das war eine Granate. Die Tür war schon etliche Male ersetzt worden. Es lohnte sich nicht sie zu versperren, denn sie wurde sowieso immer gesprengt. „Dragon? Wir haben vergessen nach dem letzten Hinterhalt sauber zu machen", sagte JC. Dragon war als Letzter hereingekommen und hatte die Tür geschlossen. Die Einzige, die die Abmachung eingehalten hatte, war Lexi. Sie hatte alle Türen ersetzt. Dragon und JC halfen Steel und Lexi, die Wohnung in einen halbwegs erträglichen Zustand zu bringen. Als sie fertig waren, sagte JC: „He, Leute. Was haltet ihr davon, wenn ich uns etwas zu essen besorge?" Dragon blickte auf die Uhr. „Hmm. Es ist 01:00 am. Aber eine gute Idee." „Ich weiß." Dragon blickte ihn an. „Woher weißt du denn das schon wieder? Du hast nicht mal eine Uhr." JC grinste, „Glaubst du." „Und wo bitteschön …, nein warte, ich will's gar nicht wissen. Du bist mir sowieso schon viel zu sehr Cyberzombie. Mach, was du nicht lassen kannst, bring mir irgendwas Fast-Food-Mäßiges." JC sah Phönix an. „Was darf ich dir bringen?" „Ich werde das essen, was du isst. Bring mir dasselbe, was du willst." JC lehnte sich gegen die Wand. „Das glaub ich nicht. Ich werde mir Sushi besorgen." Er hatte nun wieder eine Zigarette im Mund. Phönix dachte kurz nach. „Dann du Japanisch und ich Chinesisch." „Das bring ich nicht durcheinander. He, was ist mit euch beiden?" Er sah Lexi und Steel an. „Pizza", sagte Steel. „Ich will drei. Ne Frutti, ne Diabolo und ne Käsepizza." Lexi war auch für Fastfood. „Dann werde ich euch einladen, zur Feier, dass wir bald Hodges Scheiße fressen lassen." Steel, Dragon, Lexi und Phönix stießen die Hände in die Luft und johlten. JC verschwand durch die Tür. Dragonfist warf seine Tasche einfach die Treppe hinauf und ließ sich auf die Couch fallen, die nun zur Wand gedreht war, und hinter der sich die Küche befand. Gegenüber war ein Bad und gegenüber der Eingangstür waren noch zwei Türen. Hinter jeder befand sich je ein Doppelbett. Die Stiege, die aus dunklem, kaltem Metall gefertigt war, schien nicht in den Raum zu passen. Oben befanden sich noch drei Zimmer. Dragonfist griff nach der Fernbedienung. Er drückte auf den Einschaltknopf. „Mist. Der geht nit." Phönix sah ihn an „Hast schon versucht am Fernseher den Einschalter zu drücken?" „Nö. Aber das würde sowieso nichts bringen. Schau da." Phönix betrachtete die Matscheibe. Ein Einschussloch in der Mitte des Bildschirms. Sprünge zogen sich wie ein Spinnennetz darüber. „Wer hat den denn erschossen?" Dragon sah sie an. „Das war ein ... ich glaub so ein durchgeknallter Möchtegern-Street Sam. Hatte ein ganzes Arsenal an Waffen um sich geschnallt. Konnte allerdings mit keiner umgehen. Ich glaub der ist Lexi zum Opfer gefallen." „Weil er den Fernseher erschossen hat?", fragte Steel, der gerade zwei große, mit Militärmuster bemalte Taschen in das Zimmer mit dem Doppelbett warf. „Nö. Er hat gesagt Texas ist scheiße", sagte er etwas leiser, wobei er Lexi beobachtete, die ihre Tasche die Treppe hinauftrug. Phönix rollte in die Küche. „He. He Dragon? Jetzt sag mal genau wie lange du Jc eigendlich schon kennst?" Dragon dachte kurz nach. Entschloss sich dann doch aufzustehen und in die Küche zu gehen. „Ich kenne ihn schon ewig. Genau kann ich's dir auch nicht sagen. Aber warum willst das wissen?" Phönix rollte vom Kühlschrank zurück, der wie in einer Werbung voller Mineralwasser war. „Ist dir schon mal aufgefallen, dass er sich in letzter Zeit eigenartig verhält?" Dragon sah sie an. „Du meinst aber nicht das, dass er sich in letzter Zeit verhält wie ein Killerroboter, der alles und jeden schlachtet, der ihm oder jemanden, den er mag, Steine in den Weg legt? Wie das mit der Zigarette?" Phönix öffnete ein Küchenregal das voller Dosenfutter war. Alles Nahrungsmittel, die bis über 50 Jahre haltbar waren. „Zigarette? Er hat aber nicht jemandem den Schädel gespalten, weil er ohne zu fragen eine Zigarette von ihm genommen hatte?", fragte Lexi, die zusammen mit Steel in die Küche gekommen waren. Dragon öffnete ein oberes Regal, das noch mehr Dosenfutter in den verschiedensten Sorten enthielt. „Nein", beantwortete Dragon und Phönix atmete durch. „Er hat ihm das gesamte Magazin der Ares in die Brust geballert und das so schnell, dass die Projektile im Flug fast aneinandergestoßen sind. Aber woher …? Hat er's dir …?" „Nein, selbes Spiel wegen eines Feuerzeuges", beantwortete Phönix. Beide hatten die gesamte Küche durchsucht. „Was habt ihr eigentlich gesucht?", fragte Steel. Phönix rollte wieder in den mittleren Raum. „Nach gar nichts und du?" Sie sah Dragon an. „Gleichfalls, mir ist nur total langweilig." Er fläzte sich wieder auf die Couch. Steel betrachtete mit sehnsüchtigen Augen die Mattscheibe des Fernsehers. „Ich find das zum Kotzen." Er hämmerte auf der Fernbedienung herum. Phönix verschwand im rechten, unteren Schlafzimmer. Als sie wieder zurückkam, hielt sie einen Laptop in den Händen. Sie stellte ihn auf den kleinen Tisch vor dem Fernseher. „Ist zwar nicht so groß, aber besser als nichts." Sie verband das Kabel vom Fernseher mit dem Laptop und startete ihn. Alle wirkten ratlos. Phönix schraubte noch etwas und ein Bild erschien. Es war das Mitternachtsprogramm. Steel freute sich und warf sich neben Lexi. Als ein Nachrichtensprecher erschien, legte er seinen Arm um Lexi's Schultern. Sie wimmelte ihn allerdings ab. Der Nachrichtensprecher, ein Elf mit Jackett, beendete gerade einen Bericht über die steigende Kriminalität in den Slums. „Und nun zu den neuesten Meldungen. Frankreich, Paris. In dem Anwesen der Familie Bauxbijo' wurde Jan Bauxbijo' im Safe der Familie gefunden. Er starb an Sauerstoffmangel. Er wies zahlreiche Prellungen auf, die mit hoher Wahrscheinlichkeit aus einem Kampf hervorgingen. Die Forensiker der Polizei ließen durchblicken, dass es gezielte Schläge waren und der Angreifer in einem Kampfsport geübt sei. Zurzeit werden alle Mitarbeiter vernommen. Aus dem Safe wurde jedoch nichts entwendet, der laut Aussagen einen wertvollen Mikrochip enthielt." Ein Bild des geschlossenen Safes erschien. „Die Polizei schließt Raubmord aus und ist nun auf der Suche nach dem Täter." „Die Typen sind totale Flaschen. Ist doch klar, dass der Chip ein Duplikat ist", sagte Phönix, die gerade ihre Tasche in das Zimmer im rechten, hinteren Bereich legte. „Woher weißt 'n das?", fragte Steel. „Na ja, erstens so hätte ich's gemacht und zweitens ist mir derjenige bekannt, der so arbeitet." „Aha." Lexi meldete sich zu Wort. „Ich bin gespannt, ob sie unseren Einbruch bringen." „Zu den weiteren Meldungen. In den Seattle Slums wurden von Kanalarbeitern zwei Leichen gefunden. Sie wurden von Guhlen angegriffen. Nur wenige Minuten nach dem Angriff wurden sie von den Kanalarbeitern entdeckt." Jedes Mal wenn der Sprecher „Kanalarbeiter" sagte, klang es so, als ob dieser Job etwas war, dass in der Gesellschaft nichts verloren hatte, wobei es einer der gefährlichsten Jobs war. Sie hatten ständig mit den Guhlen zu kämpfen, überhaupt in den Bezirken, Norten, Banks und selbstverständlich in den Slums und Barrens. In den Barrens kamen die Guhle sogar an die Oberfläche und verschleppten Obdachlose. „Es war ein Ehepaar, das offensichtlich dort hingebracht worden ist. Ihr Fehler war, sich zu trennen. Wären sie zusammengeblieben, hätten sie höchstwahrscheinlich lange genug überlebt, um gerettet zu werden. Von ihrem Sohn fehle bislang jede Spur." „Das waren entweder Japaner oder die Russen", sagte Steel. „Das haben die mit mir auch mal gemacht. Aber ich hab bis jetzt noch keinen Guhl getroffen, der es mit mir aufnehmen kann. Hätt ich das, dann würd ich nicht hier sitzen." „Und jetzt zum Wetter." Im Hausflur war jemand. Die kleine Lampe, die von einer Laserschranke im Hausflur ausgelöst wurde, leuchtete über der Tür. Alle zogen ihre Waffen. Lexi stellte sich zusammen mit Phönix in die Küche. Steel lehnte sich mit seiner SPAS neben die Tür. Dragon positionierte sich hinter ihm. Er nahm seine Baretta. Ihm war jetzt nicht nach Zaubern. Der Gegner hatte die Lichtschranken durchquert. Es war nur einer. Er blieb vor der Tür stehen. „Leute ... Kann mir mal einer die Tür aufmachen? Ich komm nicht zum Schlüssel." Alle entspannten sich wieder. Steel öffnete JC die Tür und nahm ihm sofort das Essen aus den Händen. JC nahm seine Zigarette aus dem Mund. „Bullshit, wir dachten es wäre sonst wer", sagte Lexi. Steel stellte die Sachen auf den Tisch vor der Couch. „Das ist nicht so abwegig. Aber noch weiß keiner, dass wir hier sind. Noch nicht." Dragon und Lexi pflanzten sich auf die Couch. JC und Steel nahmen am Boden Platz. Phönix hatte es einfach. Dann begann JC das Essen auszuteilen. „So, das ist für dich." Er gab Phönix das chinesische Essen. „Danke." „Bitte. So, das ist für euch beide." Er gab Dragon und Lexi je eine große Papiertüte. Darauf prangte das Mc Hagges-Logo. Steel hatte die Pizzaschachteln schon entdeckt. „He. Wir haben Fernsehen?", fragte JC und blickte auf den Laptop. „Ich weiß zwar noch immer nicht, warum hier jemand einen Fernseher reingestellt hat, aber ist doch egal." Sie grinsten über JC's Äußerung und begannen zu essen. Steel ergriff das Wort. „Hat einer von euch eigentlich einen Plan, wie wir an Hodges rankommen sollen?" Alle schüttelten die Köpfe. „O.k", sagte Steel. „JC, du hast gesagt, ich soll Augen und Ohren offen halten. Hab's auch getan." Er wackelte mit seinen spitzen Ohren. Steel nutzte den Augenblick der Spannung. Es war offensichtlich, dass er die zuvor gestellte Frage geplant hatte. „Ich hab was rausgefunden. Es heißt, Hodges hat einen großen Konzernmacker erledigt und sich an seine Stelle gestellt. Er verfügt nun über sein Vermögen und ist dabei, es nach allen Regeln der Kunst auszugeben. Es soll irgendein größerer chemischer Konzern sein, der in der Herstellung von Medikamenten tätig ist. Wette der Wichser ist schon dabei, sämtliche Medikamente zu vergiften." „Wie können wir an ihn rankommen?", fragte Lexi. „Ich mein, wir haben doch so was von keine Ahnung, wo sich der Typ aufhält." Sie überlegten, wie sie es am besten anstellen sollten, Hodges zu finden. „Er arbeitet sicher nicht mehr alleine. Wetten der hat sich mit dem gesamten Geld schon Unmengen von Handlangern gekauft?", meldete sich Dragon, wobei er sich über seine Pommes hermachte. „Das ist es." JC war ein Licht aufgegangen. „Ich bin mir sogar ziemlich sicher, dass er sich Leute zu seinem Schutz zugelegt hat und genau das ist seine Schwachstelle. Er versucht sicher gerade, uns zu finden und das heißt, wir müssen ihm zuvorkommen. In meine Wohnung hat er schon jemanden geschickt. Das heißt, es bleiben nur noch die von euch." Er blickte Steel, Dragon und Lexi an. „Phönix, von dir weiß er nichts." Er klang etwas erleichtert. Dragon war aufgesprungen. „Verdammt, Leute. Piper!" Sie blickten ihn an. „Was 'n das?", fragte Steel. „Das ist meine Freundin. Hodges hat zwar keine Ahnung, wo sie wohnt, aber vielleicht wird er sie finden." „Seit wann hast du eine Freundin?", fragte ihn JC. „Seit drei Monaten", antwortete er ihm. „Dann beruhig dich und denk mal logisch. Du hast deine Freundin seit drei Monaten." „Na ja nicht ganz. Aber in ein paar Tagen sind es drei." „Umso besser. Wie lange ist es her, dass wir mit Hodges zusammengearbeitet haben?" „Ich glaub ein Jahr." „Genau. Und das bedeutet, Hodges hat keine Ahnung von deiner Püppi. Ist sie in deiner Wohnung, wenn du nicht gerade drin bist?" „Nein." „Eben. Sie hat auch keinen Grund da reinzugehen." Dragon blickte ihn streng an. „Piper!" „Sag ich ja", grinste JC zurück. Dragon kam zu dem Entschluss, dass Hodges unmöglich eine Verbindung zwischen ihm und Piper finden könnte und aß weiter. „Was ich sagen wollte, bevor unser Dragon hier einen paranoiden Ausbruch hatte, ich habe einen Plan." JC spielte mit seinen Stäbchen. Steel glupschte ihn an. Er aß wirklich wie ein Ork. „Was is 'n das für 'n Plan?", fragte er mit einem Stück Pizza im Mund. „Ich hab mir überlegt. Entweder wir suchen einen seiner Leute und bringen ihn zum Reden." Er grinste Steel an. „Oder wir deponieren nach dem Essen irgendwo in einer eurer Wohnungen diese Adresse und warten, bis er seine Handlanger schickt. Im Gegensatz zu ihm wissen wir, wie er arbeitet. Er war immer zu arrogant, um von uns etwas zu lernen." Sie stimmten ihm zu. „Zu mir hat er als Erstes jemanden geschickt. Ich war damals schon am längsten in den Schatten, deshalb hielt er mich für den gefährlichsten. Außerdem hasst er mich. Dragon in deiner Wohnung wird er schon gewesen sein. Steel du bist der Nächste auf der Liste. Er war immer schon rassistisch gegenüber Orks. Lexi du warst damals doch die, die am Anfang stand. Dich wird er sich als Letztes vorknöpfen. Das heißt, wir sollten sofort los." Alle sprangen auf. Sie mussten so schnell wie möglich in Lexis Wohnung und die Adresse deponieren. Alle bewaffneten sich und verließen so schnell sie konnten das Apartment. Sie rasten den Gang entlang. „Phönix, darf ich bitten?" „Warum bleib ich nicht einfach hier?", fragte sie JC. „Weiß ich auch nicht." Er hob sie aus dem Rollstuhl. „Dragon", sagte JC und dieser nahm den Rollstuhl. Während sie die Treppen hinunter rannten, klappte Dragon den Rollstuhl zusammen. Sie betraten die Straße. Straßenlaternen tauchten die Gegend in warmes, oranges Licht. Steel stieg in seinen Van. Die anderen folgten ihm. Sollte etwas Unvorhersehbares geschehen, waren sie in diesem Wagen am sichersten. Steel hatte den Wagen gepanzert. Als alle drinnen saßen, startete er den Motor. Er heulte auf wie bei einem Rennwagen. Steel steckte ein Kabel in seine Datenbuchse und das andere Ende in das Rigger-Board an der Konsole. Steel legte los. Die Nadel des Tachos schoss sofort auf 120 km/h. Er raste die Straße entlang. Die anderen Verkehrsteilnehmer hatten nicht einmal die Gelegenheit ihm Beschimpfungen entgegenzuschleudern. Sie sahen nur noch die Rücklichter und den Wagen, wie er um eine Kurve schlitterte. Dragon, der vorne neben Steel saß, blickte kurz auf die Pedale. Steel bewegte die Füße so schnell, dass Dragon sich fragte, ob der Wagen das noch lange aushalten würde. Steel hatte nur eine Hand am Lenkrad. Mit der Rechten schaltete er zwischen den Gängen hin und her. Dragon musste sich überall festklammern, wo er nur konnte. Keiner mit Ausnahme von JC war jemals mit Steel gefahren. Steel hatte keine Seitenspiegel an dem Wagen befestigt. Das war auch unnötig, denn er hätte sie schon längst weggefahren. Er fuhr so knapp an Hauswänden vorbei, dass nicht einmal zwei Finger dazwischen passten und das mit 200 Sachen. Dragon war sich nicht sicher, ob er noch mal mir Steel fahren würde. Um alles noch schlimmer zu machen, bog er in eine enge Gasse ein. Zu beiden Seiten des Wagens waren gerade mal fünf Zentimeter Platz. Steel beschleunigte auf 260 km/h. Sie verließen die Gasse. Er riss plötzlich am Lenkrad und zog die Handbremse an. Der Wagen rutschte quer auf die Straße hinaus. Steel beschleunigte, in nicht mal fünf Sekunden war der Wagen wieder mit 260 Sachen unterwegs. Steel grinste breit, er hatte seinen Wagen perfekt unter Kontrolle.

So plötzlich, wie die Fahrt begonnen hatte, war sie auch schon wieder vorbei. Steel bremste genau vor Lexis Wohnung. Hier war er schon mal gewesen, um eine Tasche zu holen, wobei es nur ein Vorwand war, um Lexi anzubaggern. Sie verließen den Wagen und Steel grinste angesichts des weißen Gesichts von Dragon. „Gehen wir alle rauf?", fragte Dragon. „Nein", sagte JC bestimmt. „Lexi, hast du so was wie eine Webcam?", fragte sie Phönix. Sie nickte. JC ergriff erneut das Wort. „Gut, Lexi, du schreibst die Adresse. Möglichst so, dass es nicht so aussieht, als ob wir sie hier absichtlich deponiert haben." „Lass mich nur machen, ich weiß schon, wie ich's anstelle." „Dragon, du und Steel ihr sichert den Eingang unten." Beide waren einverstanden. „Phönix. Jetzt weiß ich, warum du mitgefahren bist. Kannst du mithilfe von Lexis Webcam den Raum filmen und das Bild in unser Quartier übermitteln? Ohne viel Kabelsalat und so, dass es nicht unbedingt jeder merkt?" Phönix bejahte ebenfalls. Sie machten sich an die Arbeit. Dragon sicherte zusammen mit Steel die Eingangstür des Hauses. JC trug Phönix die Treppen hinauf und Lexi, zusammen mit dem Rollstuhl, ging voraus. Sie erreichten Lexis Wohnung. „Das ist viel Holz", sagte JC, als er die Einrichtung sah. Phönix machte sich sofort an die Arbeit. Sie werkelte an Lexis Computer herum und drehte ihm mit dem Bildschirm in Richtung Eingang. Die Webcam stellte sie darauf. Lexi schrieb inzwischen auf einem kleinen Post-it-Block die Adresse des Unterschlupfes. Das erste Blatt riss sie ab und steckte es in die Tasche. „Du willst, dass sie mit dem Bleistift darüberfahren", sagte JC, der ihr über die Schulter geschaut hatte. „Ja, aber ich weiß nicht, ob das klappt. Auf diese Idee kommt keiner mehr." „Leg am besten einen Bleistift daneben", sagte Phönix. Lexi kramte in den Schubladen nach einem Bleistift. So erstaunlich es klang, sie fand einen. „So, fertig", sagte Phönix. „Die Bilder, die wir während der Rückfahrt nicht sehen, werden gespeichert. Ich kann sie dann abrufen." Sie machten sich auf den Rückweg. Dragon fragte sich, wann die haarsträubende Fahrt ein Ende nehmen würde, als sie schon in die Straße einbogen, in der ihre Autos standen. Steel bremste quatschend in einer Parklücke. „Fährst du eigentlich immer so?", fragte Lexi. „Nicht immer. Nur wenn's schnell gehen muss."

Als sie wieder in der Wohnung ankamen war das Essen noch lauwarm, das sie dann auch vertilgten. Phönix schloss sich über ihr Decker-Board an die Matrix. Auf dem Laptop blendete sie das Bild der Webcam ein. Nun hieß es warten.

Ankunft in den Salish-Shidhe Councile

Viele Leute drängelten sich den Korridor zwischen den Sitzen des Flugzeuges entlang. Jelena hatte ihren Rucksack auf dem Rücken und die Tasche mit dem Laptop umgehängt. Es herrschte Gemurmel. Sie konnte einige Gesprächsfetzen aufschnappen. „Mummy, ich hab Hunger." „Ja, wir sind gleich draußen." Der kleine Junge zerrte an der Hand seiner Mutter. „Wahnsinn. Ich bin zum ersten Mal in Amerika. Was ist mit ihnen?" Der Typ, der gesprochen hatte, sah aus, als ob er nach Hawaii gehörte. „Geschäftsreise", sagte ein Mann, der ziemlich gestresst wirkte und eine Aktentasche trug. Vor Jelena war eine dicke Dame, die sich während des gesamten Fluges mit ihr unterhalten hatte. Selbst als Jelena sich die Kopfhörer aufsetzte, um ein wenig Musik zu hören, hatte sie nicht die Klappe gehalten. „Jetzt sind wir endlich angekommen, meine Liebe, hoffentlich gehen ihre Geschäfte gut." Sie glaubte, Jelena wäre im Börsenmarketing tätig. „Sie müssen mir unbedingt alles erzählen, und wenn Sie sich eingelebt haben, rufen Sie mich an. Wenn Sie noch nie in Seattle waren, dann kann ich Sie herumführen. Ich kenne alle Sehenswürdigkeiten. Wie mein Mann immer gesagt hat, ich merke mir alles und vergesse nie einen Namen. Oder einen Menschen." Genau diese Sorte von Leuten konnte Jelena überhaupt nicht ausstehen. Sie blieb niemandem gern im Gedächtnis. Da sie sich im Flugzeug länger aufhalten musste, hatte sie einige Vorkehrungen getroffen. Ihr Haar war nun rot gefärbt und mit einem strengen Knoten zusammengebunden. Sie trug ein schwarzes Kostüm und sah somit aus wie die typische, klischeehafte Bürokauffrau. Ihr Gesicht hatte sie nicht verändert. Es wäre die Hölle gewesen im Flugzeug eine Maske zu tragen. Das hätte sie nicht überlebt. Der zusätzliche Schutz war ihr französischer Akzent. Aber schließlich kam sie zur Tür. Der Mann mit der Aktentasche löste sich schnell von seinem Begleiter und Jelena beschloss dasselbe zu tun. Sie ging schnell und holte ihn schließlich ein. Sie blieb im selben Tempo wie er und hielt gerade genug Abstand, dass man dachte, dass sie zusammengehörten. „Also rufen Sie mich an, meine Liebe." Jelena antwortete auf Französisch und verabschiedete sich schnell und kurz, um dann wieder den Mann zu verfolgen. Wenn sie schon aus Frankreich geflogen war, dann konnte sie sich ja auch als Französin ausgeben. Sie folgte dem Kerl mit der Aktentasche und erreichte bald die Flughafenhalle. Überall standen Gepäckwagen herum. Hunderte und Aberhunderte Leute von jeglicher Hautfarbe und Rasse liefen in alle Richtungen. Jelena wartete neben dem Förderband zusammen mit den anderen Leuten, bis ihre Sachen kamen. Sie hatte nicht im Geringsten Lust sich noch mal mit der nervigen Dame zu unterhalten. Also stellte sie sich so in die Menge, dass sie nicht zu sehen war. Wenn sie es wollte, konnte sie in der Menge unsichtbar werden. So stand sie da und wartete auf ihren großen Rucksack. Der beinhaltete einiges ihrer Spielsachen. Als er auf dem Förderband in ihre Nähe rutschte, machte sie einen schnellen Handgriff, nahm den Rucksack und schlüpfte in die Träger. Nun passte ihr Outfit überhaupt nicht mehr zusammen. Der kleine, flache Rucksack war nicht weiter störend gewesen, doch der Große passte nicht mehr zu der Börsenmakler- Aufmachung. Sie ging weiter und erreichte eine der Sicherheitsschleusen. Die waren zur Sicherheit aller aufgestellt worden, damit niemand irgendetwas Ungesetzliches in den Flughafen schmuggelte. Um einen Flughafen zu betreten, musste man schon durch einen Metalldetektor und dann vor dem Flugzeug selbstverständlich auch. Das Flughafenpersonal hinkte mit den Sicherheitsbestimmungen keines Wegs hinterher. Neben jedem Detektor war ein Erwacher, der sämtliche Leute auf Cyberware überprüfte. Sollte einer keinen Ausweis oder eine offizielle Bestätigung haben, um zu erklären, warum er Cyberware implantiert hatte, wurde er sofort in Gewahrsam genommen. Die Cyberware wurde jedoch nur bei den Ankommenden überprüft. Die Leute, die aus dem Flughafen kamen, konnten ja schlecht ohne Genehmigung geflogen sein. Zu diesem Zweck war Jelena in den Flughafen in Paris eingebrochen, es war ein schwieriges Unterfangen gewesen, mit dem großen Rucksack durch das Belüftungssystem zu kommen. Aber sie hatte es doch irgendwie geschafft. So war sie den lästigen Untersuchungen entgangen. Ihre Cyberware verschaffte ihr mindestens 10 Jahre Gefängnis. Schon alleine für das Retinaduplikat konnten ihr sechs Jahre aufgebrummt werden. Jelena näherte sich dem Ausgang. 15 Metalldetektoren standen in einer Reihe. Aber nirgends war ein Erwacher. Sie beobachtete die Körperhaltung der Sicherheitsleute. Dann suchte sie sich den am Genervtesten heraus. Er bewegte sich etwas dümmlich. Er war offensichtlich nicht der Schlaueste. Seiner Körperhaltung nach zu schließen, war er kein Erwacher und er schien sich zu fragen, warum er diesen Job eigentlich machte. Jelena ging auf ihn zu. „Bitte legen Sie Ihre Sachen auf das Band und gehen Sie da durch." Er sprach in einem Ton, als ob er jeden Moment kündigen würde. Jelena legte die Rucksäcke auf das Förderband, ließ aber die Laptoptasche umgehängt. Kurz bevor der Wachmann den Inhalt des Rucksackes auf seinem Bildschirm sah, schritt Jelena durch den Metalldetektor, der einen nervigen Piepton von sich gab. Der Wachmann blickte auf und übersah das Röntgenbild. „Bitte legen Sie alle metallischen Gegenstände ab", sagte er gelangweilt. Sie legte den Laptop ab und schritt noch mal durch den Detektor. Der piepste erneut. „Würden Sie bitte hierherkommen?" Jelena tat, was er sagte. „Was piepst denn an Ihnen?" Jetzt war er genervt. Sie kicherte. Gerade so, als ob ihr das jetzt gerade unheimlich peinlich wäre. „Wissen Sie", sagte Jelena und beugte sich näher an ihn heran. „Ich habe für meinen Freund diese Unterwäsche angezogen. Na ja. Das sind so Ketten und …" Sie kicherte erneut und schaffte es sogar rot anzulaufen. Der Wachmann schien nun nicht mehr ganz so gelangweilt. „Können Sie mir noch einmal verzeihen?", fragte sie und der Blick des Wachmannes verschleierte sich. „Ja, aber natürlich", sagte er schließlich und Jelena nahm ihre Sachen auf. „Ich danke Ihnen. Am Flughafen sollte es mehr so nette kompetente Leute geben." Sie schritt davon und achtete dabei darauf, dass sie besonders mit dem Hintern wackelte.

Die Sonne schien noch und warf die letzten Strahlen über die Wolkenkratzer. Jelena ging auf den Parkplatz und suchte den Halteplatz mit der Nummer 20-B, darauf stand ihre Fahrgelegenheit. Sollte der Auftrag länger dauern und sie hier schnell etwas finden, wo sie sich für längere Zeit niederlassen konnte, würde sie ihr Auto nachholen. Sie erreichte die Nummer. Auf dem Platz stand eine lange, schwarze Limousine. Auf der Motorhaube saß ein Mann, der mit Sicherheit zwei Meter groß war. Er blätterte in einer Zeitung. „Sie müssen ... mir fällt der Name nicht ein." Sie wusste den Namen ganz genau. Aber sie wollte nur etwas vorsichtig sein. „Ich bin Rook und Sie sind?" „Jelena" „Oh gut. Lassen Sie mich Ihnen helfen." Er nahm ihr den großen Rucksack ab und verstaute ihn, als ob er aus Glas wäre im Kofferraum. Dann öffnete er ihr die Fahrgasttür. Jelena stieg ein. Rook klemmte sich hinter das Steuer und die Fahrt ging los. Er fuhr richtig angenehm. „Ich habe mit meinem Auftraggeber gesprochen. Er hat mir erzählt, dass Sie ausgezeichnete Arbeit geleistet haben. Und den kleinen Zwischenfall mit dem jungen Bauxbijo' haben Sie auch gut gelöst. Aber das mit dem Chip war erste Sahne. Ich wär nie auf die Idee mit 'nem Duplikat gekommen. Ach übrigens. Wegen dem Chip. Da ist ein kleines Fach neben dem Kühlschrank. Legen Sie das Ding einfach da rein. Da ist auch Ihr Geld drinnen." Jelena tat wie ihr geheißen und entnahm der Schublade einen Credstick. Jelena blickte auf den kleinen Bildschirm. 5.000 ¥ Nuyen. Sie freute sich in sich selbst hinein. Sie mochte es, wenn alles funktionierte. Rook fuhr ruhig die Straßen entlang. Die Gebäude waren viel größer als in jeder Stadt, in der sie je gewesen war. Der Wagen hielt an einer Ampel. Jelena sah aus dem Fenster und bemerkte einige Penner. Sie war an Obdachlose gewöhnt, in ihrer Heimat waren sie zahlreich. Unmengen von Taxis kurvten überall in der Gegend umher. Aber was ihr am meisten auffiel, alles war größer. Die Autos hatten mindestens die doppelte Größe und auch die Eingangstüren der Geschäfte. Jelena kam sich unbemerkt vor. Genau das, was sie brauchte. Sollte der nächste Auftrag gut verlaufen, würde sie versuchen noch einen in den USCAS zu bekommen. Nach einer halben Ewigkeit, Jelena hatte sich inzwischen an der Bar bedient und war das gesamte Sortiment an Süßigkeiten durchgegangen, hielten sie vor einem großen Haus. Jelena war erstaunt, wie Rook die richtige Adresse gefunden hatte. In dieser Straße sahen alle Häuser gleich aus und Hausnummern waren nicht zu erkennen. Rook drehte sich um und blickte durch die Öffnung, welche die Fahrerkabine und den Fahrgastraum trennte. „So, wir sind da. Gehen Sie rein und fragen Sie am Empfangsschalter nach dem Namen Mc Grian. Dann erhalten Sie Ihren neuen Auftrag." Sie bedankte sich und stieg aus dem Wagen. Draußen war es kühl. Die Sonne war schon untergegangen. Die langen Schatten, die sich über die Straßen und Gassen zogen, wirkten gespenstisch. Jelena ging in das kleine Hotel. Sie erinnerte sich nicht mehr genau, wann sie das letzte Mal zu Hause war. Das musste länger als drei Jahre zurückliegen. Durch ihre Aufträge kam sie ganz schön herum. Jetzt mit Nordamerika war sie auf jedem Kontinent gewesen. Selbst in Australien. Die Strafkolonie für Schwerverbrecher. Die Regierung hatte eine einfache Lösung gefunden, um mit Verbrechern fertigzuwerden. Da nicht jeder umgebracht werden konnte, wurden sie einfach abgeschoben. Hin und wieder wurden auch andere Leute dort abgeladen. Selbst die Mafia nutzte diesen Kontinent, um ihren „Müll" zu entsorgen. Mittlerweile hatte sich seit der Erschaffung des Exil-Kontinentes eine richtige Metropole gegründet. Die Verbrecher lebten dort und vermehrten sich. Um die Insassen an dem Ausbruch zu hindern, wurde der gesamte Kontinent mit einer gigantischen Mauer überzogen. Sie war ungefähr an die 100 m hoch und um zu verhindern, dass die Insassen nicht einfach eine große Leiter daran stellten und darüber kletterten, wurde das gesamte Konstrukt mit Starkstrom versorgt. Mobile Vektor-Hubmaschinen überflogen den gesamten Bereich ohne Pause. Kameras sorgten dafür, dass jeder Zentimeter der Mauer geschützt war. So gesehen konnte niemand ausbrechen. Auf Australien war ein gigantischer Ring der Kriminalität. Die vereinigten Human Police waren sich einig um Spezialeinheiten zu trainieren, sie in die Strafkolonie zu lassen und sie nach einiger Zeit dort wieder abzuholen. Der der überlebte wurde aufgenommen. Jelena blickte sich um. Die kleine, schmutzige Empfangshalle machte nicht gerade einen angenehmen Eindruck. Der Putz bröckelte von manchen Stellen der Wände und sie war sich nicht sicher, ob die Flecken am Boden nun zum Muster darauf gehörten. Am Empfangsschalter saß ein alter Mann, dem Strähnen von schlohweißem Haar in sein altes, verwittertes Gesicht fielen. Jelena trat zu ihm. Er jedoch machte nicht im Geringsten die Anstalten sich zu bewegen. Er starrte immer noch auf einen kleinen Fernseher. Sie blickte sich um. Nirgends war eine Klingel, die sie hätte drücken können. „Dobre i wetsche Swolatsch", sagte Jelena in hartem Ton. Das musste sie einfach tun. „Was ham' se wolln?", sagte er schleppend. Jelena war darauf bedacht, ihren härtesten russischen Akzent zu verwenden. „Ich habe reserviert. Mc Grian." Er blickte sie an, als ob sie von einem anderen Stern wäre. Ihre Aufmachung passte nicht zu dem Rucksack, den sie trug. Das war ihr wohl bewusst. Doch sie legte in ihren Blick so viel Autorität, dass er nicht im Geringsten versuchte ihr zu widersprechen. „Hier", sagte er und gab ihr einen Schlüssel. Jelena nahm ihn und drehte sich um. „He", rief er ihr nach. Sie drehte sich wieder um. „Zahlen Sie bar oder mit Stick?" Sie ging einfach weiter. Nach einiger Zeit erreichte sie das Zimmer. Es sah genauso schäbig aus wie die Empfangshalle. Auf dem Bett lag ein kleiner Audio-Chip. Sie legte ihn in ihren Verstärker und klemmte ihn in ihr Ohr. „Miss Subitsch, ich möchte mich kurz halten." Jelena ging inzwischen in das Badezimmer und befeuchtete sich ihre Haare. Sofort löste sich das Rot in Luft auf. „Ihr nächster Auftrag wird Sie nach Bug City führen." Sie zog sich aus. „Was Sie dann dort machen, wird Ihnen eine Minidisc mitteilen. Halten Sie Ausschau nach dem gestürzten Reiter." Jelena zog sich um. Sie wollte nun die Bevölkerung etwas schocken. Zu diesem Zweck warf sie sich in eine Uniform des russischen Militärs. Ihren Ausweis für diplomatische Immunität nahm sie natürlich auch mit. Sie legte eine Desert Eagle in das Halfter und die P-80, mit dem Schalldämpfer, verbarg sie in dem Halfter unter ihrer linken Schulter. „Ich freue mich auf die Zusammenarbeit. Sobald Sie Bug City erreicht haben, ergibt sich alles von selbst." Jelena blickte aus dem

Fenster. Bug City. Das war nicht gerade ein Honig-Lecken. Dies war einer der Orte, den man um jeden Preis meiden sollte. Aber was wäre, wenn sie nicht in die Stadt hineinmusste. Vielleicht hatte sie in den Sicherungsbereichen zu tun. Das konnte sie ja nicht wissen. Sie beschloss jetzt aber noch nicht an ihren Auftrag zu denken. Jelena wollte sich zuerst Seattle ansehen und abends in einer Bar Dampf ablassen.

War doch lächerlich

Lexi's Wohnung wurde, zwei Tage nachdem die Runner die Cam angebracht hatten, durchsucht. Die anderen Runner fanden auch die Adresse des Quartiers. Jetzt war es nur noch eine Frage der Zeit. JC, Dragonfist, Phönix, Lexi und Steel waren in der Zwischenzeit nicht untätig gewesen. Jeder hatte ein ansehnliches Waffenarsenal in das Quartier gebracht. Steel war sogar mit einer Stand- MG erschienen. Die Runner verschanzten sich in der Wohnung. Steel stellte sich hinter die Tür. Er hatte ein Antiterrorschild, um sich besser vor Explosionen zu schützen. Er trug seine SPAS 12 und schwere Körperpanzerung. Dragon verschanzte sich in der Küche. Er hatte den Tisch, den sie verstärkt hatten, umgelegt und war bestens geschützt. Lexi ging in das Bad. Sie nahm ihre Winchester und hatte die Ruger in den beiden Hüftholstern. JC legte sich in das Zimmer, das gegenüber der Haustür war. Sein Barrett 121 vor sich aufgestellt. Das Smartlink Fadenkreuz leuchtete und er war schussbereit. Er hatte sich wieder für seinen Lieblings-Munitionstyp entschieden. Die Überschallgeschosse. Phönix war im oberen Stock und übernahm die Observierung. Sie hatte im Treppenhaus und auf den Straßen Kameras angebracht, die gerade so groß waren wie Stecknadeln. Sie warteten. Hodges war immer der Typ, der gefundene Infos so schnell wie möglich umsetzte. Es konnte nicht mehr lange dauern. Aus den Komlinks, mit denen sie Verbindung hielten, kam die leicht verzerrte Stimme von Phönix. Sie hatten sich für Kurzwellensender entschieden. Die waren zwar nur für eine Distanz von 4 Metern, aber dafür konnte man sie außerhalb dieser Distanz nicht abhören. „He, Leute, sie kommen. Ich sehe zwei Autos. Ein ziemlich alter, schimmliger VW Bus und eine weiße Limousine, sieht verdammt modern und teuer aus. Die VWs sind doch gar nicht mehr zu bekommen. Wo haben sie den nur her? O.k. Es stiegen Leute aus. Eins, zwei, drei, vier, sieben, acht, ja das war's, es sind acht." Steels Stimme mischte sich darunter. „Was, nur acht?" Die anderen mussten ebenfalls schmunzeln. Dragon meldete sich. „Der schickt acht Leute, um mit uns fertigzuwerden?" „Leute, vergesst nicht, die glauben sie haben es nur mit Lexi zu tun und die wissen nicht, dass wir wissen, dass sie kommen. Also verzeiht ihnen, dass sie nicht mit einer Armee aufkreuzen", sagte JC darauf. „Leute, haltet mal die Klappe. Die kommen nicht alle in das Haus. Zwei bleiben unten bei den Autos. Es kommen sechs rauf. Da haben wir mal in den ersten Reihen zwei Möchtegern-Kämpferinnen. Eine bewaffnet mit zwei Ares Derwisch MP 35 Schuss. Die andere hat zwei UZI 3 34 Schuss. Na ja. Die haben auch einen Ork mit, der ist wohl so was wie eine Verstärkung. Der hat eine Night Warrior 75 Schuss. Nicht zu verachten, ein etwas teureres Model. Dann sind noch zwei Kämpfer zusätzlich. Beide Typen und beide bewaffnet mit einer STG 80. Ich glaub das Ding hat 40 Schuss? So, da sind noch zwei, der eine scheint eine Art Erwacher zu sein oder so was Ähnliches. Der ist gekleidet wie ein Indianer. Der hat einen Tomahawk und einen Bogen und da kommt noch einer, was ist denn das?" Phönix kicherte plötzlich. „Ich weiß nicht, ich glaub der trägt so was wie einen Supermann-Pyjama in Lila. Der hat auch eine UZI 3, der hat ziemlich „Muckis". Steel, ich glaub du bekommst Konkurrenz." Steel grunzte als Antwort. „Auf der Straße sind noch zwei Fahrer. Ingram Smartgun und AK 97 und somit hätten wir alle durch. Sie biegen übrigens gerade in den falschen Korridor ein. Kommt schon Jungs umdrehen. Brav. Das hab ich gemeint. So alle bereit? Sie kommen in den Gang." JC schaltete auf Thermalsicht, die Umrisse zeichneten sich deutlich durch die Tür. Er schoss noch nicht. Die Ersten mussten in die Wohnung rein. Dann kamen die anderen meistens auch. „He, Leute, ich weiß, was uns in der Runde noch fehlt", sagte Dragon. „Wir brauchen noch so was wie eine Schamanin, eine die ziemlich gut aussieht." „Ja, und sie muss blond sein", sagte Steel. „Ähm. Phönix?", fragte JC. Was machen die da so lange?" „Sie beratschlagen sich. Sieht jedenfalls so aus." „Dann warten wir eben", sagte Lexi. „He, Dragon. Ich weiß, was uns noch fehlt. Ein richtig schnuckliger Ki-Adept. So ein richtig süßer." „Wenn wir mit den Arschlöchern da draußen fertig sind, kannst ja den im Strampelanzug haben. Hört sich jedenfalls verdammt nach Adept an. Na ja, solange ich ihm nicht in den ungewaschenen Hals schieße", sagte JC, worauf sich Phönix meldete. „Der ist überhaupt nicht schnucklig, der sieht aus wie ein öliger Muskelpudding. Wenn du auf so was stehst, Lexi?" Sie schnurrte ein rollendes R. „Oha. Ich glaub jetzt sind sie fertig. O.k. Die ersten, die die Wohnung betreten, sind die Kampfweiber. Ähm, Steel geh in Deckung, die sprengen die Tür." BUM!!! Im nächsten Moment zersplitterte die Eingangstür. Steel war hinter seinem Schild in Deckung gegangen und somit den Splittern entgangen. Schreiend liefen zwei Frauen herein, gefolgt von einem Ork. Sie eröffneten sofort das Feuer. Die Wände wurden arg in Mitleidenschaft gezogen. JC schoss. Sein Projektil zerfetze den Kopf der ersten Kämpferin mit den UZI's, es startete schräg in die Höhe und durch die oberen Wohnungen. Steel schoss dem Ork aus nächster Nähe in den Rücken. Getroffen von der Schrotladung, warf es ihn nach vorne. JC hatte repetiert und erneut geschossen. Das nächste Projektil schlug durch die Brust der zweiten Kämpferin. Doch damit nicht genug. Der Schamane war in einer Linie mit ihr gewesen. Er wurde ebenfalls in die Brust getroffen. „Yessss!", kam es von JC. Die anderen hatten noch nicht begriffen, dass ihre magische Unterstützung ausgefallen war. Der Kämpfer mit der STG stürmte in die Wohnung. Dicht gefolgt von den Ki-Adepten. Dragon erledigte den Kämpfer mit einem Blitzstrahl. Er wurde zurückgeschleudert und Lexi schoss auf den anderen Kämpfer, der gerade durch die Tür kam. Er wich zuerst aus, doch der zweite und dritte Schuss trafen ihn ebenfalls in die Brust. Steel versuchte unterdessen den Adepten zu treffen. Er hatte den Zauber von Dragon abgeblockt und war Steels Schuss ausgewichen. Er schoss auf Lexi, die sofort in Deckung ging. Die Geschosse trafen die Wand. JC war aufgesprungen. Der Adept war hinter das Sofa gehechtet und somit JC ausgeliefert. Die beiden Fahrer waren während des Kampfes die Treppen empor gehastet und eröffneten das Feuer. JC wich den Kugeln aus und schlug dem Adepten in den Rücken. Er nutzte ihn wie ein Schild und schoss mit seiner Ares zurück. Doch plötzlich zuckte der Adept zusammen. JC ließ ihn und hechtete in Deckung. Der Adept presste sich die Hand auf sein rechtes Ohr. Dragon war nun mit seinem Zauber fertig. Hinter den beiden Fahrern erschien ein Wesen aus Feuer. Es versperrte ihnen den Fluchtweg und ihnen blieb nichts anderes übrig als nach vorne zu laufen. Steel trat um die Ecke und drückte ab. Die SP 12 Geschosse hagelten auf einen der Fahrer. Der andere warf sich an eine Tür, die wohl in eine Wohnung führte. Doch die war verschlossen. Steel drückte erneut ab. Und traf den Fahrer in die Seite. Der wurde durch die Wucht in die Flammen des Feuerelementns geschleudert.

Der Kampf war vorüber. Dragon löste seine Feuerdiener auf und kam aus der Küche. Lexi betrachtete die Wand. „Die Einschusslöcher haben sich verdoppelt. Was ist?" „Der da lebt noch", sagte JC und grinste Lexi an. Der Ki-Adept kauerte in einer Ecke und hielt sich beide Hände auf sein rechtes Ohr. „Was is'n mit dem?", fragte Steel. „Keine Ahnung", sagte JC und zielte mit seiner Ares auf die Brust des Adepten. Die UZI hatte er schon außer Reichweite getreten. „Der hat irgendwas mit seinem Ohr", sagte Lexi. „Du hast Glück gehabt, Lexi, dein Schnuckelchen lebt noch", warf JC ein. Dragon hatte inzwischen Phönix die Treppe heruntergetragen. Der Adept saß immer noch zusammengekauert auf dem Boden und hielt sich das Ohr. „JC, was hast du mit dem gemacht?", fragte ihn Phönix. Inzwischen war das gesamte Waffenarsenal auf den Adepten gerichtet. Er war zwar unbewaffnet doch immer noch gefährlich. Ki-Adepten konnten unglaubliche Kräfte entwickeln und waren verdammt schnell. Das Beste war immer, sie nicht ohne gleichwertige Vercyberungen anzugreifen. Schon gar nicht im Nahkampf. JC blickte auf ihn hinunter. „Ich hab ihm gar nichts getan. Zuerst war er meine Schutzweste und dann hab ich das Feuer auf … Ah", machte er langsam. JC schlug sich gegen die Stirn. „Verdammt. Ich weiß." Alle sahen JC an. „Ich hab geschossen. Drei Mal und die Mündung der Ares war neben seinem Ohr. Der fragt sich jetzt sicher, wo sein Trommelfell abgeblieben ist."

Der Adept blickte auf. Sein Gesicht war schmerz- und wutverzerrt. Er sah in die Mündungen von vier Waffen. Was war da nur schiefgegangen? Sie sollten doch nur die blonde Schlampe ausschalten. Die war alleine. Vielleicht zu zweit. Der Nachricht nach zu schließen, war sie zu einer Freundin gefahren. Das stimmte alles nicht. Jemand sagte etwas. Es übertönte sogar das Piepsen in seinen Ohren. Die Stimme war gedämpft. Der, der sprach, hatte ihm das angetan. „He, du. Kannst du mich verstehen?" Er nickte schwach. „So, ich sag dir jetzt mal was. Du kommst mit uns mit und machst keine Mätzchen. Sonst ..." JC ließ aus seiner Hand drei Sporne heraus schnappen. Das war so ein verfluchter Cyberwichser. „Ist das für dich verständlich gewesen?" Der Adept wollte nicht etwas tun, das die anderen veranlassen würde, ihn zu töten. Sie waren zwar nicht so gut wie er, aber hatten sich immerhin gut geschlagen. Er würde sie später erledigen. Jetzt musste er nur mitspielen. Also nickte er. „Gut, steh auf." Doch damit hatte er Schwierigkeiten. Sein Körper wollte ihm nicht so wirklich gehorchen. Er wankte und musste sich an der Wand festhalten. „Du hast vermutlich einen Schallschaden. Ich bin mir nicht sicher, ob deine Schnecke O.k ist. Ich würde dir raten, dich nicht zu viel zu bewegen." Der Typ mit den Spornen machte sich über ihn lustig. „Weißt du was?" Der Ork mit der Schrotflinte war näher gekommen. Der sah aus wie ein Nazi-Ork. Gegen wen der wohl rassistisch war? Doch ihm war es egal, der Ork würde sowieso nicht mehr lange leben. „Ich leg dich jetzt schlafen." Der Ork schlug ihm blitzschnell mit dem Griff seiner Waffe ins Gesicht. Er wollte noch die Hände heben, aber es war zu spät. Er wurde zurück gegen die Wand hinter ihm geworfen. Das konnte ihm nichts anhaben. Doch plötzlich traf ihn ein weiterer Schlag in den Magen und gleich darauf spürte er nur für eine Sekunde einen heftigen Schmerz auf seiner rechten Schläfe. Bevor er in die Schwärze versank, sah er noch jemanden im Rollstuhl, einen Cowboy und einen Marine. Warum war das Militär da?

„Das war's. Ich glaub der ist jetzt endgültig tot." „Nö, Dragi, der is nur ausgeknockt", sagte Steel. „Stimmt", meldete sich JC. Er fühlte den Puls des Adepten. „Es is leichter 'n Fisch zu transportieren, der nicht zappelt", witzelte Steel. Lexi verschnürte den Adepten auf die Texaner-Art und Steel nahm ihn unter den Arm. Einen anderen Kämpfer legte er über die Schulter. JC zog den toten Ork und noch die beiden Kämpferfrauen. Die Leute, die aus ihren Wohnungen blickten, schlugen sofort wieder die Türen zu, als die Runner an ihnen vorbeigingen. Sie konnten ein Flüstern durch die Türen hören. Aus Respekt und Höflichkeit trugen Phönix und Lexi die Waffen. Steel, Dragon und JC warfen die Leichen in den VW Bus. „So, und jetzt wohin damit?", fragte Lexi. Dragon und Steel antworteten zugleich. „Die-4." „Genau", sagte JC. „Ich weiß Senf dazugeben und so. Aber mal ehrlich, das war doch lächerlich mit den Typen." JC übernahm den VW Bus. Er kam sich vor wie in einem Leichenwagen. Dragon fuhr mit der Limousine. Lexi und Phönix stiegen bei Dragon hinten ein. Steel übernahm mit seinem Bus die Spitze. Der Konvoi setzte sich in Bewegung und sie fuhren ins Die-4.

Nicht konventionelle Methoden

„Hallo. Hier ist JC Denton. Ist der Don zu sprechen?" „Selbstverständlich, warten Sie einen Augenblick, ich werde Sie verbinden." Es erklang eine langsame Melodie. Sie erinnerte an Sizilien. „Ja hallo, ich grüße Sie. JC was verschafft mir die Ehre?" Der italienische Akzent des Mafiosos wirkte, als ob er schon ganz genau wusste, was JC wollte. „Hallo Fiorenzo. Ja … ich habe da ziemlich was an Müll zu entsorgen und ein gut verschnürtes Paket, das ich auspacken möchte." „Das ist schön, ich werde selbstverständlich helfen. Wo sind Sie im Moment?" „Auf dem Weg zum Hafen. Es sind drei Wagen. 'N Chevrolet-Van, ne Limo in Weiß und ein WV Bus." „Gut ich werde die Wachen in Kenntnis setzen. Begebt euch zur hinteren Garage. Ich werde euch persönlich erwarten." „Danke, Don Fiorenzo, du hast was gut bei mir." „Dann werde ich Sie beim Wort nehmen." „Das können Sie. Wir werden so in 15 Minuten bei Ihnen eintrudeln." „Ich verstehe. Ich wollte noch fragen, ob ich eine Vorausbezahlung erwarten kann?" „Wollen Sie eine weiße Limousine?" „Immer" „Gut, dann betrachten Sie sich als neuer Besitzer. Bis gleich." „Bis später, JC." Die Verbindung brach ab. Die weitere Fahrt verlief ohne weitere Probleme. Bevor sie losgefahren waren, hatten alle Steel eingeschärft, dass er normal fahren solle. Sie wollten nicht unbedingt einer Lonestar-Streife in die Hände fallen. Zum einen hatten sie dann noch mehr Leichen, die sie entsorgen mussten, und zum anderen wollten sie nicht unbedingt Aufmerksamkeit erregen. Der Konvoi hielt vor dem Haupttor vom Die-4. Die Trolle wurden offenbar verständigt, dass sie kommen würden. Jedenfalls ließen sie die Runner ohne Fragen durchfahren. JC hatte während der Fahrt mit Steel telefoniert. Der große Van fuhr als Erstes durch das Tor. Dragon folgte mit der Limousine und JC bildete den Schluss mit dem VW. Steel bog hinter dem Tor nach rechts und umfuhr den großen Parkplatz. Hinter dem Die-4 war noch ein ziemlich geräumiger Abstellplatz für Lade- und Entladetätigkeiten. Ein riesiges Garagentor stand offen und sie wurden von einem Troll hinein gewunken. Sie parkten jeden in einer eigenen Parklücke und stiegen aus. Don Fiorenzo war schon da. Ein etwas größerer Ork um die 1,95 m. Er war in einen strahlend weißen Anzug gekleidet und trug den typischen Mafia-Hut mit schwarzem Umschlag. Er wartete geduldig bis Phönix in ihrem Rollstuhl war und begrüßte sie als Erstes. Er beugte sich höflich hinunter mit der linken Hand auf dem Rücken. Mit seiner Rechten nahm er die Hand von Phönix. Er gab ihr einen Handkuss. „Guten Tag. Ich bin Don Fiorenzo." „Phönix", sagte sie etwas kleinlaut. Lexi war die Nächste. Er gab ihr ebenfalls einen Handkuss. „Einen schönen Tag wünsche ich." „Howdy", sagte Lexi. „Dragonfist und JC Denton. Ich grüße euch. JC, mir ist doch zu Ohren gekommen, dass Sie nicht mehr unter den Lebenden weilen und dann bestellen Sie hier einen Tisch im VIP- Bereich. Ich grüße euch." Er umarmte sie nacheinander. „Ihnen entgeht aber auch nichts. He, das da ist Steel, der ist so was wie unsere Augen am Hinterkopf." Fiorenzo schritt auf Steel zu und sie gaben sich die Hand. Steel war mindestens doppelt so breit wie Fiorenzo, der sowieso eher schlanker war. „So, JC. Sie sagten Sie hätten einigen Müll zu entsorgen." Hinter dem Don waren Leute aufgetaucht. „Jop. Da drin." Er wies mit dem Daumen auf den VW. „Das machen meine Leute. Die Habseligkeiten werden euch dann übergeben." „Danke, Sie sind zu freundlich", setzte Dragon an. „Dragon, Schnauze! Die Ausrüstung können Sie haben. Wir brauchen Sie nicht. Aber ich hab da noch was. Ich müsste mit jemandem ein Gespräch führen, aber es darf ihn natürlich niemand hören", wandte sich JC dann wieder an den Don. „Das dürfte auf kein Problem stoßen. Nehmt ihn mit und ich werde euch zu einem geeigneten Platz führen." „Wir brauchen was mit 'ner großen Badewanne und 'nem großen Bad", meldete sich Steel. „Das dürfte auch kein Problem sein", sagte der Don mit einem fragenden Blick auf ihn. „Lexi. Was hat 'n der mit dem gemacht?", fragte

Steel, als alle dem Don folgten. Lexi hatte dem Adepten während der Fahrt immer wieder, wenn er sich bewegt hatte, gegen den Kopf getreten, um ihn am Aufwachen zu hindern. Steel hängte sich den Adepten über die Schulter und ging hinter Dragon her, der hinter dem Don ging. JC schob Phönix vor sich und er selbst spazierte neben Don Fiorenzo. Lexi machte den Schluss. Die hatte die Winchester auf den Adepten gerichtet. Don Fiorenzo führte sie aus der Garage heraus und in einen Gang, bis zu einer Tür. Er öffnete und ließ sie eintreten. Es war ein Raum, der an allen Wänden mit Dämmfolie bestückt war. „So, hier drinnen kann euch niemand hören", sagte der Don. „Ich werde euch dann der Befragung überlassen. JC, Dragon ihr wisst, wo ihr ihn dann entsorgen könnt? Die Waffen werden euch noch gebracht." Dragon ergriff schnell das Wort. „Fiorenzo. Sie können die Waffen haben, die im Wagen sind. Die Limo brauchen wir auch so wenig wie den Bus." Mit einem Ausdruck auf dem Gesicht, der nur zu klar sagte, dass er nichts anderes erwartet hätte, verbeugte sich der Don und schloss die Tür. JC tippte sich gegen die Stirn. Doch er sagte nichts. Lexi sperrte ab. Steel warf den Adepten vor der Couch auf den Boden. „Lexi, verbind ihn so, dass er den Rücken wieder abbiegen kann und bitte die Hände und Füße extra. Nicht alles zusammenbinden", sagte Steel. „Stimmt, der isst ja kein Rindfleisch. Der ist nur ein elender verdammter Adeptenwichser, der geschlachtet gehört", meldete sich JC. „Aber, aber, JC, du hast doch nicht etwas gegen Leute, die Cyberware nicht mögen", grinste Dragon. JC warf ihm als Antwort einen Blick zu, der ihn beinahe getötet hätte. Lexi tat wie ihr geheißen und JC warf den Ki-Adepten in das Bad. Steel, Dragon und Lexi folgten. Phönix stellte sich in die Tür. Der Rollstuhl wäre da drinnen einfach zu viel. Dragon setzte sich auf das Waschbecken. Er hatte zuerst einige Gerätschaften auf den Boden gestellt. Lexi nahm breitbeinig auf dem Toilettensitz Platz. Steel betätigte den Wasserhahn und ließ die Badewanne ein. JC schüttete dem Adepten eine Handvoll Wasser ins Gesicht. „Morgen", grinste ihn JC eisig an. Der Adept sträubte sich sofort gegen seine Fesseln. „Ha, vergiss es!", lachte Lexi. „Das ist ein texanisches Seil mit Draht-

fasern drin. Das könnte nicht mal Dunkelzahn durchreißen."
Der hörte auf zu zappeln. „So, ist voll", meldete sich Steel. Er legte den Adepten mit dem Bauch auf die Kante der Wanne. Ohne ein weiteres Wort tauchte er ihn unter Wasser. „Willst du ihm nicht erst ein paar Fragen stellen?", fragte ihn Lexi. „Kommt noch. Erst bringen wir ihn um", antwortete ihr Steel. Lexi verstand überhaupt nichts. Steel und JC grinsten. Der Adept zappelte und wehrte sich, doch Steel hatte ungeheure Kräfte. Noch dazu war er vercybert und hatte dieselben Kraftverstärker wie JC. Steel war stärker als JC, aber JC war schneller. Der Adept zappelte jetzt nur noch schwach. „So. Noch eine Minute", sagte JC, der die Finger auf das Handgelenk des Adepten gelegt hatte. Der Adept zuckte noch ein paar Mal. Dann war er tot. Steel riss ihn aus dem Wasser und schleuderte ihn zu Boden. JC legte eine Beatmungsmaske auf Mund und Nase des Adepten und Steel begann mit der Reanimation. Schon beim dritten Zyklus spuckte der Adept Wasser. Steel hob ihn hoch. „Fragst du ihn jetzt?", meldete sich Lexi. „Nö", antwortete ihr Steel. „So. Willkommen wieder im Leben und Tschüss", sagte Steel zum Adepten und drückte ihn wieder unter Wasser. Das ging noch einige Male so weiter. Immer mit einem anderen Spruch. „Das Leben lässt grüßen, der Tod will dich wiederhaben, nein, so leicht stirbst du mir nicht, atme noch mal tief ein", kam es immer wieder von Steel. „Ich denke, das reicht", sagte JC, der sich auf den Rand der Badewanne gesetzt hatte und genüsslich eine Zigarette rauchte. Steel zog den Adepten wieder aus dem Wasser. Dieses Mal lebte er noch. Jedenfalls gerade so. Er spuckte einen Strahl Wasser auf den Boden. „Gut", sagte JC ruhig. „Das ist doch mal was anderes, so bist du sicher noch nie gefoltert worden. Wenn überhaupt." Er blickte den Adepten beinahe belustigt an. „Du wirst uns alles sagen, was wir wissen wollen, sonst werden wir dich töten und jetzt kommt der spaßige Teil der Sache. Selbst wenn du tot bist, sind deine Infos nicht verloren. Weil, wir werden dich wiederbeleben. Wieder und wieder und wieder. Bis du uns dein Innerstes preisgegeben hasst. Steel, gib ihm ne Minute, der muss erst noch zu sich kommen." Der Adept saß an die Wand der Badewanne gelehnt

und zitterte heftig. „Schluss jetzt", sagte Steel. „Soll ich den Arsch fragen, oder du? Oder Dragon willst du?" „Nein danke, ich genieße das lieber von hier drüben", antwortete er, während er mit einem kleinen Feuerball spielte. Steel wand sich an Phönix und Lexi. „Ladys?" Doch sie wollten nicht. „Gut, dann frag ich. Steel, ich bitte dich darum den Mist-Kerl wieder in Position zu bringen." Steel legte den Adepten wieder über den Rand der Wanne. Das Wasser direkt vor der Nase schien ihm nicht wirklich gut zu bekommen. Der Adept übergab sich. „Yesss!", sagte JC und begann mit der Befragung. „Nach deinen Kotzorgien am Badezimmerboden und Wanne bin ich der Meinung, dass du das am liebsten hinter dich bringen willst." JC schnippte Asche von seiner Zigarette. „Also, wie ist dein Name? Ich hab nicht Lust, dich mit „He du" anzuquatschen." Der Adept atmete schwer durch und sagte dann mit wässriger Stimme: „Jons Davis." JC wirkte zufrieden. „Stimmt es, dass dich Hodges auf Lexi angesetzt hat?" „Ich weiß nicht, wer das ist." „Wer, Hodges oder Lexi?" „Ich kenne niemanden der Lexi heißt." „Aber du kennst Hodges?" „Ja." Davis klang so, als ob er JC alles verraten würde, nur umso schnell wie möglich hier rauszukommen.

Er wusste, er würde sterben, das war klar. Aber er wollte, dass es schnell ging. Wenn er tot war, würde ihn nicht mehr kümmern, was er verraten hatte. Es würde ihn gar nichts mehr kümmern. Selbst der Heiratsantrag hatte dann keine Bedeutung mehr. „Darf ich Sie etwas fragen?", sagte Davis zu JC. „Sicher", antwortete er. „Wie stehen meine Chancen hier nach der Befragung lebend rauszukommen?" JC schnippt die Zigarette auf den nassen Boden und zündete sich die Nächste an. „Wenn ich ganz ehrlich bin, dann sind die Chancen dafür gleich 0." Davis atmete schwer aus. Er war verloren. „Gut weiter. Hodges hat dich beauftragt?" „Ja." „Aha. Bist du so was wie ein Auftragskiller?" „Nein." „Sondern?" „Ich bin Shadowrunner." JC lachte schallend. Dragon und Lexi stimmten in sein Lachen ein. Selbst Phönix kicherte. Steel grinste nur. Er wollte den Griff nicht lockern. „Das soll ja wohl ein Witz sein? Du und Shadowrunner? Gerade du. Solltest du Runner sein, dann wäre die gesamte Situation umgekehrt. Du würdest da sitzen, wo ich sitze und würdest mich befragen, Runner, dass ich nicht lache. Hat dir das keiner gesagt? Zu einem Runner gehört mehr als ein paar Schnellfeuerwaffen. Steel bitte zeig ihm mal richtige Runner." Steel packte Davis an den Haaren und drehte seinen Kopf herum. „Darf ich dir vorstellen. Phönix ist ein Runner und is'n Decker. Lexi is auch 'n Runner. sie ist Street Sam." Beide winkten und grinsten. Steel drehte Davis zu Dragon. „Das is Dragonfist. Erwacher." Dragon winkte ebenfalls. Steel drehte Davis zu sich um. „Ich bin Steel." „Das ist auch ein Runner", sagte JC in einem lächerlichen Ton. Steel drehte Davis zu JC. „Hey", sagte er grinsend. „Das da ist JC Denton. Auch bekannt als Hardware", stellte ihn Dragon vor. Steel der Nazi-Ork. Dragonfist der Erwacher, der drei verschiedene Elementare auf einmal manifestieren konnte. Phönix. Sie war in der gesamten Matrix gefürchtet. Sie war schlimmer als schwarzes Eis. Sie konnte die Gedanken derer kontrollieren, die sich mit ihr anlegten. Von Lexi hatte er auch schon gehört, sie war in Begleitung von Phönix, Dragon und JC gesehen worden. Sie konnte nicht schlecht sein. JC Denton. Der Cyberzombie. Er machte mit anderen Cyberzombies kurzen Prozess. Er hatte fünf Cyberzombies alleine erledigt. Andere Runner hatten zu dreißigst nicht mal eine Chance gegen einen Cyberzombieoberkörper gehabt. Verdammt der war am Arsch. JC Denton sprach wieder. „So, das sind echte Runner. Und du, ja du bist so was wie ein Weichei. Sonst nichts."

Davis starrte nun wieder auf die Wasseroberfläche. Ein Zigarettenstummel und mehrere Aschefussel schwammen darin. „Nächste Frage. Wo ist Hodges?", fragte ihn JC. Davis sagte etwas nicht wirklich Vernehmbares. „Was?" „Er hat sich versteckt. Er ist in einer alten Fabrik, die Adresse ist 13 012 Wormington. Er ist dort immer mittwochs." „Interessant, wie sollt ihr ihn erreichen, sollte der Auftrag beendet sein?" „Das hat er nicht gesagt. Er würde sich bei uns melden." „Das soll doch ein schlechter Witz sein. Ich könnte dich am Leben lassen, nur um dir zu beweisen, dass Hodges sich nicht melden wird." „Wir wären einfach mittwochs in die Fabrik gegangen." „Hodges hätte euch kaltgemacht." „Er … er … er sagte, dass wir mit der Blonden leichtes Spiel haben würden." „So, sagte er das, dann sagt er aber etwas Falsches, selbst wenn Lexi, sie heißt Lexi, alleine gewesen wäre und euch nicht erwartet hätte, dann wärst du in derselben Situation wie jetzt." Das stimmte nicht ganz. Aber das musste ja keiner wissen. „Ich sag dir mal was, Hodges ist ein Wichser, er hat euch verarscht. Er hat vermutet, dass ihr alle in dem Kampf draufgeht. Damit der euch nicht bezahlen muss. Ich wette, das Geld gibt es bei Ablieferung der Leiche." „Ja." „Siehst du, der hat dich verarscht, der wusste, dass ihr nie auch nur den Hauch einer Chance haben würdet. Hodges hat richtig vermutet. Das mit der Bombe hat nicht geklappt. Wie wollte er mich sonst erledigen?" „Ich weiß nicht wo …" „Streng dein bisschen Hirn doch mal an! Das neunstöckige Haus ohne Lift." „Das … das … schwarze Wolke ist nicht zurückgekommen. Ich habe den Auftrag, Sie zu erledigen. Was ich auch getan habe und dann Ihren Auftrag alleine zu vollenden." „Du bist der Boss der Bande?" „Ja, das bin ich. Hiks ist der Schamane. Adlerschamane. Roys, Wexlier, Punk, Ron, Power und Bazooka, sind die Street Sams. Cobra und Ligthning sind die Rigger. Mico hieß schwarze Wolke." JC unterbrach ihn. „Oh Mann. Glaubst du wirklich, dass das zieht? Das sind Namen wie aus einem zweit, nein, drittklassigen Superhelden-Comic. Ich bitte dich. Schon wegen eurer Namen werde ich auf den Straßen erledigt. Am Anfang geht das noch gut. Aber wenn die Shadowrunner eure Namen mitkriegen, machen sie nur so zum Spaß Jagd auf euch. Die habt ihr euch selbst gegeben?" „Ja." „Verdammt, du bist so ein blödes Arschloch. Es reicht nicht einen Namen zu haben, der gut klingt. Außerdem muss sich der entwickeln. Meinst du, ich heiße freiwillig Hardware? Nein, das kommt von meinen zahlreichen Vercyberungen. Der neue Name ist mittlerweile Cyberzombie, oder Zombie. Is nicht so lang." JC war genervt. Er erklärte einem Möchtegern-Läufer, was es bedeutet ein echter Shadowrunner zu sein. Aber er hatte irgendwie beschlossen, Davis mit abgeschnittenen Beinen laufen zu lassen. Dann sagte Davis: „Du bist ein blödes Arschloch." JC lächelte. Wieder lachten die Runner. Immer noch lachend fragte ihn JC: „Warum bitte bin ich ein blödes Arschloch?" „Weil du dich selbst umbringen wirst. Das, was du so liebst, wird dich vernichten. Die Cyberware zerfrisst dich. Ich bin schlauer als du. Ki-Kräfte sind mächtiger als Cyberware." Mit einem Mal war das Lachen verstummt. JC war aufgestanden. Er hatte Davis genommen und in den Aufenthaltsraum geschleudert. Er war durch den Raum geflogen und an die Wand gegenüber geprallt. JC war stinksauer. Die anderen wussten, was jetzt kam. Ein Zweikampf. JC musste seine Ehre verteidigen. Die Runner schoben die Couch an die Wand neben der Badezimmertür und JC löste die Fesseln von Davis. Er stellte sich ihm gegenüber. Davis hatte einen gewaltigen Fehler gemacht. Er hatte ein Wort gegen JC's Cyberware gesagt. In Wirklichkeit war JC wütend, weil Davis gesagt hatte, dass, was er liebt, ihn töten würde. „So, du hast die Chance, dich zu beweisen. Beweise mir das Ki-Kräfte besser sind als Cyberware. Bitte, komm schon." JC hatte seine Waffen abgelegt. Er stand nun vor Davis. Davis ging in eine verbogene Kampfposition. „Solltest du mich besiegen, darfst du gehen." JC hatte die Kraftverstärker eingeschaltet. Sein ärmelloses Shirt machte alles nur noch schlimmer. Die gerippten Schläuche traten unter der künstlichen Haut hervor. JC sah aus wie ein Killerroboter. Aus beiden Händen kamen langsam die Sporne heraus. Auf JC's Festplatte startete ein Programm. Plötzlich begannen die Sporne zu qualmen. Davis war erschrocken. „Na komm schon", sagte JC bedrohlich. Phönix, Lexi, Dragon und Steel tauschten inzwischen Nuyen. Sie wetteten.

Davis hatte nun die Gelegenheit JC Denton zu erledigen. Danach würde sein Name in der gesamten Schattenwelt auf dem Planeten bekannt sein. Jons Davis, der Killer von JC Denton. Davis schrie und griff an.

JC aktivierte das Move-by-wire-System. Er wusste Davis war schneller als ein gewöhnlicher Mensch. Er hatte seine Reflexe sicher mit Magie verstärkt. Ja, Davis war schnell, es sah aus, als ob er sich durch eine klebrige Masse bewegen würde. Er war nicht schneller wie JC, als er noch die Reflexbooster der Stufe 3 hatte. JC legte los. Davis schien einen Angriff zu erwarten und wich den Spornen aus. Doch genau das hatte JC erwartet. Er schlitzte Davis den rechten Oberschenkel auf. Im nächsten Moment traf ihn JCs Ellenbogen mitten auf der Brust. Davis war durchtrainiert doch JCs Kraftverstärker waren aus einem etwas neueren Fabrikat. Davis knickte kurz ein. JC versetzte ihm eine rasende Kombination aus schnellen Hebelgriffen, wobei es mehrere Male unheilvoll knackste und Davis fiel nach vorne um. JC stand über ihm und trat ihm in die Rippen. Der Tritt beförderte ihn wieder gegen die Wand. Er knallte dagegen wie von einem LKW getroffen. JC schaltete das Move-by-wire-System ab und wartete, bis Davis sich erhoben hatte. „Move-by-wire-System, Alter, damit kann ich Kugeln ausweichen. Da gab es mal so einen Film. Mit so 'nem Agententypen." Der Oberschenkel von Davis war durchgeschlitzt bis zum Knochen. Doch er blutete nicht. Durch die Hitze der Sporne war die Wunde kauterisiert worden. Erst jetzt roch Davis das verbrannte Fleisch. „Jo", sagte JC und machte sich über Davis lustig. „Cyberware ist Mist oder? Dich werde ich zerlegen. Steh auf und stirb wie ein Mann." Davis erhob sich. Er versuchte das verletzte Bein nicht zu belasten. JC kam näher. Davis holte aus. JC sah den Schlag. Das Move-by-wire-System hatte er schon aktiviert. Doch er wollte Davis einen Triumph gönnen und schaltete es wieder ab. Die Faust von ihm traf JC an der Schläfe. Ein metallisches Klingen war zu hören, im nächsten Moment zog er die Hand schon wieder zurück. „Cyberware ist nicht so gut wie Ki-Kräfte." JC lächelte Davis an. Davis brach in panischer Angst zusammen. JC hatte die Sporne wieder abgekühlt. Er packte Davis am Hals und hob ihn mit ausgestrecktem Arm in die Höhe. Dieser röchelte und versuchte den Griff zu brechen. Doch die Kohlefasergelenke waren stärker. Davis hatte nicht im Geringsten genug Kraft. Also versuchte er etwas anderes. Er holte mit dem Fuß aus und trat JC mit voller Wucht zwischen die Beine. Doch JC war schneller. Das Move-by-wire-System hatte sich bei der drohenden Gefahr mit dem taktischen Kampfcomputer in Verbindung gesetzt und hatte JC die Situation mitgeteilt, der blitzschnell die Linke nach vorne ausgestreckt hatte und Davis trat mit seinem Schienbein direkt in

JC's ausgefahrene Sporne. JC jedoch verzog nicht mal die Miene. „Wichser, verfluchter Schwanzlutscher, mir in die Eier treten. Das ist ausschließlich Frauen gestattet." JC schmetterte ihn zu Boden. Der Aufprall war so heftig, dass er noch mal einen halben Meter in die Luft federte. Nun war mindestens die Hälfte der Knochen in Davis' Körper gesplittert. „Liebling, bitte hilf mir. Ich will nicht sterben", flüsterte er so leise, dass niemand es hörte. JC kam näher. „Einen bestimmten Wunsch, wo du es hinhaben willst? Oder noch ein paar letzte Worte?" Davis kauerte sich so gut er konnte auf dem Boden zusammen. Er schluchzte. Seine gebrochenen Knochen schmerzten gewaltig. „Verdammt, ertrag es wie ein Mann!", sagte JC. „Ich bin verheiratet. Warte ich bin verheiratet. Mein Kind ist noch nicht geboren. Bitte, bitte, bitte, lassen Sie mich leben. Sie alle werden mich nie wieder sehen. Ich verspreche, nein, ich schwöre es." „Ich weiß, dass du verheiratet bist, ich hab deinen Ring schon gesehen. Das ist übrigens noch ein Fehler. Wenn du Runner sein willst, zeige nie und sage nie, dass du eine Familie hast. Ich könnte dich laufen lassen und deine Familie als Geiseln nehmen", „Ja, ja! Das ist es. Ich … Meine Frau. Ich werde sie Ihnen … Sie können sie haben. Wenn Sie mich leben lassen. Nehmen Sie meine Frau und mein ungeborenes Kind und lassen Sie mich am Leben." Das hätte JC nie erwartet. „Töte ihn!", sagte Phönix. „Mach Kojoten-Futter aus ihm", verstärkte Lexi. „Dieses Arschloch hat nicht verdient zu leben, wenn er seine Familie verwenden will, um sich freizukaufen", sagte Dragon. Steel spuckte nur auf den Boden. Im nächsten Moment hatte JC die Sporne in die Brust von Davis versenkt. Der röchelte. „Deine Familie ist ohne dich besser dran. Du hättest sie sowieso verkauft. Wenn nicht an mich, dann an den Nächsten." JC drehte die Hand. Davis starb mit geöffneten Augen.

Recht und Ordnung

„Was zur Hölle war das? Wissen Sie eigentlich, was das für meine bevorstehende Wiederwahl bedeutet? Sie waren für meine Sicherheit verantwortlich und das sollte ohne irgendwelches Aufsehen vonstattengehen. Wenn bei der nächsten Veranstaltung irgendetwas schiefgeht, dann sind Sie die längste Zeit Lonestars-Chef gewesen." Der Bürgermeister hämmerte bei diesen Worten mit dem Zeigefinger auf die Schreibtischplatte. „Wollen Sie mir etwa drohen?" Die beiden sahen sich zornfunkelnd an. Der Bürgermeister von Seattle, Montgomery Higgins, der zum vierten Mal wiedergewählt werden wollte und der Chef der Lonestars Leutnant Commander Natan Wulf zankten sich im Büro. „Ja, das haben Sie richtig verstanden. Ich will Ihnen drohen", zischte Higgins. Natan Wulf erhob sich. Higgins jedoch blieb hinter seinem Schreibtisch aus Mahagoni sitzen. „Sie machen gerade einen schweren Fehler", sagte Wulf, während er mit dem Zeigefinger auf Higgins deutete. Nun erhob sich auch Higgins. „Ich habe Lonestar unter meiner Kontrolle. Wenn ich will, dass die nur noch Scheiße fressen, dann werde ich das in die Wege leiten", sagte Higgins in bedrohlichem Ton. „Wenn ich Sie aus dem Weg haben will, werde ich auch das in die Wege leiten." Natan Wulf zuckte nicht mal mit der Wimper. Nach einigen hasserfüllten Sekunden sagte Wulf schließlich: „Ich habe auch so meine Mittel und Wege, wie ich mich nicht aus dem Weg räumen lasse. Ich kenne genug Leute, die mir einen Gefallen schulden und die mit Vergnügen etwas Bestimmtes für mich erledigen wollen." „Wollen Sie mir jetzt drohen?", sagte Higgins, wobei sein fester Tonfall etwas ins Zittern geriet. „Ich sage nur, dass ich mich nicht nach unten ziehen lasse." Wulf war ganz ruhig geblieben. Er kannte genügend Leute, die bereit waren bis zum Äußersten zu gehen, für die Löschung ihrer Akten. „Entschuldigen Sie mich jetzt, ich habe noch zu tun. Wir

wollen ja nicht, dass die nächste Veranstaltung durch etwas …
‚unterbrochen' wird." Mit diesen Worten drehte sich Natan Wulf
um und schritt zur Tür, wobei sein marineblauer Mantel mit dem
Lonestar-Wappen auf dem Rücken, elegant hin und her schwang.
Als er die Türklinke berührte, sagte Montgomery: „Machen Sie
nichts, was Ihnen später noch leidtun würde. Sollte Lonestar mit
irgendetwas in Verbindung geraten, was ich nicht für gutheiße,
werden Sie sich vor Untersuchungen nicht mehr retten können."
Wulf sprach zur Tür, ruhig und gelassen: „Keine Panik. Ich
bringe Lonestar mit nichts in Verbindung, das nicht der Regelung
der Gesetze entspricht." Mit diesen Worten verließ Wulf das
Büro. Er hörte noch, wie Higgins den Hörer seines Telefons abnahm, dann schloss Wulf die Tür. Higgins wollte ihn aus dem
Weg schaffen. Das war klar. Er hatte nun nicht mehr viel Zeit.
Wulf musste so schnell wie möglich ins Gras beißen. Während
Wulf den Gang entlangging, warf er der Sekretärin von Higgins
einen freundlichen Blick zu. Er wollte nicht, dass irgendwer Ver-
dacht schöpfte. Er wusste genau, dass sie eine Affäre mit Higgins
hatte. Das war so ziemlich das älteste Klischee, das es gab. Vielleicht
würde Higgins mit ihr reden. Das lieferte Natan einen weiteren
Grund, noch jemanden aus dem Weg zu räumen. Wulf erreichte
das Ende des Ganges und drückte den Liftknopf. Wie schnell
konnte Higgins einen Killer auftreiben? Wen kannte Higgins?
Er musste jemanden Außenstehenden beauftragen. Jemanden,
der nichts mit Lonestar zu tun hatte. Er brauchte jemanden, der
nicht mit ihm in Verbindung gebracht werden konnte. Runner.
Das war es. Er brauchte einen Shadowrunner. Jemanden, von
dem er wusste, dass er Higgins aus dem Weg räumen konnte.
Jemanden, der auch Lonestar nicht abgrundtief hasste. Das würde
nicht billig werden. Wer war der Kerl, der bei der Parade solches
Aufsehen veranstaltet hatte? Wenn Montgomery den Cop-Killer
anheuern würde, dann hatte er ein Problem. Selbst die Spezial-
truppe wurde mit dem Typ nicht fertig. Aber sein Informant,
der Ex-Runner, der hatte sicher nichts gegen die Löschung seiner
Akten. Wulf grübelte noch, wie er den Typen finden konnte,
während der Lift in das Erdgeschoss fuhr. In der Eingangshalle

des Bürgerministeriums herrschte hektisches Treiben. Wulf schritt langsam durch die Halle. Nach Higgins' Anruf musste er aufpassen. Er konnte schon einen Killer beauftragt haben. Aber der Weg durch die Halle erwies sich als ungefährlicher, als es sich Wulf vorgestellt hatte. War er jetzt schon vollkommen paranoid? Die Sonne schien schwach. Der Winter stand so eindeutig vor der Tür, dass es nicht mehr normal war. Nur er verspätete sich. Ein kühler Wind strich über die Dächer und der regennasse Boden glänzte und spiegelte in den Lachen die Gebäude wider. Es waren hauptsächlich Menschen auf den Straßen. Metatypen sah man in dieser Gegend jedoch nicht selten. Hier wohnte die Bevölkerungsschicht, in die Wulf niemals kommen würde, wenn er nicht die Nebenjobs beibehielt. Die Autos, die hier auf den Straßen standen, lagen in derselben Preisklasse wie die Häuser. Wie viel die Häuser kosteten, wollte Wulf gar nicht erst wissen. Er war zwar der Boss von Lonestar und hatte ein ansehnliches Gehalt, aber das wollte er nicht in die Welt hinausposaunen und außerdem wollte er hier zwischen den ganzen Snobs nicht leben. Aber egal, was er versuchte, das hier war für ihn niemals leistbar. Er schritt zu seinem Streifenwagen. Das gepanzerte Fahrzeug parkte neben einer schwarzen Limousine, auf der ein hünenhafter Kerl saß. Er las gerade in einer Zeitung. Natan stieg ein. Das Lonestar-Navigationssystem schaltete sich an und er bekam mit einem Blick Infos über die gesamte Gegend und die Verkehrslage. Die Lonestar-Streifenwagen standen auf den zugewiesenen Positionen und einige waren auf Patrouille. Wulf fuhr los. Die Straßen hatten nicht die geringsten Zeichen einer Abnutzung. Nach geschlagenen zwanzig Minuten erreichte er die Sicherheitssperren. Die gesamte Gegend wurde von einer Mauer abgeschirmt und hinter den Schranken waren Krähenfüße in Fahrtrichtung. Wulf ließ das Fenster auf der Fahrerseite hinunter und fuhr langsam zu den geschlossenen Schranken. Ein Lonestar kam auf ihn zu. „Guten Tag", sagte der Beamte freundlich. Dann erkannte er Wulf. „Oh. Guten Tag, Leutnant Commander Wulf. Ich bin mir zwar sicher, wer Sie sind, aber könnte ich doch eine Registrierung haben, bitte." Der freundliche Ton des Lonestar gefiel Wulf. Er antwortete:

„Selbstverständlich. Wir müssen doch die Vorschriften beachten."
Natan griff nach seiner SIN und gab sie dem Cop, der sich bedankte. Er steckte die SIN in einen Handgelenkscomputer und hielt Wulf eine kleine Platte hin, die einem Tischtennisschläger ähnelte. Wulf legte mit einigen Verrenkungen seine rechte Hand darauf. Nach einer halben Sekunde bedankte sich der Cop erneut. „Hier, bitte." Er gab Wulf die SIN zurück. „Warten Sie bitte noch einen Augenblick, ich lasse gerade die Krähenfüße hinunter." Der Cop drückte wieder auf den Minicomputer. Ein metallisches Klingen und die Straße war frei. Bevor Wulf losfuhr, wandte er sich noch mal an den Cop. „Sagen Sie mal, von welchem Revier sind Sie eigentlich?" Der Cop antwortete sofort. „130 Revier Hier in der Gegend. Aber warum, war etwas nicht korrekt?" „Nein, nein. Ich werde Sie nur für eine Beförderung vorschlagen. Sie sind sehr freundlich und korrekt gewesen. Wie ist ihr Name, bitte?" „Lorenz Gaunt." Wulf dankte, verabschiedete sich und fuhr los. Nun war er mit den Gedanken wieder bei seinem Vorhaben, Higgins aus dem Weg zu räumen. Gaunt hatte er schon irgendwo abgespeichert. Er würde ihn befördern, wenn er Zeit hatte. Der Verkehr teilte sich auf den Speedways auf und Wulf hatte freie Bahn. Er beschleunigte seinen Wagen und ließ den Millionärsdistrikt hinter sich. Nicht jedoch Montgomery Higgins. Der Bürgermeister war nicht zu unterschätzen. Er war gefährlich und hatte sicher wer weiß was unternommen, um schon zum vierten Mal wiedergewählt zu werden. Wulf hatte zwar nicht die finanziellen Mittel, die Higgins zur Verfügung standen. Aber er hatte die besseren Druckmittel. Er musste jetzt nur noch einen Runner finden der psychopathisch genug war, um Higgins zu erledigen. Im Die 4. wäre eine Möglichkeit. Aber da reinzukommen war schwierig. Beinahe unmöglich. Schon alleine der Name Natan Wulf war bekannt und in den Schatten zum Abschuss freigegeben. Wie also an einen Runner kommen, der gut genug war? Er konnte ja schlecht eine Anzeige in die Seattle News setzen. ‚Suche Runner, der Montgomery Higgins tötet. Bitte melden unter unten angeführter Nummer.' Das wäre eine Schlagzeile für sich. Natan Wulf überlegte immer angestrengter,

wie er einen Runner auftreiben konnte. Schließlich rauchte ihm der Kopf, als er beim 1. Revier ankam. Er fuhr hinunter in die Tiefgarage, parkte den Streifenwagen und blieb noch hinter dem Steuer sitzen. Als er zu keiner Erkenntnis gelangt war, machte er sich auf den Weg in sein Büro.

Druckmittel

Der Typ, der gerade vorbeigegangen war, war Natan Wulf. Der Obermacker der Lonestars. Wenn er wüsste, wer gerade auf dem Stuhl der Sekretärin saß, die zu Montgomery Higgins gehörte. Na ja. Die Sekretärin lag gut verschnürt in ihrem Apartment und würde erst in einigen Stunden wieder wach. Die Dosis Schlafmittel, die ihr im Kreislauf herumschwirrte, hätte einen Elefanten umgehauen. Wobei bei der Körperstatur sicher auch ein Zehntel gereicht hätte. Entweder war sie jetzt im Koma oder tot. Welch eine Verschwendung. Die Fickschlampe des Bürgermeisters. Die Tür schwang auf. „Tissi, ich bin weg, ich fahr nach Hause. Leiten Sie keine Anrufe auf mein Handy und ich möchte nicht gestört werden." Daraufhin schritt er so schnell wie er konnte den Gang in Richtung Lift hinunter. Nach einigen Sekunden war er verschwunden. Jelena erhob sich prompt. Sie blickte den Gang hinunter, und nachdem sie niemanden sah und hörte, legte sie einen Zettel auf den Tisch. Dafür hatte sie sich den gesamten Vormittag Zeit lassen können. Sie hatte darauf geschrieben, dass sie auf der Toilette sei und dass das eben einmal im Monat vorkam. Natürlich mit einigen Rechtschreibfehlern. Das Tagebuch der echten Sekretärin war nur so voll davon. Jelena zückte ihr Dietrich-Set und begann im Schloss des Bürgermeisterbüros herumzustochern. „Klick" und die Tür war offen. Sie benutze absichtlich nicht den elektrischen Dietrich. Auch wenn er schneller war, hinterließ er Kratzspuren am Schloss. Musste ja nicht jeder merken, dass da was nicht stimmte. Zumindest nicht sofort. Jelena betrat das Büro und sah sich um. Im Safe musste die Schlüsselkarte sein, die sie für das Duplikat brauchte. Anders kam sie nicht nach Bug City. Der gefälschte Ausweis war das wichtigste um ihren Plan zu verwirklichen. Sie hatte auch herausgefunden, wo der gefallene Reiter war. Es war nur eine Statue, die etwas in Mitleidenschaft gezogen worden war. Der Reiter war von seinem steinernen Pferd gestürzt. So. Wo war der Safe? Der Bürgermeister konnte ja nicht so bescheuert sein und ihn hinter dem Bild seiner Selbst haben, das überlebensgroß hinter dem Schreibtisch hing. Jelena sah trotzdem nach. Nichts. Der Schreibtisch besaß auch keinen Safe. Sie ließ sich auf den Bürosessel hinter dem Schreibtisch nieder. Er war sehr gemütlich. Der Drehstuhl hatte sogar eine Massagefunktion. Jelena wusste, dass der Ausweis mit der ID im Safe war. Das hatte ihr die Sekretärin verraten. Für diese Infos hatte sie nicht mal irgendwelche Wahrheitsdrogen gebraucht. Es reichte eine Flasche Wodka. Tissi, die dämliche blonde Sekretärin mit dem silikonischen Vorbau eines billigen, willigen Luders, hatte behauptet sie wäre trinkfest. Jelena hatte sie ausfindig gemacht und in einer Bar abgefangen. Jelena erfuhr alles, was sie wusste. Tissi wusste nur nicht, wo der Safe war. Was drinnen war allerdings schon. „Borscht." Jelena ließ den Blick durch das Büro schweifen. An den Wänden hingen ausgestopfte, seltene Tierarten. Der Teppich am Boden war zwar hässlich, aber sicher einige Tausend Nuyen wert. Sie spielte kurz mit dem Gedanken, den Teppich zu entführen, aber sie wollte ja nicht, dass man sah, dass jemand hier drinnen gewesen war, der nicht unbedingt die Berechtigung hatte. Wo war der Safe nur? „Wenn ich der Bürgermeister von Seattle wäre, wo hätte ich dann den Safe versteckt?" Jelena griff in ihren kleinen Einbruchsrucksack und zog eine schnittige Sonnenbrille heraus, die sie aufsetzte. An den Innenseiten der Bügel waren kleine Nadeln befestigt, die sich in die dafür passenden Stecker an ihrer Schläfe einfügten. Ein leises Klicken und der Kontakt war hergestellt. Jelena schaltete auf elektronische Verstärkung. Das gesamte Büro war nun in einem schimmernden Blau. Hier und da zogen sich senkrecht lange, dünne Fäden durch die Wände. Die elektronischen Leitungen glitzeten in Silber. Jelena verfolgte eine besonders starke Leitung, die unter dem Boden entlang zum Schreibtisch verlief. Dann entdeckte sie den Safe. Er war im Boden versenkt. Direkt unter dem Bürosessel. Jelena schaltete wieder auf Normalsicht und schob den Sessel in eine Ecke des Büros. Der Teppich hatte zwei Rissstellen. Wenn man nicht wusste, wonach man suchen soll, fiel das gar nicht weiter auf. Ein kurzer Blick mit der Elektrosicht zeigte, dass der Teppich nicht mit Alarmkontakten geschützt war. Jelena klappte den Teppich um. Darunter war ein Fliesenboden. Alle schienen nahtlos ineinanderzupassen. Nirgendwo war so etwas wie eine Öffnung. Sie strich mit den Händen langsam über die Stelle, wo der Safe darunterlag. Keine Erhöhung oder Vertiefung. Die Elektrosicht zeigte auch nur die elektronische Schaltfläche des Safes. Jelena betrachtete das Muster der Fliesen genauer. Sie zoomte auf die Zwischenräume. Eine schmale Öffnung war zu sehen. Nicht einmal ein Millimeter. Mit einem kleinen Messer kratzte sie die Zwischenräume entlang. Dann entdeckte sie ein kleines Viereck, das wackelte. Sie drückte es vorsichtig nach unten. „Klick" doch es passierte nichts. Sie machte weiter und fand noch ein Viereck. „Klick" Der Boden sprang einige Zentimeter in die Höhe. Einen Meter mal einen Meter genau. Sie griff in die hinuntergedrückten Freiräume und spürte eine Erhöhung zu beiden Seiten, die sie drückte. Das große Viereck ließ sich leicht in die Höhe klappen. Nun sah sie den Safe. Grau wie üblich. Das Kombinationsschloss war nicht wirklich ein Problem. Mit dem kleinen Akkuschrauber entfernte sie die Schrauben und schließlich das Zifferblatt. Lächerlich, dass die Schrauben nicht versiegelt waren. Sie knipste Drähte durch und verband andere miteinander. Die Safe-tür sprang einige Zentimeter nach oben. Jelena öffnete sie zur Gänze. Fein säuberlich geordnet standen Akten, Fotos und noch so einige Dokumente darin. In verschiedenen Fächern war noch Schmuck und anderes Zeug. Jelena untersuchte die Akten. Das, was sie da las, konnte nicht unbedingt im Rahmen der Gesetze sein. Fotos von getöteten Leuten. Die Namen und Bilder der Täter lagen auch in den Akten. Eine stach ihr besonders ins Auge. Der Name Silver. Nur eine Skizze der betreffenden Person war abgebildet. Daneben befanden sich Konstruktionsdaten für Spiegelglas in Form einer Maske. Jelena fotografierte alle Akten. Es waren nur vier und nicht besonders dick, aber jede mit der Unterschrift des Bürgermeisters. Montgomery Higgins. So hieß der Typ also. Die

Sekretärin hatte sich den Namen nicht merken können und Jelena hatte sich auf „Schmusebärli" auch keinen Reim machen können. Die Minidiscs, fünf an der Zahl, kopierte sie auf den Laptop. Nachdem sie noch etwas herumgewühlt hatte, fand sie die Sicherheitsausweise und die Berechtigungen, Bug City zu betreten. Da waren so viele Dokumente, dass es nicht weiter auffiel, wenn eines fehlte. Jelena legte alles wieder dahin zurück, wo sie es herhatte und verschloss den Safe. Das Fach mit dem Schmuck legte sie mit großer Überwindung zurück. Er war Millionen wert. So viel Ahnung hatte sie als geübter Einbrecher. „Borscht", fluchte sie erneut. Davon konnte sie sich zur Ruhe setzten. Aber es durfte keine Aufmerksamkeit erregt werden. Dieser Schmuck war zu heiß. Jelena verließ das Büro, wie sie es betreten hatte. Nichts ließ darauf schließen, dass jemand da gewesen war. Im Gang draußen war keine Menschenseele. Sie hängte sich den Rucksack um und steckte den Zettel auf dem Sekretärinnenschreibtisch hinein. Dann machte sie sich auf den Weg in Richtung Lift. Ihre Retinauhr zeigte 08:00 pm. Der Lift brachte sie in die beinah leere Halle im Erdgeschoss. Nur noch Leute vom Sicherheitsdienst standen herum. „Tissi, haben Sie etwa Überstunden gemacht?", fragte sie eine der Wachen beim Ausgang. „Nicht wirklich. Ich war nur noch etwas beschäftigt." Der implantierte Stimmenregulator ließ die naive und dämliche Piepsstimme von Tissi erklingen. Jelena bewegte sich mit dem Supermini und dem wackelnden Hintern exakt wie Tissi. Der Mann vom Sicherheitsdienst war sowieso mehr an Tissi's Ausschnitt interessiert. „Willst nicht wieder mal mit zu mir kommen? Ich hätte da noch eine Flasche Wein. Du bist sowieso so trinkfest." Jelena lachte dämlich. „Ich weiß nicht." „Was gibt es da nicht zu wissen?" Er kam näher und griff ihr auf den Hintern. Das war nicht das erste Mal. Als Jelena aufgekreuzt war, hatte sie den Eindruck, dass sie mit der gesamten Belegschaft irgendwas mal am Laufen hatte. „Ich weiß nicht mehr, ob ich noch länger hier arbeite." Der Mann war irritiert. „Warum?" Es klang beinahe schockiert. Jelena überlegte rasend schnell. „Schmusebärli will mir den Thunderbird nicht kaufen und deshalb werde ich mich hier nicht mehr blicken lassen. Aber ich weiß ja, wo du wohnst." Jelena würgte es innerlich. Der Typ vom Sicherheitsdienst war zwar nicht der Hässlichste, aber er war ein Arschloch. „Ich hab heute noch Zeit." „Lieber morgen." „Also gut, morgen gegen 11:00 pm bei mir." Jelena nickte und warf ihm beim Gehen einen „nimm mich wann immer du willst" Blick zu. Mütterchen Russland sei es gedankt, war sie endlich in ihrem Wagen. Die Blicke, die ihr die Männer und Frauen schon den gesamten Tag zuwarfen, wären nicht mehr länger auszuhalten gewesen. Die Männer wollten sie irgendwo in einer Besenkammer oder auf einem Schreibtisch, und zwar mit gespreizten Beinen. Die Frauen, die hier arbeiteten, wollten sie auch in einer Besenkammer oder auf einem Schreibtisch, und zwar mit einem Messer im Rücken. Jelena startete den Motor von Tissis Wagen. Es war ein T-Bird So viele PS, dass, er auch als Rennwagen durchgehen konnte. Sie fuhr in Richtung Ausgang. Der Sicherheitsbeamte war derselbe, den sie sich schon beim Hineinfahren ausgesucht hatte. Den fettesten, schmierigsten und dümmsten Lonestar, der da war. Sie vergrößerte ihren Ausschnitt noch ein bisschen und fuhr zu ihm. „Hallo, Tissi." Wieder so ein Unterton. „Ich muss dich leider wieder überprüfen. Leibesvisitation, verstehst? Wie immer am Abend." Er seufzte vernehmlich, das hatte sie schon befürchtet. Er hatte sich das sicher den gesamten Tag vorgenommen. „Bitte park da drüben und steig aus. Dann kommst du mit mir in das Wachhaus." Sie hatte nicht im Geringsten Lust sich von dem Arschloch auch nur anatmen zu lassen. „Warte, Schnucki. Ich hab's etwas eilig. Schmusebärli will mich heute noch kurz sprechen. Aber ich schlag dir was vor. Morgen komm ich um die gleiche Zeit vorbei und dann darfst mich doppelt so lang visitieren. Einverstanden?" Sie gab ihm Tissis SIN und legte die Hand auf den Scanner. Es war so einfach gewesen Tissi's Hand zu kopieren. Nach der Bestätigung fuhr sie in die dunklen Straßen hinein. Dann endlich erreichte sie das kleine Apartment, das sie gemietet hatte. Sie schloss die Tür und verlor keine Zeit. Sie ging schnell in das Bad und warf die hochhackigen Schuhe in eine Ecke. Das rosarote Super-Minikleid landete bald darauf in derselben Ecke.

Ausgezogen hatte sie es mit dem Messer. Sie griff unter ihren BH und entfernte die künstlichen, aufgeklebten Brustvergrößerungen. Den künstlichen Fettsteiß am Hintern entfernte sie auch. Die Dusche war herrlich. Als ob die gesamten Blicke von ihr abgewaschen wurden. Sie mochte ihre sportliche Figur. Sie war trainiert. Nicht zu viel und nicht zu wenig. Einfach perfekt. Nachdem sie so lange geduscht hatte, dass kein heißes Wasser mehr übrig war, wickelte sie sich in ein Badetuch. Das Blond war mit dem Wasser wieder verschwunden. Jelena ging zum Kleiderschrank und öffnete ihn. Tissi, die Sekretärin, hatte komischerweise noch einen Puls. Dann musste sie eben etwas mit der Erinnerung spielen. Hypnose war bei ihr sicher einfach. Jelena zog sich an. Der bequeme Jogginganzug war nach dem engen Minikleid eine wahre Erlösung. Dann warf sie den Rucksack auf das Bett und sich selbst hinterher. Die Digitalkamera, das Neueste vom Neuesten, schloss sie bald darauf an. Die Dokumente, die sie fotografiert hatte, druckte sie aus. Wenn das an die Öffentlichkeit geriet, hatte der Bürgermeister keine Chance mehr. Erpressungen, Wahlbetrug, Ermordungen und doch war er einer derjenigen, mit der blütenweißen Weste. Jelena stöberte noch etwas durch die Akten und machte sich dann an die Minidiscs. Der Inhalt war verschlüsselt. Der Sicherheitscode war in Alpharemerisch geschrieben. Auch wenn der Inhalt der Discs nichts mit ihrem Auftrag zu tun hatte, ließ sie doch das Dechiffrierprogramm darüber laufen. Massenweise verschiedenste Zahlen und Symbole fegten von oben nach unten über den Bildschirm. Das konnte einige Zeit dauern. Also machte sie sich an den Sicherheitsausweis. Es war keine gewöhnliche Sicherheitskarte. Auf der Rückseite ein doppelt verschlüsselter Magnetstreifen und einige Mikrochips waren in den Ausweis eingelassen. Das Foto auf der Vorderseite mit Wasserzeichen versiegelt und in einer 3D-Spiegelung. Nichts, was aus einem herkömmlichen Drucker herauskam. Ihre SIN auf den Ausweis abstimmen war schon schwer genug, aber das Foto überstieg ihre Möglichkeiten. Sie fluchte leise vor sich hin. Sie hatte schon fast so etwas erwartet. Aber nichts, was im Vergleich zu dem hier stand. Sie konnte einen Decker beauftragen, aber das wurde nicht billig. Nach noch einigen Überlegungen entschloss sie sich, doch ihrem Decker in Sankt Petersburg eine Mail zu schreiben.

‚Hallo Dragunov.
Ich bin hier in Seattle. Salish-Shidhe Council. Ich hab da eine kleine Herausforderung für dich. Ich bräuchte einen bestimmten Wisch in 3D. Aber das Problem ist, dass du zu Hause bist. Schick mir doch bitte so schnell wie möglich einen Kontakt in den US, dem ich vertrauen, bzw. mir leisten kann und der weiß, was Diskretion ist. Hoffe der Winter ist nicht zu kalt. Hier lässt er auf sich warten. Wir hören voneinander.
PS: Je früher, desto besser.
Pozhaluysta.'

Mit diesen Worten beendete sie die Mail und schickte es an Dragunov. Hinsichtlich der Tatsache, dass sie sowieso warten musste, betrachtete sie nun den Inhalt der Minidiscs, die sie auf ihren Laptop kopiert hatte. Die Verschlüsselung war nun auch abgeschlossen. Zumindest bei den ersten beiden. Mit einigen komplizierteren Handgriffen schaffte sie es dann schließlich, die Daten zu öffnen. Auf der Disc befand sich nur eine Filmdatei. Jelena startete sie und bei dem Anblick klappte ihr der Mund auf. Sie sah den Bürgermeister wie er ein Mädchen, das nicht älter als 9 Jahre sein konnte, vergewaltigte. Jelena war entsetzt. Die Bildaufnahme war aus einem erhöhten Winkel gemacht worden und das Mädchen wusste offenbar nicht, dass es mit dem Bürgermeister gefilmt wurde. Wobei ihr das in dieser Situation wahrscheinlich ziemlich egal war. Der Bürgermeister machte nicht die Anstalten nett zu ihr zu sein. Er schlug sie so lange, bis sie sich ihm hingab. Jelena schloss die Datei wieder. Der Inhalt der anderen Discs interessierte sie nicht mehr. Sie hatte gedacht, es wären Daten, Pläne oder etwas anderes, das wichtig war, mit dem sie etwas anfangen konnte. Aber das. Sie saß auf dem Bett und überlegte, wie sie es am besten anstellen konnte, dass sie den Bürgermeister mit der Info erpressen konnte. Das hatte sie nicht erwartet. Oder doch? Na ja, irgendwie hatte sie schon geahnt, dass einer, der an der Macht war, sich alles erlauben durfte. Dragunov's Mail kam.

‚Hallo, Kleines.
Also bist du jetzt in Seattle. Du kommst ganz schön rum. Ich denke, ja warte mal, wie machen wir das am besten? Du weißt doch noch, wo wir uns das erste Mal getroffen haben? Nimm den Namen des Ortes. Und jetzt ersetze den ersten Buchstaben durch den, mit dem mein richtiger Vorname anfängt. Dann ersetze den Zweiten durch deinen Endbuchstaben in den Schatten. Den vorletzten Buchstaben nimm weg. Da musst du suchen. Der Typ heißt gleich wie mein Bruder. Die Adresse ist. Meine Glückszahl. Ich hab ihn benachrichtigt, dass du kommst, er erwartet dich um, meine Glückszahl minus 5, (schwarz) du weißt ja, nichts weiter.
Ps: Der ist immer da.'

Sie grinste. Das war genau die Antwort, die sie sich erhofft hatte. Egal wer das noch lesen sollte, der begriff gar nichts. Sie kannte Dragunov schon lange genug, um zu verstehen, was er meinte. Das erste Mal trafen sie sich in Worens. Nach seinen Anweisungen hieß das Wort nun Barrens. Wo auch immer das war. Seine Glückszahl war 16. und die Zeit war also um 11.00. Schwarz war das Synonym für nachts. Sie musste sich also um 11 Uhr nachts mit einem Typen namens Jori treffen, und zwar bei der Hausnummer 16. Sie beschloss sich morgen einen Mietwagen zu besorgen und dann in Barrens etwas zu suchen. Sie wollte ja nicht zu spät kommen. Ihr Auftrag konnte auch nicht ewig hinausgezogen werden.

Heimweh

Die Wolken hingen am dunklen Himmel wie unheilvolle Vorboten des schwarzen Schattens, der immer schneller über die Welt schlich, mittlerweile war er schon in jede Ritze der Seele angelangt. Manche hatten immer noch die Hoffnung, dass sie in einem furchtbaren Traum feststeckten und sie würden, sobald sie die Augen öffneten, in ihrem Federbett aufwachen. Doch nach jeder angsterfüllten Nacht erwachte jeder, ob Mensch oder Metamensch, unter der harten zerlöcherten Decke, die früher einmal ein Jutesack war. Der Wind pfiff durch den Heuschuppen und der Staub wirbelte über die Leute hinweg. Alle kauerten sich unter den zerrissenen Sackleinen zusammen und versuchten, die Kälte zu ignorieren. Trotz voller Bekleidung war es bitterkalt. Die Leute hatten vorher geschwitzt und nun ließen sie die kalten Schweißtropfen nur noch mehr frieren. Doch ihr Befehl lautete, sich so still wie möglich zu verhalten, alle zitterten. Die Klammern und den Waffengurten, die Schnallen an den Granaten, selbst die Schnallen an den Rucksäcken klapperten. Noch dazu kam, dass der Boden vom Regen der letzten Nacht noch nass war und das Wasser die gesamte Situation noch kälter machte. Jarls Prir hatte die Augen geöffnet und blickte durch ein Loch in der Wand in die Nacht hinaus, die absolut ohne ein Geräusch auf den Schuppen drückte. Es war nichts zu hören. Kein Zirpen der Zikaden und auch kein einziges Tier. Jarls war darüber eigentlich froh. Denn Geräusche bedeuteten nichts Gutes in dieser Gegend. Überhaupt nicht die Geräusche von Insekten. Jarls hielt es einfach nicht mehr aus. Er musste sich bewegen, die Kälte machte ihn sonst noch krank. Also griff er nach seinem Gewehr und erhob sich. Langsam senkte er seine Schuhe in das zentimeterhohe Wasser. Einer der anderen beobachtete ihn. Jarls hob den Finger an die Lippen und bildete mit Daumen und Mittelfinger einen

Ring in Schulterhöhe. Sein Kollege nickte und legte sich wieder in das vergammelte Stroh zurück. Jarls ging zu seinem Loch in der hölzernen Wand und spähte hinaus. Es war nichts zu sehen. Nichts jedenfalls, was auf feindliche Aktivitäten schließen könnte. Doch alles war trostlos und zerstört. Die zerstörten Gebäude, die überall in der Gegend herumstanden, waren eine perfekte Deckung. Allerdings nicht für Säuger. Hinter Jarls bewegte sich etwas. Er blickte sich schnell um. Er sah in der Dunkelheit den schemenhaften Umriss eines Menschen. Das musste nichts bedeuten. Doch dann erkannte er, wie er sich eine Waffe über die Schulter hängte. Der Unbekannte kam näher. „Willst du mit dem Ding etwa auf mich schießen?", fragte der, der gerade aufgestanden war, im Flüsterton und zeigte auf das Gewehr, das Jarls immer noch im Anschlag hatte. „Nein. Tut mir leid", entschuldigte sich Jarls. „Ist schon in Ordnung", sagte der andere. und stellte sich neben ihn. „Ist doch nichts passiert. Ich lebe noch und die anderen schlafen noch. Aber sag mal, Jarls. Warum zur Hölle stehst du da eigentlich und starrst in das Nichts?" Jarls sah wieder aus dem Loch auf dasselbe Gebäude, das er sicher schon 15 Minuten anstarrte. „Ich weiß nicht. Ich wollte mich einfach bewegen, mir ist arschkalt." „Bist ja weit gekommen", grinste der andere. Jarls bibberte. „Eigentlich sollte es hier warm sein", sagte Jarls mit klappernden Zähnen. „Stimmt", antwortete sein Gegenüber. „In letzter Zeit ist hier schon so einiges aus dem Lot gelaufen oder? Ich frag mich nur, was als Nächstes passiert." „Was meinst du?" „Ich mein das von gestern, da haben wir doch über Funk die neuen Koordinaten bekommen, die wir untersuchen müssen." Jarls blickte den hageren Mann in die trüben Augen. Der Dreitagebart war keine Absicht. Sie waren nur schon so lange auf dem Weg. Zu lange, sie hätten schon längst wieder in der Basis sein sollen. Aber da war eben diese Meldung gewesen. „Meinst du, als wir die Neuentwicklung gesehen haben?", fragte Jarls schließlich. „Ja." „Meinst du, dass das Vieh an dem Wetter schuld ist?" „Naja", überlegte der Dreitagebart-Tragende. „Ich weiß nicht. Wir haben ja schon alle viel gesehen, wie die das Wasser oder die Erde kontrolliert haben. Warum sollten die nicht auch das Wetter beeinflussen können? Die machen die Nächte jetzt so verflucht kalt, damit wir erfrieren und sie nicht mehr bekämpfen können. Das ist alles Kriegsstrategie." Jarls blickte nach der Aussage seines Kameraden wieder durch das Loch. „Ich will ja nicht sagen, dass du Unrecht hast, aber das kommt mir schon etwas absurd vor." Ihr Gespräch endete, als sie Geräusche auf der Leiter zum Heuboden hörten. Sie blickten nur darauf und machten keine Anstalten in Deckung zu gehen. Nur Metatypen oder Menschen benutzten Leitern. Beide blickten auf die dunkle Gestalt, die eine Taschenlampe anknipste. „Leute", sagte er halblaut. „He Leute. Der Commander will euch sprechen. Ich soll euch alle nach unten holen." Die Leute ringsum erhoben sich langsam. Keiner hatte besonders tief geschlafen. Der Schlaf war in den letzten Jahren so etwas wie ein Ruhen geworden.

Im Hauptraum versammelte sich die gesamte Mannschaft. Der Commander lehnte mit seinem Rücken an einer Wand. „So", sagte er langsam. Er hatte die Nachtwache mit seinem zweiten Leutnant übernommen. „Wir haben neue Order bekommen." „Commander, gehen wir nach Hause?", fragte der Dreitagebart-Träger, der zuvor mit Jarls gesprochen hatte. „Kover, es tut mir leid", antwortete der Commander, woraufhin sich ein leises Murren in der versammelten Truppe erhob. „Leute, Leute, beruhigt euch bitte. Wir kommen nach Hause, irgendwann zumindest, aber der Auftrag ist wichtig und ihr wisst ja, wenn es wen frisst, dann uns." Jarls stellte schließlich die Frage, die keiner unbedingt wissen wollte. Denn der Commander wollte offensichtlich nicht mit der Sprache rausrücken. „Sagen Sie uns schon, was wir machen sollen und wo's hin geht?" Der Commander wirkte etwas gequält. Er wollte offensichtlich auch nach Hause. „Also gut. Über Funk ist gerade die Meldung gekommen, dass ein Spähtrupp unsere Hilfe braucht, sie sind abgeschnitten und können weder vor noch zurück, ein hünenhafter Mann, ein Mensch meldete sich zu Wort. „Warum müssen wir dem Spähtrupp helfen?" Der Commander antwortete sofort: „Weißt du, weil wir eine Kampfeinheit sind und schwere Waffen haben, die nicht nur zur Verteidigung sind." Der Commander grinste und sein Trupp grinste zurück. „Gut, keine Witze mehr, machen wir uns auf den Weg. In drei Minuten will ich, dass wir hier raus sind. Noch etwas Abschließendes. Der Spähtrupp ist in der Nähe der Blockade. Und nahe einem riesigen Ei. Wenn möglich versucht nicht zu früh zu schießen."

Innerhalb von zwei Minuten waren alle aufbruchsbereit. Der Commander hatte sein schweres MG auf dem Hüftarm befestigt und es durchgeladen. Neben ihm ging sein zweiter Offizier. Commander Ross. Er war mit einer schweren Ares Alpha und einem Raketenwerfer bewaffnet. Er war mindestens zwei Köpfe größer als der Commander. Hinter den beiden gingen Jarls und der Hüne Sorren. Jarls, der ein Schnellfeuergewehr und eine Schrotflinte Remington 990 trug. Sorren liebkoste mehr seinen Napalm-Phosphor-Flammenwerfer. Eine der besten Waffen gegen ungebetene Gäste. Hinter den beiden waren noch Kruger und Nitly. Kruger war der Funker. Er stand im ständigen Kontakt mit der Zentrale. Er hatte ebenfalls eine Remington 990. Nitly war der Sani. Er war nicht wie alle anderen mit Waffen und Granaten vollgestopft. Er hatte nur seinen M4 Karabiner und eine P-80. Diese Leute bildeten eines der besten Kampf- und Schutzteams, dass es hier in Bug City gab. Sie gehörten zu den Leuten, die hier lebten, noch bevor das alles mit den Bugs begann. Insgesamt versteckten sich hier auf der gesamten Fläche 1200 Menschen, Metatypen mitgezählt. Sie gehörten auch zu den Unglücklichen, die einfach hier eingesperrt wurden. Die Regierung verschleierte ihre Existenz ausgezeichnet. Die meisten waren Zivilisten. Doch der Kampftrupp, den Commander Sloth befehligte, waren Leute aus Kommandoeinheiten oder Runner, die hierhergeschickt wurden, um einen Auftrag zu erledigen. Sie wurden dann einfach entweder zurückgelassen oder für tot gehalten. Hier hatte ein Mann gelernt mit dem Tod im Nacken zu atmen. Sie marschierten über verbrannte Erde und kamen an zerstörten Häusern vorbei. Die Bugs hatten hier ganze Arbeit geleistet. Aufgerissene Insekteneier lagen in den meisten Wohnungen. Jedes so groß wie ein Familienwagen. Schnell und vorsichtig gingen sie weiter. Die Kälte kroch nur noch mehr in alle Glieder. Jarls hatte Angst sich beim ersten Schuss den Finger zu brechen. Dem Einzigen, dem nicht kalt zu sein schien, war Sorren. Jarls überlegte, ob der Flammenwerfer nicht doch Hitze abstrahlte. Doch das konnte nicht sein. Das Napalm-Gemisch war flüssig und mochte kühle Umgebung sowieso lieber. Sie gingen geschlossen und schnell, achteten dabei auf jede Spalte und jede Nische. Die Taschenlampen, die sie an den Läufen ihrer Waffen befestigt hatten, waren mit Xenonlampen versehen. Doch sie benutzten sie nicht. Diejenigen, Ross, Jarls, Nitly und der Commander, welche mit internen Nachtsichtgeräten ausgestattet waren, verwendeten diese natürlich auch. Die anderen beiden, Sorren und Kruger, verließen sich auf ihre Augen, und wenn es gar zu dunkel war, hatten sie Nachtsichtgeräte zum Aufsetzen. Sorren hatte sowieso etwas gegen diese Dinger. Zum einen war es eine Einschränkung des Sichtfeldes und zum anderen war es bescheuert mit einem Napalm-Phosphor-Flammenwerfer zu hantieren, während man ein Nachtsichtgerät trug. Eine Taschenlampe war schon schlimm genug. Phosphor war nur 10 Mal heller wie normales Feuer. Der nette, kleine Effekt war, dass man für mehrere Stunden blind war. Farben konnte man erst wieder nach Wochen unterscheiden. Wenn man Pech hatte, verschloss sich der Sehnerv und das war's mit Fernsehen. Sorren hatte diese Erfahrung schon einmal genossen. Tagelang konnte er die mit blau markierten Platzpatronen von den rot markierten, scharfen Patronen nicht unterscheiden. Ihm wurde es erst klar, als ein Bug nicht zu Boden ging, als er mit Dauerfeuer auf ihn schoss. Niemand hatte große Lust sich zu unterhalten. Sie setzten auf Verschwiegenheit und Aufmerksamkeit. Jederzeit konnten sie in einen Hinterhalt geraten. Die Bugs waren zwar nur Insekten, die in der Größe etwas mutiert waren, aber den Menschen in der Intelligenz nicht weit hinterher. Die feuchtkalte Luft hielt sie in einer unbarmherzigen Klammer, die sie nicht abschütteln konnten. Jarls fragte sich, wann er endlich wieder im Hauptlager war. Dort lastete sein Leben nicht so schwer auf ihm wie hier draußen. In Bug City waren sie alle, Menschen und Metatypen, nicht viel anderes als Futter. Ein tolles Leben, wenn man bedachte, dass außerhalb der Sperre Freiheit und Wohlstand herrschte. Und noch viel besser war es, wenn eines der Killerinsekten Eier in eine der Einheiten legte. Tolle Sache, wenn die Larven von innen zu fressen begannen. Doch nicht mehr lange, der neue Munitionsprototyp war fertig. Es hatte lange gedauert die Chemikalien zu vermischen. Ohne die Aufzeichnungen war der Vorgang unmöglich. Nicht mehr lange und sie wurden in Massen produziert. Einen Bug mit einem einzigen Schuss zu erledigen, war ein wahrer Traum für ihn.

Tar-X

Jons Davis wurde in eine Art Badewanne gelegt. Dragon und JC übergossen den Toten mit Säure. Der Körper löste sich unter leisem Zischen langsam in seine Bestandteile auf. Nach wenigen Minuten war der gesamte Raum mit dem Geruch von verwesendem Fleisch erfüllt. Dragon betätigte die Lüftung und JC ließ die zähflüssige Masse, die einmal Davis gewesen war, in den Gully verschwinden. Beide gingen schweigend in das Zimmer zurück, wo die anderen warteten. Als sie eintraten, fanden sie Phönix, Lexi und Steel vor, wie sie sich beratschlagten. Phönix blickte JC in die Augen. Einen gespannten Augenblick sagte keiner ein Wort, doch dann lächelte JC leicht und setzte sich auf den Boden neben der Tür. „Was ham wir eigentlich als Nächstes vor?", fragte Steel in die Runde, während er sich ratlos am Kinn kratzte. Lexi meldete sich zu Wort. „Ich glaube, das Beste wäre jetzt mal Hodges ausfindig zu machen." *„Was denn sonst?"*, dachte JC. Da keiner einen besseren Vorschlag hatte, beschlossen sie sich mittwochs vor der alten Fabrik in 13 012 Wormington zu treffen. Sie bedankten sich noch bei Don Fiorenzo und Steel brachte sie zu ihren Fahrzeugen zurück. Dragon wollte nach Hause fahren und die anderen Cummers beschlossen, dasselbe zu tun. So zerstreuten sie sich. JC bot Phönix an, sie nach Hause zu fahren. „Willst du noch mit raufkommen?", fragte ihn Phönix, als sie vor der Haustür standen. Das war eine eigenartige Situation für JC. Er wusste eigentlich nicht so recht, was er wollte. „Hast du nicht noch was zu tun? In der Matrix, mein ich." Sie blickte ihn an. „Nicht wirklich. Na ja, eigentlich schon. Aber das hab ich in fünf bis zehn Minuten erledigt." „Ich will dich nicht stören. Ich kann mir vorstellen, dass es länger dauert bis du, und ich denke ich weiß, was du vorhast … in das Netz der Fabrik eingedrungen bist." Phönix blickte etwas enttäuscht in die leblosen Augen von JC. „Ich glaube, du hast recht. Ich werde mich dann mal an die

Arbeit machen." JC half Phönix aus dem Wagen und schob sie in das Haus, in dem ihre Wohnung war. Sie betätigte den Liftschalter. JC sah sie noch hineinrollen und er erblickte noch eine einsame Träne auf ihrer Wange, bevor sich die Lifttür schloss. JC stand da und betrachtete die geschlossene Lifttür. Er fühlte sich innerlich zerbrochen. Dass seine Schulter zuckte, bemerkte er nicht. „Ich liebe dich doch", sagte er leise. Nachdenklich ging er hinaus auf den Gehsteig. Die Nacht war inzwischen schon hereingebrochen. In den dunklen Schatten spiegelte sich seine Stimmung wider. Er öffnete seinen Wagen und stieg ein. Lange saß er so da. Die Hände auf das Lenkrad gelegt und starrte auf einen Mülleimer, der am Straßenrand lag. Erstaunlicherweise waren noch einige Leute unterwegs. Phönix wohnte in einer Gegend, die etwas sicherer war. Nur einige Banden trieben ihr Unwesen, aber die waren vergleichbar harmlos. JC lehnte sich nach vorne und betrachtete die Fenster von Phönix's Schlafzimmer und Küche. Die Lichter waren gelöscht und nichts rührte sich. In seiner Brust schmerzte es. Mit seinem nächsten Atemzug hatte er einen Entschluss gefasst. JC stieg aus seinem Wagen und verschloss ihn. Langsam ging er die Treppe nach oben bis zum vierten Stock. Mit klopfendem Herzen stand er vor ihrer Tür. Er wollte gerade die Klingel berühren, als ihn eine Flut aus Gedanken überschwemmte. Teils waren es Erinnerungen und teils vergangene Ereignisse. Irgendetwas in seinem Kopf schien sich dagegen zu wehren. Er erinnerte sich, wie er als kleiner Junge mit einem Ball spielte und wie er einen Mitschüler verprügelte. Im nächsten Moment schlug ihn sein älterer Bruder mitten ins Gesicht. Dann, plötzlich löste sich alles vor seinen Augen auf und er stand vor einer Wand aus Flammen. Jemand schoss auf ihn und er wurde in die Brust getroffen. Dann war da nur noch ein kleiner, glänzender, heller Punkt. JC war fasziniert. Das kleine, glitzernde Licht tanzte vor seinen Augen. „JC?" Er antwortete matt. „Was?" „Ist alles in Ordnung?" Das Glitzern verschwand. Schade, er wollte es noch eine Weile anstarren. Nach und nach vergrößerte sich das Blickfeld. Er lag. Nicht auf dem Boden, sondern auf einer Couch. Phönix hatte sich über ihn gebeugt. „He, ist alles in Ordnung mit dir?" Ihre

Stimme kam wie aus weiter Ferne. „Phönix?" „Ja", was war denn mit dir los?" JC richtete sich unter großer Mühe auf und setzte sich hin. Phönix saß ihm gegenüber in ihrem Rollstuhl. Langsam kam JC wieder zu sich. „Was war denn mit dir los?", fragte Phönix erneut. Ihre Stimme klang zum Zerreißen gespannt. JC erinnerte sich angestrengt, was er zuletzt getan hatte, bevor er nicht mehr wusste, was geschehen war. „Phönix", sagte er schließlich. „Ich hatte so was wie einen Erinnerungsschub. Ich weiß nicht, woher der gekommen ist, aber das war wirklich schräg." Phönix blickte ihn besorgt an. „Ist dir dass schon öfter passiert?", fragte sie ihn mit offensichtlicher Mühe und so, als ob sie die Antwort schon wüsste. „Ja", sagte JC knapp. „Ich werd dich jetzt etwas fragen. Ich weiß, das wird dir nicht gefallen, aber bitte. Ich bitte dich, hör mir zu." Sie holte tief Luft. JC wartete. „Ich habe mich in letzter Zeit etwas schlaugemacht. Über so was wie Cyberzombies und wie sie zu so etwas werden. Ich bin mir ziemlich sicher, dass du auf dem besten Weg bist, deinen Körper zu zerstören. Antworte mir jetzt bitte genau auf meine Fragen." Sie setzte sich neben JC auf die Couch. Sie nahm seine Hand und schloss sie in ihre. Sie hatte kalte Hände. „Ist dir in letzter Zeit aufgefallen, dass sich dein Körper schneller bewegt hat, wie deine Gedanken?" JC nickte knapp. „War das schon öfter der Fall?" JC nickte erneut. „War das auch schon so, bevor du das Move-by-wire-System hattest?" JC dachte kurz nach und nickte dann erneut. „Hattest du diese Erinnerungs-Flashes öfter in Form von Tagträumen oder Träumen?" JC nickte erneut. Phönix brach ab und blickte zu Boden. JC wusste nicht recht, was er sagen sollte. „Warum stellst du mir all diese Fragen?" Phönix sah ihn an. „Du verlierst dich in dir selbst. Es wird schlimmer werden. Dragon hat mir erzählt, dass du einen Riss in der Mannaebene erzeugst." JC saß da und blickte ratlos in das Gesicht von Phönix. „Einen was, in wo?" „Ist jetzt nicht so wichtig, aber …" „Was willst du mir eigentlich die ganze Zeit sagen?", unterbrach er schließlich. „Ich werde dir helfen müssen", sagte sie und griff nach ihrem Cyberdeck. „Was hast du vor?", fragte JC und betrachtete den Stecker, den sie in der Hand hielt. „Ich habe ein Programm entwickelt, das dir hilft, dich in der Welt zu halten." Er blickte sie immer noch skeptisch an. „Vertrau mir doch einfach." Und das tat JC dann schließlich auch. Phönix schloss den Stecker in seine Datenbuchse und JC hatte das komische Gefühl, dass irgendetwas Unangenehmes auf seine Festplatte kopiert wurde. Er erkannte es sofort als Virus. Mit einer schnellen Handbewegung griff er an das Kabel und wollte es herausziehen, doch Phönix hielt seine Hand. „Nein, warte bitte. Ich will dir nur helfen." Widerstrebend ließ er Phönix in seinem Kopf herumfuhrwerken. Erinnerungen flackerten vor seinem inneren Auge herum und verblassten wieder. Hin und wieder zuckten seine Kunstmuskeln. Es kostete ihn viel Kraft, dem zu widerstehen, was auch immer es war. Angespannt wie er war, verließ ihn schleunigst die Kraft. Die Adrenalindrüse war irgendwie leer geworden. Er ruckte mit dem Kopf und dann endlich, nach einer geschlagenen harten Stunde, war Phönix fertig. Sie sackte in die Couch zurück und atmete schwer. „Du brauchst jetzt nur noch einen kompletten Reboot", sagte sie erschöpft. „Was hast du gemacht?" JC fühlte sich komisch und so erschöpft wie noch nie. „Ich habe dir eine Software installiert, mit der du dich und deinen Körper erinnern kannst, dass ihr beide noch lebt. Sie aktiviert sich automatisch, wenn du dich in irgendetwas verlierst. Dein strategischer Kampfcomputer übernimmt dann den Rest. Ich werde das System hin und wieder aktualisieren müssen, bis du dich daran gewöhnt hast. Vielleicht ist es auch gar nicht notwendig. Aber jetzt brauchst du Ruhe." „Ich denke du schläfst heute besser hier, bei mir." Sie gingen zu Bett. Phönix schmiegte sich eng an ihn. JC tat, wie sie ihm geheißen hatte, er startete sein gesamtes System neu. JC hatte die letzte Meldung vor Augen. System abgeschaltet.

Das erste Licht des neuen Tages blendete. Er schloss die Augen, legte sofort seinen Arm schützend vor sie und wand sich vom Fenster ab. Ihn hatte schon lang nichts mehr geblendet. Die Blitzkompensatoren schalteten sich doch jedes Mal ein, wenn sich das Licht abrupt veränderte. Nach einigen Minuten hatte er seine gesamten Systeme wieder auf volle Leistung gebracht. Die Ereignisse der letzten Nacht lagen ihm noch schwer im Hinterkopf. Doch er stand auf und bekleidete sich. Phönix war nicht da. JC verließ das Schlafzimmer und betrat das Wohnzimmer. Die Wohnung von Phönix sah nicht so trist aus wie seine eigene. Sie war schön dekoriert und hatte ein gewisses, aber dezentes weibliches Flair. JC fand Phönix in der Küche vor, wie sie über einer Zeitung brütete. „Guten Morgen", begrüßte sie JC. „Morgen", antwortete JC. „Kaffee?", kam es wieder von Phönix. „Eigentlich gerne und ne Zigarette wäre auch nicht schlecht." Phönix rollte zur Kaffeemaschine und im nächsten Augenblick schaltete sich JCs taktischer Computer und das Move-by-wire-System ein. Phönix hatte ihm die Kaffeetasse, eine Packung Zigaretten und sein Feuerzeug zugeworfen. JC fing alles rasend schnell auf. „Gut", sagte Phönix. „Ich wollte nur mal prüfen, ob du noch richtig tickst." JC grinste und schob sich eine Zigarette in den Mund. „Was haben wir als Nächstes vor?", fragte JC. „Ich hab so ziemlich überhaupt keinen Plan, was als Nächstes ansteht. Frag nicht so doof und schau mal in die Zeitung." JC warf einen Blick auf die Titelseite. Mordanschlag in den Barrens, stand da als Überschrift. „Na ja, nichts Besonderes. In den Barrens wird doch ständig einer umgenietet." Phönix kam mit der Kaffeekanne auf JC zugerollt. „Lies doch mal weiter." JC las.

Wormington. Gestern Abend am 29. November gegen 09:40 pm wurden einige Leute beobachtet, wie sie mit mehreren Leichen durch das Treppenhaus einer Wohnanlage gingen. Den Zeugenaussagen zu folge wurden die Leichen in verschiedene Autos geladen. Der Lonestar-Chef ‚Leutnant Commander Natan Wulf' kümmert sich persönlich um diese Angelegenheit. „Ich werde nichts unversucht lassen, die Schuldigen zu finden. Den Nachforschungen zufolge wurde eine Gruppe aus acht Verbrechern getötet. Wir vermuten, dass die Mörder zu viert gewesen sein müssten. Vermutlich wurde die Gruppe in einen Hinterhalt gelockt. Doch den Einschusslöchern zufolge war die Gruppe aus acht Leuten schwer bewaffnet. Das Verhältnis zwei zu eins war für die kleinere Gruppe anscheinend kein Problem." „Lonestar"-Ermittler vermuten hinter den Morden eine Gruppe von Shadowrunnern. Wie die neue Regelung der Gesetze vorschreibt, steht auf Shadowrunner eine lebenslange Haftstrafe oder die Todesstrafe. Wir versuchen sie mit weiteren Informationen zu dieser Sache, in der nächsten Ausgabe auf dem Laufenden zu halten.

JC besah sich noch das Foto, das die Reporter von der Wohnung gemacht hatten. „Das ist doch Ironie des Schicksals", sagte JC und nahm einen weiteren Schluck Kaffee. „Jedes Mal, wenn wir was mit Hodges zu tun haben, dann hängen uns die Bullen am Arsch. Ich werd aus diesen Zufällen einfach nicht schlau." JC hatte in der Zwischenzeit seine nächste Zigarette im Mund. Phönix fragte sich, wo er die ganzen Packungen immer herbekam. „Hodges hat den Bullen sicher nen Tipp gegeben. Er hat keine Lust uns zu erledigen, deshalb hetzt er uns die Stars an den Arsch. Mittlerweile wird das Leben als Runner ganz schön kompliziert." Phönix betrachtete JC fragend. „Was is?", fragte er, als er bemerkte, dass Phönix ihn anstarrte. „Wir haben mittlerweile …" „Richtige Probleme", beendete JC den Satz. „Ich ruf die anderen an. Wir brauchen einen Plan", sagte Phönix und ließ den Komlink an ihrem Handgelenk aufschnappen. JC las in der Zwischenzeit die Zeitung weiter. Aber er fand einfach nichts Interessantes mehr, was lesenswert genug war. Er saß am Tisch und betrachtete das Muster der Küchenschränke. Auf einmal fiel ihm auf, dass seine linke Hand zuckte. Eigenartig. Er beobachtete das unregelmäßige Zucken. Ein komisches Gefühl, als ob sich seine Hand selbstständig machen wollte. Er bewegte sie und das Zucken hörte auf. Er legte beide Hände auf die Knie und nach wenigen Sekunden zuckten sie beide. *„Was ist das denn jetzt?"* Unregelmäßige Muskelkontraktionen hatte er noch nie. Immer wenn er seine Hand wieder bewegte, hörte das Zucken sofort wieder auf, sobald er nichts in der Hand hielt und sich entspannte, machten sich diese Kontraktionen sofort wieder bemerkbar. Aber nach jeder Bewegung dauerte es eine Weile, bis es wieder begann. Doch JC hatte keine Zeit mehr die anderen Gliedmaßen zu beobachten, denn Phönix rollte herein. „So, wir werden uns mit den Cummers treffen. In zweieinhalb Stunden. Ich hab uns was Unauffälliges besorgt. Nicht dass uns jemand zuhört." „Eins unserer Quartiere?", fragte JC mit einem Blick, der das nicht für guthieß. „Nein, Hodges kennt, oder hat sicher in der Zwischenzeit dafür gesorgt, dass unsere üblichen Verstecke nicht mehr sicher sind. Außerdem bin ich in Stimmung etwas Dampf abzulassen. Kennst du das Tar-X?" JC kannte die Bar, es war ein großer Metal-Schuppen, wo sich auch alle möglichen Gruftis trafen. JC, selbst eine Mischung aus Hardcore Metaler und Gothic, sah da drinnen nicht einmal fehl am Platz aus. Außerdem gefielen ihm die Gruftibräute. „Muss ich mir jetzt auch noch schwarze Schminke auftragen oder gefall ich dir so besser?" Phönix grinste. Er stand auf, wenn er nicht zur Norm passte, gefiel das Phönix sowieso besser. Und jetzt fiel ihr auch auf, dass er sich außerordentlich geschmeidig bewegte. Er hatte Ähnlichkeit mit einem Raubtier. JC registrierte nicht, dass die Augen von Phönix förmlich auf ihm klebten. Sie besann sich sofort und sah woanders hin. Sie musste das Küchenregalmuster verändern. Wenig später trafen JC und Phönix vor dem Tar-X ein. JC hatte sich von ihm zu Hause noch einige Sachen besorgt und sich angezogen wie der Tod persönlich. Phönix, die ohnehin immer gut gekleidet war, sah einfach unglaublich aus. Die Türsteher, üblicherweise Trolle, funkelten böse auf die in der Schlange Wartenden herab. JC schob Phönix einfach an den Anstehenden vorbei, bis sie vor einem der Trolle standen. „He, nix da vordrängen. Stell dich hinten an oder verpiss dich." JC blickte dem Troll in die Augen. „Ich begleite eine Freundin." Er wies auf Phönix, die atemberaubend gut aussehend in ihrem Rollstuhl saß. Der Troll versuchte zu überlegen, ob er sie reinlassen wollte. „Sie kann rein, aber du stellst dich gefälligst hinten an", war der Entschluss des Trolls. JC wollte gerade den Mund öffnen, als Phönix sich zu Wort meldete. „Ich bin da drinnen doch vollkommen verloren ohne meinen Freund hier. Du musst uns schon beide reinlassen. Rollstuhlfahrer und ihre Begleitung haben in jedem Lokal eine Ausnahme. Ich verspreche, dass ich keine Schlägerei vom Zaun breche." Der Troll grübelte noch etwas, aber schließlich ließ er Phönix und JC eintreten. Das Lokal war düster und verraucht. Alle Arten von Metatypen waren vertreten. Hier und da schlängelte sich sogar ein Troll durch die Menge. Sein langer, schwarzer Ledermantel hatte die Größe eines Zeltes. Phönix ließ sich von JC zu einem Platz schieben. „Warte mal kurz, ich hol uns was zu trinken." JC verschwand in der Menge. Phönix stellte ihren Rollstuhl unter den Tisch und setzte sich auf die Bank. Dann schlug sie mithilfe ihrer Hände die Beine übereinander. Es dauerte keine zwei Sekunden, da war schon ein junger Typ an ihren Tisch getreten. „Verzeihen Sie die Störung. Aber mir ist aufgefallen, dass Sie hier ganz alleine sitzen. Wollen Sie nicht auf einen kleinen Tanz mit mir kommen?" Der junge Mann schien so um die Neunzehn Jahre zu sein. Er trug einen langen Gehrock in Schwarz und einen Kutschermantel. Sein Gehstock und der Zylinder, den er schief auf dem Kopf trug, passten zusammen. „Ich muss dich enttäuschen, aber ich bin in Begleitung hier. Mein Freund holt uns nur etwas zu trinken." Doch der Junge gab noch nicht auf. „Wollen Sie nicht mit mir nur einen Tanz wagen? Ihr Freund hätte da sicher nichts dagegen, ich würde ihn auch fragen." „Kleiner, ich bin doch viel zu alt für dich." „Wirst du gerade belästigt?", erklang die Stimme von JC hinter dem Jungen. „Hören Sie, ich unterhalte ...", doch weiter kam er nicht. Er hatte sich umgedreht und starrte auf die Brust von JC. Er trug ein eng anliegendes, ärmelloses Shirt und man konnte die künstlichen gerippten Muskelschläuche unter der Haut erkennen. Der Junge wich einige Schritte zurück. „Ich habe Ihre Freundin nicht belästigt. Ich wollte Sie nur zu einem Tanz bitten." Die Stimme des Jungen klang etwas zittrig. „Ist doch kein Problem. Wenn Sie will." JC und der Junge blickten Phönix an. Sie schüttelte leicht den Kopf. „Sorry, sie hat Nein gesagt. Also verzieh dich, Kleiner." Und das tat er auch. Er verzog sich so schnell, dass er beinahe mit einem Reflexbooster mithalten konnte. „Wow, kaum bin ich mal nicht in Reichweite, wirst du sofort von allen Seiten angebaggert." Phönix hatte die kurze Unterhaltung genossen, in der sie JC als ihren Freund ausgeben konnte. Sie nippte an ihrem Drink. Er schmeckte etwas bitter und nach Kokos. JC hatte ihren Geschmack gut getroffen. Doch er trank etwas ganz anderes. „Wie wollen eigentlich Lexi, Dragon und Steel hier reinkommen?", fragte JC Phönix. „Das werden wir schon sehen", nuschelte sie und lehnte sich an ihn. Beide saßen da und sprachen über die Zukunft und was sie wohl bringen würde. Nach einigen Drinks wurden ihre Launen gebessert. Der gesamte Stress, den sie seit Ewigkeiten mit sich herumschleppten, war für einige Zeit einfach weg. „Ich hab mich oft gefragt, wie du eigentlich in die Schatten geraten bist?", fragte JC schließlich Phönix. „Ha. Das war eine witzige Sache. Ich hab mal in einer Sicherheitsfirma gearbeitet. Die haben mich aber rausgeworfen, angeblich weil ich ständig mit Programmen herum jongliert habe, die mich nichts angingen. Ich hab denen dann aus Rache einen netten Virus verpasst. Die haben dann alle Teile verschrotten können. Ich hab mir die dann geholt und eine nette Sammlung zusammengestellt. War ja mein Virus." JC hatte auf halbem Weg mit der Flasche zum Mund haltgemacht. Er starrte Phönix an, es war nur zu deutlich, dass er so etwas nie erwartet hatte. „Wenige Tage später, ich war gerade in der Matrix, da hab ich eine Mail von, den kennen wir alle, Mister Jonson bekommen." „Na ja, eigentlich kennen wir ihn nicht. Oder doch? Ach Scheiße, das verwirrt mich, das ist wie mit den Japanern und Chinesen. Verdammt was red ich denn da?" JC blickte fragend zu Phönix. „Bist du etwa betrunken?" „Weiß nicht, lall ich schon?" „Na ja, nicht wirklich." Beide prusteten los. Die Stimmung konnte nicht mehr besser werden. JC und Phönix waren den anderen Leuten schon aufgefallen und bald gesellten sich einige weitere Spaßvögel zu ihnen. „Hö. Kann man hier etwas trinken und mitlachen?", fragte ein junger Typ, der sich an offensichtlich seine Freundin lehnte. Sie war eine Orkdame und sah wirklich bezaubernd aus. Sie hatte eine zierliche Statur und bewegte sich ausgesprochen elegant. Die anderen beiden waren Elfen. „Sicher", sagte Phönix sofort. „Wenn ihr uns alle was zu trinken holt. Wir können im Moment nicht aufstehen, ihr versperrt uns den Weg. Außerdem brauchen wir unbedingt Nachschub." JC grinste. „Ich geb euch die Crads dann. Außer ihr wollt uns unbedingt einladen." Der Elfentyp verschwand. Die anderen setzten sich zu Phönix und JC. „Hey", sagte JC. „Hallo. Silvester. Ich weiß, der Name ist blöd, aber was will man machen?!", stellte sich der Mensch vor, der seiner Freundin den Arm um die Schulter gelegt hatte. „Das ist

Lora, mein Ein und Alles." Er küsste das Orkmädl auf die Wange. „Die da drüben ist Mira und der, der uns gerade mit Nachschub versorgt, ist Leon." Nach der Begrüßung wartete ein weiteres Spektakel auf sie. Leon kehrte mit einigen Flaschen, Gläsern und Krügen zurück. Er schaffte es eigenartigerweise nicht, viel zu verschütten. „He. Hat da gerade jemand meinen Namen gesagt?", sagte er, nachdem er alles auf den Tisch verfrachtet hatte. „Verdammtes Spitzohr. Wir wohnen zu viert in einer WG und ich kann euch sagen", Silvester deutete mit Zeige- und kleinem Finger auf die zwei Elfen, „die hören einfach alles." „Wo wohnt ihr denn eigentlich?", fragte JC. „Nicht weit von hier, gleich beim Altenwohnheim. Die Nachbarn sind alle so senil, da ist's auch kein Problem, wenn der Sound etwas lauter ist." „Und ihr?", fragte Lora. „Auch hier aus der Gegend. Bei Mc Hagges." Die Gespräche verliefen sich noch einige Zeit, bis die Musik leiser gedreht wurde. Viele der Gäste waren schon gegangen. Doch ihre Unterhaltungen und Witzeleien fanden kein Ende. Schließlich wusste keiner mehr, wer wen eingeladen hatte und sie teilten die Rechnung durch sechs. „Hey Leute, hat Spaß gemacht", sagte Mira, der die kühle Morgenluft die Röte auf die Wangen zeichnete. „Ja. Das sollten wir bald mal wiederholen. Nächsten Mittwochabend, am Donnerstag haben wir keine Unistunden", sagte Lora. „Sorry, da haben wir schon was anderes vor. Vielleicht nächstes Wochenende, am Freitagabend?", antwortete JC. Phönix sprach dazwischen. „Sicher ist das allerdings nicht." „Kein Problem. Wir werden einfach da sein. Könnt ja noch ein paar Leute mitbringen. Also bis irgendwann." Silvester verabschiedete sich und seine Freunde taten es ihm gleich. JC schob Phönix in Richtung seines Wagens. JC war etwas eingefallen. Er dachte daran, dass sie sich mit ihren Cummers treffen wollten. Entweder sie waren nicht reingekommen oder Phönix wollte nur mit JC alleine Dampf ablassen. Am Wagen angelangt, half er ihr hinein. Der Alkohol machte sich bei Phönix stark bemerkbar. JC hatte Phönix noch nie so viel trinken sehen. Er selbst stieg ein und berührte das Lenkrad. „Kannst du überhaupt noch fahren?", fragte ihn Phönix. Bevor er antwortete, öffnete JC eine neue Packung Zigaretten. Die erste Zigarette landete sofort zwischen seinen Lippen. „Warte kurz." JC schloss die Augen. Es dauerte etwas länger als sonst, bis sich die Adrenalindrüse aktivierte. Im Nu war er wieder auf 100 %. „Das hält nicht lange, aber bis nach Hause reicht es." „Bis zu welchem Zuhause?" „Zu dir", antwortete JC. Er fuhr los. Als sie angekommen waren, die Fahrt hatte auch länger gedauert, schob JC Phönix in das Haus und zum Lift. Er fühlte sich wie auf einem Schiff, als er den Gang entlang wackelte. Er hatte die Drüse wieder abgeschaltet und jetzt fiel es ihm etwas schwer gerade zu gehen. JC musste sich auch eingestehen, dass er sich mehr am Rollstuhl festhielt, als dass er selbst ging. Endlich erreichten sie die Wohnung und das ersehnte Schlafzimmer. „Ich dusch mich morgen, was dagegen?", sagte Phönix träge. „Einverstanden." JC schöpfte noch etwas Kraft und warf sich doch ins Bad. Als er wieder zurückkam, lag Phönix, alle viere von sich gestreckt, mitten auf dem Bett. „Was machst du da gerade?", fragte er sie. „Ich betrachte die Zimmerdecke", antwortete sie. An ihrer Decke war ein Klettergerüst angebracht. Phönix trainierte dort, um ihre Kraft in den Armen zu verbessern. „Warum besorgst du dir nicht einfach Kraftverstärker?", fragte JC und betrachtete ihren schlanken Körper. „Weiß nicht." Dann wuselte sie unter die Bettdecke. JC stand noch an den Türbalken gelehnt. „Kommst du?", hauchte Phönix. JC legte sich neben sie. Phönix legte die Arme um ihn. Sie strich mit den Fingern über seine Oberarme und fuhr jede Kontur der Kunstmuskeln nach. „Mir ist eigentlich vollkommen egal, was jeder sagt, ich find die Dinger sexy", sagte sie und legte ihren Kopf auf seine Brust. „Ich kann dein Herz schlagen hören", flüsterte sie schließlich. „Ich kann deines spüren", sagte JC. Er starrte noch lange Zeit an die dunkle Decke, während er dem Herzschlag von Phönix lauschte. Dieses angenehme, regelmäßige Geräusch. Die Vorhänge ließen nicht viel Licht des neuen Tages herein. JC atmete tief ein. „Phönix, ich liebe dich", flüsterte JC halblaut. Phönix gab keine Antwort. Er wusste nicht, dass sie es gehört hatte. In diesem Augenblick war Phönix so glücklich wie schon lange nicht mehr in ihrem gesamten Leben.

Einöde

Jelena Subitsch brauchte nicht lange, bis sie die Sitten und Gepflogenheiten der Salish-Shidhe Councile herausgefunden und sich dementsprechend angepasst hatte. Nach einem etwas längeren Telefonat und zwei Tagen Stadtbesichtigung stand ihr Van am Hafen. Die lange Schattenlaufbahn und diverse Aktionen verschafften ihr genügend Beziehungen, dass der Wagen nicht durchsucht worden war. Sie war erst vor Kurzem aufgebrochen, um sich auf den Weg in Richtung Bug City zu machen. Den gefälschten Ausweis in der Tasche raste sie über den Freeway. Die Gedanken strichen über ihr Konto. Der Ausweis war nicht billig gewesen. Aber die 5200 ¥ waren noch in ihrer Vorstellung gewesen. Die Straße, die sie gerade entlang preschte, war trist, öde und verlassen. Die Geschwindigkeitsbegrenzung war zwar 100 km/h, aber sie holte wirklich alles aus ihrem Wagen heraus, um schnell an ihr Ziel zu kommen. Da ihr Bus mit dem neuesten Hightech-Mist vollgestopft war, surrte der Motor nur leise. Besonders stolz war sie, weil der Van neben dem schallgedämpften Motor und den total sensiblen Stoßdämpfern einen Getränkehalter hatte. Jelena warf einen Blick auf ihr GPS. Sie befand sich exakt auf Kurs. Hin und wieder raste sie an einem Felsbrocken vorbei, aber sonst war nichts Interessantes zu sehen. Sie überlegte ständig, wie das die Leute aushielten, die hier wohnten. Die Landschaft war mehr als trist. Noch dazu kam, dass die Reise bis in den Abend dauern würde. Die integrierte Retinauhr zeigte 07:00 am. Ein Flug nach Bug City wäre vielleicht schneller gewesen, aber ihr gesamtes Equipment hätte nicht einmal sie durch die Flugsicherheitssperren bekommen. Also hatte sie sich eben für den Weg auf der Straße entschieden. Aber mit harter, schneller Musik einer Hardcore Trash Ork Band und einem kalten Schluck Cola ließ sich die Fahrt aushalten. Nach einigen Stunden begann sich die Landschaft etwas zu verändern. Neben der Straße waren so etwas wie Sendemasten aufgestellt worden. In regelmäßigen Abständen raste der Wagen an ihnen vorbei. Jelena hatte das Fenster hinuntergekurbelt und ihren Ellenbogen in den Wind gelegt. Es war unerträglich heiß. Die Sonne brannte vom Himmel herunter und ließ die Straße flimmern. Jelena fragte sich, was denn mit den Jahreszeiten nicht stimmte. Eigentlich sollte es doch kalt oder zumindest kühl sein. Und dann geschah es schon wieder. Das rote Lämpchen für die Kühlflüssigkeit begann zu leuchten. Jelena verstand zwar nicht viel von Autos, aber das nötigste Wissen lag in ihrem Talentkästchen. Also nahm sie den Fuß vom Gaspedal. Die Gänge schaltete sie zurück, der Wagen begann zu rollen und allmählich kam er zum Stehen. Jelena atmete tief durch. Trotz des offenen Fensters und der hohen Geschwindigkeit war ihr heiß wie noch nie im Leben. Sie war an ein etwas härteres Klima gewöhnt. Der Schweiß rann ihr über die Stirn, als sie aus dem Wagen stieg und die Motorhaube des Busses öffnete. Der Kühler rauchte noch nicht, aber er, der Tank mit der Kühlflüssigkeit, war schon fast leer. Doch damit hatte sie schon gerechnet. Sie war hier noch nie gewesen, aber dumm war sie nicht. Hinten im Wagen lagen viele Flaschen mit Wasser. Sie nahm eine davon und verbrannte sich dieses Mal nicht die Finger am glühend heißen Drehverschluss. Durch ein Tuch geschützt, schraubte Jelena die Verschlusskappe herunter. Langsam goss sie das Wasser in den Tank. Während die Sonne auf ihren Rücken brannte. Ihr bauchfreies Trägertop klebte an ihr, genau wie einige der Haarsträhnen auf ihrer Stirn. Doch schließlich hatte sie es geschafft. Der Tank war wieder voll und die Flasche lag wieder im Wagen. Sie würde die anderen an der nächsten Raststätte wieder auffüllen. Jelena startete den Van und warf, bevor sie losfuhr, einen kurzen Blick auf ihre Spritanzeige. Die zeigte 45 %. Sie fragte sich kurz, wohin denn der gesamte Sprit verschwunden war und beschleunigte. Es verlangte ihr mehr Kraft ab, als sie gedacht hatte, auf dieser leeren Straße dahin zu brettern. Die Masten, oder was immer das gewesen war, waren schon lange wieder verschwunden. Nun lag wieder eine flimmernde Straße vor ihr. Nach einer Weile stellte sie fest, dass sie nicht mehr viel zu trinken hatte. Doch nirgends war ein Schild oder eine Hinweistafel zu sehen, die ihr gedeutet hätte, dass bald ein Rastplatz in Sichtweite wäre. Jelena konzentrierte sich und begann zu überlegen. „*Ich hab jetzt noch Sprit in den Ersatztanks für zwei Tankfüllungen. Das Wasser mit dem Kühlmittel auch noch für fünf Füllungen. Ich hab fast nichts mehr zu trinken und ich verliere immer mehr Flüssigkeit durch den Umstand, dass ich schwitze wie noch nie im Leben. Eine kalte Dusche wäre jetzt nicht schlecht. Oder Schnee.*" Sie war kurz in Gedanken bei dem Auftrag, den sie in Frankreich erledigt hatte. Wie sie in ihrem Ballkleid draußen in der Kälte gestanden hatte. Es war ihr doch tatsächlich eingefallen einfach wieder hinein zu gehen. Im Vergleich zu der jetzigen Situation erschien ihr der Gedanke an die Kälte im Moment beinahe angenehm. Sie rief sich kurz das Gefühl des kalten Windes in Erinnerung, wie der Seidenstoff, der so bitterkalt gewesen war, ihre Haut berührt hatte und wie sie zitterte. Doch ihre Autosuggestion versagte. Die Hitze war einfach zu groß und sie musste sich doch auf die Fahrt konzentrieren. Ein Unfall bei dieser Geschwindigkeit wäre fatal. Würde sie überleben, wäre das ein Wunder. Der Freeway schien kein Ende zu nehmen. Die Straße machte auch keine merklichen Kurven. Aber dann, endlich nach einer Ewigkeit der eintönigsten Fahrt, die Jelena in ihrem Leben zurückgelegt hatte, erschien ein Schild. ‚500 m Raststätte.' Jelena atmete durch. Sie verlangsamte die Geschwindigkeit und die Raststätte kam in Sicht. Sie lag im Schatten eines großen Felsens. Zur anderen Seite war so etwas wie ein Dach aus Wellblech gebastelt worden. Das kleine Restaurant mit dem angrenzenden Haus war überdacht. Jelena amüsierte der Anblick und sie bog in die Ausfahrt ein. Gigantische LKWs standen auf Parkplätzen im Schatten des Felsens. Es war ein kleines Café oder war es doch ein Restaurant? Jelena stieg aus ihrem Wagen und versperrte ihn sorgfältig. Nicht, dass ihr jemand an die Ausrüstung ging. Vorsichtshalber trug sie ihre P-80 Glock bei sich. In dem Restaurant herrschte nicht wirklich viel Betrieb. Die Kellnerin saß auf dem Tresen und las in einer Zeitung. Einige Trucker hockten an Tischen oder der Bar und aßen beziehungsweise tranken. Als sie eintrat, blickten nur einige Leute auf. Zu Anfang wurde nicht wirklich Notiz von ihr genommen, doch dann bemerkten einige Trucker ihre durchweichten Sachen. Allerdings war es Jelena egal. Nicht die Spur einer Bedrohung lag in den Blicken der Leute. Es war eher Neugierde. Jelena ging zu einem Tisch im hinteren Teil des Lokals. So hatte sie das gesamte Geschehen im Auge. Der Blick durch die Glasfront zeigte den Parkplatz und das dahinterliegende, deprimierende Land. „Hallöchen, meine Kleine", begrüßte sie die Bedienung. „Meine Kleine" war passend, die Frau war mindestens doppelt so groß wie Jelena. Doch sie war eindeutig ein Mensch. Jelena hatte sich solche Bedienungen in der Einöde immer wie eine kleine, bauernähnliche Frau vorgestellt. Doch sie wirkte wie ein Schwergewichtsmeister. „Was darf ich dir denn bringen?" Jelena riss sich aus ihrem Staunen und sagte: „Ja, ich hätte gerne eine Cola. Aber nicht die light." Die Bedienung lächelte. „Ah. Sie kommen nicht aus der Gegend. Sind Sie aus der Ukraine?" „Nicht direkt, ich komme aus Russland, Sankt Petersburg." „Dann sind Sie die Temperaturen hier nicht wirklich gewöhnt. Hier in der Gegend wird es schon etwas kühler. Nur lässt sich der Winter ziemlich Zeit. Aber ich sag Ihnen mal etwas." Sie holte Luft und Jelena blickte sie fragend an. „Sie brauchen etwas zu essen. Und zwar etwas Richtiges. Die Hitze nimmt die Kraft aus dem Körper. Ich mach Ihnen einen Vorschlag." Jelena sah sie an, mit einem Blick, der sagte: „Ich hab doch nur Durst und außerdem versteh ich gar nichts." „Die Cola geht aufs Haus und ich bring Ihnen etwas zu essen. Was Vernünftiges. Sie fallen mir ja sonst noch vom Fleisch, Schätzchen." Mit diesen Worten ging sie hinter die Theke und verschwand in der Küche. Bald darauf erschien ein kleines Mädchen, das nicht älter als fünf sein konnte. Sie hielt ein Glas mit Cola in der Hand, als ob es eine Bombe wäre. Vorsichtig schlängelte sie sich zwischen den Tischen und den Leuten hindurch. Die Trucker sahen ihr lächelnd hinterher. „Bitteschön", sagte sie und stellte das Glas auf den Tisch. „Spasiva", sagte Jelena und lächelte das kleine Mädchen an. „Mami macht das Essen, es dauert noch ein bisschen und ich soll dich noch was fragen."

Etwas verlegen blickte sie aus der Glasfront. „Was möchtest du denn wissen?" Jelena beugte sich bei diesen Worten etwas hinunter. „Ich wollte dich fragen, ob du mir zeigen kannst, wie das mit den Bildern geht?" Jelena blickte sie verdutzt an. „Ähm. Welche Bilder meinst du denn?" Das kleine Mädchen zeigte auf einen Fernsehapparat, der über der Bar hing. „Ah. Du meinst, ich soll ihn für dich einschalten." Einer der Trucker mischte sich ein. „Nein, der hat schon vor längerer Zeit den Löffel abgegeben. Bisher hat ihn niemand wieder in Gang gebracht. Wir", er wies auf die übrigen Trucker, „kennen uns nur mit Motoren aus." Jelena nickte und stand auf. „Entschuldigen Sie?", sagte sie halblaut. Die Bedienung streckte den Kopf aus der Küche. „Ja, Schätzchen. Und Sie können mich Maria nennen." „Ihre Tochter hat mich gefragt, ob ich den Fernseher wieder in Gang bringen könnte und ich wollte Sie erst fragen, bevor ich ihn noch sprenge." Die Bedienung lächelte. Die Trucker waren ebenfalls in Gelächter ausgebrochen. „Sicher, tu, was du nicht lassen kannst." Jelena ging kurz hinaus zu ihrem Wagen und holte ihr elektronisches Einbruchset. Der Fernseher war hoch oben angebracht und sie musste auf die Theke steigen, um ihn zu erreichen. Die Blicke der Trucker waren auf sie gerichtet. Oder besser auf ihren Hintern. Aber sie machte sich nichts draus. Erst jetzt wurde ihr bewusst, dass nun jeder, der ihr auf den Hintern starrte, auch die Waffe sah, die sie im Halfter hinten in der Mitte des Gürtels befestigt hatte. Dann beschloss sie sich darüber keine Gedanken zu machen. Gerüchte besagten, dass in Amerika jeder Mensch eine Waffe mit sich herumtrug. Mit einem Schraubenzieher zwischen den Zähnen machte sie sich an die Arbeit. Die Elektronik war schon so veraltet, dass sie beinahe gar nicht mehr wusste, was eigentlich zu was gehörte. Doch nach einigem Herumgeschraube schaffte sie es, den Ton wieder in Gang zu bekommen. Das Bild flackerte nur und der Bildschirm wurde wieder schwarz. Ein Radio mit Mattscheibe. Sie wunderte sich, denn diese alten Trinitron Bildschirme wurden schon seit ewigen Zeiten nicht mehr hergestellt, doch plötzlich piepste es kurz und das Bild erschien. Zuerst nur Schnee und dann mithilfe eines Kabels, das aus der Wand hing, war da sogar ein Bild. Die gesamten Trucker in der Umgebung jubelten. Das kleine Mädchen stand da und blickte auf den Bildschirm mit offenem Mund. Die Bedienung, die auf Jelenas Platz saß, staunte nicht schlecht. „So, bitte, jetzt kannst du fernsehen", sagte Jelena zu der Kleinen und gab ihr die Fernsteuerung in die Hand. Sie sprang von der Theke herunter und landete leichtfüßig neben einem Trucker. Maria strahlte sie an. „Oh. Meine Liebe, wie kann ich Ihnen nur danken?" Jelena winkte ab. Mit einem Essen umsonst verließ sie schließlich das Restaurant. Jelena hatte nicht gefragt, was sie soeben gegessen hatte. Nirgends in der Gegend befanden sich so etwas Ähnliches wie Rinder oder Schweine. Ihre Vermutung lag auf Ratte, Felsenechse oder mindestens Wüstenhund. Etwas Vogel- oder Schlangenartiges schloss Jelena zur Gänze aus. Sie wusste, wie so etwas schmeckte. *„Na ja, was man nicht alles macht, wenn man dazu aufgefordert wird."* Schließlich war sie wieder auf der langen, harten, staubigen Straße. Ihre Wasservorräte hatte sie aufgefüllt und ihre Cola-Reserven waren auf dem Maximum. Der Tank war voll und mit hartem, verrücktem Sound war sie wieder so gut wie zufrieden und dann endlich, nachdem sie sich schon fragte, wann um Himmels willen sie denn endlich am Ziel war, erschien ein gigantisches Gebäude. Ein Wolkenkratzer ungleichen Ausmaßes. Hinter einer Hügelkuppe wirkte es, als ob er gerade aus dem Boden wachsen würde. Die Sicherheitszone von Bug City.

Einsam und Verlassen

Der Tag ging dem Ende zu. Die roten Strahlen der Sonne verfärbten den Himmel. Hinter einer großen Mauer spazierte ein kleiner Junge gerade den Gehsteig entlang. Einen grünen Rucksack auf den Schultern summte er fröhlich eine Melodie, die er schon den gesamten Tag im Kopf hatte. Er überquerte eine Straße und durchschritt einen großen Bogen, der zur Fassade des Hauses gehörte, in dem der wohnte. Noch einmal drehte er sich um und winkte seinem Lehrer. Er mochte nicht älter als sechs Jahre sein. An einer Tür angelangt, stellte er sich auf die Zehenspitzen und drückte die Klingel. Er wartete. Niemand meldete sich. So drückte er erneut. Wieder war nur Stille die Antwort. Also nahm er seinen Rucksack ab und kramte darin nach dem Schlüssel. Er fand ihn bald zwischen den Seiten seines Malbuches. Im Treppenhaus stand niemand. Er spazierte zum Lift und drückte auf die Nummer Sieben. Im Lift fragte er sich, was er wohl heute zu essen bekommen würde. Er hatte richtigen Hunger, der Wandertag war lang und anstrengend gewesen. Aber es hatte ihm richtigen Spaß gemacht. Seiner Vorschullehrerin hatte er auch sein Bild gezeigt, dass er während den Rastpausen gemalt hatte, sie habe gesagt, er sei ein richtiger Künstler. In der Wohnung brannte kein Licht. Er warf seinen Rucksack in eine Ecke hinter der Tür und durchschritt die Wohnung. Sie war leer und am Kühlschrank oder an der Tür hing auch nirgends ein Zettel. Er konnte schon lesen, sein Vater hatte es ihm beigebracht. „Mama?", fragte er halblaut in die Stille. Niemand antwortete. Er durchsuchte noch mal die gesamte Wohnung. Niemand war da. „Papa?" Keine Antwort. Langsam wurde ihm eigenartig zumute. Ein unangenehmes Kribbeln breitete sich in ihm aus. Langsam begann auch sein Hals zu stechen. Eine einsame Träne rann seine Wange herunter. Wo waren seine Eltern? Sie waren immer da, wenn er heimkam. Oder schrieben einen Zettel, dass sie bald auftauchen würden. Er ging in die Küche und suchte auf dem Tisch nach einer Nachricht irgendwelcher Art. Die Post von heute Morgen lag noch darauf. Er hatte nun keinen Hunger mehr. Er ging in das Schlafzimmer und kroch unter die Bettdecke. Er kauerte sich ganz eng zusammen. Schließlich begann er zu weinen. Er schluchzte in sich hinein und Tränen durchweichten die Matratze. Er zitterte. Was sollte er machen, wenn seine Eltern nicht mehr zurückkommen würden? Vielleicht waren sie weggegangen und hatten ihn vergessen. Vielleicht mochten sie ihn gar nicht mehr. Aber sie sagten doch immer, dass er das Wichtigste auf der Welt sei. Vielleicht war seine Schwester jetzt auf der Welt. Sein Vater hatte immer gesagt, dass es noch dauern würde. Mama muss erst noch einen dicken Bauch bekommen. Aber was war, wenn sie ihn nicht mehr lieb hatten? Vielleicht war es, weil er nicht immer der Bravste gewesen war. Seine Eltern hatten ihn nicht mehr lieb. Lange Zeit lag er da und weinte bitter. Er wiegte sich selbst in den Schlaf und umarmte das Kopfkissen seiner Mutter. Zitternd und schluchzend gingen ihm die schrecklichsten Gedanken durch den Kopf. Bis er schließlich einschlief.

Am nächsten Morgen war Charlie immer noch alleine. Niemand war über Nacht gekommen. Was sollte er denn nur machen? In die Schule gehen konnte er nicht, denn er wusste den Weg nicht so genau. Der Lehrer hatte ihn gestern in der Nähe abgesetzt, als Charlie nicht abgeholt worden war. Was sollte er nur tun? In diesem Haus kannte er noch keinen, der ihn zur Schule bringen konnte. Charlie kroch aus dem Bett seiner Eltern und ging in die Küche. Er kramte in den Kästen und machte sich Kakao. Die Butter und die Marmelade räumte er wieder in den Kühlschrank, als er mit seinem Brot fertig war. Er begann zu essen. Seine Augen brannten und immer noch rannen Tränen über seine Wangen. Was sollte er nur machen? Sein Lehrer konnte ihm vielleicht helfen. Charlie zog seine Schuhe an und verließ die Wohnung. Er hatte keine Ahnung, wie spät es war, das mit der Uhr konnte er noch nicht. Charlie ging über die Straßen und versuchte den Weg zu gehen, den sein Vater immer gefahren war, wenn er Charlie in die Schule gebracht hatte. Nur plötzlich sah alles so anders aus. Mit fremden Leuten durfte er nicht sprechen, das hatten seine Eltern immer gesagt. Die Leute, die ihn ansahen, ignorierte er bewusst. Lange ging er weiter über Straßen und zwischen den anderen Menschen und Metatypen hindurch, bis er von der Menge verschluckt wurde. Charlie war in einer großen Welt, die er nicht kannte. Er war mit seiner Familie gerade erst hierhergezogen und kannte nur den Spielplatz hinter dem Haus, in dem er wohnte. Schluchzend versuchte er sich zu erinnern, ob er die linke Straße oder die rechte nehmen sollte. Nach langem Gehen hatte er schließlich überhaupt keine Ahnung, in welche Richtung er sollte. Schließlich kauerte er sich in einer Gasse zusammen. Charlie zog die Beine fest an seine Brust und schlang die Arme um seine Knie. Er weinte stumm.

Mannariss

„Nicht die Spur einer Idee?" Dragonfist lag mit einem Fernglas auf dem Dach von Steels Wagen. „Sieht nicht so aus, als ob hier was los ist." Die Cummers waren in 13 012 Wormington. Die alte verlassene Fabrik war offensichtlich leer. Der Bereich vor dem Gebäude war ein riesengroßes Arsenal. Überall lagen verschrottete Wagen in der Gegend herum. „Ist wohl ein stillgelegter Schrottplatz. Kann mir nicht vorstellen, dass hier irgendwer jemals noch einmal herkommen würde. Ist also ein perfektes Versteck." Lexi schritt während dieser Worte einige Meter nach vorne, um die Straße zu untersuchen. Steel fragte: „Sollen wir mal reingehen?" Niemand wusste so recht, ob das eine gute Idee war. Hodges hatte sicher dafür gesorgt, dass man hier nicht so ohne Weiteres herumstöbern konnte. „He, Dragon. Weißt du vielleicht noch, ob sich Hodges mit Sprengstoff auskennt?", fragte Lexi wieder. JC dachte nach. „Ich weiß nicht so recht", sagte Dragon nach einigen Minuten. „aber Hodges ist nicht blöd. Er hasst nur alles, was mit Cyberware zu tun hat. Ich glaube aber nicht, dass das auch für Fallen gilt, die mit Sprengladungen zusammenhängen." Die Cummers beratschlagten sich noch kurz und entschieden dann, dass sie das gesamte Depot umrunden konnten. Steel fuhr den Wagen langsam die Straßen entlang, die in der Nähe des Geländes lagen. Es hatte wieder zu regnen begonnen. Die Schatten wirkten unheilvoll. Die Cummers waren angespannt und so auf alles gefasst. Sie wussten nicht die Spur, was auf sie zukommen würde. Phönix hatte versucht in die Matrix der Fabrik zu kommen und musste dann feststellen, dass alles Elektronische abgeschaltet war oder nicht mehr funktionierte. Deshalb befand sie sich auch im Quartier. Die Runner hatten die Fabrik umfahren und waren wieder am Ausgangspunkt angelangt. Sie fühlten sich alle genauso schlau wie zuvor. „Wir könnten durch eines der

Fenster klettern, die auf der hinteren Seite der Fabrik waren. So umgehen wir mögliche Sprengfallen", schlug JC vor. Da keiner eine bessere Möglichkeit wusste, setzten sie seinen Plan in die Tat um. Steel steuerte seinen Wagen wieder durch die nahen Gassen und fuhr auf die Rückseite des Geländes. Keines der Fenster stand offen. Alle waren verdreckt aber eigenartigerweise nicht zerbrochen. Die Cummer stiegen aus dem Wagen aus und bewaffneten sich. Steel war wie üblich schwerer gerüstet. Dragon verließ sich auf seine Magie, dennoch trug er seine Baretta. Lexi rüstete sich mit den zwei Ruger und der Winchester auf dem Rücken. JC war mit seinen Lieblingswaffen ausgerüstet. Das Barrett ließ er jedoch im Van. Granaten und Plastiksprengstoff hatten sie in kleinen Rucksäcken. So ausgerüstet standen sie vor der Fassade der Fabrik. JC untersuchte die Wand. „Hier sind nicht wirklich geeignete Griffe. Ich könnte mir denken, dass Lexi und ich raufklettern und den Haken befestigen." Dragon und Steel waren einverstanden. Lexi fuhr ihre Nagelmesser aus und JC seine Sporne. Beide schlugen sich in die kleinsten Ritzen der Mauer und begannen den Aufstieg. Über Funk erklang die Stimme von JC. „Ich hab da mal eine Frage. In welchen Stock wollen wir eigentlich?" Steel antwortete: „In den, der nicht höher ist als das Seil lang. Außerdem versteh ich nicht, warum wir nicht einfach in eines der unteren Fenster steigen." Die untersten Fenster waren gut zehn Meter über dem Boden und sahen nicht gerade verlockend aus. Lexi beantwortete Steels Frage: „Ich weiß es auch nicht, aber ich hab da so ein komisches Gefühl in der Magengegend." JC und Lexi erreichten ein Fenster, das vielversprechend aussah. Es war nicht wirklich verschlossen. Durch die leichte Öffnung drang ein merkwürdiger Geruch. JC drückte das Fenster sachte auf. Mit seinen Lichtverstärkern untersuchte er den Rahmen. Nichts deutete auf irgendeine Sprengladung hin. Schließlich stieg er hinein. Lexi folgte ihm nach einigen Sekunden. Der Raum war voller Schreibtische und alten Aktenschränken. Lexi befestigte den Kletterhaken am Fensterrahmen und warf das Seil hinunter. JC mit der Ares Alpha im Anschlag näherte sich den Schränken, während Dragon und Steel am Seil emporkletterten.

Alte, vergilbte Papiere und Auflistungen einiger Bestellungen waren darin. Nichts was irgendwie von Interesse war. Schließlich waren Dragon und Steel angekommen. Lexi ließ Dragon, der sich am besten von ihnen mit Sprengstoff auskannte, die Tür untersuchen. Wieder nichts. Keine Drähte irgendwelcher Art. Es war eine vollkommen normale Tür. Steel sicherte und JC öffnete die Tür langsam und leise. Sie führte in einen langen Gang. Am Boden war eine dicke Staubschicht. Langsam und doch etwas argwöhnisch gingen sie weiter. Zu beiden Seiten waren noch mehr Türen, die in noch mehr Räume führten. Steel, Lexi und JC hatten ihre Lichtverstärker aktiviert. Dragon hielt wieder seine kleine, bläuliche Flamme in der linken Hand. Das Licht reichte gerade aus, dass er die anderen nicht über den Haufen rannte. Ihre Schritte hallten leise auf dem steinernen Boden wider. Steel, der Schwerste von ihnen, versuchte sich so leise wie möglich zu bewegen. Dragon und JC waren aufgrund ihrer Kleidung gar nicht zu sehen. JC hatte den taktischen Computer und das Move-by-wire-System bereit geschaltet. Er bewegte sich ausgesprochen geschmeidig und war nicht zu hören. Dragon hatte eine Aura um sich herum erzeugt, die den Schall dämpfte. Dann griff Dragon, Lexi, die hinter JC ging, auf die Schulter. Nach dem er kurz mit der Hand gefuchtelt hatte, um den Zauber zu beenden, hauchte er kaum vernehmlich: „Wartet mal." Die Funkgeräte schalteten sich auf einer Distanz von zwei Metern automatisch ab. Es wäre sonst zu verwirrend alles doppelt zu hören. „Da vorne, ich fühle etwas." Sie warteten. Dragon schloss die Augen und öffnete sie nach einigen Sekunden wieder. Seine Pupillen glasig und weiß, wirkten lebendig und leblos zugleich. Er scannte die Umgebung. „Irgendwas ist da vorne, ich weiß nur nicht, was es genau ist. JC, geh doch mal zur Seite. Ich seh überhaupt nichts." JC wich an die Wand. Dragon ging mit ausgestrecktem, rechten Arm nach vorne weiter. Die anderen folgten ihm. Als ob er einem unsichtbaren Weg folgte, schritt er langsam den Gang entlang. Dragon nahm die gesamte Umgebung anders wahr. Er sah in der Mannaebene. Lexis Körper war in einem leichten, rötlichen Schimmer. Dort wo sie Cyberware hatte, waren die Bereiche schwarz und leblos. Steel hatte eine besonders starke metamenschliche Aura. Nur sein rechter Arm und Teile seines Kopfes waren ohne Leben. Dragon hatte, als er JC sah, einen leichten Schreck bekommen. Sein gesamter Körper schien ohne jegliches Leben zu sein. Schwache Fäden seiner Seele zogen sich noch kaum sichtbar durch seinen Oberkörper. Noch dazu kam, dass JC Dragons Fähigkeiten irgendwie blockierte. Er erzeugte eine Art verzerrte Mannaaura. In seiner Nähe war es schwer in der Astralebene etwas zu erkennen. Wie ein gigantischer Riss in der Energie. Er erkannte nur einen leichten Schimmer von etwas Lebendigem einige Räume vor ihnen. Wegen JC konnte er nicht genau sagen, ob es sich dabei um ein menschliches oder tierisches Leben handelte. Es war einfach zu verzerrt. Dragon hielt es nicht mehr aus. Im nächsten Moment war die Umgebung wieder im Licht der kleinen, blauen Flamme getaucht. Dragon versetzte JC einen vorwurfsvollen Blick, den er jedoch nicht bemerkte. „Da vorne in dem Raum ist irgendetwas, ich weiß aber nicht, ob wir's erschießen sollten." Dragon wies auf eine Wand. „Hast du dir auch überlegt, ob wir durch die Wand latschen sollten?", fragte ihn Lexi. „Lasst jetzt den Mist. Steel, du sicherst unseren Rücken, Lexi, du kommst mit mir. Dragon, wie viele sind da drinnen?" „Einer." „Gut, also los." JC führte die Gruppe an. Die Tür war aus dünnem Holz. Dragon bereitete sich einen Mannablitz vor. Steel sicherte währenddessen den Korridor. Dann öffneten Lexi und JC vorsichtig die Tür. JC hielt mit Thermalsicht nach irgendwelchen Wärmeumrissen Ausschau. Er musste dann doch feststellen, dass da keine waren. Er und Lexi stürmten den Raum. Nichts, wie schon so oft in dieser Fabrik oder was es war. JC überblickte den Raum genauer. Mehrere verstaubte Schreibtische standen kreuz und quer herum. Papiere lagen auf dem Boden. Langsam und ohne irgendwelchen Lärm zu erzeugen, betrat nun auch Dragon den Raum. Steel bewachte immer noch den Korridor. Die umgestürzten Schreibtische ließen auf irgendwelche Vandalen schließen, die hier ihr Unwesen oder sonst was getrieben hatten. Aber ansonsten war hier nichts Interessantes. Doch dann. Ein schwacher Schimmer von irgendetwas Warmen. Es kam aus einer Ecke. Lexi erkannte es auch. „Das ist eine verfluchte Ratte", sagte JC. „Schnell, erledige sie. Hodges kann ja mit den Viechern kommunizieren", sagte Dragon, während er versuchte, irgendwelche Löcher in der Wand auszumachen. „He, beruhige dich. Die ist halb tot." JC war zur Ratte hinübergegangen und wusste jetzt auch, warum der Thermalumriss so schwach gewesen war. In der Ratte war kaum noch Leben. Die grauen Haare auf dem Fell ließen vermuten, dass sie sich zum Sterben zusammengerollt hatte. Sie hob nicht einmal den Kopf, als sie JC anstupste. „Vergiss es, Dragon. Die wird Hodges überhaupt nichts mehr erzählen. Die ist schon tot, die weiß es nur nicht." „He, was macht 'n ihr solange da drinnen? Wolltet doch was erschießen?" Steel hatte den Kopf zur Tür hereingesteckt. „Keine Sorge, hier stirbt nur gerade eine altersschwache Ratte", sagte JC halblaut. Die Cummer drehten sich um und verließen den Raum. Nun standen sie wieder im Korridor. Nicht mehr ganz so vorsichtig gingen sie weiter. JC, der von allen die schnellsten Reflexe hatte, übernahm die Führung. Nach Lust und Laune spähten sie in verschiedene Türen und waren dabei doch immer vorsichtig. Es konnten ja Sprengladungen daran befestigt sein. Der Stock, in dem sie sich befanden, war absolut für nichts zu gebrauchen. Langsam begannen sie sich zu fragen, ob Hodges sie überhaupt mit seiner Anwesenheit beehrte. Wenig später standen sie an einer Treppe. „Rauf oder runter?", fragte Dragon, der durch die Zwischenräume der Treppe hinunter spähte. Die vier entschieden sich den Weg nach unten zu nehmen. Warum, wusste keiner so recht. Die alten Stahlstiegen knarrten unter ihrem Gewicht. Besonders Steel verursachte eigenartige Geräusche. Die Stiege wirkte allerdings nicht so, als ob sie einstürzen würde. Immer tiefer gingen sie hinunter, bis sie zu einer Tür kamen. „Dragon, mach mal was. Da ist es so warm", sagte JC, der mit seiner Thermalsicht die Tür überprüfte. Kaum zu erkennen befand sich ein schwacher Laserstrahl in der Waagrechten vor der Tür. „Was'n das?", fragte JC und zeigte darauf. Dragon untersuchte den Türrahmen. „JC. Rauch mal eine", sagte Dragon, während er unter dem Türschlitz hindurch spähte. JC steckte sich eine Zigarette an. Er blies den Rauch auf die Tür und der Laser wurde für einige Momente sichtbar. „Der ist mit einer Ladung hinter der Tür verbunden." Dragon hatte einen kleinen Zahnarztspiegel genommen und blickte unter der Tür durch. Woher er den hatte, war JC schleierhaft. „Von hier aus kann ich die nicht entschärfen. Aber wir können die Tür aufdrücken und unter dem Laser durchgehen. JC du benebelst den Laser." Nacheinander duckten sie sich unter dem Strahl hindurch und erreichten die andere Seite. Dragon machte sich sofort an die Sprengladung. Doch dann begann er zu lachen. „Von was wirst denn du gerade geritten?", fragte Lexi, die ihm am nächsten stand. „Wisst ihr, was das ist?" „Nein", kam es zugleich von den anderen. „Oh Mann. Wir sind so dämlich. Das ist gar keine Bombe. Das ist nur ein Zähler, immer, wenn der Laser unterbrochen wird, speichert ein Computer das Ergebnis. Ich glaub, die Firma versuchte eine Art Statistik aufzustellen." Nach diesem Reinfall beschlossen sie aber nicht weniger vorsichtig zu sein. In dieser Abteilung waren mehrere Computer auf den Boden geworfen worden. „Sieht mir nach einer Jugendgang aus, die hier 'n bisschen Spaß hatte", bemerkte Steel. Auf dem Boden lagen viele Bierflaschen herum und es gab auch Spuren eines Lagerfeuers. JC trat gegen einen Monitor, der quer durch den Raum flog. „Verfluchte Scheiße. Dieser beschissene Wichser ist nicht hier!" JC versetzte einem Prozessor einen weiteren Tritt. Es gab dasselbe Ergebnis wie bei dem Monitor. „Hast du dich jetzt beruhigt?", fragte Dragon. „Nein. Ich will Hodges und zwar schnell." „Hast du etwa gedacht, dass er uns auf einem silbernen Tablett serviert werden würde?" Dragon war einige Schritte auf JC zugegangen. Lexi und Steel wussten nicht so recht, was sie machen sollten. „Dieser Arsch lässt es sich mit unserer Kohle gut gehen und versucht dann auch noch, uns zu erledigen. Ich seh das nicht ein. Wenn ich den in die Finger bekomme. Ich reiß ihm alle Gedärme raus." „JC, beruhige dich endlich." „Verflucht, Dragon, ich beruhige mich, wenn ich es für richtig halte." Dragon versuchte JC am Arm zu packen, um ihn zu beruhigen. Doch JC war schneller. Dragon kam es so vor, als ob JC die Bewegung gerade gedacht hatte. Schon war Dragons Handgelenk in einer äußerst schmerzhaften Position verdreht. „Denk nicht einmal daran mir einen Zauber zu verpassen." Dragon realisierte jetzt erst, dass JC ihm seine Ares Predator an die Stirn drückte. „Ich bin doch nicht irre. Warum zur Hölle sollte ich dich verhexen?" „Das weiß ich nicht. Vielleicht bin ich eine Gefahr." „JC, reiß dich zusammen, du bist paranoid!" Dragon schrie jetzt auch. Lexi und Steel hatten sprachlos die Situation verfolgt. Steel stand mit offenem Mund da und blickte verwirrt auf JC. Schließlich sagte er: „He. Hardware. JC, komm schon. Wenn ich nicht wüsste, dass du dich schneller bewegen kannst, als ich denke, würd ich dir die Rübe wegblasen. He, jetzt komm zu dir." JC blickte auf und Dragon versuchte ihn sofort zu beruhigen. „He, JC, du solltest dich mal sehen. Du kommst rüber wie der irre Street Sam. Weißt du noch, der Magier-Killer, den wir erledigt haben?" JC ließ locker. Er wich einige Schritte zurück und lehnte sich an einen Schreibtisch. Er warf die Waffe auf den Boden und schlug sich fest ins Gesicht. „Etwas stimmt nicht", sagte er halblaut. Sein Kopf begann eigenartig zu zucken „Etwas ist falsch. Da ist etwas in meinem Kopf, das da nicht hingehört. Ich bekomme gerade eine Warnung nach der anderen. Was zur Hölle!" JC griff sich mit beiden Händen an den Kopf und sackte auf die Knie. Keiner wusste, was er machen sollte. Dragon versuchte JC noch einmal zu scannen. Und er erschrak. „JC!", schrie er und wich von ihm zurück. „Da ist etwas um dich herum." Um JC hatte sich eine schwärzliche Aura gelegt. Wie eine Art Schatten. Dragon, der im Astralbereich sehen konnte, nahm die Macht augenblicklich wahr. Steel und Lexi waren wie vom Donner gerührt. „Was zur Hölle ist das?!" JC schüttelte den Kopf. „Ich höre irgendwelche Stimmen!" Dragon konzentrierte sich. „JC, ich muss dich mit einem …" Dragon brach ab. Wenn er JC mit einem Mannablitz beschießen würde, wäre das der Tod von JC. Er hatte nicht mehr genug Essenz, um dies zu verkraften. Was sollte er tun? JC hörte Stimmen, die ihn ständig dazu anregten, Dragon zu töten. Doch andererseits sprang das System an, das ihm Phönix installiert hatte. Er erinnerte sich immer wieder, wie er mit Dragon verschiedene Situationen durchlebt hatte. JC kramte in seiner Datenbank. Von so etwas hatte er jedoch noch nie gehört. „Dragon, verdammt. Was ist das?", presste JC hervor. „Schieß mir in den Kopf." „Was?" „Verdammt noch mal. Leute, ich werde euch killen, wenn ihr mich nicht umlegt." Auf einmal war alles still. JC stand langsam auf. Mit hängendem Kopf, aber auf seinen Lippen spielte ein bösartiges Grinsen. Alle wichen vor ihm zurück und hoben die Waffen. JC wehrte sich gegen die Stimmen so gut er konnte und knickte wieder ein. Dragon nahm seine Baretta und zielte. JC versuchte nicht an seine Waffen und gesamten Fähigkeiten zu denken. Er sah sich schon, wie er Dragon erledigte. Dragon bewegte den Zeigefinger einige Millimeter nach hinten. JCs taktischer Computer berechnete sofort die gesamte Umgebung und das Move-by-wire-System sprang an. Alles wurde gedämpft, Geräusche verlangsamten sich. Bewegungen der Runner gefroren. Ein scharfer Lichtblitz des Mündungsfeuers und ein Projektil dazwischen. JC bewegte sich. Etwas hielt ihn zurück und versuchte zugleich ihn dazu zu bringen Dragon aufzuschlitzen, doch er wich dem Geschoss seitlich aus. Als sich JC so schnell bewegte, spürte er wie etwas aus seinem Körper herausgesaugt wurde. Er rollte sich ab. Im nächsten Moment hatte JC alle Vercyberungen in seinem Körper aktiviert. Dragon sah JC nicht auf die Seite springen. Doch plötzlich erhob sich eine gigantische Welle von etwas sehr Negativem. JC erzeugte durch seine Bewegung einen gigantischen Riss in der Mannaebene und Dragon sah, was da in der Luft schwebte. Es sah aus wie eine ein Meter große Amöbe. Sie bewegte sich träge durch die Luft auf ihn zu. Im nächsten Moment schoss er einen Mannablitz auf dieses Etwas. Doch er traf nicht. Durch die Verzerrung die JC hervorrief, schlug der Blitz rechts an die Wand. Das schwebende amöbenähnliche Ding kam immer näher. Doch plötzlich wurde es zur Seite gedrängt. JC war den Schüssen von Steel und Lexi ausgewichen. Irgendwie drängte JCs Aura das Ding zurück. Dragon markierte das Ziel mit seinem inneren Auge. Mit gewaltiger Anstrengung schleuderte er einen weiteren Blitz durch die verzerrte Aura, die JC abstrahlte. Diesmal traf Dragon exakt. Das Etwas bewegte sich zitternd und schrumpelte zusammen. Dragon versuchte es erneut. Nachdem er es markiert hatte, war es von ihm nur noch wenige Zentimeter entfernt. Er legte so viel Kraft in den Zauber, wie er aufbringen konnte. Schon spürte er wie das Ding in ihn einzudringen versuchte. Die Wucht, als er das verformte Manna losließ, schleuderte Dragon und das „Etwas" zurück. Das Ding schleuderte in die Nähe von JC. Es wurde zur Seite gestoßen und löste sich langsam auf. Kein Geräusch war zuhören, als es innerlich zerfloss. Dragon atmete durch. Wieder normal sehend, blickte er JC an. JC hatte seine Sporne ausgefahren und sie glühten Unheil verbreitend. Seine Kunstmuskeln waren aktiviert und Dragon spürte die Macht, die JC umgab. Es war der Tod, der durch jede Ader pulsierte. JC stand über Steel, die Sporne gefährlich nahe an seinem Hals. Dragon warf einen schnellen Blick auf Lexi. Sie saß an der Wand und hielt sich den Kopf. Dragon sprach JC vorsichtig an. „Du willst doch nicht, dass Steel hier ins Gras beißt." Doch schon bevor Dragon den Satz beendet hatte, wich JC zurück. Er schüttelte den Kopf und sprach schnelle, unverständliche Worte. Dragon verstand einige Kommandobefehle, die sie im Krieg verwendet hatten. Alle Runner blickten ihn an. „Was ist mit ihm?", fragte Lexi, die sich wieder erholt hatte. Dragon wusste nicht, was er sagen sollte. JC machte plötzlich einen schnellen Schritt nach vorne. Alle zuckten kurz zusammen. „Was zur Hölle war das? Verfluchte Scheiße, es war in meinem Kopf!" Lexi war wieder an die Wand zurückgewichen. Erst jetzt bemerkten Dragon und JC, dass da, wo das Ding gewesen war, schwarzer Schleim auf dem Boden lag. „Das hat ausgesehen, als ob das aus einem Riss in der Luft geronnen wäre", sagte Steel fassungslos. Er hatte sich wieder erhoben und betrachtete JC mit einem eigenartigen Blick. Dragon brach zusammen. Die Anstrengung, die er bei seinem Zauber aufwenden musste, sog jegliche Kraft aus ihm heraus. Steel betrachtete den Schleim auf dem Boden. „Was ist das?", fragte er, während er mit dem Lauf seiner Waffe darin herumührte. „Das … ist … ein Schatten", sagte Dragon matt. „Ein Todesschatten." JC beugte sich zu ihm hinunter. „Wisst ihr, stellt euch vor, irgendetwas ergreift von euch Besitz.

Ihr wollt daraufhin alles und jeden töten. Der Schatten ernährt sich von der Lebensenergie der Opfer. Das ist eine Art astraler Parasit. Er nistet sich in einem Lebewesen ein, und wenn es umgebracht wird, schnappt er sich den Nächstbesten. Und so weiter." Dragon atmete schwer. „Du meinst, das Ding war im Kopf von JC?", fragte Lexi und Dragon nickte. „Könnte man so ähnlich sagen." „Ich dachte nicht, dass ich irgendwas Lebendiges im Kopf hätte", sagte JC benommen. „Nein, mal im Ernst, ich hab da irgendetwas erkannt, das in mir war, aber es versuchte nicht auf meine Daten zuzugreifen. Ich hatte eher das Gefühl, mich hält irgendetwas fest." „Der Schatten hat versucht von dir Besitz zu ergreifen." sagte Dragon. „Wie geht das denn?", meinte Lexi. „Die Dinger fliegen doch nicht einfach so in der Gegend herum? Da müsste ja jeder jeden umbringen, wenn dich so etwas reitet. Ich lass mich nicht gerne reiten." „Nein", sagte Dragon zu Lexi. Die Dinger sind verflucht selten. Es gibt sie nur in abgeschiedenen, verseuchten Gegenden. Hodges hat ..." JC unterbrach ihn. „Ich hab doch die Ratte angestupst." „JC, du bist ein Idiot. Da muss es dich erwischt haben. Der Typ ist zwar ein Arschloch, aber nicht dämlich. Er hat es wieder nicht geschafft, uns zu erledigen. Jetzt hat er was gesucht, womit wir uns gegenseitig erledigen." „Toll!", warf Lexi ein. „Ausgerechnet dich erwischt's", wobei sie JC einen vorwurfsvollen Blick zuwarf. Sie erwartete eine Entschuldigung von JC. „Der kennt sich mit so was aus, aber er hatte nicht gewusst, dass JC die gesamte Mannaebene so derartig verzerrt, dass sich der Schatten nicht lang halten kann. Ich denke mal, das war auch der Grund, warum das ‚Besessen sein'", er legte die letzten Worte unter Anführungszeichen, „bei dir so schnell eingesetzt hat. Normalerweise dauert das Stunden." Er unterbrach sich, um nach etwas Kraft zu suchen. „So gesehen war es gut, dass JC den Schatten abbekommen hat. Aber ich hab noch etwas. Jetzt wissen wir, wo wir suchen müssen. Todesschatten gibt es zwar überall. Aber der hat seine Spuren hinterlassen. Ich hab's irgendwie gespürt als ich ihn erledigt hab." Alle blickten Dragon gebannt an. „Ich hab da so eine Vermutung, dass wir in die Sox müssen. Ich kann Hodges noch beinahe fühlen." Sie machten sich wieder auf den Weg, um das Gelände zu verlassen. Dragon, der sich von Steel stützen ließ, murmelte unverständliche Beschwörungen. „JC, wolltest du mich eigentlich killen?", fragte Steel, der ihn eingeholt hatte. „Nein", sagte JC bestimmt. Steel schien zufrieden. JC dachte kurz nach. Doch er wollte nicht nur Steel, sondern auch Lexi töten. In seinen Augen waren sie zur Gefahr geworden, nachdem sie weiter geschossen hatten, als der Schatten von ihm abgefallen war. Vorwerfen konnte er ihnen nichts, er selbst hatte gesagt, dass er sie erledigen würde. Er warf einen Seitenblick auf Lexi. Sie wirkte nicht so ganz zufrieden. Dank dem System von Phönix, fand JC seine menschliche Ader. Er formte eine wirklich überzeugend klingende Entschuldigung. Lexi schien zufrieden. JC fragte sich, als er im hinteren Teil von Steels Wagen saß, ob er die Runner aus dem Weg räumen würde, wenn sie im Weg standen. Er kam zu keinem Entschluss. Dieses „Etwas", das bei jedem Kampf in ihm erwachte, brannte noch immer in ihm. Ja, er würde sie erledigen, oder? Nein, sie waren seine Freunde. Der Gedanke an Phönix bestärkte ihn und er war sich wieder sicher, dass er alle verteidigen würde. Für Phönix ging er auch in den Tod. Er beschützte sie vor allem, wenn es nötig war, auch vor ihm selbst. Bevor er ihr etwas antäte, würde er sich selbst erschießen.

Lonestar-Bereitschaft

„Hallo? Hier ist Lonestar bitte öffnen sie die Tür." Keine Antwort. „Hallo, ist jemand zu Hause. Hier ist die Polizei." Nichts. „Vielleicht sollten wir doch reingehen?" Die Polizisten hatten sich den Hauptschlüssel besorgt und öffneten die Tür. Durch das Fenster in der Küche warf der Tag das Licht auf die blauen Uniformen. Sie waren sehr taktisch und praktisch geschnitten. Um alles noch besser zu machen sahen sie auch nicht schlecht aus. Der weiße Stern, des Lonestar-Logos prangte auf ihren Rücken. Die beiden betraten die Wohnung. Alles war leer. Sie rechneten nicht mit einem Angriff und deshalb waren ihre Dienstwaffen in den Halftern, wo sie hingehörten. Ihre schwere Artillerie befand sich im Dienstwagen, der vor dem Haus parkte. „Hallo!?", rief der kleinere Cop, der an der Garderobe vorbei in die Küche gegangen war. Er hatte dunkles Haar und war kleiner als sein Partner. Ein spärlicher Dreitagebart warf einen Schatten in sein Gesicht. „Sieht nicht so aus, als ob hier irgendwer ist", bemerkte der andere Cop. Der war dunkel gebräunt und hatte etwas helleres Haar. Seine Statur war muskulös und er war sicher einen Kopf größer. In seinem Mundwinkel hing der Anflug eines Lächelns, doch seine Augen waren ernst und voller Mitgefühl. „Meinst du, der Junge ist bei irgendwelchen Verwandten?", sagte der Kleinere. „Nein, das glaub ich nicht. Der ist doch erst fünf oder sechs. Ich wage zu bezweifeln, dass er sich hier in der Gegend gut genug auskennt, um mit einem öffentlichen Verkehrsmittel dorthin zu fahren, wo er hinwill. Außerdem geht aus dem Mietvertrag hervor, dass sie erst seit ein paar Tagen hier wohnen." Die beiden Cops machten sich daran, die Wohnung nach Spuren zu untersuchen. „Wie heißt der Junge?", fragte der Größere nach einiger Zeit, die sie damit verbracht hatten, sich genauer umzusehen. „Charleston", antwortete der andere. „Weißt du, irgendwie weiß ich nicht so genau, was ich will." „Wie meinst du das jetzt?" Der Kleinere hatte keine Ahnung, was sein Kollege meinte. „Ich weiß nicht, was ist, wenn der Junge noch lebt. Dann hat er keine Eltern mehr. Und die Geschichte über ihren Tod will ich ihm nicht unbedingt erzählen. Andererseits, was ist, wenn er auch tot ist?" „Dann hätten wir zumindest Überreste gefunden." Der andere Cop nickte. Wir suchen weiter. „Max", rief der Kleinere aus dem Schlafzimmer. Sein Kollege ging auf ihn zu. „Was?", fragte er. „Hier auf dem Bett. Das sieht aus wie Salz, von Tränen, vielen Tränen." Max, sein Partner, besah sich das Laken in dem Bett, welches wohl den Eltern gehörte. „Was hast du denn da?", fragte der kleinere Cop und wies auf einen gelben Rucksack, den Max in der Hand hielt. „Den hab ich hinter der Eingangstür gefunden, das ist der Rucksack des Jungen. Drinnen sind ein Malbuch und Sachen, die man für einen Wandertag braucht. Behälter für Essen und Trinken. „Der Lehrer ist jetzt mal aus dem Schneider." Max blickte seinen Kollegen fragend an. „Ach, das weißt du nicht, da hattest du, glaub ich, eine Schulung, egal. Er hat eine Aussage gemacht, dass er den Jungen vor seinem Wohnhaus abgesetzt hat. Er hat noch beobachtet, wie er in den Innenhof gegangen ist. Na ja. Er ist nicht wirklich aus dem Schneider. Der bekommt sicher 'ne Strafe wegen, mangelnder Aufsichtspflicht. Oder was Ähnliches." Beide kramten im Rucksack herum. Nachdem sie nichts Brauchbares, das irgendwelche Hinweise enthielt, wo der Junge stecken könnte, gefunden hatten, suchten sie in der Wohnung weiter. Doch als die beiden schon zwei Stunden in allen Ecken und Enden nach irgendetwas Brauchbarem gestöbert hatten, gaben sie schließlich auf. „Nichts. Es ist zum Ausflippen", fluchte der kleinere Cop vor sich hin, als die beiden die Wohnung mit einem Absperrband versiegelten. Der kleinere Cop war wütend. Max war betroffen. Sie gingen wieder zu ihrem Wagen. Max, der Ranghöhere, nahm darauf sein Funkgerät zur Hand. „Hier Streife 12. Wir brauchen ein Spezialteam von der Spurensicherung. Wir machen uns auf den Weg und suchen aufs eratewohl in der Gegend herum." Die Meldung vom Hauptquartier ließ vernehmen, dass alles in die Wege geleitet werden würde. Der Star am Funk wünschte auch

Glück bei der Suche. Max fuhr langsam los. Sein Kollege spähte zu allen Seiten aus dem Wagen. Der Vormittag war kühl und es sah schon wieder nach Regen aus. „Ich hoffe nur, dass der Kleine nicht bei dem verdammten Wetter irgendwo draußen in der Gegend herumläuft." Aus der Stimme von Max hörte man eine große Spur der Besorgnis. Er selbst hatte keine Kinder. Doch seine Frau machte ihm nicht im Geringsten Vorwürfe. Es war eben so und man konnte nichts ändern. Die Gespräche mit verschiedensten Ärzten hatten dies gezeigt. Langsam dachten seine Frau Juliet und er über eine Adoption nach. Die Tochter eines guten Bekannten kannte Charleston sogar. Sie ging in der Vorschule in die Parallelklasse. Irgendwie spielte er mit dem Gedanken, das Sorgerecht für Charleston zu beantragen, falls sie ihn rechtzeitig finden würden. „Halt mal an", sagte sein Partner und als Max stehen blieb, stieg er aus. Max beobachtete ihn, wie er zu einer nahen Gasse ging. Er selbst entschied sich auch auszusteigen und seinem Partner zu folgen. Max sah ihn, wie er sich vor zwei Pennern aufbaute. „Also", sagte er, während er mit einigen Nuyen-Scheinen vor den Nasen der Penner herum wedelte. „Ich will von euch etwas wissen. Habt ihr hier irgendwo einen kleinen Jungen herumlaufen sehen? Nach der Beschreibung trägt er eine lange, graue Hose und einen roten Pullover. Er ist blond." Max wartete, während sein Kollege ebenfalls wartete. Die Penner sahen wie gebannt auf das Geld. Sie waren keine Metatypen, beide Menschen. Sie entschieden sich dann doch den Mund aufzumachen. „Hab vor'n paar Tagen 'n Jungen gesehn." Er sprach, als ob er vollkommen besoffen wäre. Max, der der Unterhaltung lauschte, befürchtete, dass dies schon der Dauerzustand dieses Mannes war. „Wo hast du den Jungen gesehen?", fragte der Kollege von Max. Er sprach langsam und deutlich. „Der hat graue Hosn und rotn Pulli, saß ne Weile in na Ecke, hat geheult. Wollt ihm was zum anzieh'n geben, aber der ist abgehauen." Der Cop gab dem Penner einen Schein. „Weiter, wo das herkommt, gibt's vielleicht noch mehr", sagte er und wedelte mit dem Bündel vor dem Penner herum. „Wasn noch?" „Wohin ist er gelaufen?" „Da." Der Obdachlose wies mit dem Finger in eine Gasse. Die in einer Biegung weiter verlief. Die beiden Lonestars wechselten schnelle Blicke. Mit den Taschenlampen beleuchteten sie die dunkle Passage. Hinter der Biegung gabelte sie sich auf. Nun gab es vier verschiedene Möglichkeiten. Sie verloren keine Zeit. Über das Funkgerät, das sie an der Uniform befestigt hatten, beorderten sie die nächst liegenden Streifenwagen zu ihrer Position. Binnen Minuten erklangen von allen Seiten Sirenen der Stars. Dann waren die gesamten Gassenabschnitte erfüllt von Lonestar-Streifen. „Charleston. Charlie. Hier ist Lonestar, wir wollen dir nichts tun. Wir wollen dir helfen. Charlie." Die Polizisten riefen einer nach dem anderen und lauschten in den Pausen. Viele durchsuchten den Müll, der überall herumlag. Andere gingen in die umliegenden Häuser und befragten die Leute in den Wohnungen. Niemand hätte vermutet, dass es sich bei dem Vermissten, um einen kleinen Jungen handelte. Nicht jeder wurde mit solchem Aufwand gesucht. Doch Leutnant Commander Natan Wulf hatte es persönlich angeordnet. Keiner wusste so genau, warum. Doch Wulf hatte seine Gründe. Er versuchte so drei Fliegen mit einer Klappe zu schlagen. Zum Ersten er machte die Gruppe ausfindig, die schon länger ihr Unwesen in den Straßen trieb, und harmlose Leute einfach entführte und den Guhlen zum Fraß vorwarf. Der nächste Grund war, er hatte die Spur des Cop-Killers, den er brauchte, um Higgins aus dem Weg zu räumen. Zu guter Letzt wurde so sein Ansehen als Lonestars-Bevollmächtigter gestärkt, weil er sich für den Einzelnen einsetzte. Das Volk fühlte sich durch diese Aktion beachtet und bestärkt.

Auf Alleingang

JC hatten die Runs mit seinen alten Freunden zwar Spaß gemacht, aber er hatte noch einen Auftrag zu erledigen, den er nicht länger hinauszögern wollte. Er hätte ihn schon beinahe vergessen. Mit der Hilfe von Phönix, die ein paar Infos besorgt hatte, die er verwenden konnte, besaß er nun einen Plan, der ihm etwas nutzte, zumindest hoffte er es. Der Witz war, dass der Konzern Totgeweihte in einem Haus gefangen hielt, das von Sicherheitspersonal bewacht wurde. Offenbar war er ein etwas höheres Tier. Der Tag näherte sich dem Ende und JC kurvte mit seinem schäbigen Golf durch die Straßen. Sobald er im Besitz von etwas mehr Nuyen war, wollte er sich einen neuen, besseren Wagen leisten. Die Ampel, vor der er stand, leuchtete gelb und er setzte seine Fahrt fort. Doch dann hielt er plötzlich am Straßenrand. JC konnte es nicht sagen, warum er es tat. Aber er stieg aus, vor ihm befand sich ein Park. Langsam schlenderte er über die von Bäumen gesäumte Allee. Kies knisterte unter seinen schweren Stiefeln. Das Gras war noch etwas feucht vom Regen des Nachmittages. Doch die Luft war warm und angenehm. JC roch das nasse Gras und die leichte Brise, die wehte, strich angenehm über sein Gesicht. Er wand seine Schritte nach rechts. Das weiche, feuchte Gras bog sich unter seinen Springern. Vereinzelnd sah man noch Leute, die sich unterhielten. Leute, die mit Regenschirmen unter den Armen schnell den Park durchquerten. Junge Paare, die sich umarmten und sich nicht von den Bänken erheben wollten. Das Zittern seiner Hände war ihm schon gar nicht mehr bewusst. Nachdenklich lehnte er sich gegen einen Baum. Das rote Glimmen der Zigarette wirkte wie ein kleines, falsch gefärbtes Glühwürmchen. Er beobachtete ein Paar. Zwei junge Elfen saßen auf einer Bank und philosophierten über die Umgebung. Er wusste nicht, warum er es getan hatte. Er konnte nicht sagen, warum er hier in diesem Park stand. Das Schaukeln einer Blume, die sich mitten aus dem Gras bläulich erhob, zog seine Aufmerksamkeit an. Der Wind schien es sachte zu streicheln, sanft. Er sank auf den Boden. Die Beine aufgestellt, blickte er unverwandt auf die Pflanze. Bilder erschienen vor seinem inneren Auge. Er sah Phönix. Sie war wunderschön. Er sah sich selbst, wie er sie küsste. Eine wunderbare Wunschvorstellung. Langsam erwachten in ihm die Gefühle für sie. Die Wärme, die aus seinem Inneren kam, war eigenartig. Dragon, Lexi und Steel erschienen nun auch. Sie befanden sich alle in seiner Wohnung und lachten darüber, wie es ihnen wieder gelungen war, den Stars einen fetten Strich durch die Rechnung zu machen. Er fragte sich, wie lange das schon zurücklag. Doch die Bilder rissen ihn aus seiner Trance. Er wusste selbst dass, wenn Phönix nicht dieses Programm auf die Festplatte geladen hätte, wäre er die gesamte Nacht hier gesessen und hätte die schwankende Blume angestarrt. Seine Retinauhr zeigte 07:59 pm, noch genug Zeit. „Mister? Entschuldigen Sie. Aber ist alles in Ordnung?" JC blickte auf. Er sah in das Gesicht eines jungen Mannes, er trug die Uniform der Lonestars. „Ist mit Ihnen alles O.k.?" JC erhob sich langsam. Sie waren gleich groß. „Ja", antwortete JC knapp. Erst jetzt wurde ihm bewusst, dass auf seiner Wange Tränen glitzerten. „Kann ich Ihnen irgendwie helfen?", fragte der Star erneut. JC schüttelte den Kopf und wischte sich die Tränen ab. Es geschah im Bruchteil einer Sekunde. JC sah die Augen des Stars auf seine Ares wandern. JCs strategischer Computer berechnete sofort die Bewegungen des Stars. Seine Hand würde zu seiner Dienstwaffe schnellen. Im nächsten Moment verlangsamte sich die gesamte Umgebung. Alles war wie eingefroren. JCs Hand schoss nach oben und versenkte die Sporne in der Brust der Stars. Die Schutzweste war ihm nicht im Mindesten hilfreich gewesen. Die Gefahr, die von dem Star ausging, war vorüber und die Zeit nahm wieder normale Geschwindigkeit an. JC hatte das Herz des Lonestars getroffen. Er öffnete den Mund. „Warum haben Sie das gemacht?" Die Worte kamen mit letzter Kraft. JC gab keine Antwort. Der Star öffnete erneut den Mund. Die Augen weit aufgerissen formte er Worte. „Warum haben ...?" „Ihr erwischt mich nie." Die Worte waren zuerst auf seiner Festplatte erschienen, bevor JC sie ausgesprochen hatte. „Warum?", kam es erneut von dem Star. JC war das ganze einfach nur lästig. Der Star war ihm im Weg. JC hatte einen Auftrag zu erfüllen. Er drehte die Sporne in der Brust des Stars hin und her. JC zerschnitt das Herz in winzige Fetzen. Der stumme Schmerzensschrei des Stars war nur zu fühlen. Doch JC fühlte nichts. Der tote Körper des Stars glitt im Schatten des Baumes zu Boden und JC stieg über ihn hinweg, als ob er einfach nur Müll wäre. Langsam bewegte er sich in Richtung seines Wagens. Hinter ihm ertönte plötzlich ein weiteres Geräusch, gefolgt von einem Schmerzensschrei. „Nein, das will ich nicht!" JC drehte sich um. Die Stimme war von der Elfin gekommen, die zusammen mit ihrem Freund auf der Bank gesessen war. Er stand nun über ihr. „Das machst du nicht noch mal." Er schlug sie. Die Wucht ließ sie auf die Seite stürzen. „Warum machst du das, was hab ich denn getan?" Sie hielt sich die Wange und Tränen rannen ihr über das Gesicht. Der Elf schrie irgendetwas, das JC nicht verstand. Langsam begann er auf ihn zuzuschreiten. JC zog seine Waffe. Er würde Phönix nicht noch einmal anrühren. „Ich will noch nicht, mir ist das noch zu früh." „Aber ich will endlich. Wenn du nicht von mir fertiggemacht werden willst, dann mach, was ich sage." Der Elf erhob erneut die Hand, um seine Freundin zu schlagen. „He, Arschloch!", sagte JC ruhig und dennoch vernehmlich. Der Elf drehte sich zu ihm um. „Was willst du?" Von JC kam kein einziges Wort. Der Schuss hallte durch den gesamten Park. Vereinzelt stoben Vögel aus den Bäumen und Umstehende ergriffen die Flucht. Der Elf wurde von den Füßen gerissen und der Rest seines Schädels verteilte sich auf den Kieselsteinen. Die Elfin saß einfach nur da und blickte auf ihren toten Freund. Langsam hob sie den Kopf und fixierte JC. Wieder startete das Programm auf seiner Festplatte. Nun erkannte er, dass die Elfe Phönix gar nicht ähnelte. In dem Gesicht der Elfe jedoch stand ein heftiger Konflikt. „Was haben Sie nur getan?", fragte sie mit zittriger Stimme. *Die Leute werden auch immer einfallsloser. Immer dieselbe Frage. Was haben sie getan? Was haben sie getan? Dem Nächsten, der mich das fragt, reiß ich die*

Zunge raus." Er wandte sich ab. „He! Sie haben meinen Freund umgebracht!", schrie sie ihm hinterher. JC kochte plötzlich vor Wut. Blitzschnell wirbelte er herum, mit drei Schritten war er bei der Elfin. JC griff mit der Rechten an ihren Hals. Ohne auch nur die geringste Anstrengung verließen die Füße der Elfe den Boden. „Was glaubst du? Hä? Schlampe. Der hätte dich irgendwann tot geprügelt!", schrie er sie an, während sie verzweifelt nach Atem rang. Sie versuchte seinen Griff zu lockern, doch die Kunstmuskeln waren aktiviert. JC schmetterte sie zu Boden. „Du kannst froh sein, dass ich dich am Leben lasse!" Hinter ihm erhob sich das Geräusch von Sirenen. Wer die Stars gerufen hatte, wusste er nicht, er ließ sie am Boden liegen und raste mit eingeschaltetem Move-by-wire-System zu seinem Wagen. Während er sich auf den Weg zu seinem ursprünglichen Ziel befand, fragte er sich nur, warum er nicht die Sporne verwendet hatte. Die Tatsache, dass er gerade zwei unschuldige Menschen getötet hatte, erschien nicht einmal in seinen Gedanken. JC verwandelte sich langsam aber sicher in eine Maschine. Ohne Gefühle, ohne Mitleid, mit rationalem Denken. Nur in der Gegenwart von Phönix und seinen Freunden war der Funken Mensch, den er noch besaß, stärker als er selbst wusste. Die Nacht breitete sich über die Straßen aus, während er sich den äußeren Bereichen von Seattle näherte. Jetzt war ihm auch bewusst, warum er den Park betreten hatte. Er selbst schien einmal dort gewesen zu sein. Als Kind. Mit seinen Eltern. Die Erinnerung an ihren Tod sollte ihn eigentlich schmerzen, doch sein Auftrag war wichtiger. JC war auf einer nahen Mauer in die Hocke gegangen. Er wartete, bis die Sonne, die nur noch schwache Strahlen über die Hochhäuser schickte, verschwand. JC glich einer Katze, die argwöhnisch auf etwas wartete. Er besaß einen vollständigen Grundriss des Gebäudes und wusste auch, wo der Panic-Room war. Er musste die Sache also schnell und leise angehen. Es lag der Geruch von Regen in der Luft. Die Sonne war endgültig verschwunden und wie auf ein Zeichen ergoss sich ein prasselnder Schauer auf die gesamte Umgebung und JC. Er fragte sich, warum das immer ihm passierte. Nicht ein kleiner Tropfen war als Warnung auf JC gefallen, nicht die Spur, dass der Regen sich erst noch irgendwie vermehren musste. Nein, überhaupt nichts. Er fluchte leise vor sich hin. Jeder Tropfen, der auf seine Zigarette fiel, ließ die Glut zischen und immer schwächer werden. In wenigen Sekunden war er nass bis auf die Knochen. *„Fuck, nicht mal in Ruhe rauchen kann man hier."* Aber es half alles nichts. JC glitt schnell und ohne einen Laut zu erzeugen von der Mauer herunter und näherte sich dem Anwesen von der Rückseite. Logisch war auf der hohen Mauer Monofilament-Draht gespannt. Der Draht war so dünn, dass der Regen nicht daran haften blieb. Aber verdammt scharf. Ein menschlicher Arm konnte problemlos durchtrennt werden, er fragte sich, ob seine Kohlefaserknochen stabil genug waren, um diesem Draht standzuhalten, doch er bezweifelte es ernsthaft. Im Kofferraum seines Wagens kramte er nach verschiedenem Werkzeug. Den Draht selbst konnte er nicht durchknipsen. Eine Mono-Spezialzange hatte er nie besessen. Dann fand er eine herkömmliche Drahtzange. Er grinste. Der Draht würde mit der Zange kurzen Prozess machen. Er kramte etwas weiter und fand einen Kreuzschraubenzieher, den er in die Tasche seines Mantels steckte. JC verschloss den Kofferraum des Wagens und schritt die gut drei Meter hohe Mauer entlang. Bis, er eine magnetische Halterung erkannte. Der Draht schwebte zwischen den zwei sehr starken Polen in der Luft. JC verankerte seine Sporne in der Mauer und begann sie emporzuklettern. Oben angekommen machte er sich mit dem Schraubenzieher daran, einen der Magnete abzuschrauben. Er spürte, wie der Schraubenzieher von der Kraft angezogen wurde. Doch dann schaffte er es, drei Schrauben zu lösen. Er hatte Glück, dass es keine Bolzen waren. Na ja, die hätte er mit einigen Schüssen entfernt. Etwas lauter, aber trotzdem wirkungsvoll. Die letzte Schraube. Mit einem leisen „Zing" schoss der Magnet auf den anderen zu. Der Mono-Draht fiel nach unten. Schnell zog JC seinen Fuß zurück, der taktische Computer hatte ihm zuvor, während der Schrauberei, schon diesen Tipp gegeben. Doch der Draht streifte leicht JCs Mantel. Nur eine leichte Berührung und es fehlte ein Stück aus seinem Kugelfänger. *„Monofilament-Draht – der Erfinder gehört in den Gully getreten und besonders* *der, der die Mono-Peitsche entwickelt hat. O.k.! Wenn das derselbe Kerl war, bräuchte ich nur einen Mord zu begehen.*" JC, der nicht damit rechnete, wieder über die Mauer zu klettern, steckte den Schraubenzieher zurück in seinen Mantel. Bevor er hinuntersprang, überprüfte er mit der Thermalsicht die Umgebung. Er erkannte Sicherheitsleute, die sich Regenschirme über die Köpfe hielten. Perfekt, nur eine Hand, die schnell zur Waffe kommt. Als er von der Mauer in den Garten sprang, sank er einige Zentimeter in dem nassen Boden ein. Das leise, schmatzende Geräusch blieb beinahe aus. Seine Sprungmotoren sprangen sofort an, als er den Boden berührte, und ließen ihn fast geräuschlos landen. Mit eingeschalteter Thermalsicht schlich er zwischen den Sträuchern hindurch. Er hatte keine Lust auf eine Schwingkopf-Mine zu treten. Eine Erfahrung war bei Weitem genug. Schnell von dunkler Deckung zu dunkler Deckung gleitend, näherte er sich dem Haus. Vor ihm war eine Art erhöhte Terrasse mit niedriger Begrünung. Die erste Wache war schon in Schussreichweite, aber die Schalldämpfer konnten von der anderen, die nicht weit weg stand, gehört werden. Die Wache, auf die es JC abgesehen hatte, blickte nicht in seine Richtung. JC schaltete auf Nachtsicht. Ein weißliches Glimmen sagte ihm, dass sie eine Zigarette rauchte. Perfekt. Noch langsamer die Hand an der Waffe. Im Umkreis war sonst niemand. Nur diese zwei, die einfach noch nicht wussten, dass sie eigentlich schon tot waren. Die Wache nahm einen Zug. Die andere besah sich gerade die Unterseite seines Regenschirmes und JC legte los. Rasend schnell näherte er sich. JCs Sprungmotoren brachten ihn mit einem Mal über die niedrige Brüstung auf die Terrasse. Die Regentropfen, die in sein Gesicht schlugen, schienen in der Luft stehen geblieben zu sein. JC erreichte den Wächter. Aus seiner rechten Hand schossen seine Sporne heraus. Eine rasche Bewegung und drei dünne Linien zogen sich waagrecht über den Hals des Uniformierten. JC rammte den Mann und schleuderte ihn in das dunkle Gras hinunter. Die andere Wache musste etwas gehört haben. Als ob der Wächter sich in einer zähflüssigen Masse befand, begann er sich umzudrehen. JC war schon auf dem Weg zu ihm. Die Wache musste in der Dunkelheit JCs Umrisse bemerkt haben. Denn er griff nach seiner Waffe. Doch es war zu spät. JC schlug der Wache seine Sporne in die Schläfe. Die Bewegung hielt inne. JC fühlte das Gewicht, das an seiner Rechten hing, immer schwerer werden. Er schupste die Wache ebenfalls über die Brüstung. Er kontrollierte die Umgebung. Auf der Terrasse war keiner, und wenn der Gärtner nicht unbedingt Überstunden machte, fand niemand die Leichen. Die Geschwindigkeit der Welt beschleunigte sich wieder auf normal. Er ging zu der Leiche der Wache, die er gerade erledigt hatte, und nahm ihm das Funkgerät ab. Schlüssel besaß sie jedoch keine. Er versuchte bei der anderen Wache Schlüssel zu finden, doch wieder Fehlanzeige. JC setzte also seinen Weg fort. Nun hatte er doch seine schwere Ares Predator aus dem Holster genommen. Da JC wusste, dass er sich auf dem Anwesen mit einigen Sicherheitsleuten herumschlagen musste, benutzte er vergrößerte Magazine. Nun hatte er 15 Schuss und das Magazin ragte unten aus dem Griff heraus. Den Plan des Gebäudes eingeblendet, näherte er sich einer Terrassentür. Er versuchte sie zu öffnen. Natürlich war sie verschlossen. Scheibe einschlagen kam nicht infrage. Erstens einfach zu laut. Zweitens eventuell alarmgesichert. Zum Letzten war noch das Logo einer Firma, die Panzerglas herstellte, in einer Ecke. Er brauchte einen Schlüssel. Das Schlösserknacken befand sich nicht in seinem Talentkästchen. JC hatte nur eine Möglichkeit: so lange Wachen im Außenbereich zu erledigen, bis er auf einen stieß, der so etwas Ähnliches wie einen Schlüssel hatte. Es waren sicher einige Leute auf dem Gelände und so groß war der Garten nun auch wieder nicht, dass er alle Leichen dort verstecken konnte. Er eignete sich sehr gut zum Leichen verstecken, aber irgendwann würde es doch auffallen. Besonders dann, wenn niemand mehr auf dem Posten war. JC beschloss also, das Gebäude einmal zu umrunden. Da es hier keine Sicherheitskameras gab, brauchte er sich auch nicht mit dem Gedanken, gesehen zu werden, herumschlagen. JC schritt los, er ging schnell. Der Wind wehte ihm entgegen und ließ seinen Mantel flattern. Die Waffe in der Rechten wies leicht schräg zu Boden. Seine Schritte waren durch den prasselnden Regen nur leise zu vernehmen. JC bog rechts um eine Ecke. Zwei Wachen standen, ihm den Rücken zugewandt und unterhielten sich. JC hatte keine Lust mehr zu schleichen, er würde alle einfach erledigen, keine Rücksicht auf Verluste. Er ging langsam und hörbar auf die zwei zu. Einer blickte in JCs Richtung. Der Kampfcomputer sagte JC, dass er sofort nach der Waffe greifen und den anderen Wächter informieren würde. Was die Wache schließlich auch überlegte, nachdem sie den ersten Schock von JCs Anblick überwunden hatte. JC hob den Arm und drückte ab. Ein leises Zischen und im nächsten Moment wurde das Gesicht des anderen Wächters mit Blut bespritzt. Die andere Wache kam gar nicht mehr dazu, sich zu fragen, was denn geschehen war, als sie auch schon neben der anderen Leiche auf dem Boden lag. JC schritt einfach an ihnen vorbei. Er verschwendete keinen Blick. Vermutlich hatte jemand das Fallen der Wachen gehört, denn eine weitere Wache bog mit der Waffe im Anschlag um die Ecke. Kaum hatte sie um die Ecke geblickt, als JC auch schon abgedrückt hatte. Der Kopf platzte auf und die Wache wurde zurückgeschleudert. JC bog schnell um die Ecke, welche die Wache nicht mehr wirklich geschafft hatte, und gab zwei Schüsse ab. JC schritt einfach weiter. Etwas war in ihm erwacht. Ein blutrünstiges Etwas, das JC einfach wüten ließ. Er legte eine Wache nach der anderen um. Magazine von JCs Waffe, Patronenhülsen und Leichen zeichneten den blutigen Pfad, den JC beschritten hatte. Die Bestie brach aus JC heraus. Immer schneller erschoss er das Wachpersonal. Mit beiden Waffen in den Händen rannte er nun auf zwei Wächter zu und jagte ihnen ein Geschoss nach dem anderen in die Körper. Keiner hatte auch nur Zeit gehabt, sich zu verteidigen, geschweige denn, JC etwas entgegenzusetzen. Die kugelsicheren Westen, die die Wachen trugen, wurden durch die panzerbrechenden Geschosse zerfetzt. JC schnellte herum. Hinter ihm war jemand aus einer Tür gekommen. Wieder zischte der Schalldämpfer und der Schlitten der Waffe in JCs linker Hand sprang zurück. Im selben Moment brach die Wache nieder. JC verlor keine Zeit. Er ließ das Magazin während eines Sprints herausfallen und sprang auf die sich langsam schließende Tür zu. Dem Move-by-wire-System verdankte JC, dass er die Distanz von zehn Metern in einem Atemzug zurücklegte und die

Tür offen erreichte. Im Flur des Hauses waren jetzt, da JC eingetreten war, zwei weitere tote Wachen. JC wusste, wo das Schlafzimmer der Zielperson lag. Langsam, Stufe für Stufe, schritt er wie ein eiskalter Killer die Treppen hinauf. Die Hände mit den Pistolen nach unten. Er ließ den Kopf hängen. Nasse Strähnen seiner schwarzen Haare hingen über sein Gesicht. JCs Mimik zeigte keine Gefühlsregung. Er war kalt. Oben erwartete ihn niemand. Er wand sich nach rechts. Ein Gang mit Türen zu beiden Seiten lag vor ihm. Am hintersten Ende befand sich das Schlafzimmer. JC ging ruhig, gemächlich und doch geschmeidig und zugleich böse. Bei jedem Schritt sangen die Schnallen seiner Stiefel. Irgendetwas, das er nicht steuern wollte, ließ ihn langsam die Schalldämpfer von den Waffen schrauben. Er fand es einfach nicht so geil mit Schalldämpfern herumzuballern. Mit unvorstellbarer Wucht trat JC gegen die Tür, die aus den Angeln sprang und in den Raum rutschte. Im Schlafzimmer brannte Licht. Ein Kerl saß mit Laptop auf einem Doppelbett. Daneben eine Frau. Beide blickten JC an. JC hob auch schon den Arm. Doch sein Finger drückte den Abzug nur leicht nach hinten. Der Mann hatte die Hände mit den Handflächen nach vorne in seine Richtung gestreckt. „Warten Sie!", rief er panisch. „Sie sind ein Killer oder?" JC fand, dass das eine blöde und überflüssige Frage war. „Ich werde Ihnen das Dreifache bezahlen, das Sie bekommen." Das bezweifelte JC. Wenn er das Dreifache bezahlen würde, würde JC jetzt nicht hier stehen. „Negativ!", kam es eisern von ihm. Mit einem „Nein, bitte nicht", warf sich die Frau vor den Mann. „Glauben Sie nicht, meinen Mann zu töten ist falsch?" Sie schluchzte. „Das glaube ich nicht." JC drückte ab. Ein lauter Schuss und der Kopf des Mannes war mit einem großen Loch in der Stirn verziert. Jetzt waren sicher die restlichen Sicherheitskräfte alarmiert. Die, wie JC fand, stümperhafte Truppe konnte nun kommen. Sollte sogar kommen, er hatte keine Lust von Raum zur Raum zu gehen, um die Restlichen auszuschalten. JC drehte sich um. Ein Wachmann stürmte gerade die Treppe herauf und JC beseitigte ihn mit einem weiteren Schuss. Wo war da die Herausforderung? Ihm war schon beinahe langweilig. Er schritt den

Gang wieder zurück und dann schoss er blitzschnell herum. Mit einem „Du Monster!" hatte die Frau den Laptop nach JC geworfen. Er war dem Gerät ausgewichen und sah nun die Frau auf sich zustürzen. Der Kampfcomputer meldete, dass sie ein Hindernis sein könnte. JC hob die Waffe. Die Frau bremste ab und stand vor der Mündung der Pistole. „Du Mörder!", schrie sie. „Wirst du mein weiteres Vorgehen zu behindern versuchen?", fragte JC. In jeder Silbe lag Kälte. Die Frau funkelte ihn zornig an. Dass er ihr die Mündung der mächtigsten Faustfeuerwaffe an die Stirn drückte, schien sie nicht zu stören. Wütend brüllte sie auf. „Verhindern? Ich werde dich umbringen!" JC zog seinen Zeigefinger nach hinten. Sie flog beinahe zurück in das Schlafzimmer. Er drehte sich wieder um. Plötzlich stand ein kleines Mädchen vor ihm. Einen rosaroten Plüschtiger in den Armen. Die Frau hatte so schrill geschrien, dass sie seine Geräuschdämpfer aktiviert hatte. JC berechnete. „*Fünf Jahre. Keine Panzerung.*" Das kleine Mädchen starrte jedoch sofort in die Mündung seiner Ares. Es öffnete zitternd den Mund. JC bemerkte sofort weitere Schritte auf der Treppe. Offensichtlich hatten die Wachen auf irgendetwas gewartet, bevor sie sich um JC kümmerten. Er hoffte auf Verstärkung. Es war zwar schon irgendwie witzig, aber er brauchte schon etwas Herausforderung. JC stufte das Mädchen nicht als Risiko ein, aber als Belästigung. Er ging einfach weiter und ließ das Kind stehen. Aus der Ecke vor ihm drang ein Flüstern. JC aktivierte seine Geräuschverstärker und Filter. Schnell schoss er zur Seite. Das leise Sirren, als etwas auf ihn zuflog, ließ ihn auf die Seite rollen. Blitzschnell stieß er sich von der Wand ab und seine Mündung gab zwei weitere Schüsse ab. Das Kind warf es sofort auf die Leiche seiner Mutter. JC erhob sich und ging weiter. Er kickte den Plüschtiger in Richtung Schlafzimmer. Die Stimmen waren verstummt. Er bog um die Ecke, um die Wache zu erledigen, die sich auf, wie er vermutete, den Stufen befanden. Doch im nächsten Moment sprang das Move-by-wire-System an und der taktische Computer empfahl JC in Deckung zu gehen. Was er dann auch sofort tat. Sofort schlugen Projektile von Maschinengewehren in die Wand. Der taktische Computer errechnete sofort ein dreidimensionales

Bild. 3 Grad, Winkel 2,059. JC streckte nur für einen Bruchteil die Waffe um die Ecke und drückte ab. Er hatte getroffen, das bestätigte ihm ein Gurgeln. In solchen Situationen schoss er immer auf den Hals. Der Computer rechnete weiter. JC schoss noch einmal um die Ecke. Allerdings hielt er seinen Arm etwas tiefer. Sobald er den Arm um die Ecke legte, sirrten Geschosse über ihn hinweg. „Hä Hä. *Zu langsam, ihr beschissenen Wichser.*" JC griff an den Gürtel und zog eine Blendgranate davon weg. Er warf sie, nachdem er sie entsichert hatte, mit Schwung an die Wand, die gegenüber der Treppe war. Der Wurfwinkel war perfekt gewesen. Sie prallte ab und segelte auf die Wachen zu. JC wartete nicht, bis sie explodierte. Da die Granate giftig grün fluoreszierte, hatte niemand eine Ahnung, was es war und ohne Ausnahme blickten alle darauf. JC schnellte um die Ecke und erledigte drei weitere Wachen mit drei weiteren Schüssen. Im nächsten Moment explodierte die Granate. Die Blitzkompensatoren lösten sich aus und JC wurde nicht geblendet. Er stieg einfach weiter die Treppen nach unten und erledigte eine Wache nach der anderen. In weniger als zwei Sekunden waren alle tot. Jeder Einzelne getötet mit einem Schuss in den Kopf. JC vernahm Sirenen. Zweifelsohne von Lonestar. Jetzt war es Zeit zu verschwinden. Doch wieder bewegte sich etwas im oberen Stock. Ein Junge in Trainingshosen stand am oberen Treppenabsatz. JC stufte ihn nicht als Gefahr ein. Er ließ das Magazin aus der Ares in seiner Rechten fallen. Ein Griff, der Schlitten schnappte nach vorne und die Waffe war wieder schussbereit. Der Junge kam langsam und schockiert die Stufen herunter und JC blickte ihn fragend an. Er musste, nach Körperstatur und Bartwuchs um die Siebzehn sein. Die Sirenen kamen immer näher, aber JC interessierte, was der denn zu melden hatte. Der Junge zeigte mit dem Zeigefinger auf JC. „Du", sagte er leise und voller Wut. JC blinzelte. *„Wenn ich nicht ich wäre, wärst du auch nicht du. Wetten."* „Du bist der Mörder meiner Familie." „Bestätige", antwortete JC. Der Junge ließ sich nicht beirren. „Ich werde dich finden. Ich werde dich töten, ich werde dich erledigen." *„Den Leuten fällt auch nichts mehr Besseres ein. Ich werde dich finden. Ich werde, ich werde, Hilfe, ich hab Angst."* JC stufte den Jungen nicht als momentane Bedrohung ein, doch er sagte nur „O.k." und schon hatte er den Abzug seiner Waffe betätigt. Den Jungen riss es von den Füßen, er schlug auf die Stufen auf. Der Brustschuss hatte ihn nicht umgebracht. JC fragte sich, wie schnell ein Doc-Wagen hier eintreffen würde. Der Junge atmete stoßartig. Mit aufgerissenen, lebendig blauen Augen blickte er in JC's vollkommen schwarze und tote Cyberaugen. „Tja", sagte JC nur und machte kurzen Prozess. Er schoss dem Jungen mit der Ares in der Linken die letzten drei weiteren Kugeln in die Brust. Jetzt konnte ihm niemand mehr helfen. JC lud die Waffe neu und ging wieder zum Vordereingang hinaus. Lonestar-Streifenwagen fuhren gerade auf das Haupttor zu. Stars stiegen schnell aus. JC brauchte mehr Zeit. Er nahm das Barrett 121 von der Schulter, ging in die Knie und legte an. Er spähte durch das Zielfernrohr. Es waren zwei ausgestiegen, einer hatte eine Art Universalschlüssel. JC visierte den Bullen an, der gerade versuchte, das Tor zu öffnen. Er beschloss ihm nur den Arm wegzuschießen. *„Ein toter Cop macht keine Arbeit mehr, um einen Verletzten kümmert man sich."* JC drückte ab. Das Projektil traf den Arm des Bullen. Der wurde unterhalb des Ellbogens zerfetzt. Den Cop warf die Wucht einige Meter vom Tor weg und gegen einen anderen Lonestar-Wagen. Das Projektil war durch den Motorblock eines weiteren Wagens geschlagen und flog jetzt irgendwohin. JC lud nach und visierte sofort einen anderen Cop. „Perfekt, beug dich nach vorne." Der Star tat es. Er war nun gleich auf mit einem der hinter dem Steuer des Wagens saß, der den Flug des armlosen Cops gestoppt hatte. JC erledigte beide mit einem Schuss. Demjenigen, der sich gerade zu seinem Partner bücken wollte, zerfetzte das Projektil den gesamten Schädel. Blut spritzte durch ein Loch in der Windschutzscheibe, das durch das weiterfliegende Projektil verursacht worden war. Der Fahrer saß jetzt mit offenem Brustkorb hinter dem Steuer und starb. Das Projektil durchschlug den gesamten Wagen und eine dahinterliegende Wand. JC lud durch. Sofort kam ein weiblicher Polizist dazu gelaufen, mit einem kugelsicheren Schild geschützt, um dem Verletzten zu helfen. Das kostete JC ein leichtes, emotionsloses und kurzes Lachen. JC drückte erneut ab. Das Projektil zerschmetterte das durchsichtige Schild und traf die Polizistin seitlich in die Rippen. Beim Austritt verteilte es das Innenleben des weiblichen Cops entlang der Beifahrerseite des schon getroffenen Wagens. Rauch quoll aus der Motorhaube. Er repetierte für seinen letzten Schuss. JC hatte noch einen weiteren im Magazin. Doch der dachte, es würde reichen. Der Regen verteilte eine Menge Blut in der Toreinfahrt. Jetzt waren die Cops geschockt genug, um in Deckung zu gehen beziehungsweise in Deckung zu bleiben. JC hörte den anderen Star noch Schmerzensschreie verkünden, dann spurtete er wieder in Richtung der Stelle, wo er über die Mauer gekommen war. Er wollte zwar durch das Haupttor gehen, aber so wäre es doch etwas besser. JC sprang mit einem Satz und etwas Kletterei auf die Mauer und blickte auf die Straßen. In der dunklen Ecke, wo sein Auto stand, blitzte und leuchtete ein Streifenwagen. JC glitt leise wie ein Schatten von der Mauer herunter und überquerte die Straße. Geduckt und im Schatten näherte er sich dem Streifenwagen von hinten. Ein Cop saß darin. JC hängte sich das Barrett über die Schulter. Er konnte nicht zu seinem Wagen, der Cop würde ihn sehen und zwangsläufig versuchen, ihn aufzuhalten. Schon für den alleinigen Besitz seines Barretts konnten sie JC in den Knast bringen. Er ging auf die Fahrerseite des Wagens und klopfte gegen die Scheibe. Der Lonestar blickte auf und ließ das Fenster hinunter. JC hielt sich nicht lange mit ablenkenden Fragen auf. Der Bulle hatte gerade noch das schwarze Glänzen von JCs nassen Spornen vernommen. Da hatte er auch schon drei kleine Einstichstellen in der Schläfe, aus denen sich Rinnsale von Blut bildeten. Er starb mit einem Ausdruck, der sagte: „Zivilisten haben hier nichts verloren." JC entfernte dem Cop schnell jegliche Ausrüstung. Angefangen bei den Handschellen, Funkgerät und sogar die Pumpgun, die in dem Streifenwagen waren. Er verstaute alles in seinem Golf. JC startete den Motor und fuhr los in die Nacht. Der Auftrag war wirklich zu einfach gewesen. Entweder war er zu gut für diese Welt oder das Schicksal hatte sich endlich überlegt, ihn für das, was er tat, um zu überleben, zu belohnen.

Zwei verschiedene Welten

Jelena, alias Supernova, war mit ihrem Bus und der perfekt gefälschten ID einfach durch die Sicherheitssperren gefahren. Sie hatte keinerlei Probleme gehabt. Die Wachen waren äußerst kooperativ gewesen. Sie machten nicht auch nur im Geringsten Anstalten, in ihrem Van nach etwas zu suchen, was nicht unbedingt drinnen sein durfte. Jelena hatte nicht einmal ihre Überzeugungsfähigkeiten einsetzen müssen. Sie fuhr jetzt eine Straße entlang, die mit zunehmender Distanz von der Sicherheitssperre immer löchriger und schäbiger wurde. Sie blickte sich um. Bug City lag direkt vor ihr. Von den gigantischen Wolkenkratzern ragte nur noch das Skelett der Struktur empor. Zunehmend wurde es kühler, und als ob sich jemand an der Sonne zu schaffen gemacht hätte, veränderten sich die Strahlen in düsteres Zwielicht. Jelena wurde es unheimlich. Sie hielt an und zog ihre verschwitzten Sachen aus. Wenn ihr der russische Winter eines gelehrt hatte, dann war es, dass nasse Kleidung in der Kälte den Tod bedeutete. Bald darauf, als sie ihren Einbruchsanzug angezogen hatte, fuhr sie weiter. Langsam umkurvte sie Schlaglöcher und versuchte nicht auf die verbrannten Sträucher und Bäume zu achten, die überall am Wegesrand unheilverkündend schwankten. Je näher sie der ehemaligen Riesenmetropole kam, desto dunkler wurde es. Bis sie schließlich an einem, anscheinend wiederaufgebauten Schild haltmachte. Darauf stand in schwarzen, schön verzierten Buchstaben ‚Willkommen in Chicago'. Jelena hatte sich natürlich auf ihren Auftrag vorbereitet. Sie wusste, dass 2055 alles mit den mutierten Insektengeistern angefangen hatte. Die Regierung verschleierte das alles natürlich. 2056 wurde Chicago abgeriegelt. Niemand konnte mehr rein oder raus. Die Regierung redete sich darauf heraus, dass in der Stadt VITAS ausgebrochen war. Jelenas Urgroßmutter war daran gestorben. Die neue Form von HIV.

Mindestens zehnmal tödlicher und ansteckender. Kaum hatten Chemiker und Laborratten ein Heilmittel gegen HIV gefunden, breitete sich VITAS aus. Irgendwie versuchte die Natur die Menschen und Metamenschen in Grenzen zu halten. VITAS tötete 2050 in Mexiko, dort wo die Seuche am schlimmsten war, mehr als 80 % der gesamten Bevölkerung. Jelena betrachtete das Schild. „*Chicago, du glänzende, schöne, große Stadt. Wie konnte aus dir nur so etwas werden?!*" Mit gewaltiger Anstrengung riss sie sich aus ihren Gedanken. Sie fuhr den Wagen immer näher zur Stadtgrenze. Plötzlich stand sie vor einem umgestürzten Wolkenkratzer. Er bildete eine Art Tunnel, durch den man offenbar ins Innere der Stadt gelangte. Jelena wusste nicht so recht, was sie sich mit diesem Auftrag gedacht hatte. Sie war Einbrecherin. Nur, was zur Hölle konnte man denn hier stehlen? Eine große Larve der Königin der Insekten? Jetzt, wo sie vor dem Tunnel stand, überkam sie ein Gefühl, das sie gar nicht mochte. Sie spürte Schwierigkeiten auf sich zukommen. Die Infos über Bug City waren zwar schrecklich gewesen, aber nichts im Vergleich zu dem, was sie jetzt sah. „*Wie war das?*", überlegte sie, während ihre Hände sich am Lenkrad des Wagens festhielten, als ob es die Kante eines Abgrundes wäre, an dem man sich klammerte, um nicht in eine unaufhörliche Tiefe zu stürzen. „*Du kannst über einen Löwen lesen. Du kannst dich informieren, wo du hinschießen musst, damit du das Herz triffst. Doch wenn er dir in die Augen blickt. Wenn er dir gegenübersteht …*" Wie genau der Spruch endete, wusste sie nicht mehr. Aber es nützte alles nichts. Sie hatte den Auftrag angenommen und ihr Ruf besagte, dass sie bis jetzt nichts, nicht versucht hätte. Also fuhr sie den Wagen durch den Hochhaustunnel. Viele Kabel und Stahlstangen ragten aus den Wänden. Sie fuhr an verschiedenen Einrichtungsstücken vorbei und wusste nicht, ob sie aus dem Dach oder dem Keller kommen würde. Das GPS von Chicago zeigte den Bereich der Stadt, in dem sie sich befand. Der eingeschaltete Laptop auf dem Beifahrersitz zeigte ihr die geografische Karte, als Chicago noch in der Blüte seiner Jahre war. Immer wieder verglich sie die beiden Karten. Langsam bewegte sich ihr Van durch die zerstörten Straßen. Der schallgedämpfte Motor sirrte kaum vernehmbar. Auch die hydraulischen Stoßdämpfer hatte sie eingeschaltet. Aus ihren Unterlagen ging nämlich hervor, dass die Insekten Vibrationen im Boden wahrnehmen konnten und äußerst sensibel auf lauten Schall reagierten. Nach einiger Zeit zeigte die Karte den gefallenen Reiter. Hier irgendwo musste die Statue sein. Sie blickte sich um. Da, hinter einer großen, eigenartigen Kuppel. Sie sah irgendwie nicht nach menschlicher Hand aus. Sie beschloss, sich nicht mit dem Wagen dem Gebilde zu nähern. Obgleich sie sich in ihrem Van sicherer fühlte. Also parkte sie ihn in einer dunklen Ecke und stieg in den hinteren Teil ihres Wagens. In zwei großen, grünen Kisten, die mit einem stinknormalen digitalen Kombinationsschloss versperrt waren, lagen fein säuberlich in weichem Schaumgummi eingebettet ihre Waffen und Granaten. Sie entschied sich für einen Colt Manhunter, den sie am rechten Oberschenkel im Holster verfrachtete und für die Ingram 100, die sie in der Hand hielt. Das vergrößerte Magazin der Hochgeschwindigkeitsmaschinenpistole fasste 50 Schuss und sie dachte, dass das für eine übergroße Zecke reichen würde. Dann kletterte sie hinten aus ihrem Wagen und schloss die Tür. Den Wagen sperrte sie vorsichtshalber ab. Nicht, dass sie vermutete, die Insekten würden ihr den Wagen stehlen, aber man wusste ja nie. Jelena blieb noch einen Augenblick stehen. Das allzu bekannte Kribbeln in ihrem Nacken meldete sich sachte. Doch da ihr nicht viele Möglichkeiten blieben, schlich sie los. Immer wieder von Deckung zu Deckung gleitend näherte sie sich dem bräunlichen Etwas. Sie benutzte die Lichtverstärker und prägte sich die Umgebung ein. Wenn sie im Kampf rückwärtsging oder rannte, wollte sie nicht über etwas stolpern, dem sie nachher ihren Tod verdankte. Hier ein Stein. Dort einige Drähte. Es dauerte nicht lange und sie erstellte ein dreidimensionales Bild der Umgebung. Jelena ging weiter. Der gefallene Reiter war nicht mehr weit. Doch das bräunliche Ding beschäftigte sie etwas. Irgendwie hatte es Ähnlichkeit mit einem großen halben Ei. Wenn daraus etwas kroch, das so groß war wie der Platz drin, fragte sie sich, ob sie mit den drei Ersatzmagazinen der Ingram 100 genug Schuss hatte. Doch darüber machte sie sich Gedanken, wenn es so weit war. Mit klopfendem Herzen erreichte sie den Reiter. Sie untersuchte die Statue des Pferdes. Der am Boden liegende Reiter wirkte jämmerlich, wie er so mit gespreizten Beinen im Dreck lag. Das Schwert umklammerte er beinahe Hilfe suchend. Den daraufliegenden Staub und Schmutz des Sockels wischte sie sachte ab. Und schon entdeckte sie in einem Loch am Huf des sich aufbäumenden Pferdes einen kleinen Behälter. Sie wollte sich erst wieder in Sicherheit begeben und die Nachricht dort betrachten. Nichts war tödlicher, als sich in gefährlicher Umgebung in etwas zu vertiefen. Wieder mit der Waffe im Anschlag ging sie zurück zu ihren Wagen. Jelena erreichte ihn ohne Probleme. Hier stimmte etwas ganz gewaltig nicht. Sie fühlte sich ziemlich beobachtet. Doch am stärksten war das Gefühl geworden, als sie bei der Statue angekommen war. Jelena stieg wieder in ihren Van. Der kleine Behälter enthielt eine verschlüsselte Minidisc. Zum Glück hatte sie ihren Laptop. Kaum im Laufwerk, begann der Computer auch schon mit der Entschlüsselung. Jelena beobachtete das umliegende Gebiet. Die Insekten waren natürlich perfekt an die bestehende Umgebung angepasst. Sie hatten ja genug Generationen Zeit gehabt, noch dazu kam, und das zu Jelenas Nachteil, waren die mutierten Insekten und Insektengeister keine Warmblüter. Die Thermalsicht konnte sie also vergessen. Doch obwohl sie immer wieder in dieselbe Richtung schaute, in der wie ihr Gefühl sagte, etwas war, entdeckte sie nichts. Sie war nicht geboren für Schlachtfelder. Geordnete Innenräume von Konzernen oder Villen von Reichen waren ihr lieber. Dann warf sie einen Blick auf den Laptop. Der war schon lange mit der Verschlüsselung fertig und bereit, das sich auf der Disc befindliche Material abzuspielen. Jelena entschied sich die Kopfhörer nicht zu benutzen. Man weiß ja nie, was einem für Geräusche entgingen. Eine etwas verzerrte Stimme erwachte nach dem ersten Klick zum Leben. „Miss Supernova. Mister Jonson mein Name. Ich hoffe Sie befinden sich noch in Bug City." Diese seriöse Stimme gehörte nicht zu ihren üblichen Mister Jonsons. Es war offensichtlich ein anderer Auftraggeber. „Ich habe einen etwas eigenartigen Auftrag für Sie. Aber er müsste ganz in Ihrem Interesse liegen. In Bug City befinden sich, wie Sie vielleicht wissen, einige noch lebende Menschen und Metamenschen. Diese Leute halten sich erstaunlich gut. In deren Kommandozentrum, nennen wir das mal so, befindet sich eine wichtige Datei auf dem Hauptrechner. Warum habe ich auf diesen Auftrag Sie und nicht einen Decker angesetzt? Weil die Überlebenden ihren eigenen Strom erzeugen und haben keine Verbindung zur Außenwelt. Der Dateiname ist C 65-3. Ich wünsche, dass Sie diese Datei finden und mir übergeben. Oder besser einem meiner Transporter. Sie hatten bereits die Ehre ihn kennenzulernen. Er begrüßte Sie am Flughafen. Die Daten auf dem Computer, wo sie sich zurzeit befinden, werden Sie bitte löschen. Sie haben für diesen Auftrag ab jetzt eine Woche Zeit. Mein Transporter wird Sie in dem kleinen Restaurant erwarten, in dem Sie schon waren und einige elektronische Dienste verrichtet haben. Sollten Sie den Auftrag früher zu Ende bringen, wie es bei Ihnen schon einige Male vorgekommen ist, kontaktieren Sie meinen Transporter. Die Nummer wird gerade auf Ihrer Festplatte gespeichert. Des Weiteren befindet sich ein Munitionstyp, der noch in der Entwicklung ist, im Kommandozentrum. Der Prototyp, den die Leute in Bug City hergestellt haben, würde sich in meinem Besitz besser eignen. Alle Aufzeichnungen, die sich mit der Herstellung befassen, werden Sie vernichten. Gutes Gelingen." Die Nachricht brach abrupt ab und sofort startete ein automatisches Löschprogramm. Jelena chillte hinter dem Steuer ihres Wagens und fragte sich, wie Mister Jonson wohl herausgefunden hatte, dass sie in dem Restaurant gewesen war und den Fernseher wieder in Gang gesetzt hatte. Wenn sie von ihm ein paar neue Schuhe wollte, bekam sie diese sicher in ihrer Größe und Lieblingsfarbe. Jonsons wussten einfach alles. Jelena hatte während der Aufzeichnung nur immer wieder kurz hingesehen, ob nicht irgendwelche informativen Bilder erschienen waren. Doch es war eine stinknormale Audiodatei gewesen. Die Umgebung hatte sie mehr interessiert. Etwas hatte sich in der Richtung bewegt, die ihre Aufmerksamkeit schon länger anzog. Oder hatte sie sich das nur eingebildet? Aber es war nichts zu erkennen. Oder doch? Sie versuchte es dann schließlich doch mit der Thermalsicht. Wieder nichts. Aber das hatte sie auf eine Idee gebracht. Sie setzte mit einer Bewegung, die einem durch die Haare streichen glich, ihre elektronische Brille auf. Dann erkannte sie etwas. Ein schwaches Leuchten silbriger Energie. Es war eine Waffe. Vermutlich mit einem eingebauten Smartlink. Jelena konnte nicht erkennen, ob die Waffe auf sie gerichtet war. Sie verschwand wieder im hinteren Teil ihres Vans. Dadurch, dass alle Scheiben verdunkelt waren, konnte der Schütze nicht erkennen, wie viele Insassen sich in ihrem Wagen befanden. Jelena schob das Schiebefenster im hinteren Teil des Vans auf, welches auf der gegenüberliegenden Seite des Schützen war. Wenn er gut war, hatte er den Bereich anvisiert, wo sich normalerweise der Fahrer befand. Und genau das wäre der Fehler, den sie jetzt ausnutzen konnte. Jelena glitt schnell und lautlos zum Fenster hinaus. Der Spezialanzug mit Samtmaske kühlte ihren Körper und ließ keine Wärme erkennen. Sollte der Schütze die, die kommen, mit Thermalsicht suchen. Mit ihrer Maske sah sie wieder aus wie bei jedem ihrer Einbrüche. Sie erinnerte sich an die Umgebung. Dann legte sie los. Sie schlich, ohne auch nur das geringste Geräusch zu erzeugen, hinter verschiedenste Deckungen. Immer so, dass der Schütze sie nicht sehen konnte. Mit der elektronischen Sicht behielt sie ihn im Auge. Jetzt, da sie ihren Bogen enger zog, erkannte sie die Mündung des Laufes und ein Zielfernrohr. Die Vermutung, dass es ein Präzisionsgewehr war, bestätigte sich. Behangen und getarnt wie die Umgebung. Jelena schlich von der Seite näher. Mit den Geräuschverstärkern vernahm sie die flache und ruhige Atmung des Schützen. Er war gut. Verdammt gut. Aber nicht besser als sie. Sie zog ein gezacktes Wurfmesser aus der Halterung an ihrem linken Unterarm. Die geschwärzte Klinge war im Dunkeln nicht zu erkennen. Jelena war nun hinter dem Schützen. Jetzt, da sie im Vorteil lag, war das Gefühl, beobachtet zu werden verschwunden. Noch dazu war er alleine. Langsam stieg sie über seinen Rücken. Dann, mit einer blitzschnellen Bewegung, presste sie ihr linkes Knie auf den Rücken dieses Jemand. Die Klinge mit dem Messer stieß sie durch die Tarnkleidung. Sie berührte nun mit der Spitze den Hals, exakt an der Hauptschlagader. „So, ich würde sagen, du hast ausgespielt", sagte Jelena leise. Ein schwaches Ausatmen ertönte und dann: „O.k., du hast gewonnen. Ich gebe auf. Aber ich will eigentlich noch länger leben." Die Stimme klang hell, so gar nicht nach Soldat. Jelena verstärkte den Druck der Klinge am Hals nur um eine Nuance. „Warum visierst du mich an und gibst dich nicht zu erkennen?", fragte Jelena bedrohlich. „Ich war mir nicht sicher, ich wollte mir nur einen Überblick über die Situation verschaffen." Der Scharfschütze klang eingeschüchtert. Aber die Worte klangen ernst gemeint. „Also gut. Ich lass dich am Leben, aber denk daran, du schuldest mir was." Jelena stieg von dem Schützen herunter. Als er aufstand, entpuppte sich er als eine sie, Mitte 40. „Was sollte eigentlich …", begann Jelena, doch die Frau unterbrach sie. „Später, wir sind hier nicht sicher. Komm, ich bringe dich zu meiner Einheit." „Wie weit ist das?", fragte Jelena die Frau leise. „Schon ein Stück. Wir brauchen vielleicht zwanzig Minuten bis eine halbe Stunde", beantwortete sie Jelenas Frage. „Ich hätte einen Wagen", sagte Jelena und wies mit dem Daumen über die Schulter auf ihren Van. „Zu laut. Die Bugs werden von lauten Geräuschen angezogen. Es wundert mich sowieso, dass sie dich nicht schon längst angegriffen haben." Jelena, die sich wie die Frau in der Hocke befand, zog ihre Maske ab. „Ich versichere dir, dass der Wagen leise genug ist. Komm einfach mit." Etwas skeptisch folgte die Unbekannte Jelena zurück zum Van. Jelena warf immer wieder interessierte Blicke auf die Tarnkleidung. Sie verschmolz selbst im Gehen mit der Umgebung. Verschiedene Drahtstangen ragten aus dem Anzug heraus. Teile von abgestorbenem Gras, Sträucher und Mullstücke waren auch daran befestigt. Beide näherten sich dem Wagen. Dass Jelena sich immer ausgesprochen leise bewegte, war ihr schon gar nicht mehr bewusst. Aber selbst die Frau machte nur geringe Geräusche. Schließlich erreichten sie Jelenas Fahrzeug. „Bist du dir sicher, dass wir fahren und nicht gehen sollten?" Der Ausdruck der Frau sagte nur zu deutlich, dass sie nichts von schallgedämpften Motoren wusste. „Ich bin mir sicher." Beide stiegen ein. Die Frau mit einigen Problemen. Sie entschied sich dann doch, ihren Ghillie Suit abzulegen und ihn sich auf den Schoß zu legen. Erst jetzt erkannte Jelena, dass ihr gesamter Arm künstlich war. Von der Schulter hing noch etwas synthetische Haut herab. Der untere Teil sah irgendwie weggerissen aus. „Mh …", machte Jelena. „Delta?" Doch die Frau blickte sie an. „Was?", fragte sie, während Jelena den Motor startete. „Ist das Deltaware?", wiederholte sie und wies auf den Arm. „Meiner ist's, allerdings Komposite." Die Frau sah Jelena mit einem „Nix-Check-Ausdruck" an. Sie hatte offensichtlich nichts begriffen und entschied sich, das Thema zu wechseln. „Ich glaube, du musst noch mal starten, der ist abgestorben." Während dieser Worte legte sie ihren Hut ab. Sie hatte kurz geschorene, braune Haare. Der Hut stimmte exakt mit dem Ghillie Suit überein. „Nein, der läuft schon." Jelena grinste und setzte hinzu: „Ich fahre nur nicht, weil ich überhaupt keine Ahnung habe, wohin ich muss." Zwei der verschiedensten Welten trafen aufeinander. Jelena, die aus der Welt des Fortschrittes kam und die Frau, die sich jeden Tag fragen musste, ob nicht irgendetwas Eier in ihren Kopf verfrachtet hatte. Der Wagen setzte sich in Bewegung. Der Laptop befand sich jetzt zusammengeklappt zwischen den zwei vorderen Sitzen. Die Frau staunte nicht schlecht. Als sich der Wagen mit einem Flüstern über die Straßen bewegte, nicht auch nur die geringste Erschütterung übertrug sich durch die Stoßdämpfer in das Wageninnere. Jelena kurvte dank ihres GPS zwischen den Straßen umher. Hin und wieder fuhr sie durch umgestürzte und verfallene Häuser. Sie kamen nicht unbedingt schnell voran. Aber immerhin schneller, als wenn sie zu Fuß gegangen wären. „Dass du nicht aus der Gegend bist, braucht man nicht zu fragen", sagte die Frau nach einer Weile. „Russland oder?" Jelena nickte. Eigenartigerweise war Jelena noch nicht auf Bugs gestoßen, sie hatte sich das alles vollkommen anders vorgestellt. „Wie heißt du eigentlich?", fragte die Frau schließlich. „Jelena", antwortete sie und kurvte um ein weiteres, zerstörtes Gebäude. In der Frage war ein Unterton gewesen, den Jelena gar nicht mochte. Die vercyberte Hand der Frau spannte sich plötzlich an. „Halt, wir sind angekommen. Übrigens hallo, angenehm, Amanda." Als der Wagen gehalten hatte, streckte sie Jelena die Hand entgegen. Ihre Linke. Jelena ergriff sie mit ihrer Linken und beide stiegen aus. Sie standen vor einem großen, ehemaligen Konzerngebäude. Amanda ging sofort auf den Eingang zu und Jelena folgte ihr. Ihre Maske hatte sie an ihren Gürtel gehängt. Beide stiegen beschädigte Stufen empor. Amanda bewegte sich eigenartig, so als ob sie angestrengt einen Plan zusammen formen würde. Bis schließlich: „Nicht schießen, ich bin's, ich hab jemanden mitgebracht, das müsst ihr euch ansehen." Aus dunklen Nischen und hinter umgeworfenen Aktenschränken tauchten Leute auf. Drei, um genau zu sein. Einer, der Größte von allen, kam schnurstracks auf die beiden zu. „Dobre", grüßte ihn Jelena freundlich. Im Gesicht des Mannes spiegelte sich pures Erstaunen. „Das, Leute, ist Jelena, ich hab sie in der Nähe des Nestes gefunden. Sie hat einen Wagen, wir sind gerettet." Jelena war das gar nicht recht. Amanda setzte in Gedanken schon alle in Jelenas Van. „Ein kleinerer Mann mit muskulöser Statur machte einen Schritt nach vorne. „Immer langsam mit den jungen Pferden." Er hatte ein rotes Kreuz auf seinem Helm und auf einer Armbinde am rechten Oberarm. Er war offensichtlich der Sani in dem Haufen. „Amanda, nimm dich bitte zurück. Entschuldigung. Sie sind nicht aus der Gegend?" Es war mehr eine Feststellung als eine Frage. Jelena schüttelte kurz den Kopf. „Aha", machte der Sani. „Hier in der Gegend ist es so, dass wir", er wies auf seine Leute, „die Befehlsgewalt in der Hand haben. Alle militärischen Einheiten und ich meine die, die wirklich beim Militär waren, geben hier die Befehle. Aber Sie sind nicht von hier. Das heißt, wir werden Sie um ihren Wagen bitten müssen." Jelena überlegte kurz. Die Leute hier machten den Eindruck, als ob sie das „Bitten" mit Waffengewalt bekräftigen würden, wenn Jelena sich weigerte. Sie brauchte schleunigst einen Plan. Keiner der anderen machte den Eindruck, als ob er Reflexbooster hatte. Die Bewegungen waren nicht so geschmeidig wie bei den vercyberten. Noch dazu kam, dass Jelena nicht wusste, wo der andere war, der sich noch versteckte. Sie konnte einen weiteren spüren. Der Umstand, dass die Ingram in ihrem Wagen lag und Jelena nur die Manhunter hatte, machte einen Kampf gegen die

Bewaffnung der anderen unmöglich. Um etwas Zeit zu stehlen, sagte sie: „Wo wollen Sie eigentlich hin? Wenn es auf dem Weg liegt, könnte ich Sie ja irgendwo absetzen." Sie sprach gerade so, als ob sie ein netter Taxifahrer war, der gerade vorhatte, eine Gruppe umsonst zu transportieren. „Fragen wir anders. Wo müssen Sie eigentlich hin?" Der große Typ hatte gesprochen. Jelena schritt an dem Großen vorbei und näherte sich einem Fenster. Als Jelena losschritt, machte Amanda hinter ihr eine kaum merkliche Bewegung zu ihrer Pistole. Jelena kümmerte sich nicht darum. Im Gehen prägte sie sich wieder die Umgebung ein. Als sie beim Fenster angekommen war, sagte sie: „Nein, von hier aus sieht man es nicht. Ich glaube sowieso, dass ich es nicht erkennen würde." Sie drehte sich um und schaltete dabei ihre Thermalsicht ein. „Ich muss das hier ..." Sie kramte in einer der Taschen, die sich unter ihrem linken Arm befand, doch während sie den Arm hob, hatte Jelena unbemerkt den gesamten Raum überblickt. In einer dunklen Ecke war jemand. Er hatte eine Waffe, ein etwas großkalibriges Model, genau auf sie gerichtet. Sonst war da keiner. Sie konnte sich zwar gut auf ihre Cyberware verlassen, aber ihr Instinkt war einfach unschlagbar. Aus der Tasche zog sie schließlich das Dietrich-Set. Die Aluminiumschachtel sah für ein Nicht-Einbrecherauge sehr wichtig aus. Sie hielt es hoch. „Ich soll das hier dem Obermacker geben. Ich hab keine Ahnung, was da drinnen ist. Das geht mit einem Fingerabdrucksensor auf." Ja, Jelenas Fingerabdruck. Der Sensor passt natürlich auch auf ihre Neoprenhandschuhe. Alle blickten verdutzt auf das Kästchen. Selbst der versteckte Schütze war abgelenkt. Jelena könnte die Situation nutzen, sie ließ es jedoch bleiben. Wie käme sie sonst zum Hauptprozessor? Sie vermutete, dass der irgendwo in der Nähe des Obermackers war. „Was ist denn das?", fragte der Größte von ihnen. „Das weiß ich selber nicht. Mein Auftrag lautet nach Bug City zu fahren, euren Anführer, wer auch immer das ist, das Ding, was auch immer das ist, persönlich zu übergeben und wieder zu meinem Boss Mister Jonson zu fahren." Die Bezeichnung „Mister Jonson" sollten die Leute eigentlich kennen. Es machte zumindest den Eindruck.

Der Sani bekam ein Leuchten in den Augen. „Alles klar. Ich verstehe", meldete sich der Große wieder. „Hast du einen Ausweis, womit du durch die Sicherheitssperren gekommen bist?" Jelena stellte sich blöd. „Nein, Jonson hat angerufen, dass ich kommen und durchfahren kann. Das war vielleicht ein Unterfangen. Die haben mich und meinen Wagen von oben bis unten durchgefilzt. Die Waffen wollten sie mir zuerst auch noch abnehmen. Da wurde ich wütend. Ich hab so einen Radau gemacht. Ich hab ihnen gedroht, dass ich mit meinem Boss spreche. Das Argument hat gewirkt. Unter dem Vorwand, dass ich mich selbst schützen muss, haben sie mir die Waffen gelassen. Ich schleife ja nicht gerade schwere Artillerie mit mir rum." Über das Gesicht des großen Typen huschte ein verständnisvolles Lächeln. Doch er fasste sich sofort wieder. „Na schön." Der Große machte eine Pause. „Na schön, was?", hakte Jelena nach. Sie wusste sofort, dass sie dem Großen sympathisch war und das nutzte sie sofort zu ihrem Vorteil. Etwas frech blickte sie ihn an. „Machen wir einen Deal. Wir zeigen dir, wo unser Boss ist und du darfst ihn auch persönlich treffen. Als Gegenleistung gestattest du uns, mit dir mitzufahren." Jelena sagte zuerst nichts. Sie wartete auf die Reaktion des großen Typen. Kurz bevor er ungeduldig zu werden schien, nickte Jelena. „Klar, ist doch kein Problem." Sie blinzelte und warf ihm einen „Du-bist-das-Netteste-das-mir-hier-in-der-Gegend-über-den-Weg-gelaufen-ist"-Blick zu. „Alles klar. Ich fahre. Wer will vorne sitzen?", schwatzte Jelena, perfekt glücklich gespielt, los und machte sich auf den Weg zur Tür, durch die sie gekommen waren. Der dritte, der noch gar nichts gesagt hatte, blickte missmutig in ihre Richtung. Jelena ließ, um den Großen oder den versteckten Schützen in eine peinliche Situation zu bringen, alle durch die Tür gehen. Der große Typ jedoch blieb stehen. „Nach dir, bitte, Damen zuerst." Jelena bewegte sich nicht. „Nein, ich bestehe darauf." Sie grinste. Nach einigem Hin und Her atmete der große Typ hörbar und lang gezogen aus. „Ach, ist doch vollkommen egal. Bill komm raus." Ein Jemand trat aus dem Schatten. Er war nicht viel kleiner als der große Typ, in seiner Hand hielt er ein Schnellfeuergewehr. Jelena spielte die Wütende. „Soll das etwa ein Witz sein?" „Das sollst du jetzt aber nicht falsch verstehen." Der Große lief dunkelrot an. Jelena hatte schon beim ersten Blick erkannt, dass er eher der ruhigere, emotional Kerl war, den harten Killer und Anführer der Gruppe hatte er zwar gut vorgespielt, aber Jelena als soziales Chamäleon konnte niemand etwas verheimlichen. „Ich …", begann er mit einem flehenden Blick auf Jelena herab. Doch sie schnitt ihm sofort das Wort ab. *„Jetzt mach ich auf Beziehungsstreit"*, dachte sie bei sich und warf ihm sofort ein „He!" entgegen. „Es tut mir leid, aber wir müssen unbedingt aufpassen, wem wir vertrauen und wem nicht." „Also, ich weiß nicht so recht, ob ich dir überhaupt noch vertrauen will", konterte sie. Die anderen, die schon aus dem Raum im Treppenhaus waren, blickten fragend herein. Dem großen Typen war das alles zutiefst peinlich. Irgendwie kam es ihm vor, als ob Jelena und er schon eine längere Beziehung hatten und er etwas getan habe, was in einer Beziehung einfach nicht richtig war. Genau das war es, was Jelena wollte. Um in ein altes Klischee zu rutschen, verschränkte sie auch noch ihre Arme und blickte vorwurfsvoll. Irgendwie wusste der Anführer nicht so richtig, was er sagen sollte. Nicht nur Jelena konnte es ihm ansehen. „Es tut mit wirklich leid, wirklich. Das wollte ich nicht." Er schien überhaupt nicht mehr an seinen versteckten Kameraden zu denken. „Ich weiß nicht, ob ich die Entschuldigung annehmen soll. Ich hätte gute Lust, dich hier einfach stehen zu lassen." „Wie wäre es mit einem schönen Spaziergang?" Jelena spürte richtig, wie er einen innerlichen Kniefall versuchte. „Sag, dass es dir leidtut und zwar so, dass ich es auch glaube." Sie sah, wie ihr Gegenüber um Worte rang. Sie hatte ihn vollkommen in ihrer Macht. Schließlich kamen einige gestammelte Entschuldigungen. „Ich wollte das wirklich nicht." Jelena beschloss noch eins draufzusetzen. „Das hast du schon gesagt." Jetzt brauchte sie nur noch die anderen zu beeinflussen. Sie wand sich zu den Umstehenden. Amanda war Jelena schon hörig. Vorwurfsvoll blickte sie auf ihren Anführer. Der eine, der bis jetzt noch nichts gesagt hatte, versuchte abwesend zu wirken. Der Sani war schon auf Jelenas Seite. Beinahe seit sie das erste Mal von Mister Jonson gesprochen hatte.

Der eine, der aus dem Schatten gekommen war, fühlte sich mitverantwortlich. „Das ist doch ungeheuerlich!", stieß Jelena zornig hervor und blickte Amanda an und sie machte genau das, was Jelena wollte. Sie nickte. „Ich … weiß nicht, was du hören willst", sagte der Große wieder. „Das wird dir schon wieder einfallen. Ich hab nämlich beschlossen, dich doch mitzunehmen und während der Fahrt weiter anzuschnauzen." Jelena schritt gespielt wütend voran. Alle folgten ihr. Der große Typ ging mit dem auch zerknirscht wirkenden, fast gleich großen Bill in einigem Abstand. Jelena war zufrieden mit sich selbst. Sie ließ es sich nicht anmerken, aber das war sie wirklich. Der Wille, ihr den Wagen abzunehmen, den Jelena gespürt hatte, als Amanda sagte, dass sie einen Wagen hätte, war mit einem mal verflogen. Nun dachte jeder daran, was ihr Anführer für ein beziehungstechnischer Versager war. Jelena klemmte sich gespielt wütend hinter das Steuer ihres Vans. Die anderen stiegen ein. Amanda war neben ihr auf dem Beifahrersitz. Nicht das, was Jelena wollte, aber verständlich. Die anderen nahmen hinten zwischen den Kisten am Boden Platz. Ein Blick zurück sagte ihr, dass der große Typ und der andere, dieser Bill, der sich auch beschämt für sich entschieden hatte, dass sie nichts Besseres verdient hatten. „So, alle drin? Ich fahr los", sagte Jelena schnell und knapp und sie fuhr nach Anweisung von Amanda die Straßen entlang. Während der Fahrt waren nur die Anweisungen von Amanda zu hören. Niemand sagte ein Wort. Jelena hatte alle in ihren Bann gezogen und das war genau das, was sie brauchte. Niemand von dieser Gruppe hätte ihr jetzt noch etwas getan. So fuhr sie weiter in das zerstörte Herz von Chicago.

Einfach mal Urlaub

„Schwarz, trostlos, verlassen und ziemlich zerstört. Das sind so ziemlich die besten Worte, mit dem man die Sox beschreiben kann." JC hatte gesprochen und beantwortete mit seinen Worten Lexis Frage. Phönix, Lexi, Steel, Dragon und er saßen an einem Tisch in einem Restaurant der ersten Klasse und aßen. Das Problem: Wie bekommt man die Bewaffnung einer gesamten Armee in ein Flugzeug, hatten sie einfach gelöst. Dragon und JC hatten sich noch einmal mit Don Fiorenzo getroffen. Sie schilderten ihm die Sachlage, und da auch er noch ein Hühnchen mit Hodges zu rupfen hatte, besorgte er ihnen, zu einem Freundschaftspreis auf einer Luxusjacht, die gerade auf dem Weg in Richtung Deutschland war, Passagierplätze. Da sie nicht die einzigen Gäste waren, die diese kleine Odyssee machten, fielen die Cummers nicht weiter auf. Zumindest hatten sie das gedacht. Alle anderen Passagiere vermuteten zuerst, dass auch sie bei der Kreuzfahrt teilnahmen. Ein weiterer Nebenerwerb des Dons. Das Hochgeschwindigkeitsschiff glitt über die Wasseroberfläche des atlantischen Ozeans und hinterließ nur kleine Wellen. Schneller als jegliches Lebewesens, das sich hier im Meer aufhielt. Der Vorliebe des Torpedos, Haischiffe zu rammen, wurde somit ein großer fetter Strich durch die Rechnung gemacht. Die Jacht raste mit mindestens 200 Sachen über das Wasser. Doch davon merkten die Insassen nichts. Der Don hatte aus Freundschaft mit den Cummers, ihnen Zimmer in der ersten Klasse verschafft, um sie somit bei den Gästen im Status weit nach vorn zu befördern. „Waren die Sox immer schon so?", fragte Lexi bestürzt. „Na ja. Ich würde sagen der Cyberkrieg hat einen erheblichen Teil dazu beigetragen, dass alles irgendwie … Hm … den Bach runtergegangen ist", beantwortete nun Dragon, Lexis Frage. „Dann war da noch ein atomarer Super-GAU und jetzt ist es ein militärischer Spielplatz geworden. Als JC und ich in den Sox waren, hatte ich Probleme mit Magie zu wirken. Manna ist in der Gegend irgendwie tot. Oder verändert. Was weiß ich." Sie unterhielten sich etwas gedämpft. Die anderen Gäste, die um sie herum saßen, waren etwas entfernt. Aber was die fünf schon in den ersten Stunden hier gemerkt hatten, war, dass die anderen Gäste mit Vorliebe den Gesprächen der anderen lauschten, insbesondere denen der Cummer. Sie hatten allein schon dadurch die Aufmerksamkeit der reichen Snobs auf sich gezogen, als sie mit ihrer üblichen Aufmachung ihre Zimmer in der ersten Klasse bezogen. Phönix mit Rollstuhl, der genauso schwarz war, wie ihre Kleidung und mit blauen Haaren. Lexi, in ihrer üblichen, texanischen Aufmachung, die nicht mal beim Essen ihren Hut abnahm. Steel der Ork, der exakt so aussah wie einer der Nazis aus dem Zweiten Weltkrieg. Dragon im grünen Tarnfarbenmuster des Militärs und mit grünem Kopftuch, das ihm genauso heilig war wie Lexi ihr Hut. Dann noch JC. Ein großer Mann, der, wenn er nicht gerade einen langen, schwarzen Mantel trug, ein ärmelloses Shirt anhatte, was gerade der Fall war. Er präsentierte fröhlich seine künstlichen Muskeln. Die gerippten Schläuche waren sichtbar unter der stabilen und nach JC's Wunsch dünnen, synthetischen Haut. Seine langen, schwarzen Haare ließen sein Gesicht noch blasser wirken. Zu guter Letzt kam noch dazu, dass sie allesamt ständig bewaffnet waren. Das Personal wurde natürlich über die besonderen Umstände in Kenntnis gesetzt und ließ sie tun und lassen, was die Runner wollten. Sie randalierten ja nicht gerade in der Gegend herum. Doch einer der Besatzungsmitglieder hatte die Cummers schon in den ersten Stunden ihrer Fahrt im Scherz gebeten, nicht so zu sein, wie sie waren. Kaum waren die fünf das erste Mal beim Essen gewesen, hatte das Personal schon siebenundzwanzig verschiedene Beschwerden von siebenundzwanzig verschiedenen Passagieren bekommen. Die Cummer machten sich über diese Aussagen natürlich keine Gedanken. Aber sie unterhielten sich doch etwas gedämpft. Während der weiteren Kreuzfahrt unterhielten sich die Freunde über die Sox. Steel, der auch im Krieg gekämpft hatte, wurde von Lexi gelöchert, immer wenn Dragon meditierte und JC mit Phönix auf dem Schiff herumstrichen. Steel, der es schon einmal auf Lexi abgesehen hatte, genoss die Aufmerksamkeit. Etwas später lag sie im Bikini auf dem Oberdeck und ließ sich in der Sonne bräunen. Steel, der muskulöse und einzige Ork auf dem Schiff, sah in langen Badehosen etwas eigenartig aus. Immer wieder riss er über seine grünliche Haut Witze. „Ich weiß nicht, was ich machen soll. Ich werde einfach nicht braun. Bei mir wird das immer so eine Mischung aus verschiedenen Farben. Ich seh jedes Mal aus wie angekotzt." Lexi fand das äußerst amüsant. Sie linste unter ihrer Sonnenbrille immer wieder auf Steel. Er war ein Ork, ja. Aber die Muskeln, die er hatte, zogen ihre Aufmerksamkeit magisch an. Steel, der sich nicht wirklich beobachtet fühlte, spähte unter seiner Sonnenbrille auch hin und wieder zu Lexi hinüber. Ihre sportliche, leicht muskulöse Statur mit den Rundungen an den richtigen Stellen, gefiel ihm sehr. Sie war ein kesses Mädel, das einiges auf dem Kasten hatte, genau sein Typ von Frau. Selbst wenn es nicht erlaubt war, floss bei den zweien der Alkohol in nicht geringen Mengen. Sie lachten und scherzten. Später gesellte sich auch Dragon zu ihnen. Lexi starrte ihn an. „Was is?" Doch was war, brauchte sie nicht zu beantworten. Er sah in seiner längeren Badehose im Militärmuster einfach bescheuert aus, das grüne Kopftuch machte alles nur noch schlimmer. Dragon ging an den Rand des Pools. „Nicht vom Beckenrand springen", las er laut vor. Er legte trotz der Warnung seinen Kopfsprung hin, der in einem lauten Platscher endete. Das Wasser spritzte nach allen Seiten. Er tauchte wieder auf. In seinem Gesicht spiegelte sich der Schmerz des Unglücks. Mit rotem Bauch stieg er wieder aus dem Wasser. Steel war in haltloses Gelächter ausgebrochen. Lexi grinste ebenfalls. Ihre Aufmerksamkeit galt jedoch Steels ziemlich straffen Bauchmuskeln. Ein Sixpack genau nach ihrem Geschmack. Dragon kam mit schmerzverzerrtem Gesicht auf sie zu. „He, das ist überhaupt nicht komisch. Das tat einfach nur weh. Steel, halt dein dämliches Maul und gib mir ein Bier." Steel, immer noch grinsend, tat, was er verlangte und gab ihm eines. „Ich sag euch mal was." Dragon zog sich einen Liegestuhl näher, der bei einer Gruppe gestanden hatte und sicher schon jemandem gehörte. Er setzte sich zu den Cummers. „Das ist doch mal eine vollkommen verdiente Abwechslung. Das haben wir einfach mal verdient. Jeden Tag nur ums eigene Überleben kämpfen, macht Lust auf Urlaub." „Stimmt", meldete sich Steel, „und außerdem lies mal." Er hob die Hände und zeichnete einen imaginären Schriftzug über seinem Kopf. „Shadowrunner mal ganz privat." Alle zwei lachten über Steel. „Wo ist denn eigentlich unser Cyberzombie?", fragte Dragon schließlich. Lexi antwortete: „Der ist mit Phönix unterwegs. Ich hab die beiden heute nur kurz beim Frühstück gesehen. Man, Leute, ich würd mich wirklich für die beiden freuen." Lexi griff nach der Sonnencreme. „Stellt euch das mal vor. Ich finde die beiden einfach perfekt füreinander. JC, der einsame Cowboy und Phönix seine Liebe." Sie rieb sich das Dekolleté ein. Steel, der gerade einen Schluck Bier trinken wollte, machte auf halben Weg halt und glupschte ihr auf den Busen.

Dragon, der das merkte, warf ihm den Verschluss seiner Flasche gegen den Kopf und Steel erwachte aus seinen nicht jugendfreien Träumen. „Lexi, lass das bloß nicht JC hören", sagte Dragon nach einem tiefen Schluck Bier. „Was nicht hören?" „JC hasst Cowboys. Er findet sie impotent, wegen der ganzen Reiterei und schwul wegen der Aufmachung. Er denke außerdem, dass die auf …", er senkte die Stimme, „Sex mit Tieren stehen." Die Stimmung begann immer besser zu werden. Die Runner scherzten herum, während die anderen Passagiere sie mit wütenden Blicken beäugten. Sie hatten sowieso beschlossen, dass sie hier zwischen den Snobs und Weicheiern ihr „Sein" einfach weiter verkörpern wollten. Steel, der sowieso wie ein bunter Hund die Aufmerksamkeit auf sich zog, war das gerade recht. Dragon hatte ihm gesagt, dass es einfach nur eine Schweinerei sei, wenn sich Steel immer im Zimmer verstecken musste. „He, Cummers." Phönix und JC waren gekommen. Phönix trug einen Bikini und hatte ein schwarzes Seidentuch um die Hüften gebunden. JC trug nur eine lange, schwarze Jeans und mit Ausnahme seiner Pistolen, Sonnenbrille und Stiefel, nichts. Lexi betrachtete ihn. Einige Narben zogen sich über seinen Oberkörper. Schnitt, Stich und

Einschussnarben. Einige gefährlich nahe beim Herz. „Was geht 'n hier ab?", fragte JC. „Gruppensex in der Öffentlichkeit", sagte Steel und Lexi setzte laut und für alle anderen Poolgäste vernehmlich hinzu: „Ja, Gruppensex und jeder, der will, kann mitmachen. Außer ich finde, der ist Bullshit." JC lächelte. Dragon, der JC's bester Kumpel war, gefiel das. JC sah einfach nur glücklich aus, wirklich glücklich. Der Urlaub tat ihm richtig gut. „Wir haben euch Nachschub gebracht", sagte JC und hielt eine Kiste mit eisgekühltem Bier hoch. Bald darauf saßen alle im Schatten eines Sonnenschirmes, den Dragon ohne ein Wort von einer anderen Gruppe genommen hatte. Sie genossen es einfach, ihre Macht auszuspielen. Niemand der anderen Gäste war Manns genug etwas zu sagen. Derselbe Kerl, der sie schon über die Beschwerden der anderen Gäste informiert hatte, kam wieder zu ihnen. „Ich muss Sie höflich darauf hinweisen, dass sich die anderen Gäste durch Sie fünf gestört fühlen", sagte er laut. Während der Worte tippte er sich mit dem Zeigefinger gegen die Stirn. „Und worauf ich Sie noch hinweisen muss, ist, dass der Genuss von Alkohol in der Nähe des Pools verboten ist." Er stellte sechs weitere Flaschen bei den Runnern ab. „He, Kleiner", meldete sich Phönix zu Wort. „Wann hast du eigentlich Dienstschluss?" Der Page sagte: „Um 09:00 pm." „Gut", erwiderte Phönix. „Komm doch nach deinem Dienst noch mal vorbei und bring noch alkoholischen Nachschub. Kriegst auch die Kohle dafür." Der Page nickte und zog mit einem Grinsen wieder in Richtung Schiffsinneres von dannen. Alle sahen Phönix an. „He, ich hab beschlossen mich heute einfach mal zu betrinken. Ich weiß nicht, wie es mit euch ist, aber ich brauch das jetzt einfach mal." Sie prosteten ihr zu. Sie lachten und sprachen über Dinge, die sie noch nie angesprochen hatten, während ihrer Runns gab es keine privaten Themen. Sie redeten ausgelassen über ihre zukünftigen Pläne in den Schatten und träumten vor sich hin. Phönix hatte sich zu JC auf einen der Liegestühle gesetzt und lehnte sich gegen seine Brust. Lexi hatte ihre Beine ausgestreckt und auf die von Steel gelegt der seine Beine auf einem Stuhl hatte. Dragon fläzte sich auf seinem Liegestuhl. Er spielte, während er sprach, mit einer kleinen Flamme. Die Runner saßen bis in den Abend am Pool und versanken in alle möglichen und unmöglichen Gesprächsthemen. „Wisst ihr", meldete sich Dragon. Er lallte schon etwas. „Ich hab nie verstanden, warum Piper nicht auch in die Schatten geht." Keiner hatte verstanden, was er meinte. „He, Fäustlein, du lallst", witzelte JC. Dragon war schon ein Thema weiter. „Ich weiß nicht. Ich weiß es wirklich nicht. Ich bin glücklich mit ihr, ich mein immer, wenn ich sie im Arm halte, wird mir ganz warm." Sein Blick schwenkte sehr schnell zu Steel. „Du siehst eigentlich ganz gut aus. Hast du eigentlich eine Freundin? Steel." „Nö", antwortete er. „Das ist aber sehr wichtig. Wisst ihr, das mit der Seele ist so eine Sache." Er begann nun mit beiden Händen etwas herumzufuchteln. Wie es aussah, formte er eine imaginäre Kugel. Schließlich begann er sie zu kneten, wie einen Schneeball. Auf einmal erschien sie mit einem leichten, bläulichen Leuchten. Die Flamme war schon länger verschwunden. „Jede Cyberware schädigt die Seele, das wissen wir doch alle. Zauber und Flüche können sie auch schwächen. Aber starke Gefühle und Emotionen helfen ihr sich an dem Körper zu halten. Die Seele. Versteht ihr, was ich meine?" Er blickte in die Runde. Niemand sagte ein Wort. Dragons Ausschweifungen hielten sie irgendwie im Bann. „Nicht? Ich werd's euch erklären. Kurz. Ein Typ bekommt einen Schuss ins Herz. Er müsste tot sein. Aber weil er mit seiner Frau spricht, die er liebt, hält er länger durch als eigentlich möglich wäre. Denkt mal darüber nach." Die Runner dachten. Dragon blickte auf die bläuliche Kugel. Dann warf er sie über die Schulter. Sie landete im Pool und erzeugte eine Wasserbombe. Die Poolgäste auf der gegenüberliegenden Seite wurden von einer Welle getroffen. „Ups", machte Dragon und stand wankend auf. „Entschuldigung, Leute, ich wollte euch nicht vom Deck spülen. Oh, der Grill ist aus. Ich kann da …" Doch weiter kam er nicht. Steel war aufgesprungen und hatte Dragon um die Brust gepackt. Ohne auch die geringste Anstrengung hob er ihn hoch und setzte ihn wieder auf den Stuhl. „Lass mal", beschwichtigte er ihn mit einem Lächeln. Dragon grinste. „Huch, wie komm ich denn hierher?" Die Runner begannen haltlos zu lachen. Doch so betrunken Dragon auch war. Seine Worte beschäftigten JC. Er strich immer wieder sanft über die Haare von Phönix. JC konnte sich selbst so oft belügen, wie er wollte, die Tatsache, dass er sich in einen Cyberzombie verwandelte, war klar. Doch er liebte Phönix. War es das, was ihn am Leben hielt? Er vermutete es zumindest. Die Nacht war schon weit vorangeschritten, als sie schließlich doch ihr Zusammensitzen beendeten. Es hatte ihnen allen Spaß gemacht und sie fühlten sich alle etwas mehr zusammengeschweißt. Steel und Lexi, die beide noch am nüchternsten waren, stützten Dragon, der immer wieder irgendwelches zusammenhangloses Zeugs von sich gab. Phönix hing auch etwas schräg in ihrem Rollstuhl. JC, der erstaunt war, wie viel Lexi das „Cowgirl" vertragen konnte, war angenehm betrunken. Steel hatte den gesamten Abend gesoffen. Das war einfach nicht zu glauben. Wie hatte Lexi gesagt? „Ein Kamel ist heilig gegen dich." Doch er schien nur etwas angetrunken. Lexi hatte auch nicht wenig weggekippt, aber sie ging auch noch ausgesprochen gerade. Phönix und JC verabschiedeten sich von den anderen. Lexi und Steel brachten Dragon noch in sein Zimmer. JC kümmerte sich um Phönix. „Bin ich eigentlich betrunken?", fragte sie ihn, während er sie auf das Bett verfrachtete. „Schon ein bisschen", antwortete er ihr. Er versuchte noch die Kopfkissen zu ordnen, da legte Phönix ihre Arme um seinen Hals. „Schlaf hier", sagte sie in bestimmtem Ton. „Ich weiß nicht, was jetzt eigentlich zwischen uns ist. Ich frag mich das immer wieder. So komm ich aber auf keinen Punkt. Deshalb frage ich dich das jetzt. Was ist jetzt eigentlich zwischen uns?" Sie blickte ihn auffordernd an. JC brauchte einige Überwindung für seine nächsten Worte. „Wir arbeiten gut zusammen." Eigentlich wollte er das so gar nicht sagen. Phönix schien nicht zufrieden. Sie zog ihn näher zu sich. „Ich weiß, ich bin betrunken und du bist es sichtlich auch. Aber ich will nicht, dass jetzt ein kleiner Urlaubsfick daraus wird", sagte JC. „Versteh mich bitte nicht falsch aber … Scheiße. Weißt du, was ich meine?" Phönix nickte. Dennoch zogen sie sich aus. Beide lagen eng umarmt. Es dauerte keine zwei Minuten und sie waren eingeschlafen.

Phönix öffnete ihre Augen. Ihr tat der Kopf weh. Sie griff sich an die Schläfe. Aber sie spürte doch eine Hand – JCs. Sie drehte sich auf den Rücken. Er lag neben ihr, er schlief. Seine Augen wanderten unter den Lidern schnell hin und her. Phönix sah ihn an. Seine Festplatte schien sich neu zu starten. Allmählich versuchte sie sich zu besinnen. Dann bemerkte sie, dass sie nichts anhatte. Das verstand sie jetzt überhaupt nicht. Sie vermutete, dass JC ebenfalls nackt war. Hatten sie oder hatten sie nicht? Sie konnte sich nicht erinnern. Sie stupste JC an. Es ließ ihr keine Ruhe. Aber wie fragte sie am besten? Die gestrige Nacht endete kurz nach Dragons Flutwellenaktion. JC sagte etwas Unverständliches. „Was?" „Meine Rübe schmerzt", wiederholte er. Phönix wusste nicht so recht, was sie machen sollte. „Weißt du was?", fragte er mit geschlossenen Augen an die Decke. „Ist jetzt einfach mal so blöd gesagt." Er räusperte sich. „Weißt du, was gegen Kopfschmerzen hilft?" „Nein." „Sex." Phönix wusste nicht, ob sie „Das wäre jetzt genau das Richtige" oder „Ich bin sowieso gerade verdammt scharf auf dich" sagen sollte. JC öffnete schließlich doch die Augen. „Wow", machte er. Wenn es das „Wow" war, das sie vermutete, war sie in einer verdammt peinlichen Situation. Also sagte sie wieder nichts. „Dragon hat wirklich einen Vollknall. Ich hab den noch nie so verdammt besoffen erlebt." Phönix atmete durch. „Ich brauch unbedingt irgendeine medikamentöse Behandlung gegen Kopfschmerzen", sagte JC. Er drehte sich zu ihr um. „Du siehst auch ganz schön mitgenommen aus." Diese Feststellung beruhte auf ihrem glasigen Blick. JC schien zu merken, dass Phönix irgendetwas beschäftigte und er sagte: „Was ist mit dir? Kann ich irgendetwas für dich tun?" Phönix wusste jetzt in dieser Situation eine ganze Menge, was er für sie tun könnte, aber sie fragte ihn schließlich doch. Es kostete zwar einige Überwindung, aber das musste einfach raus. „JC. Ich wollte eigentlich wissen, ob ..." Er unterbrach sie. „War doch zu viel Alkohol gestern und nein. Ich bin so im Alk geschwommen, dass ich selbst kaum mehr stehen konnte. Geschweige denn etwas anderes." „Aber warum sind wir ..." Er unterbrach sie wieder. „Wir sind ja so pervers. Irgendwie haben wir das gebraucht. Glaube ich zumindest." Phönix blickte ihn an. „Ich geh mal duschen", sagte JC und schleppte sich in das Bad. Phönix achtete seine etwas angekratzte Privatsphäre und interessierte sich für einen Punkt an der Zimmerdecke. Aber was sie immer noch nicht richtig wusste, war, ob sie jetzt miteinander geschlafen hatten, oder nicht. Sie hörte, wie JC im Bad wieder aus der Dusche stieg. Er legte einen großen Bademantel auf das Bett und suchte in den Regalen des Zimmers nach Tabletten. Unterdessen begab sie sich ins Bad. Als Phönix angezogen wieder herauskam, saß JC mit geschlossenen Augen auf dem Bett. Sie rollte etwas näher. „Ich versuch nur gerade den gestrigen Tag irgendwo abzuspeichern." „JC?" Phönix hielt es einfach nicht mehr aus, sie musste wissen, was in der Nacht gewesen war. JC blickte sie aus kalten Cyberaugen an. „Was war gestern zwischen uns?" Sie hatte ihn tatsächlich direkt ins Gesicht gefragt. „Nicht viel." „Was soll das jetzt heißen?" Sie war etwas sauer. „Sorry, gestern ... warte kurz." JC schloss die Augen. Phönix saß wie auf glühenden Kohlen. „Gib mir mal das Kabel von deinem Deckboard." Phönix reichte es ihm. Er steckte es sich in die Datenbuchse. Nach einigen Sekunden zog er es wieder heraus. „Bitte, jetzt kannst du dir meine Erinnerung ansehen." „Ich hab aber jetzt keine Lust auf eine pornografische Darstellung aus deiner Sicht." „Phönix, es ist nichts gelaufen." Er blickte sie mit einer Kälte an, die sie von ihm nicht gewohnt war. „Ich wollte dir nur zeigen, was ich getan habe." JC war leicht wütend. Phönix witterte Gefahr. Obwohl sie sich nicht erklären konnte, woher dieses Gefühl kam. „JC. Es tut mir leid." Seine Augen verengten sich. „JC, bitte hör mir kurz zu. Ich wollte es nur wissen, weil es mir keine Ruhe gelassen hat. Wenn etwas gelaufen wäre, ich hab mich an die gesamte Nacht nicht mehr erinnern können." JC schien etwas beruhigt. „Du bist mir wichtig." JC sprach nun doch. „Du mir doch auch, ich war gestern ein Gentleman. Ich hab dich schlafen lassen." Er berührte sie am Unterarm und formte stumm das Wort „Sorry". Phönix schloss JC noch einmal in die Arme, bevor sie das Zimmer verließen.

Steel und Lexi erwachten ebenfalls im selben Bett. Doch viel geschlafen hatten sie nicht. „Bullshit." Das ließ Steel endgültig seine Augen öffnen. „He, was ist denn los mit dir? Hast du sie nicht mehr alle?", fragte er mit belegter Stimme. „Was war denn gestern in den Flaschen drin? Mein Schädel fühlt sich irgendwie so an, als würde er zerreißen." Sie sprach auch mit einer etwas kratzigen Stimme. „Lexi, für solche Fälle hab ich das allerbeste Heilmittel, das es gibt. Schmeckt zwar eklig, aber verfehlt seine Wirkung nicht. Ich brauch nur so was wie eine Küche." „Ist das so was wie ein Anti-Katermittel?" Steel nickte. „Woher kennst du das?" „Lange bevor ich angefangen hab, mich mit JC und Dragon abzugeben, bin ich in Ork-Gangs herumgestrichen, da waren natürlich viele Saufgelage auf dem Plan. Das Rezept hat mir mein damaliger Boss gegeben. Das Zeug hilft gegen alles, eignet sich auch dazu, wenn man keinen hochkriegt." „Du meinst das Zeug macht geil?" Er nickte erneut. „Sollte ich das denn wirklich trinken?" „Lexi, die Frage ist, ob du das brauchst. Ich weiß nicht, ob ich mich beherrschen kann." Er stupste sie sachte mit einem der Hauer auf die Wange. „Sag ich doch, die stören nicht. Kaum zu glauben, was?" Er stand auf und präsentierte sich Lexi in seiner gesamten Pracht. „Ich geh duschen. Ich bin zwar ein Ork, aber das bedeutet nicht automatisch, dass ich auch so riechen muss." Lexi hielt es ohne den Muskel von Steel nicht lange aus und sie stieg zu ihm unter die Dusche. Nach einigen weiteren interessanten Momenten, in denen sich Lexi immer wieder fragte, woher Steel so viel über Frauen wusste, schaffte sie es etwas später in ihr Zimmer zu kommen und sich umzuziehen. Nach einiger Zeit trafen Lexi und Steel, Phönix und JC beim Frühstück. JC blickte auf. Steel hatte ein schräges Grinsen aufgesetzt und Lexi wirkte irgendwie schwebend. Zwischen den beiden war wohl gestern Nacht etwas gelaufen. Steel stellte wortlos und immer noch grinsend drei Gläser auf den Tisch. „Ich hab mir gedacht, dass ihr das brauchen werdet." Dragon tauchte schließlich auch auf. Und das buchstäblich. Sein längeres Haar stand kreuz und quer von seinem Kopf ab. Während er sich setzte, versuchte er sein Kopftuch irgendwie aus seinen Haaren zu entwirren. „Morgen", sagte Steel und schob ihm eines der Gläser hin, die er auf den Tisch gestellt hatte. So wie Dragon das Gesicht verzog als er an dem Gebräu nippte, schmeckte es auch. JC hatte, als er Steels Gebräu ausgetrunken hatte, immer noch den Gedanken im Kopf, Phönix doch flachzulegen. „Was ist da drin?", fragte Phönix Steel. Ihr schien es auch nicht anders zu gehen. Sie musste sich wirklich am Riemen reißen, um JC nicht in den Schritt zu greifen. „Geheime Zutaten", gab er als Antwort. Phönix roch noch einmal am Glas. „Kann es sein, dass etwas Aphrotisierendes drin ist?" Von Steel kam nur ein zweideutiger Blick. Lexi grinste die beiden so dämlich an, dass JC sich fragte, ob sie sich zur Aufgabe machen würde, die Verkupplerin zu spielen. Die Cummer verbrachten noch einen Tag mit Nichts-Tun und in der Gegend herumzuliegen, als das Schiff auch schon in Cuxhaven anlegte. Steel kümmerte sich um seinen Wagen, den sie mitgenommen hatten und in dem der größte Teil des Waffenarsenals lag.

Nicht die Spur eines Plans

Natan Wulf besah sich gerade die Akten, die er schon seit einigen Wochen auf dem Schreibtisch hatte, der immer noch ihm gehörte. Montgomery Higgins hatte seine Drohung, ihn zu ersetzen, noch nicht Wahrheit werden lassen. Die Akten des Überfalles in dem Sicherheitskonzern, die in der Wohnung, wo der vermeintliche Hinterhalt war und das Gemetzel auf dem Anwesen, das einem Mitarbeiter von Chemical Helth zur Verfügung gestellt worden war, beschäftigten ihn. Immer wieder dasselbe Muster. Einige getötet durch Magie. Patronenhülsen einer Ares Predator 3. Eine der stärksten Faustfeuerwaffen, die noch nicht wirklich erhältlich war. Projektile einer Ruger Super Warhawk. Patronenhülsen von Überschallmunition. Diese Projektile hatten die Ballistiker in den Wänden der angrenzenden Gebäude suchen müssen. Drei unschuldige Passanten wurden durch die Durchschlagskraft der Munition getötet. Doch sonst keine verwendbaren Spuren. In der Wohnung in der Nähe der Barrens war dasselbe Muster wie bei der Fabrik. Nur dass auch noch ein großkalibriges Schrotgewehr eine durchschlagende Rolle gespielt hatte. Bei dem Gemetzel gab es nur eine Erklärung. Es war nur ein Einziger gewesen, die drei Fälle lagen schon etwas länger zurück. Obwohl Natan die Wohnung observieren ließ, näherten sich die Killer nicht. Leere Kisten, in denen wohl Ausrüstung gewesen ist, war das Einzige, was in der Wohnung so aussah, als ob es willentlich dort deponiert wurde. Er legte beide Hände gegen seinen Kopf und stützte sich mit den Ellenbogen auf den Synt-Holz-Schreibtisch. Überall totes Wachpersonal und das bereitete Natan am meisten Kopfschmerzen. Patronenhülsen von panzerbrechender Hochgeschwindigkeitsmunition. Nicht einmal er wusste, wo die zu beschaffen war. Der Typ war ein Cop-Killer. Ein knallharter Cop-Killer. Dieses Problem hatte Lonestar schon einmal gehabt. Aber bis jetzt war keiner mit einem Prototyp eines militärischen Scharfschützengewehrs in der Gegend herumgelaufen. Natürlich hatte Natan einige seiner besten Leute auf die Waffe angesetzt. Doch der einzige und ehemalige Besitzer war verstorben. Aus den Akten ging hervor, dass die Leiche in dem ausgebrannten Autowrack mithilfe der DNS und der Zahnunterlagen identifiziert worden war. Er wusste einfach nicht weiter. Seinen Plan, sich als Runner auszugeben, hatte er sofort wieder verworfen. Er musste schon einige Jahre in den Schatten arbeiten, um als ein echter Schattenläufer durchzugehen. Bei den Möchtegern-Läufern wäre die Tarnung sicher erfolgreich gewesen, aber so wie er die Dinge sah, waren diese Runner keine Amateure. Sie waren alle vier Profikillermaschinen. Doch eine Beschreibung für den einen mit der Hochgeschwindigkeitsmunition fiel ihm nicht ein. *„Der Kerl ist ein hirnloser Psychopath. Nein, hirnlos ist er nicht, der ist verdammt schlau. Und das, genau das ist das Problem."* Es klopfte und Max Prier trat ein. „Hey, Chief. Oh, um Himmels willen. Sie sehen aus, als ob Sie einen Kaffee vertragen könnten." Und er stellte ihm seine Tasse heißen Sojakaffee auf den Tisch. Wulf hatte sich mittlerweile daran gewöhnt. Zuerst konnte er das Zeug einfach nicht ausstehen. Aber der Mensch gewöhnt sich schließlich an so manches. Er nahm die Tasse. „Sie brüten schon seit Wochen auf diesen Akten herum." Max wies mit einer Kopfbewegung auf die ausgebreiteten Tatortfotos. „Ich will diese Kerle endlich hinter Gitter sehen. Nein, besser, ich will sie in einem Leichensack und den einen Psychokiller will ich in Amputatbehältern. Mein Comissioner reißt mir schon seit Tagen den Arsch auf." Er machte ein Gesicht, als ob er diese Redewendung spüren konnte. „Sie haben alles in Ihrer Macht Stehende versucht. He, dank der Beschreibung der Bewohner, haben wir auf dem Flughafen schließlich jemanden festgenommen. Was ist, wenn es der war?" Max sprach so, als ob der Fall erledigt wäre. Natan blickte ihn nur an und sagte nichts. „Überlegen Sie mal. Derjenige, der das", und er wies auf die Akte mit dem Gemetzel auf dem Anwesen, „zu verantworten hat, sitzt ganz sicher in unserem Keller." „Um den Kerl dazu zu überreden mit auf unser Revier zu kommen, braucht es mehr als nur zwei Streifenpolizisten. Um so einen Kerl festzunageln, muss mindestens die gesamte Armee aufwarten. Aber ich glaube, der würde es mit unseren Soldaten auch noch aufnehmen. In letzter Zeit ist es sowieso irgendwie …" Er machte eine kurze Pause, in der er die Augen geschlossen hatte. Vor ihm entstanden die Szenen, die sich bei den Massakern zugetragen hatten und er öffnete sie rasch wieder. Solch ein gigantisches Blutbad hatte er in seiner gesamten Laufbahn noch nicht erlebt. 12 Sicherheitsleute, ein siebzehnjähriger Junge, seine Mutter, sein Vater, das kleine Kind, drei Polizisten, einer schwerst verletzt. Drei unschuldige Passanten. Das war einfach zu viel Blut auf einmal. Natan hatte den Tatort betreten und jeder andere konnte es ihm nachfühlen. Das war noch nie da gewesen. Nein, so etwas durfte nicht passieren. Die Reporter, die sich wie Geier auf die Beute stürzen wollten, waren ebenfalls schockiert gewesen. Der Bericht war noch nicht in den Medien erschienen. Er war einfach zu schrecklich. „Commander?", fragte Prier. „He, Commander, Sie sind kreidebleich." Etwas an dieser Geschichte wollte Natan nicht loslassen und hielt ihn in einem eisernen Griff. „Ich hab gerade eine Vermutung", sagte Natan einfach geradeheraus. Er brauchte jetzt sofort frische Luft. Er musste jetzt sofort hier raus. Natan packte die Akten zusammen und klemmte sie sich unter den Arm. Max stand mit einem fragenden Blick in der Tür. Ganz so, als ob er hoffte, sein Boss würde sich ihm mitteilen. Doch Natan, der überhaupt keine Ahnung hatte, was er gerade machte oder was er wollte, sagte nur: „Ich bin mal unterwegs, ich bin über Komlink erreichbar, wenn meine Anwesenheit erforderlich wird." Dieser Satz hatte so wenig Aussagekraft, dass er sich wunderte, warum Max ihn an sich vorbeigehen ließ. Natan schritt mit den Akten unter dem Arm an den Schreibtischen vorbei, die einen Korridor bildeten, zu einer Tür gegenüber des Raumes. Automatisch drehte er sich nach links. Na gut, ging er eben in die Garage. In einem der zivilen Dienstwagen klemmte er sich hinter das Steuer. Natan fuhr los. Nach einiger Zeit sinnlosen Umhergekurves stellte er fest, dass er in der Gegend war, wo die Eltern des immer noch vermissten Jungen gelebt hatten. Er beschloss schließlich doch auszusteigen. Natan blickte auf die immer noch verlassene Wohnung. Der Besitzer wollte sie schon wieder vermieten. Doch Lonestar hatte sie noch nicht freigegeben. Eine harte Strafe hatte es zur Folge, wenn man den aufgeklebten Schlüssel an der Tür entfernte und der Bewegungsmelder in der Wohnung sagte ihnen, wenn sich darin etwas bewegte. Der Vormittag kroch langsam und kühl an ihm vorüber. Er konnte die Geschehnisse nicht vereinfachen. Die fehlende Festplatte in dem Konzern und der tote Wissenschaftler standen in keinem Zusammenhang mit den Morden in der Wohnung. Aber so oft er es hin und her wälzte, es ergab keinen Sinn. Seine zuerst glänzende Idee mit dem Partner des ehemaligen Scharfschützengewehrbesitzers zu sprechen, wurde zunichtegemacht, als er erfuhr, dass Marcus Finix einfach verschwunden war. Vermutlich irgendwohin, wo Lonestar keine Befugnis mehr hatte oder er war ganz einfach tot. Natan, der sich auf die Motorhaube seines Wagens gesetzt hatte, kam es so vor, als ob die gesamte Welt der Schatten sich gegen ihn verschworen hatte. Zum Teil stimmte das eigentlich auch, Runner die schon länger im Geschäft waren, versuchten ihn zu boykottieren, wo es nur ging. Sein einziger Kontaktmann, der ihm hin und wieder gegen eine ordentliche Bezahlung zu einigen Infos verholfen hatte, war schon länger nicht mehr in Seattle. Vermutlich mit dem Geld, das er den Lonestars abgeluchst hatte. Caribbean Konzil vielleicht, der ließ es sich jetzt sicher gut gehen. Vielleicht versteckte er sich sogar vor denen, die er verpfiffen hatte. Die Oberklasse der Runner war ja nicht bescheuert. Natan rutschte auf der Motorhaube hin und her. Er beobachtete die Leute, die auf dem Gehsteig ihren Geschäften nachgingen. Hier und da registrierte er auch kleinere Gruppen von Jugendlichen. Er war nicht in Uniform und sie sicher nicht in der Schule, wo sie hingehörten. *„Was macht ihr hier eigentlich?"* Er wusste, es war egal, was er zu ihnen sagen würde. Sie verbauten sich ihre Zukunft ganz von alleine, auch ohne Standpauke. Ein Streifenwagen bog um eine Ecke. Natan blickte auf den Fahrer, der ihm überhaupt nicht bekannt vorkam. Zu allem Überfluss fuhr der Streifenwagen auch noch an den Gehsteigrand. Ein uniformierter, jüngerer Mann stieg aus. Er grüßte Natan freundlich mit einem Lächeln. „Guten Tag, Commander Wulf." Natan war es einfach zu blöd. Er hatte überhaupt keine Ahnung, wer der Mann war. Der Star hatte den Gesichtsausdruck von Natan nicht wirklich richtig interpretiert. „Wünschen Sie, dass ich wieder verschwinde? Wenn ja, ich bin schon weg." Natan schüttelte ohne ein Wort den Kopf. Der Lonestar-Cop ging Kaugummi kauend ein paar weitere Schritte auf ihn zu. „Wahnsinn. Jetzt treffe ich Sie schon zum zweiten Mal." Der Beamte strahlte. Natan hoffte, dass der Typ irgendetwas sagte, das ihm auf die Sprünge half. „Ich verdanke Ihnen eine ganze Menge. Ich hätte es im Wachdienst nicht mehr lange ausgehalten." Natan ging ein Licht auf. Das war Lorenz Gaunt, den er aus dem Sicherheitspersonal beim Millionärsdistrikt entfernt und ihm zum Streifendienst eingeteilt hatte. Er war nach der Beförderung einfach aus seinen Gedanken verschwunden. Höchstwahrschlich lag es an den Zwischenfällen, die Natan nicht mehr losließen. „Was machen Sie hier?", fragte Lorenz Natan. „Ich schau mir die Wohnung an." Er wies auf das Gebäude. „Sie wissen ja. Die Eltern eines kleinen Jungen wurden in der Kanalisation gefunden." „Meinen Sie, dass hier eine Einbrecherorganisation dahintersteckt? Vielleicht dieselben, die die Morde in der Wohnung in den Barrens auf dem Konto haben?" Natan schüttelt wieder den Kopf. Lorenz war noch nicht lange dabei. Machte aber nichts, er würde noch lernen. „Nein, nicht deren Handschrift. Es gibt zwar keinen Zusammenhang zwischen den Taten der Mörderbande, aber ein gewisses Schema." Er gab die Akten Lorenz. „Es ist immer dasselbe Muster. Am meisten Kopfzerbrechen bereitet mir der Typ mit der Überschallmunition. Der ist verdammt gefährlich." Natan atmete durch und sprach weiter. „Immer dasselbe Muster. Die Kerle sind erstens verdammt gut und wissen, was sie wollen. Und zum anderen passt das letzte Puzzlestück überhaupt nicht dazu. Der einzige Zusammenhang sind die Patronenhülsen. Bis jetzt war es so, dass sie immer rein und wieder raus sind. Die haben nur die Leute angegriffen, die ihnen im Weg waren. Aber das … das ist nicht mehr im Entferntesten menschlich. Der Kerl ist eine Maschine. Eine Killermaschine ohne Gewissen und Gefühle. Oder irgendwelcher Emotionen. Mit den Seriennummern der Patronenhülsen können wir auch nichts anfangen. Es sind keine vorhanden." Natan blickte auf Gaunt. Er saß da und hatte die Akten des Blutbades aufgeschlagen. Mit offenem Mund blätterte er wie versteinert die Fotos durch. Gaunt war so bleich wie Natan, als er das erste Mal die Leichen gesehen hatte. Gaunt schien auch das Atmen vergessen zu haben. „He", machte Natan und schlug ihm sachte auf die Schulter. Lorenz blickte ihn an. „Was …?", war das Einzige, was Natan hörte. „Das ist nicht von dieser Welt." Er klang verwirrt. „Ja, den Gedanken hab ich zuerst auch gehabt. Jeder Bandenkrieg, den ich untersucht habe, jeder Mord, bei dem ich mir einen Überblick verschaffen wollte, jeder Einbruch. Ach egal was." Natan blickte wieder auf die Akten. „Das ist wirklich nicht von dieser Welt." Gaunt schluckte. „Der Kerl läuft noch frei rum?" Natan nickte. „Hier steht, dass er über den Zaun geflüchtet ist." Natan nickte erneut. „Commander. Aber warum hat er dann auf die Stars geschossen?" „Ich weiß es nicht. Ich hoffe, dass es nicht zum Spaß war und irgendeinem kranken psychopathischen Zweck diente. Denn andernfalls könnte er noch auf den Geschmack kommen." „Wissen Sie, dass ich das sein könnte?" Jetzt war Natan verwirrt. „Hier steht, dass Streifen aus der Umgebung zugestoßen sind. Das war in der Gegend meiner früheren Arbeitsstelle. Ich hätte sogar Dienst gehabt." Gaunt sah aus, als ob er sich gerade fragte, warum er noch seine Uniform trug. Natan interpretierte richtig. „Ja, das überlege ich auch. Wenn jetzt alle Lonestars in Zivil herumlaufen, ist es vielleicht sicherer. Aber stell dir mal vor. Der Psychopath will Lonestars erledigen. Sind aber keine da. Was macht er? Schießt vermutlich auf unschuldige Passanten." Natan blickte auf die Menschen, die um sie herum taten, was sie gerade taten. „Wir sind Lonestars. Wir haben gegenüber diesen Leuten eine Verantwortung. Wir haben geschworen, sie zu beschützen." Gaunt unterbrach sich. Er riss sich von den Fotos los und starrte Natan direkt in die Augen. Er war nicht mehr ganz so versteinert. Als er bemerkte, dass Natan nicht nach Sprechen zumute war, sagte er mit harter und fester Stimme: „Aber was können wir tun? Was kann Lonestar nur machen?" Natan wusste es auch nicht. „Jetzt wird mir auch bewusst, warum wir Lonestar heißen", sagte Gaunt schließlich. Natan sagte nichts. „Wir sind alleine. Wir sind alleine und gegen alle. Ein einsamer Stern in der Finsternis. Wir Lonestars sind Menschen und Metamenschen in einer Welt aus Menschen und Metatypen, wir müssen nur zusammenhalten. Selbst wenn ein solcher Irrer herumläuft." Gaunt war aufgestanden. „Ich werde meine Uniform nicht ablegen." Er warf sich auf die Brust. „Mein Abzeichen steht für Ehre, Zusammenhalt und Treue einem jeden gegenüber. Hilfe bekommt, wer um Hilfe bittet. Ich trage den Stern von Lonestar mit Stolz." Natan war beeindruckt. Viele der anderen hatten nicht solch eine Einstellung. Die Missbrauchten die Uniform. Dieser Kerl würde bei Lonestar noch weiter aufsteigen. Wenn das nicht nur leeres Gewäsch war. Natan sah den Lonestar, der er früher einmal war, ein aufstrebender, junger Kerl, der glaubte, er könne die Welt retten. Doch es dauerte nicht lange und Natan Wulf wurde mit der Realität konfrontiert. Er beschloss den jungen Gaunt in seiner Euphorie schweben zu lassen. Vielleicht war er genau der, den Lonestar jetzt brauchte.

Neuer Freund

Ein Obdachloser hatte mitten in der Nacht einen kleinen Jungen gefunden. Der Junge lag zusammengekauert auf dem Boden. Henry der Mitte Siebzig war und schon seit seinem dreiundzwanzigsten Lebensjahr auf der Straße wohnte, hatte den kleinen Jungen hochgehoben und ihn mit sich in sein selbst gebautes Haus genommen. Der Junge musste sehr erschöpft sein, oder er hatte einfach einen guten Schlaf. Am Ufer eines Baches, dessen Namen Henry nicht wusste, hatte er ihn in sein selbstgebautes Bett gelegt. Henry versuchte zu kochen, während sich der kleine Junge zu regen begann. Henry freute sich, er fand, dass der Junge lustig aussah. Er hatte ihm auch seinen Mantel gegeben, denn der Junge hatte kalte Hände gehabt. „Hallo", sagte Henry freundlich, als der kleine Junge sich aufrichtete. „Hast du gut in meinem Bett geschlafen? Ich schlaf am besten in meinem Bett. Hast du so was wie Hunger?" Henry sprach wirklich eigenartig. „Nein, nein, nein, das muss anders gehen." Er schien mit sich selbst zu sprechen. Er begann sich schnell am Kopf zu kratzen, das dunkelbraune Haar, das etwas grau meliert war, zerwuschelte er dabei noch ärger. „Hallo, ich hab was zu essen gemacht, nein, falsch." Henry versuchte es erneut. „Hallo, Henry, das bin ich. Ich bin das. Jaaa. Ich freu mich so, dass ich, ich bin. Hast du Hunger? Ich hab dir was gekocht. Nur würzen musst du noch." Er hielt dem Jungen eine Dose hin, die Henry über dem Feuer angewärmt hatte, das aus einer kleinen, metallenen Mülltonne loderte. „Bitte, ich hab's extra für dich gekocht, ich hab schon etwas gegessen." Der kleine Junge griff nach der Dose. Einen Löffel bekam er auch dazu. „Hallo, ich heiße Henry." Henry lächelte den Jungen freundlich an. „Nicht zu heiß? Die Dose meine ich." Der Junge schüttelte den Kopf. „Weißt du was?", fragte Henry und blickte den Jungen an. Der Kleine wartete darauf, dass Henry weitersprechen würde, aber er blickte nur etwas abwesend drein. Charlie überlegte. „*Du darfst auf keinen Fall mit fremden Metamensch oder Menschen sprechen. Man weiß nie, was sie vorhaben.*" Das hatten seine Mutter und sein Vater immer gesagt. Aber der Mann, der sich Henry nannte, war so freundlich gewesen, er hatte ihm sogar etwas zu essen gegeben. „Ich darf nicht mit Fremden reden", sagte der kleine Junge. „Das macht nichts. Ich finde das überhaupt nicht schlimm. Ich rede auch nicht mit Fremden. Die mag ich nicht." Charlie nickte und begann zu essen. „Das ist gut, oder? Ich mag das gerne. Die Dose hat mir ein Freund gegeben." Henry sang vor sich hin. „Bohnen, Bohnen, Bohnen" Er ging noch etwas weiter, bevor er wieder sprach. „Von Nicht-Freunden bekomme ich nämlich nichts. Nein, nein, nein. Nie. Nicht mal, wenn ich frage." Henry umarmte sich selbst. „Ich bin kein Fremder, ich kenne mich nämlich, ich weiß, wer ich bin." Während dieser Worte hatte er auf den Fluss gestarrt, der nur wenige Meter entfernt war. Er blickte schnell zu dem Jungen hinüber und fixierte ihn. „Gestern war das Wasser so hoch, dass ich umziehen musste. Ja, mhm. Musste ich." Henry blickte nun wieder auf das Wasser. „Aber eigentlich bist du ja auch ein Fremder. Ich dürfte auch nicht mit dir sprechen." Er blickte wieder auf den Kleinen. Eigentlich stimmte das. Aber es war angenehm mit Henry zu sprechen. „Ich heiße Charlie." Das waren die ersten wirklichen Worte, die Henry von dem Jungen gehört hatte und es freute ihn so sehr, dass er breit zu grinsen begann. „Hallo. Ich bin Henry", wiederholte er sicher schon zum vierten Mal. „Du bist nicht ein Fremder, nein, nein." Henry schüttelte heftig den Kopf. „Von wo kommst du eigentlich her?" „Ich wohne dort, wo der Spielplatz ist", antwortete Charlie. „Wohnst du alleine? Also ich schon. Du bist jetzt nur eine Ausnahme. Aber wo ist denn der Spielplatz? Ich kenne drei. Sind lustig diese Sachen da. Ich setze mich hin und wieder auf die Schaukeln oder spiele im Sandkasten oder der Rutsche …" Er hielt kurz inne. „Oder, oder rutsche oder spiele im Sandkasten … Wenn das Gatter zugesperrt ist, dann klettere ich drüber. Die Männer mit dem weißen Stern auf dem Rücken kennen mich. Sie sagen immer, dass ich ein netter Kerl bin und lassen mich dann spielen. Bin ich ein netter Kerl?" Charlie hatte Probleme Henry zu folgen, er sprach wirklich unglaublich schnell. Dennoch versuchte er alle Fragen zu beantworten. „Spielplatz spielen mag ich auch gerne. Du bist ein netter Kerl. Ich geb dir mal einen Kakao." Bei diesen Worten leuchteten die Augen von Henry. „Echter Kakao. Mit Pulver und Milch?" Charlie nickte. „Wer hat dir das gezeigt, wie Kakao geht?" „Mama", sagte Charlie. Doch dieses eine Wort gab Charlie einen gewaltigen Stich mitten ins Herz. Tränen rannen sofort über seine Wangen. Henry glupschte ihn fragend an. „Was ist denn los mit dir? Hab ich was nicht richtig gemacht? Oder schmeckt es dir einfach nicht?" Henry kramte in seinen Taschen nach etwas, was einem Taschentuch ähnelte. Er fand eine Zeitungsseite, die er Charlie gab. „Hier. Weinen muss ich auch immer. Einmal hab ich geweint, weil mein Bauch so wehgetan hatte. Da hab ich nichts gegessen. Sehr lange." Charlie schluckte. „Mama und Papa waren nicht da, als ich heimgekommen bin", sagte er verhalten. Henry, der zu verstehen glaubte, sagte mit aller Vorsicht, die er aufzubringen hatte: „Mama, Papa nicht da. Hm. Weiß nicht, die zwei sind komisch. Nein, ehrlich. Wenn sie ein Überraschungsgeschenk für dich holen, dann dürfen sie ja nicht da sein. Ich glaub, du bekommst einen Hund. Oder eine Katze. Oder eine Ratte. Oder einen Frosch. Oder einen Fisch …" Charlie wartete, wie Henry so ziemlich alle Tiere aufzählte, die ihm einfielen. „Stimmt das wirklich?" „Oder einen Iltis. Oder ein Faultier. Ja, das glaub ich. Ja, das glaub ich. Oder einen Lurch", beendete Henry seine Aufzählung. „Ich weiß nicht mehr, wo ich wohne, kannst du mich zum Spielplatz bringen?" „Warum Spielplatz? Hat die Straße, in der du wohnst, keinen Namen?" Charlie dachte nach. Er wusste den Namen nicht, nur ein G war irgendwo in der Mitte. Daraufhin schüttelte er den Kopf. „Nicht schlimm. Wir probieren den Spielplatz aus, der hier in der Nähe ist. Es ist nicht weit. Aber wir können noch nicht gehen." Charlie blickte Henry an. Er sprach erst nach einer Weile weiter. „Ich muss erst mein Haus zusperren." Henry brauchte sehr lange, um den Pappkarton zu verriegeln. Mit komplizierten Handgriffen wickelte er verschiedene Schnüre zusammen, die aus allen möglichen und unmöglichen Materialien bestanden. Charlie wartete, bis Henry fertig war. Schließlich machten sie sich auf den Weg zwischen dunklen Gassen und Schatten hindurch.

Paranormal

Ein wolkenverhangener Himmel eröffnete einen Nachmittag, der sich über die Sox auszubreiten begann. Die Schatten wurden durch die Wolken nur schwach auf Erde und Asphalt geworfen. Eine ziemlich kühle Brise lag in der Luft und bewegte das spärliche Gras, das durch den Asphalt gewachsen war. Die Runner standen vor dem Anfang der Sox. Dragon saß mit geschlossenen Augen auf der Rückbank. Seine Stirn war in Falten gelegt und er schien irgendwie leer zu sein. Lexi lag, alle viere von sich gestreckt, mitten auf der Straße. Steel saß am Boden gegen den Rammschutz seines Wagens gelehnt und blickte ins Nichts. Phönix kurvte auf den Hinterrädern hin und her. Ihr schien das unglaublich Spaß zu machen. JC hatte seine Stirn gegen einen nahen Baum gelegt und starrte auf die verbrannte Rinde. Jeder von ihnen, mit Ausnahme vielleicht von Phönix, fragte sich, wie lange Dragon noch brauchen würde. „Verflucht, ich glaube, der is abgekratzt", ärgerte sich JC. Er hatte zwar eine Sterbensgeduld, aber langsam wurde es auch ihm zu viel. Zu allem Überfluss kam noch, dass es hier in Deutschland seine Zigarettenmarke nicht gab. Er hatte eine andere vergleichsweise ähnlich starke Marke gekauft. Und das auf Vorrat. Seit viereinhalb geschlagenen Stunden warteten sie, bis Dragon aus dem Astralraum zurückkehrte. JCs Hände hatten wieder zu Zucken begonnen, wenn er sich nicht bewegte. Auf dem Schiff war es besser gewesen. Doch jetzt war es wieder wie immer. „Ich frag mich ständig, wie das wohl ist", sagte Lexi in den Himmel. Phönix antwortete ihr, während sie sehr schnell um Lexi herumfuhr. „Ich glaube, das ist genau wie in der Matrix. Nur, und das kann ich dir schriftlich geben, nicht so schnell." Lexi hob den Kopf und verfolgte die Fahrt von Phönix. „Das bringt mir jetzt überhaupt nichts", sagte Lexi, während sie sich beinahe den Hals verrenkte. „Ich weiß." Phönix grinste. Aus irgendeinem Grund war sie quietschfidel. JC nahm seine Stirn vom Baum. Die Muster der Rinde waren noch darauf zu erkennen. Er ribbelte mit der Handfläche darüber. „Phönix, das ist jetzt nur eine Vermutung, aber irgendetwas scheint dir Energie zu geben. Oder hat dich aufgezogen." Er blickte sie mit dem Muster auf der Stirn an. Sie zeigte darauf und begann zu grinsen. „Du hattest ein Brett vorm Kopf." JC verstand überhaupt nichts mehr. So hatte er Phönix noch nie erlebt. Sie war immer die Ruhige, Besonnene. Aber das?! „Ich versteh's immer noch nicht", sagte er wieder. Phönix drehte sich mehrmals im Kreis. „Ich weiß auch nicht, warum ich heute so gut drauf bin. Aber ich hab jetzt einfach Lust, mich irre zu benehmen." JC blickte immer noch so drein, als ob er nicht bis drei zählen konnte. Aber schließlich zündete er sich die nächste Zigarette an. Er begann nun auch noch leicht zu lächeln. Etwas verständnislos aber ehrlich. Die Runner rissen noch verschiedenste Antiwitze und schlugen die Zeit tot, indem sie versuchte Nahkampfmöglichkeiten ausprobierten. JC, der ein umfassendes Wissen über so etwas besaß, hebelte und verdrehte Gelenke auf leicht schmerzhafte Art. „Was soll denn dass jetzt?" Dragon stand an den Wagen gelehnt und beobachtete wie JC, Steel in einem äußerst schmerzhaft aussehenden Griff verdreht hielt. „He, die Leiche ist doch keine. Ich wollte schon deinen Puls spüren, aber die beiden lassen mich ja nicht. Hast du was rausgefunden?", fragte JC, während er Steel losließ, der zu Boden plumpste. Steel rieb sich die schmerzende Schulter. „Ja, hab ich. Wäre ja sonst sinnlos gewesen." Dragon setzte sich auf den Rammschutz und ließ sich von JC eine Zigarette geben, die er dann auch rauchte. JC blickte ihn an, als ob er fragen wollte, ob Dragon nicht mit dem Rauchen aufgehört hätte. JC beließ es doch dabei und zündete sich ebenfalls eine an. „Also." Dragon atmete durch, die Cummer warteten, bis er begann. „Hodges war nicht blöd. Ich hab lange gebraucht, um eine Spule von ihm zu finden. Er selbst hat sich perfekt getarnt. Da war nichts zu machen. Aber seine kleinen, schmutzigen Rattenfreunde konnten wieder mal das Maul nicht halten." „Und?", kam es von Phönix und Steel zugleich. „Ja, ja, ja. Geduld, Leute." Er zog an der

Zigarette. „Hodges ist, und jetzt haltet euch fest", Phönix ergriff sofort JCs Hose. „In einem verlassenen Bereich, der schon seit etlichen Jahren keiner mehr betreten hat." Alle blickten ihn an. „Warum sollen wir uns denn festhalten?", fragte Lexi, die wieder auf dem Boden saß. „Weil das verdammt gefährlich wird. In der Gegend hab ich so viele Auren von den verschiedensten erwachten Wesen gespürt." Dragon hatte nicht so ganz den Effekt erzielt, den er erwartet hatte. Jeder blickte ihn fragend an. „Weiter", sagte JC langsam. „Irgendein Gebäude, irgendwas, wo sich Phönix einschalten kann?" Dragon nickte. „Ja, aber ob wir Phönix in der Gegend alleine lassen sollten, ist eine andere Frage." „Ich werde mir hier irgendwo in einem Hotel ein Zimmer nehmen. Ich unterstütz euch über Langstreckenfunk, sobald ihr im Gebäude seid. Wenn keine Verbindung besteht", setzte sie hinzu und beantwortete somit die Frage, die JC ins Gesicht geschrieben war, „werde ich mir einfach einen feinen Tag machen, ich war noch nie hier in der Gegend." Somit war der Plan beschlossen. Phönix brachten sie in ein Zimmer eines eher teureren Hotels. Die anderen machten sich auf den Weg in die Sox. Hier war der Spielplatz, für jeden, der seine neuen Waffen ausprobieren, oder einfach mal in der Gegend herumballern wollte. In den verlassenen Häusern und Konzerngebäuden zeichneten sich verschiedenste Spreng- und Schussversuche. Hier und da waren auch die ausgebrannten Wracks von Autos. Lexi entdeckte sogar einen Panzer. Steel, der sich für den Rigger unter den Riggern hielt, und einfach mit allem, das sich schneller bewegte als der normale Metamensch ging, fahren konnte, fand es einfach nur schade, dass der Panzer nicht mehr funktionierte. Lexi tröstete ihn mit den Worten: „Ich kauf dir einen zum Geburtstag." Sie fuhren weiter. Bis jetzt hatte Dragon gute Arbeit geleistet. Immer wenn irgendwas in der Nähe war, das nicht nach einem kleinen Nagetier aussah, wies er Steel an, in eine andere Richtung zu fahren. Dragon kostete es erheblich mehr Kraft in der Astralebene zu sehen. Öfter als sonst brauchte er Pausen. Sie waren jetzt auf dem richtigen Weg. Nicht, weil Dragon es spürte. Sondern weil sie alle sich ebenfalls in solch einer Gegend verstecken würden. Die

Sonne war schon untergegangen in der Mannaebene. Das Licht der Scheinwerfer blieb aus. Steel benutzte sein eingebautes Nachtsichtgerät. Lexi und JC kontrollierten mit Nachtsicht die Umgebung. Alle waren bis zum Zerreißen gespannt. Dragon hatte Steel, als es Abend geworden war, immer öfter angewiesen die Richtung zu wechseln. Doch dann blieb Steel stehen. Er war schon eine Weile gefahren. Sein Bus war zwar für unwegsames Gelände ausgerüstet, aber er wollte nicht unbedingt eine unliebsame Begegnung mit einem Wesen haben, das seinen Bus zu Kleinholz verarbeitete. Es kam ihm immer öfter so vor, als ob er irgendeine Bewegung gesehen hatte. Steel hielt vor einem großen Gebäude. Der Parkplatz war übersät mit zertrümmerten Wagen. Die Krater im Asphalt wiesen auf Sprengungen hin. „Ich bin doch nicht bescheuert, da durchzufahren, was glaubt ihr, wie schnell der Bus auffallen würde. Da ist sicher irgendein riesen Vieh drin." Dragon überlegte. „Wir könnten zu Fuß gehen. So weit ist es eigentlich nicht." Steel stand vor einem Problem. Er wollte nicht zu Fuß gehen und genauso wenig fahren. Aber Hodges hatte er einige sehr teure Operationen zu verdanken. Doch dann, nach einer großen Selbstüberwindung fuhr er los. Im Inneren des Busses waren sie doch irgendwie geschützter. Vorsichtig fuhr er zwischen den verbrannten Gebäuden hindurch. Die Straße war so zerlöchert, dass die Federung extrem beansprucht wurde. Sie kamen schneller voran, als sie gedacht hatten. Die Schiebetüren zu beiden Seiten standen offen und Lexi sicherte mit JC die Umgebung. Dragon saß auf dem Beifahrersitz und versuchte nach irgendwelchen erwachten Wesen Ausschau zu halten. Er sah die Auren der Tiere und sagte Steel die Richtung an. Keiner von ihnen hatte Lust, sich mit einem magischen Lebewesen anzulegen. Doch plötzlich. „Nein, Steel ich hab da was übersehen. Hinter uns." Steel blieb unerwartet stehen. „Scheiße!", kam es von ihm. Vor ihnen lag ein großer Innenhof. Steel war, ohne es zu merken, hineingefahren. Ein großer alter Parkplatz schloss an ein riesiges Gebäude. JC, der mit Lexi die Umgebung im Auge behielt, fluchte jetzt auch los. „Was zur Hölle ist das denn?" JC hatte eine Bewegung gesehen. Es kam ihm vor, als ob er einen

lebenden Schatten gesehen hatte. „Verflucht, Dragon, da ist was!"
„JC, ich weiß nicht. Seid vorsichtig. Irgendwo, Mist, der schirmt sich ab." Dragon konnte die Aura des Wesens nicht örtlich zuordnen. Es kam ihm vor, als ob die Aura überall in ihrer Umgebung leuchtete. JC, mit seiner Ares Alpha im Anschlag, ließ den Lauf langsam über den Schutt wandern. „Soll ich weiterfahren?", fragte Steel nach rechts. Dragon zuckte mit den Achseln. „Ich hab keine Ahnung. Ich weiß nicht, wo das Vieh ist. Er verschließt seine Aura." Dragon brach seine Aurensicht ab. Er nahm die Remington 990 und kurbelte das Fenster hinunter. Lexi lud ihre Winchester durch. Etwas war da draußen. Sie konnten es alle irgendwie fühlen. Steel begann in den Innenhof zu fahren, um umzudrehen. Sie fühlten sich von allen Seiten beobachtet. Steel fuhr langsam weiter. Doch immer bereit, sofort so schnell wie möglich die Flucht zu ergreifen. „Wie groß ist es, verdammt?", fragte JC, der sich nicht sicher war, ob er nun etwas gesehen hatte oder nicht. Dragon hatte keine Ahnung. „Ich weiß nicht so recht. Aber ich bin mir jetzt sicher, dass es nicht nur eins ist." Ein kühler Wind begann zu wehen. Der Mond, der am Himmel stand, warf spärliches Licht auf die Umgebung. JC dachte laut vor sich hin. „He, wenn es ein Lebewesen ist und Warmblüter. Lexi, Thermalsicht." JC und Lexi wechselten die Sicht. JC blickte angestrengt auf die bläulichen Umrisse, die die Kälte der zerstörten Gebäude bildeten. Doch sonst erkannte er nichts. Aber er wusste, dass sie nicht alleine waren und dass etwas in der Nähe war, mit dem nicht zu spaßen war. Er schaltete wieder auf Nachtsicht. Lexi, die erkannte, dass es überhaupt nichts gebracht hatte, tat das Gleiche. „Irgendwie hat das überhaupt nichts gebracht", sagte JC, während er, den Geräuschverstärker auf voller Lautstärke und immer bereit, den Abzug zu drücken, wartete er. Steel bog in eine Gasse ein. Doch plötzlich, JC richtete den Lauf auf die Stelle. Dragon tat es ebenfalls. Etwas war von nicht weit auf die Straße gestürzt, kleine Steinchen. Sonst war nichts zu erkennen. „He, Steine fallen nicht einfach von irgendwo ohne Grund runter. Das ist hier kein verdammter Horrorfilm." Das Echo der Kiesel war wieder verstummt. Doch das brachte JC auf eine Idee. Steel bog

wieder um eine Ecke und fuhr jetzt auf einen Park zu. JC griff in seinen Rucksack und kramte nach der Ultraschallbrille. So sinnlos das Ding für ihn geworden war, jetzt half sie ihm vielleicht etwas zu erkennen. Wenn die Viecher dieselbe Temperatur hatten wie die Umgebung, wollte er nun auch wissen, ob sie Ultraschall brechen könnten. JC steckte das kurze Kabel in seine Datenbuchse und schon erwachte der Ultraschall zum Leben. Er wollte der Brille nicht trauen. Als der Schall von der Umgebung reflektiert wurde, hatte er eine seltsame Erscheinung gehabt. Das Etwas hatte Ähnlichkeit mit einem Hund gehabt. Einem großen Hund. Sicher eineinhalb Meter. Doch als ob das Wesen den Ultraschall irgendwie wahrgenommen hatte, verschwand es hinter einer zusammengebrochenen Fassade. JC teilte seine Entdeckung den anderen mit. Dragon, der sich mit paranormalen Lebewesen bestens auskannte, antwortete ihm. „Ich denk, nach deiner Beschreibung ist das entweder", er begann mit einer Aufzählung, „riesen Vielfraß. Nein den gibt's hier nicht. Mantikor, nein, der ist hier auch nicht heimisch. Wartet mal. Höllenhunde gibt's hier auch nicht." Die Runner warteten gespannt darauf, bis Dragon geendet hatte, alle hofften, der Name des Tieres würde ihnen Aufschluss darüber geben, ob es gefährlich war und wenn ja, wie man es töten könnte. Steels Hände verkrampften sich am Lenkrad. „Das kann nur ein Schattenhund gewesen sein." Niemand sagte ein Wort. Doch dann meldete sich JC. „Was is'n das für ein Vieh" Dragon wusste so ziemlich alles über paranormale Erscheinungen und dieses Wissen erläuterte er sofort. „Das sind Rudeljäger. Manche sagen, sie sind die Vorboten von etwas Bösem ..., nein, sorry das sind Höllenhunde. Schattenhunde ... ähm. Rudeljäger. Äußerst intelligent. Aber bisher ist noch nichts darüber bekannt, dass sie Menschen oder Metatypen angegriffen haben." JC war nicht zufrieden. „Nur weil es keine Bestätigungen darüber gibt, heißt das noch lange nicht, dass es nicht passiert ist. Denk doch mal nach, warum es keine verfluchten Bestätigungen gibt." Ihr Gespräch endete abrupt, als sie alle seitlich an die linke Wagenwand geworfen wurden. Lexi schaffte es nur dank ihrer verbesserten Reflexe sich im Wagen zu halten. Steel, der sich voll und ganz auf die Straße konzentriert hatte, hatte eine Art Schock. Er griff sich an die Augen und war mit dem Fuß an das Gaspedal gestoßen. Der Bus hatte sofort beschleunigt und war dann über eine steile Böschung gestürzt. Das Fahrzeug überschlug sich, während es den steilen Abhang hinunterrollte. Lexi und JC, die nicht angeschnallt waren, wurden durch die offenen Türen herausgeschleudert. Lexi landete unsanft auf harten Mauerstücken. JC, der sich dank seiner Schnelligkeit gerade noch rechtzeitig auf die Seite geworfen hatte, lag zwischen, aus einer Betonplatte herausragenden Stangen. Erst jetzt realisierte er, dass ihm der taktische Computer und das Move-by-wire-System das Leben gerettet hatte. Doch dann hörten sie Schreie. „Steel halt endlich still und lass mich nachsehen!" Das war Dragon. Lexi und JC waren schnell auf den Beinen und rannten zum Bus. „Ich seh nichts mehr." Als Lexi und JC dazukamen, sahen sie Steel im Cockpit des Wagens zusammen mit Dragon. Steel fuchtelte wild mit den Händen vor den Augen herum. Dragon versuchte ihn zu beruhigen. „Jetzt halt endlich still, ich versuch dir zu helfen." Dragon verpasste Steel einen gesalzenen Schlag auf den Unterkiefer. Der Effekt war zwar, dass Dragons Hand mehr schmerzte als Steels Muskelbepackter Kiefer, aber er kam zur Besinnung. „Steel, hör mir zu. Versuch dich zu konzentrieren. Was ist deine Lieblingsfarbe?" „Blau", schrie Steel. „Welche Farbe hat dein Bus! Jetzt beantworte die Frage." „Blau, du blöder Arsch. Kannst du mir endlich helfen und nicht solche Scheiße von dir geben?!" Dragon stellte Steel noch weitere Fragen über verschiedenste Farben. Lexi und JC, die beschlossen hatten, dass Dragon genau wusste, was er tat, sicherten den Bereich. Beide fühlten sich umzingelt. JC trat langsam zum umgestürzten Bus zurück. Lexi stand neben ihm, die beiden Revolver schussbereit in die Höhe gehoben. „Warum greifen die uns nicht an?", fragte sie mit leiser Stimme. „Verdammt, ich hab keine Ahnung, die warten sicher auf etwas. Rudelverhalten bei Jägern laufen doch immer auf dasselbe raus. Erledige die Kranken, Alten und Schwachen." „Bildungskanal?", fragte Lexi JC aus dem Mundwinkel. Er nickte knapp. „Violett, ich hasse diese Farbe!", schrie Steel plötzlich auf.

Doch dann veränderte sich das Schreien in Jubelrufe. „Ich sehe wieder. Ja! Dragon ich könnte dich küssen." Beide kletterten aus dem Beifahrerfenster. Steel betrachtete seinen Bus. JC wand sich sofort an Dragon. „Was verflucht war das denn?" Dragon nickte. „Dämoneneule vermutlich, auch wenn die hier nicht unbedingt herumschwirren. Die verursachen Blindheit." „Hat Steel nicht Cyberaugen?", fragte Lexi, während sie Steel beobachtete, der sich die gebrochene Hinterachse besah. „Schon, ja. Aber das bringt nichts, die belegen dich mit einem Dunkelheitszauber." Dragon wirbelte blitzschnell herum. Erst jetzt sahen sie es alle. Blitzschnell bildeten sie einen Verteidigungsring. Große Schatten bewegten sich langsam auf sie zu. Doch es waren nicht wirklich Schatten. Es war eine Art, sich selbst bewegenden Finsterniss, als ob sie das Licht verschlucken würde, kroch diese näher. Dragon, der die Situation erkannte, schleuderte ein kleines Fläschchen auf den Boden. Sie zerbrach und erfüllte die Luft mit rötlichem Dunst. Steel hatte mit einer Handbewegung eine Vigorous Sturmkanone in der Hand. JC, der sich nicht sicher war, worauf er zielte, fragte sich, ob der wandernde Schatten von einer Salve aus seiner Ares Alpha beeindruckt werden würde. Jegliches Geräusch um sie herum war aus der Luft gewischt worden. Der Boden schien sich vor den Blicken der Runner zu verstecken. JC, der seine Ultraschallbrille durch den Unfall verloren hatte, wandte sich seitlich an Dragon. „Was sind das noch mal für Viecher?" „Schattenhunde." „Wie kann man es töten?" „Es hat keine natürlichen Schwächen. Die sind mächtig." JC fluchte wieder und zischte wütend, „Verarsch mich nicht, ich will wissen, ob ich es erschießen kann und wo ich hinzielen soll." Dragon und die anderen waren an den umgestürzten Wagen zurückgewichen. JC war es jetzt völlig egal, er wollte nicht von irgendetwas gefressen werden. Er betätigte den Abzug. Die Ares Alpha, jagte eine Salve aus sechs Geschossen aus dem Lauf. Mitten in eine der schattigen Flecke hinein. Im nächsten Moment eröffneten Steel und Lexi ebenfalls das Feuer. Dragon hatte mit dem Rauch eine Art Barriere erzeugt. Die sie vermutlich schützte. JC wusste nicht, worauf er genau zielte. Er erinnerte sich an die Worte seines früheren Ausbilders. „Im Zweifelsfall immer ins Zentrum schießen und dass mit genügend panzerbrechender Munition und zwar so lange, bis sich nichts mehr bewegt, dann auf Nummer sicher gehen und weiterballern." JC beherzigte den Rat. Er jagte eine gezielte Salve nach der anderen in die Dunkelheit. Steel machte kurzen Prozess. Es flogen die Patronenhülsen aus dem Schlittenlauf seiner Vigorous. Er hatte sie auf einem Gyrostabilisator befestigt, um den Rückstoß und das Gewicht zu verteilen. Er blickte verbissen. Lexi wusste nicht mehr so genau, wann und wo sie die Winchester verloren hatte. Aber die Ruger leistete auch hervorragende Dienste. Die Schattenflecke schienen durch die Barriere und den Patronen, die ihnen entgegen geschossen wurden, zurückzuweichen. Dragon war nicht im Mindesten untätig geblieben. Unter ihm lagen bereits zahlreiche Schrotpatronen. JC jagte noch eine Granate aus dem Unterlauf in die bewegliche Dunkelheit. Kleine Staubbrösel regneten ihm ins Gesicht. Alle luden nacheinander durch und hielten inne. Der kurze Kampf fand ein Ende. Selbst das Geräusch des Windes war wieder zu hören. Etwas apathisch blickte Dragon auf die Leichen der Wesen, die sie angegriffen hatten. Die Runner standen da und betrachteten das Schlachtfeld. Durch JC's Unterlaufgranaten waren viele der Wesen zerfetzt worden. Wie übergroße Hunde lagen sie auf dem Boden herum. Das Fell wechselte selbst im Tod die Färbung zwischen grau und schwarz. „Verflucht, das Dreckvieh muss mindestens 1,60 m groß sein", sagte JC, der einen der Hunde genauer betrachtet hatte. „Dragon, was ist mit dir los?" Dragon wirkte etwas weggetreten. „Ich glaub's nicht", sagte er langsam. Keiner verstand, was er meinte. „He, reiß dich zusammen, das hier war ein Horrortrip, ich weiß, aber komm zu dir", sagte JC, während er Dragon rüttelte. „Ich weiß nicht", wiederholte er. „Der is ja vollkommen von der Rolle", bemerkte Lexi. „Bin ich nicht." Dragon beugte sich zu einem der Hunde hinunter und streichelte das Fell. „Sie haben uns tatsächlich angegriffen. Ohne irgendeinen triftigen Grund." „Verflucht, Grund? Das sind Tiere, Mensch, die brauchen keinen Grund, um irgendetwas zu tun. Die haben uns angegriffen, weil wir weniger waren, vielleicht riechen wir auch noch gut. Scheiß drauf, was weiß ich", ärgerte sich JC. „Ich weiß nicht, ich weiß nicht warum. ist mir unklar." Alle waren verwirrt. Dragons Aussagen machten keinen Sinn. „He, Leute, hier gehen wirklich verdammt schräge Sachen ab", sagte JC und berührte ebenfalls das Fell eines der toten Tiere. Es war borstig und doch irgendwie weich. Steel, der sich über seinen Wagen und die Fast-Blindheit ärgerte, kramte aus dem Bus alles heraus, was nicht zu schwer zu tragen war. Granaten, noch ein paar Waffen und Fernzünder. Die Funkgeräte setzten sie auf. JC schickte Phönix einen kurzen Piep. So bestückt gingen sie weiter in die Richtung, die ihnen Dragon ansagte. Er wirkte schwächer als sonst. Der Aufenthalt in den Sox bereitete ihm offensichtlich Probleme. Der dunkle Park lag wieder vor ihnen, nachdem sie die Anhöhe hinaufgeklettert waren. Lexi hatte JC's Ultraschallbrille entdeckt. Ihre Winchester hatte sie auch gefunden. Sie lag unter dem Wagen. Das Gewicht hatte das edle Holz zum Bersten gebracht und von ihrer originalen Winchester-Nachbildung waren nur noch Zahnstocher übrig. Einige der Stücke hatte sie eingepackt. Liebevoll in einen Ersatzpullover gewickelt lagen die Teile nun in ihrem Rucksack. Die Bäume raschelten in einer Brise und die Schatten ließen das Licht des Mondes Bewegungen auf den Boden zeichnen. Niemand wusste, was sie hier erwartete. Dementsprechend waren sie auch argwöhnisch und nervös. JC hätte beinahe einen Busch erschossen, der gewackelt hatte. Diese Erkenntnis ließ ihn den taktischen Computer einschalten. Er verwendete ihn nun ständig. Lexi, Dragon und Steel waren nun potenzielle Ziele. Das Gras, welches am Boden noch spärlich wucherte, raschelte trocken bei jedem Schritt. Sie schienen sich selbst zu verunsichern. JC, der schon im Minutentakt zwischen Thermalultraschall und Nachtsicht wechselte, fragte sich, wann der verdammte Park eigentlich ein Ende hatte. Dragon deutete nach vorne. Alle blieben stehen. JC schaltete auf Thermalsicht und erkannte eine große Ansammlung von Wärme auf dem Boden. Bei genauerer Betrachtung erkannte er Ratten, die sich um etwas herum scharten. Die Cummer gingen näher heran. Doch nicht zu nahe, diese Ratten hatten die Größe von ausgewachsenen Katzen. Sie schienen gerade irgendetwas zu fressen. Es stank zumindest eklig nach verfaulendem Fleisch. Einen Bogen einschlagend, gingen sie weiter. Lange Zeit begegneten sie keinem Lebewesen. Bis auf verschiedenste Geräusche, die sich nicht zuordnen ließen, hörten sie nichts. Sie waren stumm darüber eingekommen, dass Sprechen in solch einer Situation nicht angebracht war. Schnell und möglichst ohne viel Lärm zu veranstalten, schritten sie durch die zerstörten Gemäuer. Steel warf noch einen Blick zurück auf den Park. Somit blieb die Frage offen, ob sich erwachte Wesen gern in Parks aufhielten. Doch dann gab JC plötzlich einen Schrei von sich. Er war in eine Art Loch versunken. Es war mitten auf der Straße gegraben worden. Die Sporne verankerten sich blitzschnell im Asphalt. „Verfluchter Dreck, ich werd nicht mehr. Wer gräbt denn so was?", fluchte er vor sich hin und begann wieder nach oben zu klettern. Die anderen halfen ihm und stellten JC wieder auf die Beine. Doch dann erblickte er eine Katze. „He, Leute", sagte er langsam und deutete auf sie. „Da vorne ist eine Katze. Das kann doch nicht stimmen." Sie blickten auf sie. „Die Ratten hier sind größer als diese komischen Hunde und dann hockt da vorne eine Katze." Die Katze blickte die Cummer einfach nur an. Mit der Katze stimmte etwas nicht, das war klar, aber sie wollten schon gar nicht wissen, was. Langsam gingen sie näher. Lexi, die tierfreundlichste in der Gruppe, versuchte sie mit den Worten: „Miez, Miez, komm. Du bist aber ein schönes Kätzchen", anzulocken, doch die Katze machte keine Bewegung. Dragon überprüfte die Aura. Er sah sofort, dass diese Katze nicht normal war. „Lasst uns einfach einen Bogen um sie herum machen", sagte er vorsichtig. Lexi, die sich von der Katze magisch angezogen fühlte, fragte sofort: „Wieso eigentlich? Das ist doch nur ein Kätzchen. So ein liebes, süßes Schnuckelchen." „Glaub mir einfach. Das ist eine Alpkatze." Keiner verstand, was Dragon meinte, doch der Name schien schon dafür zu sorgen, dass sie einen Bogen um das Vieh zogen. Immer wieder zwischen verfallenen Häusern durchkletternd gelangten sie schließlich an ihr Ziel. Vor ihnen war ein Gebäude. Ein hochgefahrenes Eisentor ähnelte einer Zugbrücke. Sie blickten nach oben. Dragon, der sich am Funkgerät zu schaffen machte, schaltete auf einen Kanal und versuchte Phönix zu erreichen. Es dauerte nicht lange und sie meldete sich. „Hallo Leute, hab euch schon ewig nicht mehr gesprochen, aber macht nichts, ich war ja nicht untätig. Da sind Kameras drinnen. Verschiedenste Sicherheitseinrichtungen und Wachpersonal." Sie informierte die Cummer noch über etwaige Dokumente und Computerzeugs. Die Runner atmeten tief durch. Dort drinnen war Hodges, der sich mit der gesamten Kohle, die er allen möglichen Leuten geklaut hatte, ein Leben wie ein König machte. Seinetwegen waren unzählige Runner auf dem Stuhl geendet. Sie machten sich auf den Weg. Dies war einfach eine Tötungs- und Vernichtungsmission.

Scharfe Kiefer

Die Fahrt verlief ohne wirkliche Probleme. Jelenas Motor, der kaum ein Geräusch erzeugte, schien von den Bugs nicht bemerkt zu werden. Doch dann, „Warte mal." Amanda, die neben ihr saß, zeigte auf etwas, das in der Dunkelheit blinkte. Jelena hätte es zuerst gar nicht entdeckt. Sie war die Umgebung einfach nicht gewohnt. Auf dieses ungeordnete Chaos musste sie sich erst noch einstellen. Jelena fuhr langsam in die Richtung, in die Amanda deutete. Das grüne Blinken am Boden schien von einer Art Weste zu kommen. Jelena blieb stehen und die anderen stiegen aus. Jelena, die im Moment überhaupt nichts verstand, folgte ihnen. Der Sani bückte sich. „Nein!", kam es leise von ihm. Jelena beugte sich vor. Eine kleine Leuchtdiode, die an einer Schutzweste angebracht war, blinkte schwach in die Dunkelheit. Bei genauerer Betrachtung sah Jelena, dass die Weste nicht leer war. Ein Teil eines Armes ragte heraus und Stücke des Halses waren deutlich zu erkennen. Auf der Weste stand der Name. Commander Ross Weilber. Der große Typ, der sich dann doch als Arti Smith vorgestellt hatte, blickte sich um. „Hier liegt der Flammenwerfer von Sorren." Er deutete auf die ziemlich ramponierte Waffe. Es sah so aus, als ob sich Säure durch den Lauf gefressen hatte. Der Sani schüttelte den Kopf. „Wollten die uns nicht abholen?" Diese Frage bedurfte offenbar keine Antwort. Denn niemand sagte auch nur ein Wort. Jelena reimte sich aus den Gesprächsfetzen ihren Teil zusammen. Den zahlreichen Leichenteilen nach zu schließen, waren es wohl mehrere Leute gewesen. Doch es musste nicht lange her sein, dass die Gruppe überfallen worden war. Doch das, was Jelena beschäftigte war, dass die Leichen nicht bluteten. Es waren auch keine Blutspuren auf dem Boden. „Das war die beste Gruppe, die wir hatten. Wie kann das nur sein?" Dem Sani schien das alles sehr nahezugehen. Er kniete neben der Leiche mit der

Leuchtdiode und hatte das Gesicht in den Händen verborgen. Doch dann sträubten sich plötzlich Jelenas Nackenhaare. Sie hob die Waffe. Arti blickte sie an. „Was ist mit dir los?", fragte er und man konnte immer noch eine Spur schlechtes Gewissen spüren. Jelena hatte ihn dermaßen beeinflusst, dass er immer noch Schuldgefühle hatte, für eine Sache, die er nie getan hatte. Jelena blickte sich um. „Hier ist irgendetwas." Sie ließ den Blick über die zerstörten Gebäude wandern. Arti, der noch nicht begriffen hatte, was los war, glupschte in alle Richtungen. „Woher willst du das wissen?", fragte er. „Ich weiß es auch nicht, aber hier ist noch etwas in der Nähe." Jetzt wurden die anderen auch argwöhnisch. Sie bildeten einen Verteidigungsring. Im Kreis dastehend, warteten sie auf das Ungewisse, das sich in der Dunkelheit versteckte und jeden Moment über sie hereinbrechen konnte. Die Geräuschverstärker von Jelena schlugen plötzlich aus. Sie hatte etwas gehört, dass sich nach dem Krabbeln eines Käfers anhörte. Doch das Eigenartige war, dass es lauter war, als bei jedem Käfer, den sie je gehört hatte. Ihr lief es kalt über den Rücken hinunter. Sie konnte es gar nicht leiden, wenn etwas in der Nähe war, dass sie nicht kannte und sah. Der Sani, der zu Jelenas Rechten stand, wand sich zu ihr. „Ich weiß ja nicht, was mit dir los ist, aber ich sehe und hör überhaupt nichts." Jelena jedoch nickte in Richtung eines Erdhaufens. „Ich hab da drüben was gehört. Das war wie das Krabbeln eines Käfers. Aber etwas zu laut für meinen Geschmack." Der Sani blickte in die Richtung. „Bist du dir sicher?", fragte der Typ, der sich vorhin im Schatten versteckt hatte und nicht weniger groß war wie Arti. „Ich bin mir sicher", antwortete Jelena mit einer Bestimmtheit, die sie alle aufmerken ließ. „Ich geh mal nachsehen. Irgendwelche Freiwilligen, die mir den Rücken freihalten?", fragte Arti. Der Typ, der bis jetzt noch kein einziges Wort gesagt hatte, nickte und die beiden gingen langsam auf den Haufen zu. Jelena wollte gar nicht erst wissen, was da hinten war. Warum sie nicht alle wieder in den Wagen stiegen, war ihr ein Rätsel. „Da ist ein Loch", sagte Arti und blickte zu der wartenden Gruppe zurück. Der stille Typ zielte mit dem Lauf in das Loch. Arti griff in seine Tasche und holte einen Phosphorstab heraus.

So wie er ihn geknickt und geschüttelt hatte, begann der grün zu glühen. Er hielt ihn über den Rand und dann ließ er es fallen. Lange Zeit geschah nichts, bis Jelena einen leisen Platsch hörte. Arti kam zu ihnen zurück. „Das ist ein alter U-Bahn-Schacht. Der geht ziemlich tief runter. Bill." Er wand sich an den großen Kerl. „Mach eine Markierung auf der Karte. Das sollten wir uns mal näher ansehen." Bill machte, was ihm Arti aufgetragen hatte. Arti drehte sich wieder zu dem stummen Kerl um. „Komm, wir machen, dass wir hier wegkommen." Sie gingen wieder zum Wagen. Doch mit den Waffen schussbereit im Anschlag. Arti öffnete die hintere Schiebetüre und ließ die anderen einsteigen. „He. Da fehlt doch einer, Quasselstrippe?!", Sagte er laut. Der Stumme stand noch immer vor dem Loch. Arti winkte ihm. „Was ist mit dir, komm schon, wir machen, dass wir hier verschwinden." Der Typ bewegte sich nicht. „Beweg dich. Das ist ein Befehl." Arti schritt auf ihn zu. Der Sani, der einen etwas fragenden Gesichtsausdruck hatte, folgte ihm. „Ich hab dir einen Befehl erteilt!", sagte Arti halblaut. Der Kerl rührte sich nicht. Jelena zoomte auf den Stummen. Er hatte einen leeren Blick und starrte ins Nichts. Arti erreichte ihn. „Was ist mit dir los?", fragte er ihn direkt ins Gesicht. Die Antwort war Schweigen. Der Stumme machte keine Bewegung. Der Sani und Arti blickten ihn an. Im nächsten Moment bekam der Stumme eine Ohrfeige. Der Effekt erstaunte sie alle. Er fiel schlaff nach vorne um. Arti schrie. „Bug!!" und eröffnete das Feuer. Er jagte mehrere Projektile in den Rücken des Stummen. Darauf klammerte sich eine Kakerlake. Zumindest erkannte sie Jelena als solche. Nur das Größenverhältnis zum Oberkörper des Mannes stimmte nicht, die Schabe war riesig. Sie bedeckte den gesamten Rücken. Wie auf ein Zeichen summte und sirrte plötzlich die Luft. Es klang wie ein Insektenschwarm, der durch die Luft flog. Verschiedenste Klickgeräusche durchschnitten die kühle Dunkelheit. Ein Schwarm von Bugs, die eine übernatürliche Größe hatten, erhob sich hinter den gefallenen Gebäuden. Jelena eröffnete sofort das Feuer. Ihr taten es die anderen gleich. Die Gegend war erfüllt vom Blitzen des Mündungsfeuers und dem Rattern der Schlitten. Die Insekten schwirrten auf sie zu und landeten direkt vor dem Bus. Zwischen Arti und dem Sani war eine Blockade aus schnell krabbelnden Beinen und kräftigen Beißwerkzeugen. Sie bewegten sich ausgesprochen schnell. Jelena hatte trotz ihrer verbesserten Reflexe größte Schwierigkeiten die Insekten zu treffen. Eklige, bräunliche Masse spritzte durch die Luft, immer wenn ein Projektil den Panzer durchschlug. Er verbreitete einen Verwesungsgestank, der kaum zu ertragen war. Die Schaben teilten sich auf. Eine Gruppe griff den Bus an. Die andere Gruppe kümmerte sich um die anderen zwei bei dem Loch. Rasend schnell kamen sie auf Jelena zu. Eine schnellte unerwartet in die Höhe. Die Flügel ausgebreitet, schwirrte sie durch die Luft. Die Beine gestreckt, die Kiefer geöffnet. Jelena betätigte den Abzug. Eine Salve durchbohrte den Körper. Die braune Flüssigkeit verteilte sich auf dem Bus. Jelena visierte eine andere Schabe an, die sich gerade auf den Weg zu ihr machte. Diese breitete ebenfalls die Flügel aus und sprang auf Jelena zu. Ein Schuss traf ein Bein des Ungetüms. Der Schlitten der Ingram 100 sprang zurück und rastete ein. Fragend sah sie auf die Waffe, wie war es möglich gewesen, 50 Schuss so schnell zu verpulvern? Dann wurde Jelena umgeworfen. Instinktiv riss sie ihren Arm in die Höhe und das Insekt schloss die Greifzangen um ihn. Die Haut wurde durchstoßen und ein glühend, heißer Schmerz zuckte durch ihren Körper. Der Druck wurde stärker. Die Kiefer durchschnitten das Fleisch und trafen den Komposite-Knochen. Das Material gab ein seltsam quietschendes Geräusch von sich. Jelena biss die Zähne zusammen. Die Facettenaugen spiegelten ihre zusammengekniffenen Augen unzählige Male. Jelena spürte etwas. Blitzschnell warf sie den Kopf auf die rechte Seite. Nicht ein Wimpernschlag war es gewesen und ein weiteres Paar Kiefer schnappte neben ihrem Ohr zusammen. Das Klack-Geräusch war so laut gewesen, dass die Geräuschkompensatoren angesprungen waren. Jelena, beinahe erdrückt von dem Gewicht der Kakerlake, legte beide Beine um den Körper der Schabe. Sie drückte sich nach rechts. Und das zweite Mal sprangen ihre Geräuschkompensatoren an. Der nächste Biss traf sie an der Wange. Die Kiefer der Kakerlake schnitten eine tiefe Wunde und verhakten sich in Jelenas Jochbein. Sie hatte keine Zeit zu schreien. Sie spürte noch, wie sich eine Art Stachel durch ihre Wange bohrte. Der Geschmack war Verwesung. Mit der linken Hand verpasste sie der Kakerlake, die ihr den Schädel spalten wollte, einen kurzen Schlag auf eines der Facettenaugen. Sie zuckte zurück und ließ los. Jelena nutzte die Zeit sofort. Mit einer Drehung ihrer Wirbelsäule verdrehte sie den Kopf der Kakerlake, die auf ihr saß. Der Knack bestätigte, dass die Viecher doch ein Genick hatten, das man brechen konnte. Der Griff um ihren künstlichen Arm ließ sofort nach. Jelena rutschte blitzartig auf die Seite. Allerdings zur Linken. Von ihrem Bus war eine weitere Schabe heruntergekommen. Den Körper der toten Kakerlake beförderte sie zwischen die Beißzangen, die versuchten, ihr die Rippen zu brechen. Ein weites Knacken ertönte, als der Chitinpanzer durchstoßen wurde. Die Kakerlake versuchte sich zu befreien und hob den Körper des toten Insektes an. Jelena rollte blitzschnell unter ihr heraus. Mit einer weiteren Bewegung war sie auf den Beinen. Sie stellte unter einem Ausweichschritt fest, dass ihr rechter Arm nicht mehr richtig funktionierte. Die Kakerlake musste einige der Schläuche beschädigt haben. Sie griff mit ihrer gesunden Hand an ihre Pistole. Die nächsten Projektile jagte sie in einen Körper einer weiteren Schabe. Die Käfer gaben einfach nicht auf. Die Gruppe hatte schon eine ganze Menge getötet. Auf dem Boden lagen zusammengekrümmte Insektenkörper herum, die einen Gestank verbreiteten, der Jelena die Tränen in die Augen trieb. Jelena hob den Tag, an dem sie sich auch in der linken Hand einen Smartlink einbauen lassen hatte, in die Wolken. Dann blitzte eine Explosion inmitten der Schaben auf. Chitinpanzerteile, Beine, Fühler und Innereinen flogen in alle Richtungen. Jelena, die von der Explosion vollkommen überrascht worden war, wurde von der Druckwelle nach hinten geschleudert. Sie prallte auf den Rückenpanzer einer Schabe. Jelena, die keine Lust hatte, wieder auf dem Boden liegend zu kämpfen, nutzte den Schwung, um mit einer Rückwärtsrolle über den Körper des Insekts wieder auf die Beine zu kommen. Der nächste Schuss sprengte den Panzer der Schabe. Doch dann war es vorbei. Jelena, die heftig im Gesicht blutete, legte blitzschnell ein neues Magazin ein. Doch es war nicht nötig gewesen. Alle Schaben waren erledigt. Sie atmete schwer. Nach einem kurzen, beruhigenden Einatmen versuchte sie die anderen zu finden. Die Kakerlaken hatten ihnen ernsthaft zugesetzt. Der Sani stand mit der Waffe von Arti inmitten eines Haufens toter Körper. Er stand, das Gewicht nur auf ein Bein verlagert, fix und fertig da. Bill lehnte mit der großkalibrigen Schnellfeuerwaffe am Bus. Das Blut trat in Blasen durch seine Schutzweste. Der Sani humpelte auf ihn zu. „Scheiße, das hat deine Lunge erwischt." Der Sani blickte Jelena an. „Hilf mir, ihm die Weste auszuziehen." Jelena nahm eines ihrer Wurfmesser und gab es dem Sani. Mit präzisen, schnellen Schnitten entfernte er die Verschlüsse. „Reiß dich zusammen. Das wird jetzt höllisch schmerzen. Beiß die Zähne zusammen. Ich muss sehen, ob sie was eingepflanzt haben." Der Sani riss das T-Shirt auf. Dann steckte er Zeige- und Mittelfinger in die Wunde. Bill schrie sofort auf. Er versuchte zwar den Schrei zu unterdrücken, aber der Schmerz schien zu groß. Der Sani zog die Finger wieder aus der Wunde. Sofort quollen rötliche Blasen nach. „Ein gutes Zeichen. Du hast keine Eier im Pleura-Raum. Aber dafür ein Loch in der Lunge." Mit schnellen Handgriffen legte er Bill einen Verband an. „So, jetzt zu dir." Er besah sich Jelenas Wange. „Du willst mit den Fingern in der Wunde herumwühlen?", fragte sie, obwohl sie die Antwort schon vermutete. Der Sani nickte. „Beiß die Zähne zusammen. Oder besser nicht." Jelena wappnete sich gegen den Schmerz, er traf sie jedoch wie heißer Stahl. „Scheiße!", kam es von ihm. „Die haben dich als Brutstation missbraucht." Jelena rann wieder ein eisigkalter Schauer den Rücken hinunter, sie hatte keine Lust von innen her aufgefressen zu werden. Der Sani grub in seiner Tasche. Endlich zog er eine Flasche heraus. „Das ist eine Säure", erklärte er, während er den Deckel abschraubte. „Das Zeug brennt zwar wie die Hölle, aber das ist das Einzige, was die Eier erledigen kann. Schluck es nicht, das reagiert entzündlich auf Magensäure." Jelena nahm einen Schluck der Flüssigkeit in den Mund. Sie hatte das Gefühl, als ob die Wange schmolz. Ihr wurde beinahe schwarz vor Augen. Sie spürte die Hände des Sanis, wie er sie vor dem Umfallen bewahrte. Die

Flüssigkeit war zähflüssig in klebte in ihrem Mund. Es begann aus dem Loch in ihrer Wange zu rinnen. Es vermischte sich mit ihrem Blut. „So, jetzt spuck es aus." Das brauchte sie nicht ein zweites Mal zu hören. Das Gebräu, das jetzt von bläulich in braun gewechselt hatte, platschte ungewöhnlich laut auf den Boden. Sofort begann ein chemischer Prozess mit dem Schabenblut. Es bildeten sich Blasen und der Verwesungsgeruch schien etwas nachzulassen. „Das hab ich selbst gemacht, aber egal. Hilf mal, Bill in den Wagen zu bringen." Bill, der nun durch den Schmerz und etwas Schmerzmittel des Sanis geschwächt war, lag nun im hinteren Teil des Wagens und atmete schwer. „Wo sind die anderen?", fragte Jelena und blickte sich um, wobei sie sich sofort überlegte, nur dann noch etwas zu sagen, wenn es wichtig war. Es kam ihr so vor, als ob das Loch in ihrer Wange die Größe eines Kraters hatte. Der Sani suchte ebenfalls herum. Dann zeigte er auf verschiedene Punkte. „Da, da, da und da, hier überall. Das erledigte die Frage, wer vorne sitzen darf." Jelena blickte ihn verärgert an. Er hob beschwichtigend die Hand. „Tut mir leid, das ist meine Art, mit solch einem Massaker fertigzuwerden." Er schüttelte sich heftig. Dann verband er blitzschnell Jelenas Arm. „Schöne Arbeit. Komposite? Hm?", fügte er mit einem Lächeln hinzu. Er selbst schien seltsamerweise keine Schmerzen zu haben. Obwohl sein rechtes Bein in einem eigenartigen Winkel abstand. Er schien wohl ihren Blick bemerkt zu haben. „Schmerzkompensator. Ich war mal flüssig." Sein Gesicht veränderte sich. „Scheißdreck, beschissener!", schrie er laut. „Ich würd den Scheiß-Bugs einen Tritt verpassen, wenn ich nicht befürchten müsste, dass mir das Bein wegfliegt. Habt ihr das gehört, ihr habt mich nur am Bein erwischt! Ihr Krüppelwesen werdet mich nie kriegen. Das Militär hat mich mit Synthetik ausgestattet, davon können manche hier nur träumen!" Er holte tief Luft. „Ich hasse dieses Leben! Ich scheiß drauf! AHHH! Ich will hier raus. Ich komme nicht aus Chicago, ich bin aus Malibu. Was kann ich dafür, dass ich der einzige Überlebende meiner Einheit war, was kann ich dafür?!!" Schließlich hatte er sich beruhigt. „Fahren wir", sagte Jelena matt. „Ja, ich leg mir den Verband im Wagen an. Funktioniert dein Arm so weit, dass du fahren kannst?" Jelena hob ihn, das Handgelenk ließ sich kippen, aber nicht drehen und die Finger waren etwas steif. Aber ansonsten war er beweglich. Sie stiegen ein und fuhren los, schnell und leise die beschädigten Straßen entlang. Es hatte nicht lang gedauert und sie erreichten ihr Ziel. In dem zu einem Bunker umgewandelten, ehemaligen Konzerngebäude, waren viele Familien, die sich vor den Bugs versteckten. Es war unglaublich, dass sich hier, in dem Gebiet, Metatypen und Menschen aufhielten. Vorwiegend waren es jedoch Menschen. In Ermangelung der jeweiligen Rassen waren Beziehungskonstellationen entstanden, die man in der, unter Anführungszeichen „normalen Welt", nur äußerst selten zu sehen bekam. Trolle gab es jedoch nur sehr wenige. Der Sani brachte sie und Bill auf die Krankenstation. Er hieß eigentlich Manni Slugger, aber Cross war ihm lieber. Er verarztete ihre Wange mit Nadel und Faden. Laser hatten sie hier nicht. Es würde eine Narbe bleiben. Entweder eine Erinnerung an ihr Überleben in Bug City oder ein Termin beim plastischen Chirurgen. Cross, der sein Cyberbein selbst reparierte, saß auf dem Bett und summte vor sich hin. Eigenartigerweise summte er das Lied vom Tod. Jelena kannte es und war erstaunt, dass er es ebenfalls kannte. Ihren Arm reparierte sie auch selbst, bis sie sich aus dem Krankenflügel entfernte. Den rechten Arm verbunden, ging sie in dem Gebäude herum und speicherte jeden Raum, jeden Entlüftungsschacht, jede mögliche Option, die ihr zu einer schnellen Flucht verhelfen würde. Da Jelena nicht wollte, dass sich die Leute, die ihr begegneten, sich an sie erinnern konnten, nutzte sie ihre Fähigkeit unbemerkt zu bleiben. Hin und wieder spürte sie Blicke auf sich gerichtet, doch denen entzog sie sich mit gezielter Präzision. Wie ein Geist wanderte sie durch die beschädigten Gänge. Die aus den Wänden herausragenden Rohre zeigten nur zu deutlich, dass die Bugs nicht nur einmal versucht hatten, die Leute hier auszurotten. Doch wie es schien, hatten sie sich gut geschlagen. Munition stellten sie selbst her. Der Generator, der im unteren Bereich war, erzeugte gerade so viel Strom, dass die Lampen schwach leuchteten. Fenster gab es zwar, doch waren sie alle verklebt, um nicht nur das geringste Licht nach draußen zu lassen. Jelena schlich in einen Gang. Es roch sofort nach nassem Beton. Doch die Tür, die sie interessierte, war verschlossen. Niemand war zu sehen. Jelena ging näher heran. Es war eine massive Tür aus dickem Stahl. Das Schloss war ein einfaches, aber großes, schweres Vorhängeschloss. Hinter dieser Tür musste sich etwas sehr Wichtiges befinden, noch offensichtlicher ging es nicht. Sie zog ihr Dietrich-Set heraus. Mit äußerstem Geschick stocherte sie in der Schlüsselöffnung herum. Schließlich klickte es. Doch wie immer geschah genau das, was nur in solchen Situationen geschehen kann. Jelena war aufmerksam gewesen, hier war sie die Umgebung gewöhnt. Hinter Jelena erwachte eine Stimme zum Leben. „He, jetzt komm schon, erzähl's mir." Die Stimme eines Mannes kam ihr nicht bekannt vor. „Ich sag's dir. Sie hat einiges auf dem Kasten. Amanda war die beste Frau in unserem Team und Arti hat schon mehrere solche Gemetzel heil überstanden, aber das hab ich noch nicht gesehen. Die war einfach Wahnsinn." Das war die Stimme von Cross. Sie wollte sich nicht unbedingt zeigen und verschwand im Schatten hinter einigen dicken Rohren. Die beiden bogen um eine Ecke. Cross humpelte noch ein wenig, aber er war anscheinend wieder einsatzfähig. Ein großer Mann stützte ihn. Er trug eine Art blaue Panzerkleidung. „Sie ist nicht aus der Gegend oder?" „Blöde Frage, na klar ist sie nicht aus der Gegend. Sie hat einen russischen Akzent. Nur ganz leicht. Find ich sexy. Aber die geht ganz anders mit einer Waffe um, als jeder, den ich bis jetzt gesehen hab." „Und was soll sie mir geben?" „Weiß nicht, das war so ein silbernes Kästchen. Sie hat's nicht geöffnet …" Cross machte eine Pause. „Sie ist Shadowrunner. Sie hat etwas über einen Mr. Jonson gesagt, der ihr den Auftrag gegeben hat, dir das zu geben." „Werden wir dann sehen. Wenn du sie triffst, sag ihr, dass ich sie gerne sprechen möchte. Hat aber keine Eile. Du kannst mitkommen, wenn sie dir so gut gefällt. Aber verschwinde, wenn sie es sagt. Ich will mir's mit ihr nicht verscherzen. Ich brauch noch Infos, wenn wir versuchen wollen, hier rauszukommen. Sie kann uns helfen." „Ich werde sie nicht darauf ansprechen. Das kannst du machen." Eine Tür schlug zu. Die beiden waren einfach an ihr vorbeigegangen. Jelena, die zuvor das Schloss wieder an seinem Platz gehängt hatte, blickte auf die Wand gegenüber. Sie dachte angestrengt nach. Anscheinend wollten die Leute hier durch die Blockade brechen. Verständlich, wenn man bedachte, was hier abging. Offiziell waren die Leute überhaupt nicht hier. Jelena wollte sich nicht unbedingt mit dem Anführer treffen. Sie wollte eigentlich den Computer finden und die Daten, die sich darauf befanden in ihren Besitz bringen. Die Prototypmunition vermutete sie in einem der Keller. Sie warf noch einen kurzen Blick durch die Tür, die sie gerade entsperrt hatte. Jelena riss die Augen auf. Ein eingeschalteter Computer stand einfach auf einem Tisch herum. Jelena blickte sich noch einmal um und ging dann einfach zum Computer. Sie blickte auf den Bildschirm und erkannte ein äußerst kompliziertes Passwort-Eingabesystem. Jetzt lange herumzuprobieren hatte keinen Sinn. Außerdem brauchte sie ihren Laptop. Jelena verließ den Raum und machte sich auf den Weg in die unteren Bereiche. Selbstverständlich war die Tür zum Keller verschlossen. Doch hier waren zu viele Leute, um jetzt an der Tür herumzuwerkeln. Sie entschied sich wieder in ihren Wagen zu steigen und ihre gesammelten Daten zu einem sinnvollen Plan zu verarbeiten. Nicht mehr lange dauerte es und dann war sie wieder in der zivilisierten Welt. Den restlichen Tag verbrachte sie damit, das Gelände und die Räume zu untersuchen. In der Nacht würde sie losschlagen. Von einer Wache, die Jelena etwas ausgefragt hatte, erfuhr sie, dass die meisten Leute in der Nacht an den Fenstern und in den unteren Bereichen Wache hielten. Bugs waren zwar nicht nachtaktiv, aber sie waren intelligent. Zumindest die Insektengeister. Sie wussten, dass die Menschen in der Nacht nicht so gut sahen. Jelena würde diese Erkenntnis nutzen, um ihren Auftrag zu Ende zu bringen. Wie Jelena so herumstrich, kam ihr eine Erkenntnis. Sie hatte aufgehört zu rauchen. Sie wusste nicht wann und warum, aber sie hörte auf ihren Körper. Das Verlangen nach einer Zigarette war einfach verschwunden.

Im Inneren zerbrochen

Die Nacht fand ein Ende als Henry, der Obdachlose, mit dem kleinen Jungen Charlie an der Hand durch die Straßen schlenderte. Der erste Spielplatz hatte sich als der Falsche erwiesen. Der beißende Geruch von Henry machte Charlie schon gar nichts mehr aus. Außerdem war Henry ein netter Mann. Er sprach immerzu mit sich selbst. Die Leute, die so früh schon auf den Straßen waren, betrachteten die beiden missmutig. Charlie, der es nicht gewohnt war, so angesehen zu werden, versuchte sich den Blicken zu entziehen. Henry bemerkte davon nichts. Er war in eine Diskussion mit sich selbst vertieft. Charlie versuchte dem Gespräch zu folgen, aber die zusammenhanglosen Sätze waren wohl für niemand anderen bestimmt. Doch eigenartigerweise beantwortete Henry jede Frage von Charlie. Nach einem längeren Spaziergang kamen die beiden in eine Straße, die Charlie bekannt vorkam. Er zog Henry schon beinahe hinter sich her. Die kleine Mauer war dieselbe wie vor Charlies Wohnung. Schon betraten sie den Hinterhof. Charlie ließ Henrys Hand los und rannte zur Eingangstür. Henry folgte ihm gemächlichen Schrittes. Charlie ergriff die Klinke der Eingangstür des Wohnblocks. Die Tür war offen. Er wartete ungeduldig bis Henry den Lift bestieg. Charlie drückte auf die Nummer sieben. Die Lifttüren schlossen sich und er setzte sich in Bewegung. Als Charlie aus dem Lift rannte, warf er noch einen Blick auf Henry. Er hatte es sich offenbar nicht überlegt schneller zu gehen. Doch Charlie rannte voraus bis zur Wohnungstür. Die war jedoch verschlossen. Charlie hatte seinen Wohnungsschlüssel in seinem Rucksack und der war drinnen. Doch dann fiel ihm etwas auf. Ein Schlüssel, der mit Klebeband genauso hoch befestigt war, dass er ihn erreichte. Charlie riss den Schlüssel ungeduldig von der Tür. Das konnten nur seine Eltern gewesen sein. Sie wussten, dass er wieder nach Hause kam. Charlie steckte den Schlüssel in das Schloss und betrat die Wohnung. „Mama? Papa?" Es kam keine Antwort. Charlie lief in die Küche. Sie war leer. Die Uhr konnte er nicht, aber wenn der große Zeiger auf der neun und der kleine Zeiger auf der sieben stand, war sein Vater immer mit ihm zur Schule gefahren. Henry schloss die Tür und betrat ebenfalls die Küche. Er blickte sich um. „Schön hast du's hier." „Magst du ein Frühstück?", fragte ihn Charlie. Henry nickte. Er war etwas rot im Gesicht. Er fühlte sich hier absolut fehl am Platz. Charlie begann in den Regalen herum zu graben und kramte alles heraus, was er meinte, dass für ein Frühstück passen konnte. Bald darauf saßen beide am Küchentisch. Henry, der zuerst nicht wusste, was er wollte, hatte Charlie schüchtern gefragt, ob er ihm was wegessen würde. Charlie hatte gelacht und gesagt, seine Mutter war die beste Einkäuferin der Welt. Henry langte nach diesen Worten kräftig zu. Er konnte sich nicht erinnern, wann er das letzte Mal Kakao getrunken habe. Charlie erzählte Henry, dass er seiner Mutter sagen würde, dass er ihm geholfen habe. Sein Vater würde ihm dann eine Belohnung geben und ihm helfen. Eigentlich fragte sich Charlie, ob er nicht seinen Vater fragen sollte, ob Henry auch hier wohnen dürfte. Henry, dem das viele Essen nun nicht mehr peinlich war, ließ sich von Charlie zeigen, was man alles auf ein Brot drauf legen konnte, beide waren gut gelaunt. Charlie fragte sich, was er mit Henry den ganzen Tag machen sollte. Er könnte ihm seine Zeichnungen zeigen. Als ihm Charlie den Vorschlag unterbreitete, fand Henry das unglaublich toll. Charlie sprang auf und lief in sein Zimmer. Er kramte alle Zeichnungen heraus, die er je gemacht hatte. Als er wieder zum Tisch gehen wollte, klingelte es an der Tür. Charlie stand in der Küche und blickte in den Flur. Es klingelte noch mal. Seine Mutter hatte ihm gesagt, dass er die Tür nicht öffnen durfte. Es erhob sich eine gedämpfte Stimme. „Hallo. Hier ist Lonestar. Charlie mach bitte die Tür auf." Charlie ging zur Tür. Er wusste nicht, ob er öffnen sollte. Die Stimme erhob sich erneut. „Charlie. Mein Name ist. Max Prier. Ich bin wirklich bei Lonestar. Neben mir ist mein guter Freund Armin Waterbee. Er ist auch bei Lonestar." Charlie wusste nicht, ob er diesem Max trauen konnte. „Was ist, wenn du nicht bei Lonestar bist? Mama hat gesagt, ich darf niemandem die Tür aufmachen." „Das ist schon richtig, deine Mama hat vollkommen recht. Aber ich mach dir einen Vorschlag. Hol doch einen Stuhl. Die Tür hat einen Spion, schau durch, ich geh ein paar Schritte zurück, damit du die Uniform sehen kannst." „Na gut." Charlie rannte in die Küche. Henry hatte die gesamte Situation beobachtet. Er mochte die Lonestars. Die ließen ihn immer auf dem Spielplatz spielen, wenn es dunkel war. Sie passten auch auf, dass er sich nicht wehtat. Charlie schliff einen Stuhl vom Küchentisch zu Wohnungstür. Er stieg darauf und blickte durch den Spion. Ein großer Mann stand draußen, er hatte eine blaue Uniform an, auf dem ein großer, weißer Stern zu sehen war. Sein Freund war kleiner und etwas dicker, aber er war auch in Blau. Charlie hatte beschlossen, dass die beiden wirklich Lonestars waren. Er kletterte wieder vom Stuhl und öffnete die Tür. „Hallo", sagte Max. „Wie geht's dir, Kleiner?" „Gut", sagte er verhalten. „Ist jetzt eine etwas komische Frage, aber was macht denn Henry bei dir?" Max hatte sich zu Charlie hinuntergebeugt und sprach mit ruhiger, freundlicher Stimme. „Das ist mein Freund. Wir frühstücken gerade." „Wow, das ist aber toll. Hast du was dagegen, wenn Armin und ich mit frühstücken?" Charlie schüttelte den Kopf. Beide traten ein. Seit ihrem letzten Besuch hatte sich nichts verändert. Das Fenster, das sie gekippt hatten, war immer noch offen. Charlie setzte sich wieder an den Tisch. Armin und Max nahmen ebenfalls Platz. „Hallo Henry", sagte Armin und lächelte ihn freundlich an. Henry strahlte wie zu Weihnachten. „Hallo Armin, hallo, hallo, hallo." Er freute sich immer über das Auftauchen von Lonestars. Die beiden kannten Henry gut. Er war ein harmloser Kerl, der einen gewaltigen Dachschaden hatte, aber er war der netteste Obdachlose, den sie je getroffen hatten. Sie ließen ihn auch, wenn es kalt war, in einer der Gefängniszellen übernachten. Max ergriff schließlich das Wort. „Charlie. Hast du einen Augenblick Zeit für mich?" Charlie blickte ihn an. „Wir wollten dich nämlich fragen, ob du in unserem Lonestar-Wagen mal mitfahren willst, und dir das Revier anschauen möchtest?" Max konnte gut mit Kindern. Irgendwie hatte er einen Draht zu ihnen. Er wollte Charlie nicht ohne Psychologen die Tatsche an den Kopf werfen, dass seine Eltern nie wieder mit ihm sprechen würden. „Ich glaub, das wird dir sicher gefallen." Armin warf ein: „Du darfst auch vorne im Wagen sitzen." „Stimmt", sagte Max wieder: „Und wenn du willst, machen wir auch die Sirene an. Außerdem kann Henry mitkommen." Charlie, der eigentlich lieber zu Hause bleiben wollte, sagte schließlich: „Ich will eigentlich auf Mama warten." Das war das, wovor Max Angst gehabt hatte. Jetzt musste er die Tatsache seiner toten Eltern verschweigen, um Charlie nicht in einen seelischen Zusammenbruch zu stürzen. „Wann kommt deine Mama?" Charlie zuckte die Schultern. „Hm ... warte mal. Wenn du von der Vorschule kommst, ist deine Mama dann zu Hause?" Charlie nickte erneut. „Gut, also es ist jetzt kurz nach sieben. Bis mittags sind wir wieder hier." Charlie hatte sich schließlich doch überreden lassen mit den Lonestars in die Zentrale zu fahren. Armin, der den beißenden Gestank von Henry schon sehr gut kannte, warf sich mit ihm auf die Rückbank. Max fuhr los, er stellte auch für Charlie die Sirene an. Als er den Jungen lachen sah, war ihm schon etwas leichter zumute. Die Fahrt dauerte nicht lange. Max fuhr in eine Tiefgarage, die unter der Zentrale war und alle stiegen aus. Armin brachte Henry in eine der Zellen. Er sah fürchterlich müde aus. In letzter Zeit war es draußen nicht gerade warm gewesen. Deshalb hatte er beschlossen, dass sich Henry aufwärmen sollte. Max und Charlie gingen durch die Lonestar-Zentrale. Viele Stars, die hier herumschwirrten, erkannten den Jungen, doch Max bedeutete jedem mit einer Handbewegung, dass er jetzt kein Geschrei brauchen konnte. Max unterhielt sich kurz mit einer Frau in Uniform, die hinter einem Schreibtisch saß, und brachte Charlie in ein Büro. Er zeigte auf die Couch, die an der Wand stand. „Kannst dich draufsetzen und ein wenig rasten. Du siehst ziemlich müde aus. Ich muss gerade noch schnell mal telefonieren." Charlie setzte sich auf die Couch. Er ließ den Blick durch das Büro schweifen. Nette Bilder hingen an der Wand. Meistens Zeichnungen, wie sie Charlie machte. Immer wieder sah man einen Mann mit weißem Stern rechts auf der Brust, der neben einem Mädchen oder Jungen stand. Eine Frau war auch auf manchen Bildern. Vielleicht war Max ein Papa. Max hingegen, der Natan Wulf angerufen hatte, und dann einen guten Psychiater, fand in einer Schreibtischschublade etwas Schokolade. „He, Charlie, rat mal was ich …" Er brach ab. Charlie lag auf der Couch und schlief seelenruhig. Max, dessen Büro immer etwas kühler war, erhöhte die Temperatur und legte seine Dienstjacke über den Jungen. Schließlich verließ er das Büro, nachdem er den schlafenden Jungen noch etwas beobachtet hatte. Der war wirklich nett, der Kleine. Er trat hinaus und blickte sofort in das Gesicht eines Orks im Anzug. Es war der Psychiater. Ihn, Bartholomäus Sivisza hatte Max auch öfter in Anspruch genommen. Er war ein netter Kerl, irgendwie der gute Kumpeltyp. „Hö, Max. Ist der Kleine drin?" Bartholomäus lächelte mit einer Wärme, die nur er hatte. „Ja, nur er schläft. Er ist vollkommen fertig. Außerdem glaub ich, dass wir in nicht unbedingt stören sollten. Der Kleine hat ohnehin schon viel zu viel durchgemacht." Bartholomäus nickte verständnisvoll. „Ich würde sagen, wir warten noch auf Natan und dann, bis der Kleine aufgewacht ist." Das taten die beiden dann schließlich auch. Natan Wulf traf eine halbe Stunde später ein. Doch Charlie war noch immer nicht aufgewacht. Natan hatte nach einem Anruf von Max heiße Schokolade und Donuts besorgt. Alle drei warteten, bis Charlie aufwachte. Es dauerte einige Zeit, diejenigen, deren Schicht beendet war, verabschiedeten sich und gingen nach Hause. Die Nachtschicht übernahm ihren Dienst. Der Junge schlief schon den gesamten Tag. Er musste unglaublich erschöpft sein. Henry schlief auch. Nur war er nicht so erschöpft, er schlief einfach nur gerne dort, wo es warm war. Dann öffnete Charlie die Augen, gerade in dem Moment, wo sich Max überlegt hatte, noch mal nach Charlie zu sehen. „Gut geschlafen?" Max lächelte ihn freundlich an. „Draußen sind zwei Lonestars. Die wollen gern mit dir reden. Nur kurz." „Gut", sagte Charlie und das Ende seines Wortes verschwand in einem Gähnen. Max holte Bartholomäus und Natan in sein Büro. Beide grüßten Charlie und Natan stellte die heiße Schokolade und die Donuts auf einen kleinen Beistelltisch neben der Couch. Max nahm kurz die Tasse in die Hand. Als er sie wieder abstellte, rauchte sie. Bartholomäus, der Psychologe, ergriff als Nächster das Wort. „Hallo Charlie. Ich bin Bartholomäus." Charlie blickte in ein paar warme, freundliche Augen. Die Hauer des Orks ragten zwar über seine Oberlippe, doch sie waren nicht spitz. Sie wirkten abgestumpft und überhaupt nicht gefährlich. Bartholomäus war schlank und hatte eine fünfeckige Brille auf der Nase. Seine grauen Haare waren nicht ganz kurz, aber sie standen in alle Richtungen von seinem Kopf ab. Er sah aus wie ein verrückter Wissenschaftler, der sich Gedanken über den Kaugummi machte, der nie seinen Geschmack verliert. „Darf ich mich zu dir auf die Couch setzen? Oh. Stimmt, hätte ich fast vergessen, du musst sicher Hunger haben. Das ist alles für dich. Ist nur für jetzt, später bekommst du richtiges Essen." Er hielt dem Jungen die Schachtel Süßgebäck und die Tasse hin. „Also", begann Bartholomäus. „Ich hab mich zwar schon vorgestellt, aber ein zweites Mal kann ja nicht schaden." Der Ork streckte Charlie die Hand hin, die der kleine Junge mit einem leichten Lächeln auf den Lippen ergriff. Bartholomäus sprach freundlich weiter. „Also. Ich arbeite mit den Lonestars zusammen. Immer wenn es jemandem nicht so gut geht und er gerne mit mir sprechen möchte, bin ich für ihn da." Charlie wärmte sich an der heißen Tasse und blickte unverwandt auf den Ork. Er erinnerte ihn etwas an seinen Lehrer, der mit allen aus seiner Klasse Sport machte. „Ich spreche auch mit Leuten, die mit Einbrechern zu tun hatten oder einmal überfallen worden sind." Das erinnerte Charlie an etwas – der Einbrecher, der durch die Tür gelaufen war und den Golfschläger seines Vaters zerbrochen hatte, dann waren sie umgezogen. Es hatte keinen Tag gedauert. Bartholomäus schien zu merken, dass Charlie abschweifte. „Was ist los mit dir?", fragte er freundlich. „Hast du etwas auf dem Herzen?" Charlie, der nicht wusste, was er sagen sollte, schüttelte nur den Kopf. Bartholomäus sagte nichts. Der Polizist, der ihn hergebracht hatte, saß hinter seinem Schreibtisch und blickte Charlie freundlich an. Der andere hatte viele Abzeichen an der Uniform, er war sicher so was wie der Chef. Er trank Kaffee aus einer Tasse, die etwas rauchte. Alle schienen zu warten, dass Charlie etwas sagte. „Wo ist meine Mama? Und wo ist mein Papa? Die waren nicht da, als ich heimgekommen bin." Bartholomäus atmete tief ein und hörbar wieder aus. Etwas schien sich im Raum breitzumachen. Eine dunkle Schwere, die auf die Seele zu drücken schien. Charlie glaubte zu wissen, dass etwas bevorstand, das nicht gut war. Bartholomäus senkte die Stimme und sprach in ruhigem Ton. „Charlie. Das ist jetzt schwer zu glauben, aber deine Eltern werden nicht wiederkommen." Charlie wusste, was der Ork meinte. Er wollte es nicht wahrhaben, das konnte nicht stimmen, sie hatten ihn doch lieb. Das war nicht möglich. „Das stimmt nicht, das ist nicht wahr. Ich will zu Mama." Charlie zitterte am gesamten Körper. „Charlie, du bist ein großer Junge und ich weiß, dass du stark bist. Aber jetzt musst du noch stärker sein. Deine Mama und dein Papa sind nicht mehr am Leben." Charlies Augen begannen zu brennen. Er zitterte am ganzen Leib. Seine Hände hatten sich in der heißen Tasse verkrampft, ihm wurde übel. Sein Hals kratzte. Es schien das gesamte Leben aus ihm herausgesaugt zu werden. In ihm war etwas zerbrochen und das schmerzte. So etwas hatte er noch nie. Nicht einmal, als er sich das Bein gebrochen hatte. Aber das, was er jetzt fühlte, war so unendlich schmerzhaft. Mama und Papa waren tot. Charlie erinnerte sich an seine Mutter. Sie hatte ihm immer einen Kuss gegeben, wenn er zur Schule ging. Sein Vater hatte ihn in die Arme geschlossen, wenn er ihn bei der Schule absetzte. Charlie war immer stolz auf seine Eltern gewesen. Er hatte sie lieb. Charlie war in sich zusammengesunken. Stumme Tränen rannen über die Wangen und verschwanden in seinem roten T-Shirt. „Ich will zu meiner Mama", sagte er unter Schluchzen. Bartholomäus schloss ihn in die Arme. Charlie weinte. Natan wollte dem Jungen zwar noch einige Fragen stellen, doch er brachte es nicht übers Herz. Natan hatte so etwas schon öfter erlebt, Kinder, die ihre Eltern verloren, aber durch Autounfälle oder übernatürliche Begebenheiten. In solchen Sachen wusste man nicht, was man dazu sagen konnte. Doch das hier war einfach nicht fair. Natan wurde plötzlich wütend. Er beschloss alles, was in seiner Macht stand, zu unternehmen, um die Schuldigen zu finden. Er würde seine Kontakte zur russischen Mafia verwenden. Sie alle würde er in Bewegung setzen, um die Mörder zu finden, die ein unschuldiges Kind sich selbst überließen. Natan wusste nicht, ob es besser gewesen wäre, wenn die Killer den kleinen Charlie auch getötet hätten. Einerseits wäre es besser, denn Charlie kam nun zu einer Pflegefamilie. Sein gesamtes Leben wurde von dem heutigen Tag an umgekrempelt. Max, der selbst keine Kinder hatte, würde sicher den Jungen vorübergehend aufnehmen. Er und seine Frau waren nette Leute. Natan kannte die Frau von Max gut. Die restliche Familie hatte er auch kennengelernt. Nette, aufgeschlossenen Leute. Max, der keine Kinder zeugen konnte, wünschte sich zusammen mit seiner Frau schon lange ein Kind. Er war unfruchtbar. Daran konnte man nichts ändern. Die einzige mögliche Operation hätte zur Folge, dass er sein Gemächt nie wieder hochbrachte. Also war die Operation für den Arsch. Natan erinnerte sich daran, wie ihm das Max ganz im Vertrauen mitgeteilt hatte. Es tat ihm leid für ihn. Solche Eltern wie die beiden waren, wünschten sich sicher nicht wenige Kinder. *„Es ist schon erstaunlich, was die Cybernetic auf den Markt bringt. Aber so etwas Banales kriegen die einfach nicht hin. Ich werd ihn doch fragen."* Natan kam aus seinen Gedanken wieder in das Büro von Max zurück. Charlie war in den Armen von Bartholomäus versunken. Der Anzug wurde von den Tränen des Jungen völlig durchweicht. Bartholomäus war es sichtlich egal. Er hielt den Jungen einfach nur fest. Er vermittelte ihm Geborgenheit und das so lange, wie er es brauchte. Max war hinter seinem Schreibtisch im Sessel in sich selbst zusammengesunken. Irgendetwas schien in ihm vorzugehen. Einerseits schien er wütend, andererseits schien er betroffen. Max war ein emotionaler Typ. Ruhig und gelassen, hatte eine Sterbensgeduld und war ihm ein guter Kumpel. Beide hatten die Prüfung zum Commander der Lonestars gemacht, aber Natan hatte besser abgeschnitten. Max war Chief Superintendent geworden. Natan sah es Max an, dass er die Glückwünsche ehrlich meinte. Bartholomäus begann nun den Jungen hin- und herzuwiegen. Er summte leise eine beruhigende Melodie. Charlie schien sich etwas zu entspannen. Natan wurde durch den tiefen Brummton auch etwas schläfrig. Bestimmt war es irgendein Zauber. Da er noch zu tun hatte und nicht unbedingt umkippen wollte, verließ er das Büro. Als er den Raum verlassen hatte, wirkten das Licht auf den Schreibtischen und die Stille im Raum bedrückend. Etwas hatte er aus dem Büro mitgenommen, das er nicht zuordnen konnte. Er fühlte sich schwach. Er wollte nicht nach Hause fahren, doch er war schrecklich müde. Der heutige Tag war sehr anstrengend gewesen. Zu Hause erwartete ihn ohnehin niemand. Der Gedanke, sich endlich ein Haustier anzuschaffen, gewann in ihm Kraft, damit er nicht so vollkommen alleine war. Seine letzte Beziehung war wegen zu viel Arbeit in die Brüche gegangen. Doch das lag nun Jahre zurück. Er musste schlafen. Diese blöden Grundbedürfnisse der Lebewesen ärgerte ihn seit seinem zwanzigsten Lebensjahr. Schlafen und der Gang auf die Toilette. Das waren die beiden sinnlosesten Bedürfnisse, die es überhaupt gab. Es half schließlich alles nichts, um die Sache mit Charlie würde er sich morgen kümmern. Max kam aus dem Büro. „Das war so ziemlich der schwerste Kotzbrocken, den ich je schlucken musste", sprach ihn Max von der Seite an, ohne ihn anzusehen. Natan blickte sich um. Ein paar Lonestars arbeiteten an verschiedenen Akten. Andere unterhielten sich gedämpft. Die Stille im Lonestar-Hauptquartier war noch nie so absolut gewesen. „Hast du gespürt wie …", Max hielt kurz inne, „wie das … ich weiß nicht, das Leben aus dem Raum verschwunden ist, das war noch nie so intensiv." Max blickte zu Natan. Er starrte auf eine Pflanze. Dann sagte er: „An dem Kleinen ist mehr dran, als man erkennen kann." Max nickte, er hatte es auch gefühlt. „Glaubst du, er ist ein Erwacher?", setzte Natan hinzu. „Sicher. Nur das, was mich beschäftigt ist, dass er es so früh ist. Das fängt doch erst in der Pubertät an." Max nickte zustimmend. Natan ergriff nun wieder mit einem eigenartigen Unterton das Wort. „Der Junge ist ohne jeden Zweifel ein Erwacher und ein mächtiger noch dazu. Wenn selbst ich es gespürt habe. Selbst durch meine Cyberware. Aber worauf ich eigentlich hinauswill, das klingt jetzt vielleicht etwas bescheuert, aber ich wollte dich fragen, ob du ihn bei dir aufnehmen könntest?" Max blickte seinen Boss mit fragenden Augen an. „Wie meinst du das? So lange bis er zu einer Pflegefamilie kommt, oder wie?" „Nein, ich mein das so." Natan begann zu erklären: „Der Junge wird zu einer Pflegefamilie kommen, das ist klar. Aber er ist ein mächtiger Erwacher. Wenn der auf unserer Seite ist, dann sieht es für Lonestar etwas besser aus. Stell dir nur mal vor, er hat einen normalen Job. Er würde durchdrehen. Oder noch schlimmer. Was ist, wenn er in die Schatten geht?" Max verstand, worauf Natan hinauswollte. „Du willst, dass ich eine Art Auftrag übernehme. Ich soll mich um den Jungen kümmern, bis er alt genug ist, um zu Lonestar zu gehen." „Genau. Mach ihm das Gesetz schmackhaft. Bartholomäus wird auf unserer Seite sein. Er hat sicher auch mitbekommen, dass in dem Jungen etwas lodert, das nicht unbedingt gegen uns arbeiten sollte." Max fragte sich, was seine Frau dazu sagen würde. Er selbst war 28 Jahre, sie war 29 Jahre alt, ein junges Paar, das ein Kind mit dem Alter von 5 Jahren aufnahm. Schließlich stimmte er zu. Er hatte beschlossen, den Jungen nicht in die Obhut der Fürsorge zu geben und Max nahm den Kleinen zu sich. Charlie schlief die restliche Nacht bei Max zu Hause. Natan hatte den Dienstplan etwas umgeschrieben. So konnte Max sich in aller Ruhe um Charlie kümmern. Bartholomäus hatte auch beschlossen, sich dem Jungen verstärkt zu widmen. Er selbst als Erwacher und Hundeschamane wollte Max unterstützen. Außerdem hatte Bartholomäus ihnen etwas mitgeteilt, das ihm aufgefallen war, als der den kleinen im Arm gehalten hatte und das war das Entscheidendste gewesen.

Natan war in dieser Nacht sehr spät, beziehungsweise früh in seine Wohnung gekommen. Das leere und kalte Apartment begrüßte ihn mit Finsternis. Als er das Licht mit einem Schnalzen der Zunge einschaltete und in das Wohnzimmer gegangen war, fiel sein Blick sofort auf den Couchtisch. Darauf lagen die verschiedensten Akten. Er nahm auf der Couch Platz und seufzte. Der Cop-Killer. Nicht auch nur die geringste Spur oder einen Anhaltspunkt. Doch bis jetzt war noch nichts vorgefallen. In ihm tauchte nun wieder die Vermutung auf, ob dies nun die Ruhe vor dem Sturm, oder ob der Killer einfach erledigt worden war, er hoffte zweiteres. Nathan schaltete den Fernseher ein. Der NanoTec-Bildschirm erwachte schnell zum Leben. Er zeigte sofort eine Szene, die aus einer Vektor Hub Maschinen gefilmt worden war. Darunter breitete sich eine gewaltige Steppe aus. Die Kamera zoomte auf einige Lebewesen. Im nächsten Moment erwachte die Stimme des Kommentators zum Leben. „Das Paarungsverhalten der Mantikore ist mit dem der herkömmlichen Löwen zu vergleichen. Nur, dass bei den Mantikoren die Männchen und nicht die Weibchen auf die Jagd gehen. Das Weibchen ist um einiges größer und kümmert sich um die Aufzucht der Jungtiere. Die Weibchen sind um einiges aggressiver als die männlichen Mantikore. Als erwachte Wesen gehören sie zweifelsohne zu den gefährlicheren Arten. Die Stacheln auf dem Schwanzende des löwenähnlichen Tieres dienen nicht zur Jagd. Sie enthalten ein Gift, das, wenn es verwendet wurde, Lähmungen des Herzens verursacht. Die Mantikore fressen ein Tier, das durch das Gift getötet worden ist, jedoch nicht, obwohl dieses Gift nur tötet, wenn es in die Blutbahn gelangt. Doch warum die Mantikore die vergiftete Beute nicht fressen, ist unklar." Der Sprecher hatte weitergesprochen, während Natan in die Küche gegangen war, er hatte ohnehin nicht zugehört. Er war nun eigentlich nicht mehr müde. Auch wenn es ihm schon zum Hals heraushing und auch wenn er schon jedes einzelne Wort auswendig kannte, durchblätterte er die Akten zum mindestens tausendsten Mal, während der Kaffee in die Kanne lief. Natan nahm eine Tasse und begab sich wieder zur Couch. Nach längerem Lesen verschwammen die Buchstaben. Immer träger schlürfte und nippte er an der Tasse. Sein Blick glitt noch einmal auf den Bildschirm. Natan schlief ein, während der Sprecher des Naturkanals einfach weiter über das Paarungsverhalten der Mantilkore erzählte.

Entscheiden über Leben und Tod

Nun war es so weit. Die Nacht lag über allem, die vollkommene Dunkelheit machte es sogar für Nachtsichtgeräte auf der stärksten Einstellung schwer, das Licht einzufangen. Die vollkommene Schwärze wurde von nichts erhellt. Nicht einmal der Mond war zu sehen. Langsam bewegte sich eine dunkle Gestalt in der Finsternis. Der Schatten schlich zwischen alten Fahrzeugen umher. Die Leute, die mit den schwachen Taschenlampen herumpatrouillierten, bemerkten nichts. Der Schatten bewegte sich auf die Fassade eines großen Gebäudes zu, das von einer hohen Mauer eingeschlossen war. Die Gestalt drückte sich an die Wand und begann an ihr emporzuklettern. Jeder Handgriff saß. Jede geschmeidige Bewegung passte sich perfekt den Vorsprüngen an, die aus der Wand herausragenden, stählernen Verstrebungen erleichterten den Kletterakt. Doch wenn jemand nicht wie Jelena im Klettern an Häusern geschult war, konnte er Schwierigkeiten bekommen. Jelena bewegte sich wie eine Eidechse. Sie verwendete eine asymmetrische Kletterweise und kam so sehr schnell nach oben. Das Fenster, das mit Brettern vernagelt war und durch das sie wollte, stellte kein Problem dar. Jelena entschloss sich in der Stille nicht mit der Sicherungspistole zu arbeiten. Deshalb spreizte sie die Beine im Fensterrahmen. Es war anstrengend, doch anders ging es nicht. Sie löste einige Nägel mit einer Zange und bewegte ihren schlanken Körper durch die kleine Öffnung. Sie glitt ohne nur das geringste Geräusch zu verursachen in das Innere des Raumes. Der Computer war immer noch eingeschaltet. Die Bretter, die sie zur Seite gedrückt hatte, schob sie wieder über das Loch. Kein Licht nach außen lassen. Der Monitor leuchtete zwar nur schwach, aber in der vollkommenen Finsternis würde er sicher bemerkt werden. Sie schlich sofort zur Tür und brachte ein kleines Gerät daran an. Dies war verbunden mit einem Funksender in Jelenas Ohr.

Die Reichweite betrug nur einige Meter, aber sobald sich etwas der Tür näherte, vernahm sie den Schall. Als Nächstes kümmerte sie sich um den PC. Den Minilaptop verband sie mit einigen Handgriffen am Prozessor. Dann wartete sie, bis das Verschlüsselungsprogramm das Passwort geknackt hatte. Schneller als erwartet erschien eine Ziffernkombination. Jelena tippte die Reihenfolge ein und nun konnte sie das auf dem Computer befindliche Material durchsuchen. Es würde zu lange dauern alle Dateien einfach durch zusehen. Deshalb benutzte sie den Laptop, um die Datei C 65-3 zu finden. Wieder schneller als erwartet fand sie die Daten. Das war jetzt zu einfach gewesen, um sicherzustellen, dass sie nichts vergessen hatte, ließ sie den Laptop noch mal suchen. Doch nun fand er nichts mehr. Jelena entfernte das Kabel und schaltete wieder auf den Schirm mit der Passwort Aufforderung. Sie schlich zur Tür und entfernte den Schalldämpfer. Im nächsten Moment schlüpfte sie wieder durch das Fenster hinaus. Unter ihr ging eine Patrouille. Jelena begann wieder mit dem Abstieg. Das Fenster, durch das sie jetzt wollte, bestand nur aus geschwärztem Glas und es ließ sich nicht öffnen. Doch das hielt sie nicht auf. Der Glasschneider strich in der Nähe des Rahmens über das Glas. Die Sicherheitsfolie wurde mit durchschnitten. Der Diamantschneider hatte sie ein halbes Vermögen gekostet, doch er war es wert gewesen. Wieder glitt Jelena geräuschlos durch das kleine Loch. Das Glas, das sie mit einem Saugnapf mit sich genommen hatte, legte sie in eine Ecke. Sie würde es später mit einem Komponentenkleber wieder einsetzen. Sie rieb sich den Cyberarm, der Bekanntschaft mit einigen sehr scharfen Kiefern gemacht hatte. Er funktionierte wieder einwandfrei. Doch irgendwie machten ihr die Druckstellen im künstlichen Knochen Sorgen. Wenn sie Gelegenheit hatte, würde sie das Komposite austauschen lassen. Sie huschte zur Tür des Raumes. Nun kam der schwierige Teil. Sie musste einige Gänge entlang, ohne dass sie bemerkt wurde. Das Verbot, sich nicht in den Gängen aufzuhalten, galt nicht für die Wachen. Das war nur zum Schutz der wenigen, die hier lebten. Bugs konnten überall irgendwie rein. Die medizinische Ausrüstung war mit der Zeit knapp geworden. Der gesamte Vorrat, den die Truppen aus den Krankenhäusern geholt hatten, war sehr schnell geschrumpft. Das wusste sie von dem Sani, der sie so hübsch fand. Das galt allerdings auch für Jelena. Als er endlich einmal ohne Helm herumgestromert war, fielen ihr seine freundlichen Gesichtszüge auf. Außerdem waren auch die kurzgeschoren braunen Haare irgendwie nett. Jelena drückte den Geräuschempfänger an die Tür. Nichts war zu hören. Sie versuchte die Tür zu öffnen. Warum die Tür verschlossen war, war ihr ein Rätsel. Aber mithilfe ihres Dietrich-Sets schaffte sie es das Schloss zu knacken. Das Schloss war sicher schon viele Jahre verschlossen, denn es sprang mit einem Klicken auf, das einer Erleichterung glich. Jelena betrat den Gang. Die Lichtverstärker zeigten ihr, dass wirklich niemand hier war, töten wollte sie nur, wenn es nicht mehr anders ging und wenn es sein musste, erledigte sie das im Nahkampf. Nichts ist verräterischer als Blut am Boden. Die kleine Pistole, die sie bei sich trug, war mit vier Nadeln geladen, in denen sich ein äußerst starkes Nerven- und Muskelgift befand. Die Wirkung war, dass der Betroffene beim ersten Kontakt mit der Flüssigkeit erstarrte. Selbst im Gehen. Er blieb einfach stehen, die letzten fünf vergangenen Minuten vergaß er. Die Erinnerungslücke wurde mit den ersten Gedanken gefüllt, die der Betroffene hatte und wenn die Wirkung nach drei Minuten nachließ, ging das Opfer einfach weiter. Der Effekt war, dass er erstens nicht wusste, was geschehen war und er sich keine Gedanken machen musste, warum er denn auf dem Boden lag, und dass er einfach drei Minuten zu spät bei der Wachablöse war. Die drei Minuten waren bei Weitem genug Zeit, um zu verschwinden. Oder sich zu verstecken. Jelena hatte das Gift nur einmal verwendet und es verfehlte die Wirkung nicht, sie hatte der Wache die Waffe, die sie gezogen hatte, einfach wieder in das Holster gesteckt und war verschwunden. Die dreiminütige Verspätung hatte keine weiteren Folgen. Doch sie hoffte, dass sie die Geschosse nicht brauchen würde. Eine Ampulle kostete 4500 ¥. Ihre Schritte waren nicht zu hören, als Jelena durch den Gang schlich, der sich dunkel vor ihr erstreckte. Zu beiden Seiten waren Türen. Die ehemaligen Büroräume waren zu Schlafräumen umfunktioniert worden. Jelena zählte die Türen. Bei einer bestimmten blieb sie stehen. Hinter ihr befand sich einer der Wachen, die die Kellerräume untersuchten, Jelena war nicht untätig gewesen. Wenn sie schon die Möglichkeit hatte in dem Gebäude herumzugehen. Die Gespräche der Leute, die Jelena belauscht hatte, waren sehr aufschlussreich gewesen. Sie wusste so ziemlich alles, was sie für den Auftrag brauchte, nur nicht, wo der Raum mit der Spezialmunition war, mal abgesehen von der Tatsache, dass er sich irgendwo im Keller des Gebäudes befand. Wenn alles nichts mehr half, würde sie einfach jede Tür öffnen, die sich in diesem Keller befand. Manchmal half eben nur Suchen. Jelena war in das Innere des Raumes geschlüpft. Es befanden sich acht Betten darin. Vier waren belegt. Jelena ging an den Schlafenden vorbei und betrachtete deren Ausrüstung genauer. Jeder Einzelne besaß einen großen Schlüsselbund. Nichts, womit Jelena etwas anfangen wollte. Nachtsichtgeräte einer etwas älteren Generation, verschiedenste Waffen, Taschenlampen und noch so einiges, was Jelena nicht brauchte. Dann bückte sie sich nahe an eine Tasche. Sie hatte eine Spezialzugangskarte entdeckt, genau das Model, das die Türen zum Keller öffnete. Jelena schnappte sich die Karte und verschwand. Schnell bewegte sie sich den Gang auf ein Treppenhaus zu. Sie vermutete, dass die Wachen das nächste Mal um 03:00 am abgelöst werden würden. Sie hatte nun drei Stunden, um die Karte wieder dorthin zu bringen, wo sie sie herhatte, das Treppenhaus war vollkommen dunkel. Jelena, die nicht viel Zeit hatte, griff in ihren kleinen Rucksack. Das lange, schwarze Seil, das sie herausgenommen hatte, befestigte sie mit einem Schuss aus ihrer Enterpistole auf der unteren Seite der darüber liegenden Treppe. Etwas Beton bröckelte auf diese herab. Doch ein überprüfendes Ziehen am Seil sagte ihr, dass der Hacken hielt. Mit einem weiteren Handgriff klinkte sie das Seil an ihrem Klettergurt ein und schwang sich über das beschädigte Geländer. Schnell wurde das Seil aus dem Rucksack durch die verschiedenen Karabiner gezogen. Das Gebäude war sehr hoch, nur einmal Treppen steigen sparte viel Zeit. Jelena erreichte den Boden, das Seil zog sie wieder aus dem oberen Karabiner. Dann drückte sie auf einen kleinen

Knopf auf ihren Handgelenkscomputer. Der Karabiner oben im Treppenhaus öffnete sich und das Seil fiel heraus tolle Erfindung. Allerdings hatte sie sehr lange gebraucht, um den Funksender in den Karabiner so einzubauen, dass er nicht störte. Den Rucksack mit dem Seil wieder auf dem Rücken ging sie weiter. Bis jetzt war ihr noch keine Wache begegnet. Hoffentlich blieb es in der nächsten Zeit auch so. Die Tür, die ihr beim Gehen ins Auge stach, war aus einem verstärkten Material. Vielleicht Stahl oder Eisen. Jedenfalls sah sie sehr rostig aus. Neben der Tür befand sich ein kleines Gerät mit Kartenschlitz. Jelena nahm die Karte und zog sie schnell durch. Ein grünes Lämpchen leuchtete auf. Jelena drückte sich gegen die Tür. Mit einem Quietschen, das sich durch das gesamte Treppenhaus bewegte, schob sie die Tür langsam auf. Verflucht, das war einfach zu laut gewesen. Noch einen Moment hielt sie inne. Doch die Schritte, die sie hörte, gehörten unverkennbar zu einigen Sicherheitsleuten. Jelena schlüpfte schnell durch die Tür. Sie zu schließen war den Aufwand nicht wert, außerdem besaßen alle Wachen sicher dieselben Magnetkarten. Jelena betrat einen großen Raum. Verschiedenste Maschinen surrten und ratterten unregelmäßig und erzeugten ein Konzert aus Energie. Der Temperaturmesser auf ihrem Anzug schoss sofort in die Höhe. Hinter sich hörte sie unklare Stimmen. Sie aktivierte die Geräuschfilter und rannte los, nur wenige Sekunden, nachdem sie sich hinter eine große Maschine geworfen hatte, kamen Leute durch die Tür. Zwei Männer in schwerer Panzerung und beide trugen großkalibrige Waffen. Sie betraten den Raum. Jelena, die sie nicht sahen, bewegte sich in den Schatten von ihnen fort. Sie kroch unter einem großen, heißen Heizungskessel hindurch. Die Hitze, die der Kessel erzeugte, drang sogar durch ihren Anzug. Doch weiterkriechen konnte sie plötzlich nicht mehr. Auf der anderen Seite war ein weiteres Paar Stiefel aufgetaucht. Jelena verharrte ohne eine Bewegung unter dem Dampfkessel. Das Paar Stiefel drehte sich zu allen Seiten. Doch zum Glück kam der Besitzer nicht auf die Idee, sich zu bücken. Sie fühlte, wie ihr der heiße Schweiß unter dem Anzug über ihr Rückgrat rann. Nicht lange und sie war vollkommen durchnässt. Die Wache überlegte es sich endlich anders. Ihre Retinauhr zeigte, dass sie sieben geschlagene Minuten ohne eine einzige Bewegung unter dem heißen Kessel ausgeharrt hatte. Jelena blieb noch liegen, bis sie eine stählerne Tür quietschen hörte. Langsam kroch sie aus ihrem Versteck hervor. Sie ließ alle Vorsicht außer Acht und zog die Maske vom Kopf herunter. Ihre Haare klebten schweißnass auf ihrem Gesicht. Erst jetzt nahm sie den Geruch von verbranntem Öl wahr. Sie griff schnell nach irgendetwas, um sich festzuhalten. Doch sie zog ihre Hand schnell wieder zurück. Das Rohr war ziemlich heiß gewesen. Das heiße Metall, oder was es war, hatte beinahe ihren Handschuh geschmolzen. Mit geschlossenen Augen stand sie da und versuchte sich zu konzentrieren. Die Hitze, die sich in ihrem Anzug gestaut hatte, war mörderisch. Doch sie musste weiter. Das Kühlsystem war schon aktiv, doch solche Überlastung war etwas zu viel gewesen. Langsam schlich sie durch den jetzt heiß wirkenden Raum zur Tür zurück. *Verdammt, war wohl der Falsche gewesen."* Natürlich hatten die Leute vor der Tür eine Wache abgestellt. Ein Mann mit großem Gewehr stand da und wartete. Jelena musste an ihm vorbei. Ihr blieb nichts anderes übrig als ihre Pistole zu verwenden oder nicht. Sie war gerade über ein Rohr gestiegen, das auf dem Boden herumlag. Es war zwar ein alter Trick, aber etwas anderes fiel ihr im Moment nicht ein. Sie nahm das Rohr an sich. Doch anstatt es einfach irgendwo in den Raum zu werfen, beschloss sie es der Wache doch einfach auf den Schädel zu donnern. Jelena setzte die Maske wieder auf. Sie schlich sich an die Wache heran. In den Schatten näherte sie sich ihm von der Seite. Der heiße Dampf verschaffte ihr zusätzlich Deckung. Dann tippte sie der Wache auf die Schulter. „He." Die Wache wand den Kopf. Im nächsten Moment schlug sie ihm das Rohr gegen die Stirn. Die Wache brach jedoch nicht zusammen. Er griff nach Jelena. Sie glitt an der Bewegung vorbei und schlug ihm mitten auf die Brust. Sie hatte den Solarplexus getroffen. Der Wache entwich die Luft aus den Lungen. Der Typ war jedoch stärker als sie vermutet hatte. Er machte einen Schritt nach vorne und blockierte ihren nächsten Schlag. Jelena wich nur knapp dem folgenden Angriff aus. Der Typ konnte irgendeinen Kampfsport. Doch sie durfte sich nicht so weit von ihm entfernen, dass er die Waffe benutzen konnte. Jelena blockierte einige Schläge in schneller Kombination. Er war schnell. Sie nutzte ihre Reflexbooster, um seinen Fäusten zu entgehen. Jelena ergriff den Arm des Mannes, als er seinen nächsten Schlag ausführte. Er zog ihn instinktiv zurück, großer Fehler. Die Kräfte, die er nutzte, um seinen Arm aus ihrem Griff zu lösen, nutzte Jelena sofort, um ihr gesamtes Gewicht in ihren nächsten Schlag zu setzen. Ihr Ellenbogen donnerte ihm mitten ins Gesicht. Er wich zurück, sie setzte jedoch sofort nach. Der nächste Tritt traf ihn seitlich am Knie. Er knickte ein. Sie schlug ihm dann erneut mitten ins Gesicht. Diesmal mit ihrem Knie. Die schon gebrochene Nase verursachte ein sehr ekliges Geräusch. Der Wächter stürzte auf den Rücken. Jelena trat ihm als Nächstes einmal kurz und gezielt mitten in den Magen. Er krümmte sich zusammen. Sie beschloss noch eins draufzusetzen und verwendete seinen Kopf wie einen Fußball. Daraufhin regte er sich nicht mehr. Sie zog ihn zu einem ziemlich heißen Rohr. Dann entkleidete sie ihn. Die Unterwäsche ließ sie ihm jedoch an. Er war schon genug gedemütigt. Die Ausrüstung verfrachtete sie, nachdem sie den Mann mit einem Draht an das heiße Rohr gefesselt hatte, in eine dunkle Ecke. Das starke und auch nass klebende Klebeband, das sie eigentlich ständig mit sich herumschleppte, verhinderte, auf den Mund des Mannes geklebt, jeden Laut. Jelena ließ die Schulter des Kerls los und er sackte nach hinten. Die Berührung der nackten Haut mit dem heißen Rohr ließ ihn hochschrecken. „Tut mir leid, ich wollte dich nicht dermaßen zurichten." Er blickte Jelena an. Sein Blick sagte ihr, dass er nur zu gerne wissen wollte, wer Jelena war. Das Einzige was er wusste war, das sie kein Mann war. Ihr enger Anzug betonte ihren weiblichen Körper. „Ist nicht so schlimm von mir fertiggemacht zu werden, das ist schon mehreren wiederfahren." Sie sprach ohne russischen Akzent. Jelena hatte sich mittlerweile einen amerikanischen Slang angeeignet. Deshalb war sie ja auch bei ihrer Ankunft in eine Bar gegangen. „Ich will nur eins wissen, wo der Munitionsprototyp ist. Ich nehme dir das jetzt ab. Schrei, wenn möglich nicht, das bedeutet nämlich Schmerzen." Sie zog ihm das Klebeband so weit vom Mund herunter, dass er gerade sprechen konnte. Er atmete durch. Die Hitze in diesem Raum schien ihm zu schaffen zu machen und er wollte nicht unbedingt mit dem Rohr in Verbindung kommen, an das er gefesselt war. Die Position, in der er sich befand, wurde immer anstrengender. „Ich bitte um eine Antwort", sagte Jelena ruhig. „Ich darf es Ihnen nicht sagen, wir brauchen den Prototypen. Das ist die beste Munition, die wir gegen die Bugs haben." „Es tut mir leid, aber ich muss es wissen. Ich werde eure Aufzeichnungen nicht vernichten. Ich brauch nur die Munition." Er brauchte nicht mehr zu mutmaßen, dass sie Jelena war. Jelena vernahm die Erkenntnis auch. „Verdammt, ich kann es Ihnen nicht sagen." Jelena zog ein Messer. Die gezackte Klinge schüchterte schon ein, dass die Klinge jedoch geschwärzt war, machte alles noch schlimmer. „Ich hab keine Skrupel, das zu benutzen." Sie hielt ihm das Messer vors Gesicht. Die Wache schüttelte den Kopf. Jelena hatte nicht die Zeit ihn lange zu foltern, deshalb griff sie zu ihrem besten Argument, das bei der Folter eines Mannes Wirkung zeigte. Sie griff nach dem Bund seiner Boxershorts. Sie zog ihn nach vorne und fuhr mit dem Messer nahe an seine Männlichkeit. Er schluckte. „Ich sag's ja, ich habe keine Skrupel, das zu benutzen." Die Augen des Mannes fixierten die geschwärzten Scheiben der Maske. Jelena blickte ihm direkt ins Gesicht. „Das wagen Sie nicht. Sie sind nicht so. Bedenken Sie mal meine Situation. Wenn ich Ihnen verrate, wo die Munition ist, dann werde ich aus der Sicherheitszone verbannt und muss mich mit den Bugs herumschlagen." Jelena schnitt ihm das Wort ab. „Wenn Sie es nicht tun, werde ich Ihnen was sehr Wichtiges abschneiden. Vermutlich werden Sie verbluten. Aber wenn man Sie findet, laufen Sie in Zukunft ohne drei Dinge herum, die sehr wichtig für die Fortpflanzung sind." Das Argument hatte die Wirkung nicht verfehlt. „Verdammt, das ist jetzt aber einfach nicht fair." „Ich weiß. Also. Entscheide dich." „Der Prototyp ist nicht weit von hier. Da ist so ein Raum, drei Türen weiter. Treppe runter und dann nach links. Scheiße das ist unfair." Jelena befestigte das Klebeband wieder auf dem Mund des Mannes. Das

Blut, das aus seiner gebrochenen Nase floss, beeinträchtigte die Klebewirkung in keinster Weise. Jelena stand auf. Sie verstaute das Messer wieder hinten in ihrem Gürtel. „Ich danke. Ich werde nicht sagen, dass du mir was verraten hast." Diese Aussage war absolut überflüssig gewesen, sie hatte sowieso vor zu verschwinden, sobald sie den Munitionstyp hatte. Jelena verließ den Raum wieder durch die quietschende Tür. Die Scharniere beträufelte sie zuvor mit einer Lösung. Der Rost wurde binnen Sekunden zerfressen. Jelena zog die Tür auf und das Quietschen blieb aus. Für längeren Gebrauch war das Zeug nicht geeignet. Die Scharniere brachen in wenigen Tagen einfach ab. Aber ihr war das vollkommen egal. Sie schlich weiter und erreichte die Tür, die der Mann beschrieben hatte. Sie war ebenfalls mit dem Magnetschloss versperrt. Jelena öffnet sie vorsichtig. Diese quietschte nicht. Offensichtlich wurde sie regelmäßig gebraucht. Sie stieg die Stufen hinunter und wandte sich, wie die Wache gesagt hatte, nach links. Eine Tür war nur angelehnt. Ein dünner Lichtstrahl fiel auf den Betonboden. Jelena ging näher heran. Sei spähte durch den Spalt. Ein Mann saß, den Rücken ihr zugewandt, auf einem Stuhl. Er werkelte gerade an etwas herum, das sie nicht erkennen konnte. Er trug die normale Einsatzrüstung. Sein Kopf wippte auf und ab. Jelena erkannte das dünne Kabel, welches aus den Ohren unter der Rüstung hing. Er hörte offenbar irgendetwas Härteres. Jelena betrat den Raum. Nun begann der Mann auch noch mitzusingen. Die Stimme kam ihr vertraut vor. Das war der Sani, den sie kennengelernt hatte. Sie schlich sich von hinten an. Blitzschnell nahm sie ihn in einen Würgegriff. „He, was zum …" „Keinen Laut." „Jelena? Warum?" Die Kabel waren durch den Griff um seinen Hals aus seinen Ohren gerutscht. Er ergriff nach seiner Frage wieder das Wort. „Ich kann mir vorstellen, was du hier unten willst." „Ach so?", fragte sie ihn. „Du willst den Munitionsprototyp." „Stimmt", antwortete sie. „Ich will dich nicht unbedingt erledigen, aber du bist mir im Weg. Ich werde dich schlafen legen müssen." Sie verstärkte ihren Griff. „Nein, warte." Er hatte die Hände an ihren rechten Arm gelegt, der gerade seinen Adamsapfel in der Ellenbeuge einklemmte. „Warte, warte." Jelena ließ nur etwas locker.

„Ich muss dir zuerst noch etwas sagen." Jelena wartete. „Ich hab mitbekommen, dass der Commander einen Angriff auf die Sicherheitssperre von Bug City wagen will. Er wird alles mobilisieren, was er hat. Doch das ist ein gewaltiger Fehler. Er wird den Durchbruch schaffen, aber es wird viele Verluste auf beiden Seiten geben. Die Bugs. Die Bugs sind intelligenter als manche glauben. Eine der Anführerinnen, ein gewaltiger Insektengeist, beobachtet unser Vorgehen schon einige Zeit. Die Bugs wissen, dass sie nicht ohne Hilfe durch die Sperre kommen. Die wollen uns benutzen. Der Commander will es nicht glauben. Aber sobald er mit seinen Leuten die Sperre durchbrochen hat, werden die Bugs folgen und das wird eine Katastrophe. Hier drinnen sind sie gefangen, aber wenn sie rauskommen ..." Jelena verstand. „Was hast du also vor?" Ich will den Commander abhalten oder wenn es nicht anders geht ..." Er hielt inne. „Du willst ihn erledigen?" „Ja." Jelena überlegte kurz und sagte dann: „Wenn herauskommt, dass du mit mir zusammenarbeitest, bist du erledigt." „Ich weiß, ich werde verbannt und das wäre zwangsläufig mein Tod." Er wollte es nicht sagen, aber mit einer großen Überwindung, die Jelena fast greifbar spürte, fügte er hinzu: „Ich würde gerne von hier verschwinden. Lass mich mit dir kommen. Ich weiß, was du bist und du weißt, was ich war und wieder sein möchte. Shadowrunner. Ich war nie beim Militär. Ich war Runner und meine Cummers und ich hatten einen Auftrag hier. Ich war der einzige Überlebende. Bitte, Jelena. Du kannst mir vertrauen." Das war die Wahrheit gewesen. Sie löste ihren Griff. „Gut. Aber ich muss das Labor hier in die Luft jagen." Er nickte. „Ich kenn mich mit Sprengstoff aus." Während Jelena den Prototyp der Munition, ein großes Geschoss mit Glaskapseln, in der sich eine grünliche Flüssigkeit unablässig bewegte, in ihrem Rucksack verstaute, vermischte der Sani verschiedene Chemikalien zu etwas sehr Hochexplosiven. Jelena stopfte auch alle Discs, die sie fand, in den Rucksack und die gesamte Festplatte des einzigen Computers, der hier stand, verstaute sie auch. „So, fertig!", sagte sie und blickte auf Cross. „Ich auch." Er verschloss einen Chemikalienmixer. „Das hab ich mal, lang, lang ist's her, in einem Film gesehen. Das Ding beginnt sich zu drehen und die Substanzen vermischen sich. Dann macht es BUMM." Jelena hatte die Maske abgenommen und grinste. Cross sah etwas bedrückt aus. Ihm gefiel der Gedanke nicht, die Leute, die ihm Schutz gegeben hatten, zu erledigen. „Wie willst du verhindern, dass nicht der Nachfolger des Commanders einen neuen Angriff plant?", fragte ihn Jelena. Er kam auf sie zu. Etwas lastete schwer auf ihm. „Ich muss so viele Leute töten, dass sie nicht mehr die Stärke haben, die Sicherheitssperre zu durchbrechen. Wenn es dann noch jemand wagt, wird das einem Selbstmordkommando gleichen." Er bewegte sich gerade so, als ob er hinter sich den Fluch des Todes zog. „Wie willst du die Leute erledigen?" „Auf humane Art und Weise. Die Explosion setzt eine toxische Chemikalie frei. Ich hab schon vorher mit einer Impfung gestartet. Kinder sind gegen das Gift geimpft. Auch einige der Kampfeinheiten. Exakt so viele, um die Festung zu verteidigen. Sobald sie das Zeug einatmen, werden sie einschlafen und sterben." Diese Tatsache bedrückte ihn. „Warum hast du das nicht schon lange getan?" Jelena blickte ihn gefühlvoll an. „Ich brauchte einen, dem ich vertrauen kann und der nichts mit dieser Einrichtung zu tun hatte. Die Leute, mit denen ich unterwegs war, waren auf der Seite des Commanders. Du bist sozusagen mein Ticket hier heil rauszukommen. Ich hatte verfluchte Angst, als dich die Schaben angegriffen haben." Jelena lächelte ihm verständnisvoll zu. „Wenn du getötet werden würdest ..." Er brach ab. „Was ist mit dir eigentlich los?", fragte sie, wobei sie beinahe seine Gedanken lesen konnte. „Du bist eine wunderschöne Frau. Ich glaube an die Liebe auf den ersten Blick." Er kam näher auf sie zu. „Ich muss dir zustimmen", erwiderte sie grinsend. Dann brach es einfach aus ihr heraus. „Ich hab mir schon überlegt, dass ich dich einfach flachlege und mit dir schlafe. Ob du willst oder nicht." Bei diesen Worten hatte sie ihn auf einen Tisch gedrängt. Langsam näherte sich ihr Mund dem Seinen. „Ich weiß, dass das nicht deine Knarre ist", sagte sie und ihre Lippen waren nur noch Zentimeter voneinander entfernt. „Ich ...", begann Cross. „Nicht hier und nicht jetzt. Das Vermischding. Schon vergessen?" Cross blickte nach rechts.

Neben ihm stand das weiße Gerät, in dem sich die Chemikalien befanden. „Verschwinden wir." Sein Satz war mit Überwindung dekoriert. Aber er wollte nicht von einer Explosion aus einem Liebesspiel mit Jelena unterbrochen werden. Beide verließen das Labor. Der Zeitzünder war auf eine Stunde eingestellt. Genug Zeit den Commander zu erledigen, um dann zu verschwinden. Cross und Jelena gingen schnell. Jetzt hatte sie einen triftigen Grund, sich nicht mehr vor den Wachen verstecken zu müssen. Cross schritt neben ihr und ebnete den Weg. Er hatte erzählt, dass er beim Militär einen äußerst hohen Dienstrang gehabt hatte, alle, die er begrüßte, salutierten. Nicht lange hatte es gedauert und beide betraten das Büro des Anführers. „Hallo Commander", sagte Cross und salutierte zum Gruß. Der Commander salutierte ebenfalls. „Cross, was führt Sie und Ihre Begleitung in mein Büro?" Er sprach mit fester, ruhiger und autoritärer Stimme. „Commander, Sie wollten doch mit unserer neuen Freundin hier sprechen. Ich hab sie endlich gefunden. Ich muss mich entschuldigen, aber ich hatte noch im Labor zu tun. Außerdem weiß ich, dass sie immer mitten in der Nacht in ihrem Büro sind." Der Commander, der Einrichtung nickte mit einem verständnisvollen Lächeln. Er wies auf zwei Stühle. „Bitte setzt euch." Cross und Jelena ließen sich auf den Stühlen nieder. „Ich habe gehört, dass Sie mir etwas übergeben sollen von einem gewissen Mister Jonson. Ich muss zu meiner Schande gestehen, dass mir der Name nicht geläufig ist." Jelena griff in ihre Tasche unter dem linken Arm, wo sie das Dietrich-Set immer aufbewahrte. Die Augen des Commanders folgten dem silbernen Kästchen, das sie nun in der Hand hielt. Doch dann wandte er den Blick nach rechts. Cross hatte sich erhoben und zielte nun mit einer schallgedämpften Waffe auf den Commander. „Es tut mir leid. Ich will Sie nicht erledigen, aber ich muss. Die Bugs werden nach Ihrem Durchbruch entkommen." „Versuchen Sie mich schon wieder mit dieser Theorie von meinem Plan abzubringen?" Die Hand von Cross war vollkommen ruhig, nur seine Stimme zitterte ein wenig. „Sie haben mir geholfen. Sie haben mich aufgenommen. Sie haben mich in hrer Truppe integriert und dafür danke ich Ihnen.

Aber ich muss es tun." Der Commander blickte vollkommen ruhig in die Augen von Cross. Er war ein starker, gefasster Mann, der nicht die Spur Angst hatte zu sterben. „Das Leben ist eine gewaltige Prüfung. Wissen Sie das?", sagte er immer noch gelassen. „Sie sind ein Mann von Ehre. Mich ehrt Ihr Dank. Das bedeutet mir sehr viel. Ich habe nur noch eine letzte Bitte." Der Commander hielt nach diesen Worten kurz inne und blickte auf Jelena. „Dieser Mann hier." Er wies auf Cross. „Er hat mir schon viele Male das Leben gerettet und jeder hier schuldet ihm etwas. Cross hat mehrere Leute medizinisch ausgebildet und mehr Leute wieder zusammengeflickt, als ich es je könnte. Ich bitte Sie also auf ihn zu achten. Und dies hier mitzunehmen und einem Menschen zu geben, den ich schon mein gesamtes Leben lang liebe." Er griff in eine Schublade und holte einen sehr dicken Brief heraus. „Die Adresse ist darauf, Sie müssen den Brief nur noch abschicken. Wenn Sie ihn persönlich übergeben wäre es mir lieber. So." Er erhob sich langsam und stellte sich vor Cross. „Nun bin ich bereit zu sterben." Die beiden blickten sich lange in die Augen, atmeten ruhig und waren entspannt. Die Hand von Cross begann plötzlich zu zittern. „Warum machen Sie das und wehren sich nicht?" „Wissen Sie. Ich werde ein Mörder sein. Der Angriff, den ich geplant habe, wird viele Menschen in den Tod reißen. Alle folgen mir blind. Es gibt für mich danach keine Möglichkeit Frieden zu finden. Ich werde nicht mehr in das Paradies dürfen. Ich bete jeden Tag, dass ich das nicht tun muss, aber es gibt keine andere Möglichkeit. Sie beide dürfen gehen, wenn Sie wollen auch jetzt noch. Aber ich werde meinen Plan durchziehen. Mit allen, die mir noch bleiben. Selbst wenn wir Verluste einstecken auf dem Weg zur Sperre. Wir werden kämpfen. Gott beschütze meine Leute." Cross schloss die Augen. Dann ertönte ein leises Zischen aus dem Schalldämpfer. Der Commander fiel zurück in seinen Stuhl. Er atmete noch einmal aus und schloss dann die Augen. In seinem Gesicht war ein Ausdruck tiefster Zufriedenheit. Als Cross seine Augen wieder öffnete, waren sie voller Ehrfurcht. „Scheiße verdammt!" Er stützte sich auf den Schreibtisch. „Ich hab als Runner mehr Leute erledigt, als ich noch weiß, aber er war für alle hier wie ein Vater. Verdammter Scheißdreck!" Jelana nahm ihn am Arm. „Wir müssen verschwinden, der Mixer." Cross nickte. Sie verließen das Büro. Jelena steckte den Brief in eine ihrer Taschen. Mit der Führung von Cross kamen beide schnell auf den Parkplatz. Jelena hatte sich sowieso gefragt, wie sie mit ihrem Wagen durch das geschlossene Tor kam. Dieses Problem erledigte Cross. „He, ihr dürft nicht raus", sagte die Wache sofort, die durch das Fahrerfenster in den stehenden Wagen blickte. Cross konterte sofort. „Das wissen wir, aber wir haben Spezialorder. Die Karten. Zeig mal, wo sind die Dinger." Jelena, die wusste, worauf Cross hinwollte, zog den Brief hervor. „Das ist für die Leute an der Sperre. Das wird den Angriff erleichtern." Die Wache hatte wohl die Handschrift des Commanders erkannt. „Na gut, ausnahmsweise. Aber seid vorsichtig. Er war nicht gerade ruhig hier. Viele Meldungen von Bug-Sichtungen." Die beiden im Wagen nickten. Der Wächter öffnete das Tor und Jelena gab Gas. Sie fuhr schnell, sie hatten nur noch fünfzehn Minuten Zeit. Der Bus holperte über die kaputten Straßen zurück in Richtung Sicherheitssperre. Sie fuhren, aus einer engen Gasse heraus und im nächsten Moment ertönte ein ohrenbetäubender Knall. Jelena und Cross blickten sich um. Ein Feuerball stob mindestens zehn Meter in die Höhe. Jelena hatte angehalten. In Cross schien sich etwas zu regen. Er war von seiner eigenen Tat geschockt. Doch sie hatten keine Zeit zu warten. Jelenas Geräuschfilter nahmen ein Krabbeln wahr, das direkt auf sie zukam. Bugs. Unmengen von Bugs, die alle in Richtung der Explosion unterwegs waren. Jelena setzte den Wagen zurück unter ein auf dem Boden liegendes Dach. Das Krabbeln wurde lauter. Insekten rasten vor dem Wagen vorbei und über das Dach, unter dem sie sich versteckten. So viele Bugs hatte selbst Cross noch nicht gesehen. Selbst die Luft war erfüllt vom Brummen unzähliger Flügel. Jelena warf immer wieder einen Blick auf ihre Retinauhr. Sie standen lang einfach nur herum und betrachteten die gewaltigen Insekten. Dann, so abrupt, wie sie gekommen sind, waren sie auch schon verschwunden. Einige Nachzügler krabbelten noch hinter dem Schwarm her, doch dann war alles wieder still. Bis auf das immer leiser werdende

Krabbelgeräusch. Cross hatte das Gesicht in den Händen verborgen. „Sie greifen das Kommandozentrum an und ich bin schuld. Der Feuerball der Explosion muss sie angelockt haben. Das hatte ich nicht bedacht." Er schüttelte den Kopf. „Du hast doch genügend Leute am Leben gelassen, um die Festung zu verteidigen", sagte Jelena, obwohl sie nicht glaubte, dass sie mit solch einer Übermacht fertigwerden würden. Die Insekten, die sie gesehen hatten, waren nur einige der vielen, die aus allen Richtungen von der Explosion angezogen wurden. Cross blickte sie ungläubig an. „Ich habe alle zum Tode verdammt." Cross war fix und fertig. Jelena beschloss dann doch weiterzufahren. Sie konnten den anderen nicht im Geringsten helfen. Der Bus setzte sich wieder in Bewegung und raste die Straßen entlang. Durch die Geschwindigkeit war der schallgedämpfte Motor trotzdem noch weit zu hören. Aber Jelena war es vollkommen egal. Sie vermutete sowieso, dass jedes einzelne Insekt sich gerade über die Festung hermachte. Durch ihre Erfahrung mit den scharfen Kiefern der Kakerlake entstanden fürchterliche Bilder in ihrem Kopf. Cross schien es ähnlich zu gehen. Er starrte matt durch die Windschutzscheibe. Doch nicht mehr lange dauerte es und beide verließen Bug City. Jelena fuhr noch zum Willkommensschild und blieb stehen. Cross versteckte sich zwischen ihren Waffenkisten. Die Wachen hatten ihren Wagen nicht durchsucht und würden es auch nicht noch mal versuchen. Der Ausweis, den sie besaß, war Autorität genug gewesen. Was doch ein so kleines Kärtchen alles bewirken konnte. Doch dann wurde der Bus von etwas Großem getroffen. Die hinteren Scheiben zersprangen. Jelena drückte auf das Gaspedal. Ein Blick in den Rückspiegel ließ sie zusammenzucken. Etwas, das aussah wie eine gigantische Gottesanbeterin war hinter dem Bus her. Mithilfe der Seitenspiegel wich sie einem langen Stachel bewährten Arm aus, mit dem das Insekt versuchte in den Bus zu stechen. Waren doch nicht alle Insekten bei der Explosion. Jelena raste auf die Sicherheitssperre zu. Das Insekt ließ jedoch nicht locker. Wieder rammte es den Bus. Dieses Mal konnte Jelena nicht so gut ausweichen. Etwas riss die Seite des Busses auf. Jelena holte alles aus dem Motor heraus, was er hergab. Die Sicherheitssperre war noch ein ganzes Stück entfernt. Ein weiterer Blick in den Seitenspiegel sagte ihr, dass sie besser nach rechts lenken sollte. Jelena riss das Steuer herum. Ein weiterer der vielen Arme traf nur den Asphalt. Cross, der sich mit einem Mal gefangen hatte, erwiderte die Insektenangriffe mit Jelenas Ingram 100. Er schaffte es mit gezielten Salven einen Abstand zwischen den Bus und dem Insekt zu bringen. Doch selbst die panzerbrechende Munition konnte dem 10 Meter großen Wesen nichts anhaben. Jelena drückte auf die Hupe und betätigte mehrere Male das Aufblendlicht. Sie wollte die Leute der Sperre auf sich aufmerksam machen. Zuerst geschah nichts, doch dann leuchteten die Suchscheinwerfer auf den Bus und im nächsten Moment über den Bus auf das Insekt. Durch das Licht konnte Jelena erkennen, dass es nicht grün, sondern feuerrot war. Jelena hupte weiter. Cross schoss aus dem hinteren, zersprungenen Fenster auf das Wesen. Immer näher kam die Absperrung. Ein rotes Licht auf der Absperrung begann zu blinken und im nächsten Moment erwachte ein gewaltiges Geschütz zum Leben. Jelena hörte das Geräusch eines Laufes, das sie noch nie im Leben gehörte hatte. Etwas, das die Größe eines Kleinwagens hatte, schoss über den Bus hinweg. Der Luftdruck schob sogar den schweren Chevy etwas zur Seite. Noch zwei weitere Projektile rasten über sie hinweg. Die Gottesanbeterin wurde getroffen und reduzierte etwas die Geschwindigkeit. Jelena tat genau das Gegenteil. Es kam ihr so vor, als ob der Bus sich selbst beschleunigte. Jetzt fuhr sie fast 260 km/h. Die Höchstgeschwindigkeit war erreicht. Jelena erkannte, dass ein Tor geöffnet wurde, nur so weit, dass sie mit dem Wagen bequem durchkam. Sie raste darauf zu. Die Riesenkanonen feuerten in immer kürzeren Abständen auf die Gottesanbeterin. Im nächsten Moment raste Jelena durch das Tor. Das Rieseninsekt wurde kurz bevor es das Tor erreicht hatte erledigt. Denn alles, was feuern konnte, hatte begonnen das Insekt unter Beschuss zu nehmen. Die Straße, die Jelena nun entlangfuhr, war wohl für solche Fälle gebaut worden. Eine lange Asphaltstrecke lag vor ihr, rote Lichter, die den Wagen zum Bremsen anregten, blinkten auf. Doch sie verlangsamte die Geschwindigkeit nicht.

Sie hatte keine Lust zu erklären, warum aus dem Rückfenster ihres Wagens geschossen wurde. Jelena kurvte zwischen Zelten hindurch und wurde von niemandem aufgehalten. Alle waren anscheinend mit dem Monster beschäftigt. Es kam eine Schranke in Sicht. Sie beschleunigte wieder und durchbrach sie einfach. Der Rammschutz vorne auf ihrem Wagen gab ein eigenartiges Geräusch von sich. *„War doch ein Stahlschranken gewesen."* Die Schranken waren nicht zerbrochen, nur etwas verbogen, doch die Verankerung hatte sich aus dem Boden gelöst. Die Schranken waren sicherlich gegen das Durchbrechen von Fahrzeugen gesichert, doch ein extrem schwerer Chevrolet Bus mit Rammschutz und 200 Sachen war ein zu gewaltiger Gegner für das Stahl. Sie schliff eine der Schranken noch einige Meter mit sich mit. Dann fiel er auf den Boden und die Stoßdämpfer ließen die Räder weich darüber rasen. Jelena warf sofort einen Blick in den Rückspiegel. Fahrzeuge, viele Fahrzeuge waren auf ihren Fersen. „Jelena, verflucht wir werden verfolgt!", schrie Cross. „Ich weiß." „Was soll ich machen?" „Frag doch nicht so blöd. Erschieße die Ärsche." Während Cross das Feuer eröffnete, holten die Verfolger auf. Den gepanzerten Fahrzeugen setzte die Spezialmunition ziemlich zu. Der Erste begann schon zu rauchen. Doch dann schrie Cross: „Sie haben einen Wasp." Jelena schluckte. Das Fluggerät, das Ähnlichkeit mit einem Hubschrauber ohne Rotor hatte, flog rasend schnell auf den Bus zu. Zu beiden Seiten hingen Geschütze montiert, die sehr wahrscheinlich durch die Panzerung von Jelenas Bus brechen konnten. Cross eröffnete das Feuer, sobald der Wasp in Reichweite war. Doch die Ingram 100 mit der panzerbrechenden Munition, machte dem Wasp sehr wenig aus. Dann brach ein Kugelhagel über ihnen los. Zwei Min-Gun's, die der Wasp an beiden kleinen Flügeln hatte, ließen einen Projektilhagel auf die Straße prasseln. Es waren Leuchtspurgeschosse, die vor dem Bus in den Asphalt schlugen. Warnschüsse. Jelena verlangsamte das Tempo. Sofort ertönte eine Stimme aus einem Lautsprecher. „Bleiben Sie stehen und verhalten Sie sich ruhig. Steigen Sie auf keinen Fall aus, oder wir eröffnen das Feuer. Warten Sie bis unsere Truppen eintreffen." Jelena fuhr an den

Straßenrand und hielt den Wagen an. „Was machen wir jetzt?", fragte Cross, der nach Jelena über die Schulter blickte. „Kein Problem. Die Dinger arbeiten zu 90 % mit Thermalsicht." Sie setzte ihre Maske auf. „Ich hol in runter." Sie kramte hinten aus den Waffenkisten eine Arm Tech heraus. „Hä, was? Wie viele Knarren schleppst du eigentlich mit dir rum?" Jelena grinste nur, doch Cross sah es nicht. „Ich dachte, wenn ich schon gegen Killerinsekten kämpfen muss, nehme ich alles mit, was ich habe." Sie öffnete das Fenster der Fahrerseite. Der Wasp kreiste unablässig um den Bus. Die Nase ständig nach vorne gerichtet. Die Waffen drehten sich unablässig. Sobald der Pilot auf den Feuerknopf drückte, war von dem gesamten Bus nicht mehr viel übrig. Der Wasp schwebte auf die gegenüberliegende Seite und Jelena schlüpfte hinaus. Sie warf einen Blick die Straße hinunter, die anderen Fahrzeuge waren nicht mehr weit. Sie sah nach oben. Der Wasp war in Schussreichweite. Jelenas Smartlink erwachte zum Leben, als sie die Waffe hob. Sie lud den MGL 12 durch. Jelena wartete noch eine Sekunde und schoss. Die Granate traf den Wasp unten am Rumpf und explodierte. Blöderweise stürzte der Wasp nicht ab, er begann nur leicht zu rauchen. Jelena hatte eines der Triebwerke beschädigt. Der Wasp hing seitlich in der Luft. Jelena lud neu. Doch sie fühlte ein unangenehmes Kribbeln im Nacken. Sofort warf sie sich nach vorne. Im nächsten Moment schlug eine Salve genau dort ein, wo sie gewesen war. Jelena rollte sich auf den Rücken und legte an. Der Wasp hatte die Waffen exakt auf sie gerichtet. Der Pilot blickte genau in den Granatenlauf des MGL-Werfers. Jelena sah in die Läufe der sich drehenden Min-Gun's. Keiner schoss. Die Sekunden schienen zu verrinnen. Plötzlich traf den Wasp etwas von der Seite. Cross war aus dem Wagen gestiegen und feuerte mit allem, was die Ingram hergab. Cross warf jetzt etwas in die Luft und eine Granate explodierte genau vor der Scheibe der Wasp. Die Splittergranaten waren nicht für gepanzerte Ziele geeignet. Dem Wasp konnten sie nichts anhaben, doch der Pilot wurde abgelenkt. Er schwenkte den Wasp hinüber in die Richtung, aus der Cross kam. Jelena nutzte die einzelne Sekunde, in der sich eines der Triebwerke nach vorne klappte. Sie schoss. Wie von einer unsichtbaren Macht gelenkt flog die Granate in die Nähe des Ansaugfilters. Der Filter tat das, was er immer tat. Er saugte an. Dummerweise auch die Granate. BUMM. Der Wasp wurde erst zur Seite geschleudert und durch den fehlenden Düsendruck bewegte er sich nun in die andere Richtung. Cross lief auf Jelena zu und half ihr hoch. Der Wasp stürzte auf den Boden als Jelena auf das Gas drückte. Der Pilot hatte es sogar geschafft zu landen. Jelena beschleunigte den Wagen wieder und schoss die Straße entlang. Cross sprang auf den Beifahrersitz und lachte. Jelena kontaktierte in der Zwischenzeit Rook. „Was?", ertönte die Stimme des Transporters. „Hier Supernova, ich habe, was Ihr Auftraggeber gerne haben möchte. Wie schnell können Sie am Treffpunkt sein?" „Ich werde da sein", antwortete er. Dann brach der Kontakt ab. Jelena freute sich. Sie hatte den Run beendet und verdiente sich ein gesalzenes Honorar. Auch wenn der Auftrag nicht einfach gewesen war. Außerdem saß jemand neben ihr, den sie gerne näher kennenlernen wollte. Die Sonne war aufgegangen und die Hitze des Tages breitete sich über das Land aus. Jelena hatte sich umgezogen und schwitzte wieder, was das Zeug hielt. Cross schien sich angenehm zu fühlen. „Weißt du eigentlich, wie lang ich die Sonne nicht mehr gesehen habe?" Er hatte die Augen geschlossen und ließ sich die Sonne auf die nackte Brust scheinen. Jelena linste zu ihm hinüber. Er hatte einen kräftig gebauten Körper. Seine Haut war blass, aber er sah gut aus. Jelena, die wieder ihr bauchfreies Trägertop und eine lange, schwarze Hose trug, spielte ihre Reize voll und ganz aus. Was sie mit Cross machte, wusste sie schon. Er war Runner und sie hatte Auftraggeber, also eine gute Kombination. Jelena raste die Straßen entlang und nach längerer Fahrt erreichten sie das Restaurant. Die gepanzerten Wagen hatten die Verfolgung schon länger aufgegeben. Jelenas Bus war einfach zu schnell gewesen. Auch wenn in der Seite ein langer Riss prangte. Beide stiegen aus. Jelena betrat als Erste das Lokal. Cross, der hinter ihr ging, wurde eigenartig angesehen. Er trug immer noch seine Kampfkleidung. Durch die Einsatzweste war seine blasse Haut zu erkennen. „Hallo, meine Kleine." Die Bedienung blickte auf die beiden herab. Jelena fiel auf, dass sie Cross eigenartig beäugte. Sofort warf sie sich um seinen Hals und sagte. „Ich hab meinem Freund einen Heiratsantrag gemacht. Er arbeitete in der Sicherheitszone. Aber jetzt hat er frei." Sofort verpasste sie Cross einen Kuss auf die Lippen. Ihr fiel auf, dass Cross den Kuss nur etwas erwiderte. Als sie sich voneinander lösten kam von der Bedienung: „Ist das nett. Was kann ich euch bringen?" Cross, der überhaupt kein Geld hatte, blickte die Bedienung an. Jelena warf sofort ein: „Wir haben noch keine Ahnung. Wir kommen dann, wenn wir es wissen." Die Bedienung nickte mit einem Lächeln und ließ die beiden alleine. Komischerweise steuerte Cross genau auf den Tisch zu, den Jelena schon das erste Mal benutzt hatte, als sie hier war. Jelena setzte sich neben ihn. „Nimm mich gefälligst in den Arm, wir sind verlobt." Cross tat, was Jelena flüsterte. Sie fühlte sich nicht schlecht. „Kann ich dich was fragen?", sagte Cross. „Was?" „Was machen wir hier eigentlich?" Jelena grinste. „Warten auf …" „Godo?" „Nein, Rook. Außerdem hab ich Hunger und du sicher auch." Sie blickte Cross an und er nickte. Jelena wollte gerade aufstehen, als die Tür geöffnet wurde. Ein Mann trat ein. Er war riesig. Sicher zwei Meter groß. Seine muskelbepackten Arme steckten in seinen Hosentaschen. Das letzte Mal, als Jelena Rook gesehen hatte, trug er einen schwarzen Mantel. Doch das tat er sich bei der Hitze nicht an. Ein ziemlich großes Gewehr hing schräg über seiner Schulter, er blickte sich kurz um und erblickte Jelena. Schnurstracks ging er auf sie zu. Doch die Bedienung stellte sich ihm in den Weg. „Hallo, hübscher Großer." In ihrer Stimme lag ein verführerischer Ton. Rook schien ihr zu gefallen. „Kann ich dir was bringen?" Rook schlug sich mit der flachen Hand gegen die Stirn. Es klatschte. „Warum zur Hölle fragt mich jeder immer was ich will, sobald ich irgendwo reingehe? Strahle ich das aus?" Sie schüttelte den Kopf. „Ich weiß nicht. Vielleicht. Weil du so ein hübsches Kerlchen bist." Rook schüttelte wieder den Kopf. „Lass mich einfach in Ruhe, ich will nur was abholen." Er schob die Bedienung einfach zur Seite und durchmaß mit wenigen Schritten das Lokal. Er stellte sich neben den Tisch, an dem Cross und Jelena saßen. Er blickte fragend drein. Dann setzte er sich ihnen gegenüber, nachdem er das Gewehr abgenommen hatte. „Was geht denn hier ab?", fragte er leise. Jelena antwortete: „Scheinverlobung." Rook nickte auf Cross. „Ist er …?" Jelena sagte sofort: „Kein Problem, du kannst offen sprechen." Sie hob ihren Rucksack auf den Tisch und stapelte die Dokumente. Rook schirmte mit seiner Größe und Breite das Geschehen ab. Alle Discs und Papiere verstaute er in einem Aktenkoffer. Natürlich mitsamt der Munition. Die kopierte Datei landete selbstverständlich auch drin. Rook schloss wieder den Koffer. „Das ist nur ein kleiner Vorgeschmack. Der Rest wird auf dein Konto überwiesen, sobald wir, das heißt Mr. Jonson und ich, alles überprüft haben." Jelena blickte auf den Stick. 50.000 ¥. Sie schluckte. Cross, der den Betrag gesehen hatte, riss die Augen auf. „Wie viel ist dann das, was noch überwiesen wird?", fragte Cross. Rook antwortete sofort. „85.000 Nuyen." Rook grinste und erhob sich. „Hat mich gefreut. Ihr seid nun vor dem Gesetz offiziell Mann und Frau." Er hatte so laut gesprochen, dass jeder ihn gehört hatte, er verließ das Restaurant. Cross und Jelena aßen und feierten mitten in der Einöde das viele Geld. Jelena würde dafür sorgen, dass Cross noch einige Aufträge bekam, nun würden sie zusammenarbeiten. Jelena glaubte zwar nicht an Liebe auf den ersten Blick, doch etwas war zwischen den beiden, das sie gerne vertiefen wollte.

Kein Tag wie jeder andere

Die Sonne warf ihre ersten Strahlen über die in der Nacht schwarzen Hochhäuser. Dicke Rauchschwaden quollen aus edlen Schornsteinen einer großen Fabrik. Das Licht der Sonne beleuchtete dreckige Straßen und verschmutzte Mauern. Doch weit außerhalb von Seattle war ein größeres Wohngebiet. Mit der Autobahn, die sich durch Seattle zog, kam man sehr schnell von einem Teil der Stadt in den anderen. In einem Haus inmitten anderer Häuser, die alle ähnlich aussahen, öffnete eine junge Frau die Vorhänge ihrer Küche. Sie war blond und mit einem Lonestar verheiratet, der eine Position unter dem Lonestar-Commander arbeitete. Die Nachbarn wussten gar nicht, dass die beiden ein Kind hatten. Doch es saß ein kleiner Junge beim Frühstück. Der Lonestar-Beamte sprang in der Küche herum und tischte so ziemlich alles auf, was in den Kästen war. „Iss nur, mein Kleiner." Die Frau hatte gesprochen. Charlie war aus den Akten einfach so verschwunden. Diesen Jungen schien es nie gegeben zu haben. Aber plötzlich hatten die Prier's ein fünfjähriges Kind adoptiert. Natan Wulf, der Commander, hatte einige Beziehungen spielen lassen. Charlie lebte nun bei netten Leuten, die ihn wie einen Sohn behandelten. Doch es war schwierig. Seine richtigen Eltern zu ersetzen. Juliet sagte dem kleinen Jungen immer, dass seine Mutter und sein Vater immer bei Charlie sein würden. Immer nahe beim Herzen. Natan Wulf versuchte die Leute zu finden, die die Eltern von Charlie auf dem Gewissen hatten, doch das dauerte. Dieser Fall landete wie so viele andere bei den Verschlussakten. Doch an diesem Morgen klingelte das Telefon von Max. „Hallo?" „Tut mir leid, Max, dass ich dich in deinem Urlaub stören muss, aber ich brauch dich dringendst in meinem Büro. Armin wird dich vertreten." „Ich komme sofort." Max legte auf. Seine Frau, die zugehört hatte, blickte ihren Mann an. „Schatz, tut mir leid, ich muss sofort los. Ich werde aber so schnell ich kann, wieder zurück sein." Er küsste sie und wandte sich an Charlie. „Kleiner." Charlie blickte Max in die Augen. „Ich werde mal für einige Zeit wegmüssen. Armin kommt aber bald auf Besuch vorbei. Du kennst ihn schon, er war dabei, als wir uns kennengelernt hatten. Bartholomäus kommt dann auch irgendwann. O.k? Sie werden dann mit dir spielen oder sonst was machen, was du willst." „Gut", bekam Max als Antwort. Charlie war nicht gerade ein einfaches Kind. Bartholomäus zufolge würde der Junge viel Zeit brauchen, um sich zu erholen. Bis dahin würde er nur selten etwas sagen und wenn, nur zur Bestätigung, dass er irgendetwas verstanden hatte. Geduld und Ruhe war der Schlüssel. Max war an der Haustür und trug schon die Lonestar-Uniform. Er nahm seine Jacke vom Kleiderhaken. Seine Frau war ihm entgegengekommen. „Wir brauchen nur noch etwas Geduld. Er wird sich fangen." Max streichelte seiner Frau über die Schulter. „Ruhig Blut." „Das ist es gar nicht. Ich bin nur besorgt, weil du schon wieder rausmusst. Die Gegend, in der du seit Neuestem arbeitest, ist nicht sicher. Außerdem ist dieser Cop-Killer immer noch unterwegs." „Woher weißt du das?" „Kam in den Nachrichten." „Den idiotischen Schmierfinken entgeht wohl überhaupt nichts." Er verabschiedete sich noch mal und ging hinaus. Zum ersten Mal fiel ihm ein Lieferwagen auf, der an einer Ecke stand. „*Gibt's doch nicht.*" Max ging weiter, ohne den Lieferwagen genauer anzusehen. Dass der Wagen auch noch verdunkelte Scheiben hatte, machte Max noch stutziger. Doch er stieg in seinen Wagen, startete den Motor und fuhr langsam los. Dann blinkte er rechts und bog ab. Der Lieferwagen war ihm nicht gefolgt. Max drückte auf das Gaspedal und umrundete den Block. Er bog noch mal ab und erblickte die Straße, wo der Lieferwagen gestanden hatte. Doch wo war er jetzt? Max fuhr langsam nach vorne weiter und erblickte ihn genau vor seinem Haus. Er stieg schnell aus. Seine Dienstwaffe befand sich im Holster. Er wollte allerdings Eindruck schinden und hielt die SPAS 22 im Anschlag. Die Schrotflinte entsprach nicht ganz dem Lonestar-Standard. Doch sie hatte die nötige Argumentationsstärke, die man in manchen

Situationen einfach benötigte. Er näherte sein Auto dem Lieferwagen schnell. Die Tür schwang auf und jemand sprang aus dem Wagen. Das Nächste, was der sah, war die Mündung eines Laufes. Das „Klick, Klick" ließ sofort Schweißperlen aus seiner Stirn treten. Max hatte die Waffe durchgeladen. „Bitte schießen Sie nicht." Aus der Stimme des Mannes war ein Flehen zu hören. Max betrachtete die Kleidung. Er trug einen normalen Arbeiter-Overall. Ein Logo prangte auf seiner Jacke. Ein Schraubenschlüssel und ein Wischmopp überkreuzt. Darüber stand Saubermann. Max atmete durch. „Wagen auf und Inhalt herzeigen!", befahl er mit harter Stimme. Der Mann, der sich als Elf entpuppte, tat, was Max wollte. Max untersuchte den Inhalt des Wagens. Einige Schrotgewehre und mittelschwere Pistolen, die Standardausrüstung für Kanalarbeiter. Max taxierte den Elf. Der blickte ihn unverwandt an. Max schritt von dem Reinigungswagen zurück. Er ließ sich noch die Ausweise zeigen und rief bei der Stadtverwaltung an, um die Bestätigung für die Kanalarbeiten einzuholen. Alles war im Rahmen des Gesetzes. Max stieg wieder in seinen Wagen und machte sich auf den Weg in Richtung des Lonestar-Hauptquartiers. Er war gerade in die Straße eingebogen, die in Richtung des Hauptquartiers lag, als ein Funkspruch durch den Lautsprecher ertönte. „Bandenschießerei in Distrikt 35. Alle verfügbaren Einsatzkräfte sofort in Bewegung setzen! Zwei Lonestars stehen unter heftigem Feuer." Max wusste, wo der Bereich lag. Mitten im Wohngebiet der Arbeiterklasse. Max stieg auf das Gaspedal und wendete seinen Wagen. Aus der Tiefgarage unter dem Lonestar-Gebäude kamen sofort mehrere Streifenwagen herausgefahren. Das Blitzen der Blaulichter erfüllte die Umgebung. Max, der das Blaulicht hinter der Windschutzscheibe auf der Konsole hatte, reihte sich zwischen den Streifenwagen ein. Er wechselte auf die Notfunkfrequenz und sofort vernahm er eine Stimme. „Stehen unter schwerem Beschuss. Erbitten umgehend Verstärkung. Lorenz ist getroffen. Wir brauchen einen Doc-Wagon, schnell." Max beschleunigte. Sein Ford America war zwar nicht der Schnellste, aber die Geschwindigkeit reichte aus, um schnell von A nach B zu kommen. Die Lonestar-Verstärkung traf am Ort des Geschehens ein. Max hörte Schüsse aus vielen automatischen Waffen. In einer engen Gasse saßen zwei Lonestars in der Klemme. Die Straßengang hatte sie ins Kreuzfeuer genommen. Einige der Lonestars, die als Erstes am Ort des Geschehens angekommen waren, sprangen aus ihren Wagen und nahmen ihre schwerere Bewaffnung zur Hand. Die Gang war ausgezeichnet verschanzt. Auf der Straße zwischen dem durchlöcherten Einsatzwagen und großen Müllcontainern waren noch weitere Mitglieder einer anderen Gang. Hinter Mülltonnen und Häuserecken verschanzt erwiderten sie ihrerseits das Feuer. Die Lonestars, die später eintrafen, suchten nach Möglichkeiten, sich den Schützen von der anderen Seite der Gasse zu nähern. Doch es war keine vorhanden. Plötzlich erhob sich ein ziemlich großer Ganger. Er hatte ein Rohr auf seiner Schulter. Im nächsten Moment brach eine Rakete daraus hervor. Sie zischte durch die Gasse und machte eine scharfe Kurve nach links. Im nächsten Moment verwandelte sich einer der Lonestar-Wagen, der gerade hinzugestoßen war, in einen lodernden Feuerball. Die beiden Stars, die hinter dem Wagen in Deckung gegangen waren, fingen Feuer. Sie sprangen auf und versuchten die Flammen zu ersticken. Weitere Stars kamen ihnen zu Hilfe, doch sie wurden von einem Kugelhagel eingedeckt. Max konnte nicht genau erkennen, wer getroffen worden war und wie schlimm. Er hörte plötzlich die Sirenen eines Doc-Wagon. Es war ein Ospray. Wie ein kleiner Panzer näherte er sich dem Geschehen. Die gepanzerten Wagen von Lonestar wurden arg in Mitleidenschaft gezogen. Max verfluchte den Tag, an dem panzerbrechende Munition erfunden wurde. Der Ospray blieb hinter einer Ecke außerhalb des Schusswinkels stehen. Ein Mann stieg aus. Max, der sich im Moment als der Ranghöchste fühlte, lief geduckt zu ihm hinüber. „Was zur Hölle geht denn hier ab?", fragte der Elf sofort, als Max ihn erreicht hatte. „Da vorne sind Lonestars. Sie sind verletzt. Die brauchen sofort Unterstützung." Der Elf nickte und sprang in den Wagen. Bevor er die Tür zuwarf, sagte er noch: „Ich werde eure Wagen mal etwas aus dem Weg rammen, geht also in Deckung." Max lief sofort zu einem der nahen Streifenwagen und rief einen Rückzugsbefehl durch den Lautsprecher. Der Rigger, der sich sofort wieder mit seinem Doc-Wagon verband, ließ den Motor aufheulen. Mit hoher Geschwindigkeit rammte er eines der Lonestar-Autos aus der Bahn. Das Halbkettenfahrzeug war zwar nicht das schnellste, aber das sicherste, wenn es darum ging mitten in einem Feuergefecht Leuten zu helfen. Sobald der Wagen um die Ecke gebogen war, schlugen unzählige Projektile auf die gepanzerte Verkleidung ein. Der Fahrer kurvte mit hoher Geschwindigkeit einfach zwischen den schon durchlöcherten Lonestar-Wagen hindurch. Er hatte seinen Ospray einwandfrei unter Kontrolle. Die Lonestars wussten exakt, was sie in solch einer Situation zu machen hatten und sie gaben dem Doc-Wagon mit allem, was sie hatten, Feuerschutz. Der Rigger ließ den Ospray herum schleudern. Ohrenzerfetzendes Quietschen hallte in der Gasse von den Wänden, als sich das Fahrzeug querstellte. Eine Schiebetür ging zur abgewandten Seite der Ganges auf. Drei Leute zerrten die verletzten Lonestars ins Innere des Wagens. Kaum war die Tür geschlossen, raste der Fahrer rückwärts auf den durchlöcherten Lonestar-Wagen zu. Die beiden Stars krochen auf die offene Schiebetür zu. Doch der Ospray wurde von etwas sehr Explosivem getroffen. Flammen breiteten sich auf der Außenhülle aus. Eine brennende Flüssigkeit spritzte auf die Mauern und den Müll im Umkreis und entzündete sich sofort. Die übrigen Ranger versuchten Schutz hinter dem brennenden Ospray zu finden, doch der Wagen brannte, als ob er aus Stroh wäre. Flammen stoben in die Höhe und verschlechterten die Sicht auf die Schützen, die immer weiter feuerten. Max roch verbranntes Fleisch und Öl. Einer der Leute, die in dem Doc-Wagon waren, stürzte brennend aus dem Fahrzeug. Und wälzte sich auf dem Boden herum, doch im nächsten Moment durchbohrte ihn ein Kugelhagel. Das Blut floss über den Boden und vermischte sich mit der brennenden Substanz. Irgendwie hatten die Ganger geschafft in das Gebäude hinter ihnen zu kommen und nahmen die Lonestars nun von erhöhter Position unter Beschuss. Max versuchte die Umgebung zu erkennen. Er nahm jedoch nichts wahr. Vermutlich schirmte ein Magier die Auren der Ganger ab. „Hier Wagen 582, brauchen unverzüglich schwere Unterstützung. Schickt alles, was ihr habt. Die nehmen uns auseinander." Die Bestätigung aus dem Funkgerät konnte Max jedoch nicht verstehen. Ein weiterer Einsatzwagen wurde von einer Rakete getroffen. Die Ganger arbeiteten sich in dem Gebäude immer höher. „Schickt eine, nein, zehn Wasp 48B. Wir brauchen dringend Unterstützung." „Verstanden, Spezialkommando wird verständigt." Max feuerte mit seiner Pistole irgendwo auf das Gebäude. Durch die Flammen des Ospray war es unmöglich ein Ziel anzuvisieren. Die übrigen Lonestars, die hinter den Fahrzeugen in Deckung gegangen waren, feuerten ebenfalls in Richtung des Gebäudes. Ob sie etwas trafen, war ihnen unklar. Aber mit etwas Glück konnten sie noch Zeit schinden, bis das Spezialkommando eintraf. Max hatte sich mit zwei weiteren Lonestars hinter einem schon ziemlich zerlöcherten Einsatzwagen verschanzt. „So ein Mist. Wann geben die endlich auf?", rief eine Polizistin Max entgegen. „Weiß nicht, aber halte sie unter Beschuss. Wir müssen so lang durchhalten, bis das Spezialkommando kommt." Die zwei Stars nickten zur Bestätigung von Max's Wörtern. Zugleich schnellten die drei über die Motorhaube und schossen auf das Gebäude. So wie die Magazine geleert waren, gingen sie wieder in Deckung. „Sharron, versuch mal einen Zauber", schrie der eine neben Max. Offenbar hatte er das Abzeichen auf Max's Schulter erkannt. „Bündelt das Manna." Sharron schrie dazwischen. „Tom, du bist genial." Sharron nickte Max zu und sie bereiteten einen Mannablitz vor. Tom gab Feuerschutz und sie schossen den Zauber auf die Fassade des Gebäudes. Es gab einen lauten Knall und Trümmer flogen durch die Luft. Es dauerte nur noch einige Minuten, bis sie durch den Lärm der Schüsse weitere Lonestar-Sirenen hörten. Das Spezialkommando war endlich gekommen. Ein mit acht Rädern und mehreren Bordgeschützen bestücktes Antiterrorfahrzeug raste auf sie zu. Der Fahrer hatte offenbar die Situation erkannt und stellte den schwer gepanzerten Wagen zwischen die Lonestars und die Ganger. Sofort drehten sich die zwei Kampftürme in Richtung des Gebäudes und begannen das Feuer mit einem Sturm aus Projektilen zu erwidern. Die Lonestars waren vorerst in Sicherheit. Der Feuersturm des gepanzerten Wagens hatte die Wirkung nicht verfehlt. Die Ganger zogen sich weiter in das Gebäude zurück. Sofort stürmten schwarz gepanzerte Spezialeinheiten aus dem Fahrzeug. Die liefen um den brennenden Ospray, die übrigen Lonestars folgten ihnen. Die, die zurückblieben, kümmerten sich um die Überlebenden. Doch viel zu tun hatten sie nicht. Max erreichte zusammen mit den Spezialkommandos die Eingangstür und der Anführer brach sie mit einem Rammbock auf. Drei des Spezialkommandos, die mit Sicherheitsschilden ausgerüstet waren, stürmten hinein und wurden sofort mit heftigem Feuer willkommen geheißen. Max eröffnete das Gegenfeuer. Die Ganger zogen sich zurück, als sie erkannten, dass die Schilde des Sonderkommandos ihren Geschossen standhielten. Alle Cops nahmen sofort die Verfolgung auf. Sie wussten nicht, wie viele es waren. Max versuchte noch mal die Auren zu scannen. Doch wie zuvor wurden sie abgeschirmt. es ging weiter die Treppen hinauf und einen Gang entlang. Das Gegenfeuer behinderte die Spezialeinheit nur wenig. Max, der gerade die Brust eines Gangers mit seiner SPAS 22 durchsiebte, wurde an der Schulter berührt. Natan Wulf hatte ihn im Gefecht gefunden. „Scheiße, Max. Das sind doch keine gewöhnlichen Ganger!", schrie Natan durch den Hagel, während sie hinter den Schilden der Spezialeinheiten in Deckung gingen und weiter vorrückten. Max wollte gerade antworten, als das Gegenfeuer plötzlich abbrach. Die Stars warteten. Nichts geschah. Langsam schritten sie den Gang weiter, jäh trat ein Mann um eine Ecke. Er hatte keine Waffe. Sein Oberkörper war nicht gepanzert. Er trug gar kein Hemd. Nur eine zerschlissene, kurze Hose. Seine Füße waren ebenfalls nackt. Das Sonnenlicht, das durch ein Fenster schien, erleuchtete den Oberkörper. Er war mit Muskeln vollgestopft. „Keine Bewegung oder wir eröffnen das Feuer", schrie einer der Spezialeinheiten. Der Mann stand einfach nur da und atmete in tiefen Zügen. Irgendetwas war nicht in Ordnung. Doch dann war Max ein Licht aufgegangen. Er fühlte die Gefahr. „Leute, das ist ein Befehl, tretet sofort den Rückzug an, und zwar alle!" Natan ergriff sofort das Wort. „Warum?" Max, der sich schon einige Schritte zurückbewegt hatte, sagte nur: „Cyberzombie." Ein einheitliches Schlucken ging durch ihre Reihen. Ab jetzt hatten alle ein gewaltiges Problem. Langsam traten alle den Rückzug an. Der Cyberzombie war das „Warum", weshalb Max die Auren nicht lesen konnte. Der Cyberzombie schirmte alle ab, doch dann, und das ohne irgendwelchen Grund, legte der Cyberzombie los. Er raste auf die Lonestars und das Spezialkommando zu. Alle eröffneten das Feuer. Der Cyberzombie, der mehrere Male in die Brust getroffen wurde, ließ sich davon nicht beeindrucken. Max und drei andere des Spezialkommandos formten einen einheitlichen Mannablitz. Sie kanalisierten ihre gesamte Energie auf den Feind, der Cyberzombie wurde von dem weißen Blitz mitten in die Brust getroffen, doch das Einzige, was geschah war, dass sich seine Geschwindigkeit etwas verlangsamte. Im nächsten Moment hatte er sie erreicht und benutzte schon eines der Schilde, um der nächsten Spezialeinheiten seinen Kopf vom Rumpf zu trennen. Alle feuerten, ohne Ausnahme. Die Magier und Schamanen im Team versuchten ihn mit Zauber aufzuhalten. Doch der Cyberzombie erledigte einen nach dem anderen. Max wurde schwer von Natan getroffen, der ihm entgegenflog. Im nächsten Moment fühlte er einen messerscharfen Schmerz an seinem linken Unterarm, er verlor den Boden unter den Füßen. Wie eine Marionette ohne Fäden flogen er und Natan mindestens fünf Meter zurück. Max schlug mit dem Kopf auf irgendeinen harten Gegenstand und alles wurde schwarz. Er war in ein dunkles Loch gestürzt, das keinen Rand besaß, um sich daran festzuhalten, um nicht in die Besinnungslosigkeit zu stürzen. Max öffnete die Augen, sein Blick schärfte sich und er sah etwas. Einen Schriftzug. Elstar. Was konnte das bedeuten? Das Atmen fiel ihm schwer. Etwas drückte ihm auf die Brust. Er hob seine Arme. Der Linke schien eingeklemmt zu sein. Das Gefühl war verschwunden. Er versuchte die Last von sich herunterzuheben. Dann bekam er einen gewaltigen Schock. Ihm stockte der Atem und kalter Schweiß rann ihm den Rücken hinunter. Natan lag auf ihm. Max blickte in ein leeres, totes Auge, das andere war nicht da. Es hingen Teile der Schädeldecke noch an Fleisch und Hirngewebe. Das Gehirn war nur noch ein blutender Brei. Max schwappte die Galle den Hals empor. Es kostete ihn gewaltige Anstrengung sich nicht auf seinen toten Boss und Partner zu übergeben. Die halbe Seite seines Körpers fehlte. Max kämpfte sich unter dem, was noch von Natan übrig war, heraus. Der Schreck saß in allen seinen Gliedern. Doch als ob das nicht genug wäre, erblickte er, was von dem gesamten Spezialkommando noch übrig war. Körperteile, zerschmetterte Schädel, aufgerissene Körper. Max schwamm in einem Blutbad, das sich seinen Weg über die Stufen in die unteren Stockwerke bahnte. Er stützte sich ab, um aufzustehen, doch er brach auf die linke Seite. Schmerzen schossen aus seinem Arm durch seinen gesamten Körper. Max zog ihn rasch zu sich. Doch da war kein Arm. Nur noch ein Stumpf unterhalb seines Ellenbogens. Nun strömte die Wirkung der Verwundung mit aller Macht auf ihn ein. Max biss die Zähne zusammen und legte sich selbst einen Zauber auf, um die Blutung zu stoppen und die Schmerzen zu lindern. Langsam hievte er sich hoch. Das Blut, das auf dem Boden schwamm, war noch nicht wirklich geronnen. Er wusste nicht, wie lange er bewusstlos gewesen war. Seine Uhr befand sich auf dem anderen Ende seines Armes. Wo der Arm lag, vermochte er nicht zu sagen. Doch zuerst brauchte er Hilfe. Ärztliche Hilfe. Vorsichtig stieg er die Stufen hinunter und versuchte nicht auf die toten Lonestars zu treten. Er erkannte einige Teile von Uniformfetzen. Ihm wurde schlecht. Er musste so schnell er konnte hier raus. Draußen auf der Straße befand sich ein Schlachtfeld. Max spürte ein unangenehmes Gefühl im Magen und im nächsten Moment übergab er sich auf den mit Blut überschwemmten Asphalt. Er schmeckte mit jedem Würgereiz die Galle, die immer wieder in ihm hochwollte. Mit seinem gesunden Arm hielt er sich an irgendetwas fest, das sich als Mülltonne erwies, als er sich wieder gefangen hatte. „Hallo?", rief er mit schwacher Stimme. Er blickte sich um. Das Antiterrorfahrzeug hatte einen gewaltigen Riss in der Seite. Der Cyberzombie hatte kurzen Prozess mit der schweren Panzerung gemacht. „Hallo, ist hier noch jemand?", rief er erneut mit Erschöpfung in der

Stimme. „Ja. Hier sind noch Leute am Leben." Max vernahm die Stimme aus der Richtung des Doc-Wagons. Max schwankte träge um den Wagen herum. Ein elfischer Sanitäter, der schwere Verbrennungen hatte, verband gerade so viele Leute, wie er konnte. Die synthetische Haut auf seinem rechten Oberarm war geschmolzen, der Cyberarm hob sich silbern von den schwärzlichen Verbrennungen seines Gesichts und Körpers ab. Er flitzte auf Max zu. „Keine Sorge, das krieg ich hin. Hilfe und Verstärkung ist unterwegs, und sobald wir den Rest von dir haben, flicken wir dich wieder zusammen." Er hatte sehr schnell gesprochen. Max wurde in die Nähe der zerschossenen Streifenwagen gebracht. „Ich muss dir schnell noch Fragen stellen." Max nickte, „Gut erstens. Hast du eine Armbanduhr oder ein Erkennungsmerkmal an deinem Arm?" „Ja, rot- grüne Armbanduhr. Mit Widmung meiner Frau, Juliet. Der Sekundenzeiger geht nicht", antwortete Max auf die Frage des Sanis. „Super. Bist du Erwacher?" „Ja." „Magier oder Schamane?" „Magier, Vollzauberer." „Gut, das reicht fürs Erste, nicht abreißen." Mit diesen Worten legte der Sani, Max eine Karte um den Hals, worauf er zahlreiche Sachen angekreuzt hatte. Max fragte sich, warum der Sani mit solchen Verletzungen noch herumsprang. „He. Wie hältst du das aus?" Der Sani verstand seine Frage sofort. „Ich steh noch unter Schock, ich beweg mich schnell, damit er nicht nachlässt und ich außerdem noch weiter Adrenalin produziere." Er legte sich eine kleine Spritze an. „Das hier ist verbessertes Epinefrin und ein schmerzstillender Cocktail. Ich bin zwar jetzt süchtig nach dem Zeug, hab einen Ständer, dass mir die Hose platzt, aber ich liege nicht am Boden und schrei oder kotz mir die Seele aus dem Leib." Die Sirenen, die das Eintreffen weiterer Osprays verkündeten, klangen in den Ohren von Max. Er war nur noch halb bei Bewusstsein, als er auf eine Bahre gehoben wurde. „Ist alles in Ordnung. Keine Angst, bleiben Sie einfach ruhig. Wir kümmern uns um Sie", waren die letzten Worte, die Max noch verstand, bevor er wieder in einen dunklen Abgrund hinunter glitt.

Die alte Strategie

Zuerst standen alle einfach nur vor einem großen Haufen. Zumindest sah das Gebäude danach aus. Es wirkte wie ein großer Haufen Müll. Steel fand es eine perfekte Tarnung, wenn man versuchte aus der Luft etwas zu erkennen. Das Gebäude war selbst astral abschirmt. Dragon war, als sie angekommen waren, noch mal in die Astralebene gegangen, um sicherzustellen, dass sie wirklich richtiglagen. Jedoch bereitete ihm der Umstand Probleme, dass in den Sox, Magie einfach nicht wirken wollte. Keiner der Cummer hatte einen Plan. Also versuchten sie es wieder mit ihrer alten Taktik. Einfach rein und durch. Alles, was sich ihnen in den Weg stellte, begrüßten sie mit einem Kugelhagel. Sie hatten nicht wirklich schwere Bewaffnung mitnehmen können. Der Rest ihrer Ausrüstung war im Wagen geblieben. JC hatte seine Standardwaffen und die Ares Alpha. Dragon hatte nur seine P80 und die Remington 990. Lexi trug die Ruger und JCs Colt Cobra. Steel war bewaffnet wie ein Panzer. Die Vigorous Sturmkanone auf dem Gyro-Arm. Doch das war ihm offensichtlich nicht genug. Auf dem Rücken hingen noch zwei Schrotgewehre, SPAS 22 die er Cops abgenommen hatte und je in Halftern lagen Colt Manhunter …

Der kalte Wind strich über die Landschaft. Sie standen alle vor dem Haufen, der wohl das Versteck von Hodges war. Ihre Augen waren geschlossen. Sie konzentrierten sich noch eine Weile und versuchten sich auf das Unbekannte, was ihnen bevorstand, vorzubereiten. Die Szene erinnerte an einen Ballerfilm. JC in schwarzem Mantel und schwerer Bewaffnung. Dragon der Militär. Steel der Panzer und Lexi das durchgeknallte Showgirl. Wie auf ein Zeichen schritten sie alle zugleich los. Steel übernahm sofort die Führung. JC ging neben Dragon. Hinter ihm Lexi, sie sicherte nach hinten. Wie eine perfekt funktionierende Einheit bewegten sie sich schnell auf ein Gitter zu. Jeder Winkel, jeder schattige Bereich wurde von mindestens einer Waffe gesichert. Steel untersuchte das Gitter, während die Runner die Umgebung im Auge behielten. Steel klappte seinen Gyro-Arm nach hinten und der Lauf der Waffe wies nun senkrecht nach oben. Er packte mit festem Griff das Gitter. Steel zog. Das Gitter gab aber nicht nach. Er winkte JC, der ebenfalls zugriff. Ihre Arme spannten sich, doch die Stangen quietschten unter der Macht der Kraftverstärker. Im nächsten Moment brach eines der stählernen Gitter heraus. Das zweite folgte sofort. Steel hatte zwar vorgehabt das Gitter einfach herauszureißen, aber rein kamen sie alle. JC machte den Anfang. Er nahm das Barrett 121 ab und schwang sich durch das kleine Loch. Er sicherte sofort den Raum. Er war leer und dunkel. Wasser tropfte aus irgendwelchen Rohren. Es roch nach Moder. Lexi sprang neben ihn. Dragon reichte JC sein Gewehr, während Lexi den Raum überblickte. Dragon folgte mit Steel im nächsten Moment. Weiter ging es zu Tür. Die Tür war klarerweise verschlossen. Steel, dem die Wut auf Hodges im Hals saß, trat mit aller Kraft gegen die Klinke. Die Tür musste schon sehr alt sein, denn sie flog auf. Ein lauter, hallender Knall war zu hören. Egal, wer in der Nähe war, der Knall war laut genug, um jeden zu alarmieren. Die Cummer gingen einfach weiter. Dragon fühlte den Weg, den sie gehen mussten. Hodges hatte alles magisch versiegelt und abgeschirmt. Das musste ihn Tage bis Wochen gekostet haben. Deshalb konzentrierte sich Dragon auf die Bereiche, die am wenigsten astrale Energie aufwiesen. Phönix hackte in der Zwischenzeit auf ihrer Tastatur herum. Sie schaltete die Sicherheitssysteme ab und teilte ihnen die Stellungen automatischer Selbstschussanlagen mit. „Leute, hinter der nächsten Ecke links. Automatische Feueranlage." Zur Bestätigung, dass sie Phönix verstanden hatten, schnalzte JC mit der Zunge. JC lud eine Granate und legte an, er drehte ein kleines Rad am Unterlauf und blickte auf die anderen, die den Gang nach hinten sicherten. JC drückte ab, die Granate flog mit einem „Flump" aus dem Lauf und schlug gegen die Wand. Sie sprang seitlich weg und explodierte. Laut schlugen kleine Stahlsplitter hinter der Ecke in alle Richtungen.

„Anlage noch aktiv", kam es von Phönix. JC jagte eine zweite und dritte Granate um die Ecke. Er konnte die Hitze auf seinem Gesicht spüren, die um die Ecke strich. „O.k, alles klar", kam die Meldung von Phönix über Funk. Die Cummer bewegten sich geschlossen weiter. Hinter einer Ecke sprang plötzlich ein Jemand hervor. Doch er wurde sofort mit einem Kugelhagel begrüßt. Er wurde gegen die rückwärtigen Wände geworfen. Mit einem Blick überprüften sie die Waffen, die er bei sich trug. Sie konnten alles brauchen, was sie finden konnten. Der Walther Karabiner landete sofort im Besitz von Dragon. Phönix meldete sich wieder. „Leute, bleibt mal stehen." Sofort hielten alle ihre gegenwärtige Position. „Da vorne ist eine Falle." Die Leitung rauchte und sie setzte hinzu: „Wenn ihr da reingeht ... da sind Gasdüsen und luftdichte Schotts. Wartet einen Augenblick." Was sie schließlich auch taten. Nach wenigen Minuten des Wartens meldete sich Phönix erneut. „O.k, ihr könnt durch. Hinter der nächsten Tür erwartet euch übrigens eine kleinere Gruppe." JC und Steel gingen voran. Sie hielten. „Ich werde die mal ein bisschen verarschen", funkte Phönix und sofort ertönte ein lautes Zischen gefolgt von einem Knall. „Geht mal rein." Die Runner traten vorsichtig in den Raum. Das Bild, das sie erwartete, war einfach nur komisch. Hinter einer großen Glaswand standen Sicherheitsleute von Hoges. Sie schossen nicht. Keiner legte an. Es war nur zu deutlich, dass sie von Panzerglas getrennt wurden. Sie kümmerten sich nicht um die Gefangenen. „Gut, noch eine Gruppe, ich treib sie zu euch." Lexi, Steel und JC stellten sich in einer Linie auf. Dragon kniete und seine Remington klickte zwei Mal. Alle hatten den Finger am Abzug und machten sich bereit. Im nächsten Moment drangen Schreie um die Ecke. Darauf folgten Schüsse und sofort wieder Schreie. Die Gruppe wurde von irgendetwas nach vorne getrieben. Sie bogen um die Ecke. Steel, Lexi, Dragon und JC eröffneten sofort das Feuer. Keiner der Wächter hatte Gelegenheit in irgendeine Richtung auszuweichen. Es dauerte kaum einen Wimpernschlag und das Feuergefecht war vorüber. „Was hast du gemacht?", fragte JC in den Funk. „Da steht eine Autoschussanlage die gehört jetzt mir." Sie grinsten.

Doch für weitere Witzeleien blieb keine Zeit. Sie mussten Hodges so schnell wie möglich ausschalten. Sie schritten enge Gänge entlang. Phönix, die sich im Sicherheitssystem bewegte, informierte sie immer wieder über Hinterhalte. Ein Glück, dass Hodges so paranoid war und in jeder Ecke Kameras installiert hatte. „Wieder eine Gruppe, die ich aber nicht treiben kann", funkte Phönix durch. „Lass mich mal, es dauert länger, aber ich denk, die Sox haben nichts dagegen. Stellt euch auf." Niemand verstand so richtig, was Dragon meinte. Doch bildeten sie wieder eine Schussreihe. Steel und JC stehend. Lexi kniete. Dragon setzte sich im Schneidersitz auf den Boden, er schien zu meditieren. Die Sicherheitsleute schrien wieder. Wieder gab es Schüsse und die Runner hörten sie auf sich zu stürmen. Sie wurden angemessen begrüßt. „Was hast 'n gemacht?", fragte Steel nach hinten als Dragon sich wieder erhoben hatte. „Illusion. Ich hab mal ein Bild von einem Leichendämon gesehen. Und der erschien mir passend." Dragons Taktik benutzten sie noch einige Male. So kamen sie an Bewaffnung und Munition, ohne selbst viel zu verbrauchen. Phönix versperrte immer wieder Wege, die die Wachen nahmen, und schloss sie hinter verschiedenen Sicherheitsschotts ein. Ohne sie wäre es ein weitaus schwereres Unterfangen gewesen. Phönix öffnete eine Tür und die Cummer traten in einen gewaltigen Raum. „Verdammt, das geht doch gar nicht. Der Hügel war doch nicht so groß. Irgendwie stimmt das alles nicht", bemerkte JC, der die vielen Türen, Stufen und Balkone betrachtete. „Hodges hat sicher einen Zauber auf das Gebäude gelegt. Deshalb sieht es aus wie ein ummauerter Hügel. Ich sag ja, der Junge ist gut",beantwortete Dragon sofort. Ihnen gefiel der Raum gar nicht. Er war einfach zu perfekt für einen Hinterhalt. Die Balkone boten ausgezeichnete Schusspositionen und es gab keine Deckung. Der Boden war offensichtlich aus Marmor. Doch sie mussten weiter. Ihre Schritte erzeugten ein Echo, das sich im gesamten Raum brach. Sie hielten sich an der Wand. „He, Leute, ich hab Hodges entdeckt. Er ist irgendwo oben. Wo genau kann ich nicht sagen." Dragon und JC wechselten Blicke. Steel wirkte sauer. Lexi lauschte in den Funk. Die einzige Stiege, die nach oben führte, war mit rotem Samt belegt. Sie fragten sich, wo der Arsch das gesamte Geld für so ein Anwesen herhatte und noch dazu mitten in der Einöde. Stufe für Stufe stiegen sie die samtbespannten Stufen hinauf. Steel, der die gesamte Zeit schon auf Thermalsicht geschaltet hatte, streckte seinen Arm zur Seite. „Halt mal, da is'n Laser." JC und Lexi wechselten ebenfalls die Sicht. Oben auf der obersten Stufe zog sich ein dünner Laserstrahl knapp über den Boden. Dragon bückte sich sofort und suchte nach einer Sprengladung oder etwas Ähnlichem, dann wurde er fündig. Eine handelsübliche Offensivgranate war mit dem Laser verbunden. Dragon drückte den Sicherungssplint mit der Hand zu und nahm die Granate einfach hoch. „Perfekt, der Nächste, der uns nerven will, bekommt die geschenkt", grinste er in die Runde. Sie wandten sich nach links und betraten wieder einen breiten Korridor. Hier schien offensichtlich ein gewisser Jemand zu wohnen, der Unmengen von Kohle besaß. Hodges war unvorstellbar reich geworden. Wie er das angestellt hatte, war allen ein Rätsel. Als Runner taugte er nichts. Er war gut, unumstritten, doch er war ein Feigling. Er verkroch sich lieber in einem verseuchten Loch, als jemandem im Kampf gegenüberzutreten. Bilder seiner selbst hingen zu beiden Seiten des Ganges und zahlreiche Statuen aus echtem Marmor standen hier. Lexi hatte ein Auge für so etwas. Sie hatten den Gang zur Hälfte durchquert, als sich eine Stimme von der Decke des Raumes über die Cummer ausbreitete. „Ja, wenn das nicht meine alte Party ist?" Hodges sprach. Die Stimme war eine Mischung aus krächzen und fiepen. „Ich hab mich schon gefragt, wann ich euch endgültig erledigen soll. Aber dass ihr es mir so einfach macht, das hätte ich nie gedacht." JC schüttelte den Kopf. Das war so ziemlich das älteste Klischee, was es gab. Mit den Eindringligen zu sprechen. Ohne viel Zeit zu verschwenden machten sie sich weiter. JC, der seine gesamte Cyberware eingeschaltet hatte, machte die Vorhut. Steel ging etwas hinter ihm zur Linken. Dragon in der Mitte und Lexi hinten. Das war ihre übliche Standardaufstellung. Dragon versuchte immer wieder die Umgebung Astral zu scannen doch es gelang ihm nicht, die Mannalosigkeit der Sox war zu stark. Ständig überlegte er wie es Hodges nur angestellt hatte, hier irgendetwas zu zaubern. Hodges hatte doch einiges auf dem Kasten. Plötzlich wurde eine Tür kurz vor ihnen aus den Angeln gesprengt. JCs Geräuschdämpfer schalteten sich sofort ein. Die Tür segelte einige Meter durch die Luft und prallte gegen die Wand im Gang. Augenblicklich stürmten mehrere Leute aus dem Raum. Steel und JC eröffneten auf der Stelle das Feuer. Dragon, der als Einziger keine Geräuschdämpfer hatte, presste sich die Hände auf die Ohren. Durch den Kugelhagel brüllte Lexi irgendetwas und eröffnete ebenfalls das Feuer. Hinter ihnen waren weitere Leute erschienen. Lexi schaffte es mit gezielten Schüssen ihre Gegner in Schach zu halten. JC bewegte sich sofort auf die vorderen Angreifer zu. Steel wusste, dass er JC keinen Feuerschutz geben brauchte. Er schnappte sich Dragon hinten an der Jacke und warf sich mit ihm gegen eine Tür. Splitter zerschnitten das Gesicht des Orks, als er in den Raum stolperte. Lexi sprang mit rauchendem Lauf sofort hinterher. Der Karabiner, den sie der Wache abgenommen hatte, wies eine Ladehemmung auf. Dann meldete sich ein lauter Knall. Kleine Splitter schossen durch den Türstock in den Raum. Steel, der am nächsten gestanden war, bekam mehrere glühende Stahlstifte in den Rücken. Zum Glück hatte er sich schnell genug abgewandt. Er wurde nach hinten geworfen. Schnell riss er Lexis Messer aus ihrem Stiefel und zerschnitt die Klettverschlussstreifen. Lexi hielt die Colt Cobras einfach in den Gang und betätigte die Abzüge. Mit etwas Glück verpasste sie ja einem der Angreifer einen Schuss in den Kopf. Steel hatte geschafft, sich zu befreien. Seine Schutzweste rauchte einige Meter entfernt. Eine Stimme erwachte zum Leben. „Leute, alles in Ordnung?" Schüsse waren durch den Komlink zu hören. „JC, wo bist du?", fragte Lexi sofort, während sie ein neues Magazin einlegte. „Das wüsste ich auch gerne. Ich hab ein Fenster nehmen müssen. Das Dach, auf dem ich gelandet bin, ist ziemlich glatt. Kleine Rutschpartie und jetzt werde ich von allen Seiten beschossen." Ein lauter Knall ließ den Komlink rauschen. „Wir könnten hier deine Bildverbindung gebrauchen", erwiderte Lexi. Steel versuchte Dragon wieder auf den Damm zu bringen. Der war k.o. gegangen. Der Knall war etwas zu laut gewesen. Oder vielleicht lag es daran, dass er mit Dragons Kopf an die Tür gerammt war. Steel wollte ihn eigentlich gar nicht als Rammbock benutzen. „Ich könnte hier unten einen Erwacher brauchen. Die haben so was wie einen Müllgeist. Ich komm dem nicht ans Leder." Ein „Flump" ertönte durch den Komlink, dem sofort ein lautes Rauschen folgte. JC feuerte offensichtlich aus allen Rohren, die er besaß. „Steel", schrie Lexi. „Bring Dragon wieder auf die Beine." „Der ist wie tot. Verdammt!", schrie Steel zurück. Lexi hörte, dass JC ein „Ha" von sich gab, dann rauschte der Komlink wieder. „Verflucht, bring endlich so was wie einen Erwacher in meine Nähe. Dragon, was zur Hölle ist wichtiger als ich?" Steel schlug Dragon heftig ins Gesicht. Doch das Einzige was geschah war, dass er die Augen noch mehr verdrehte. „Wir müssen ihm helfen", brüllte Steel. Lexi griff an ihren Gürtel und nahm eine Granate. „Steel, auf mein Zeichen wirfst du eine Blendgranate in den Gang", rief Lexi, während sie versuchte den Gang zu beiden Seiten zu verteidigen. Die Angreifer waren schon gefährlich nahe gekommen. Lexi entsicherte ihre Granate. Sie warf ihre Granate in den Gang. Zuerst gingen alle in Deckung. Doch es breitete sich nur Schwärze aus. Die Granate stieß eine dunkle Wolke aus und verschluckte jegliches Licht. Die Angreifer schienen davon nicht sehr beeindruckt zu sein. Lexi schaltete ihre Geräuschverstärker auf die höchste Stufe. Ein Schuss und sie brauchte neue Cyberohren. Dann hörte sie ein Geräusch. Jemand hatte ein Nachtsichtgerät aufgesetzt. Das leise und immer heller klingende Piepen war nur einen Moment zu hören. Sie bedeutete Steel, dass er die Granate werfen sollte. Steel tat es. Lexi schloss die Augen, Steel schützte Dragons und seine Augen, Blitzkompensatoren lagen noch nicht in ihrer Preisklasse. Die Blendgranate explodierte. Sofort drangen Schreie durch den Gang. Viele rissen sich die Nachtsichtgeräte von den Augen. Lexi stürmte in den Gang hinaus. Nicht alle waren geblendet worden. So trafen einige Projektile ihren Rücken. Sie schoss herum und betätigte den Abzug. Es klickte. Eine Ladehemmung. *„Verdammt warum passiert das immer in solchen Situationen?"* Sie warf sich nach hinten auf den Boden.

Neben ihrem Kopf rasten haarscharf einige Projektile vorbei. Sie schlug am Boden auf. Ihr Cowboyhut flog ihr vom Kopf. Lexi griff so schnell sie konnte nach ihrer Waffe. Die Reflexbooster beschleunigten sie zwar ungemein, doch jeden Moment rechnete sie mit schmerzhaften Treffern. Das Nächste, was sie hörte, waren Schüsse. Viele Schüsse. Zu viele, als dass sie in ein normales Magazin passten. Steel stand mitten im Gang und durchlöcherte jeden, der nicht auf dem Boden lag. Im Komlink rauchte es plötzlich und ein weiteres „Flump" ertönte. Dann erhob sich eine Stimme. „Ihr verfluchten Bastarde. Ich mach euch kalt." Es folgten mehrere Schussgeräusche aus verschiedenen Knarren. Steel stand über Lexi und sicherte sie. Dann war nur noch das Schreien der Leute zu hören, die sich die Augen zuhielten. Lexi stieß sich von der Wand ab und rutschte über den Boden. Sie fühlte die Wärme der Reibung selbst durch ihre Schutzweste. Blitzschnell griff sie nach ihrer Remington. Lexi rollte sich über den Boden und neben ihr durchlöcherten Schüsse den Samtteppich. Sie sprang auf und trat gegen eine Statue, die sie noch weiter nach oben beförderte. Lexi jagte drei Schüsse durch die Schutzweste eines Angreifers. Sie landete wieder auf dem Teppich und Steel wich in genau diesem Moment aus und warf sich nieder. „Letztes Mal warst aber du oben", schrie Steel durch den Hagel, der über ihn hinweg rasenden Projektile. Lexi antwortete nicht. Sie legte die Arme über den Kopf und erledigte den Letzten im Gang. Lexi schnappte sich ihren Hut und rannte los mit einer Granate in der Hand. Sie war weiß und hatte zwei gelbe Streifen. Steel lief in das Zimmer, wo JC verschwunden war. Lexi warf ihre Granate einfach in den Raum, der noch voller Wachen war. Sie prallte von der Wand ab, schlug gegen eine Statue, um träge eiernd auf dem Boden zu landen. Die Granate gab ein leises Piepen von sich. Jemand schrie: „Granate, alle in Deckung." Doch nichts geschah. Lexi sprang zur Seite. Sie wartete weit entfernt auf dem Boden liegend. Und dann. Die Granate gab ihre Phosphorladung frei. Weitere Explosionen erschütterten den Raum und ließen die Wände splittern. Die hochexplosive Phosphor-Brandgranate hatte von ihrem Hersteller, Don Fiorenzo, nicht umsonst den

Spitznamen Supernova bekommen. Der Kampf war beendet. Vorerst. Sie schnappte sich Dragon und schliff ihn zu Steel. Der stand am Fenster und blickte in einen großen Innenhof. JC war in der Mitte umringt von Toten und bewegte sich nicht.

Seine Sehkraft kehrte fast wieder zurück, das war für die Blitzkompensatoren einfach zu viel gewesen. Nachtsichtgerät, Blendgranate und auch noch mitten in die Explosion gestarrt. Schlechte Kombination. Er fragte sich, wie es wohl denen ergangen war, die Nachtsichtgeräte und keine Kompensatoren hatten. „He, war nur ein Blindgänger, lasst uns weiter feuern", sagte jemand. Er erhob sich. Er schaltete, um seine Augen zu entlasten, auf Thermalsicht und erschrak. Von einem kleinen Punkt auf dem Boden leuchteten dünne Laserstrahlen durch den gesamten Raum. „Nicht bewegen!" Alle erstarrten auf der Stelle. „Warum?" Während dieses Satzes blickte einer seiner Kameraden auf und wand den Kopf. Er durchbrach einen der Laser. Das Nächste, was im Raum zu sehen war, glich einer Explosion eines Sternes. Weißer Phosphor breitete sich brennend aus. Die Wucht der Explosionen schleuderte alle in verschiedenste Richtungen. Die, die in der Nähe der Granate waren, wurden einfach zerrissen. Nichts blieb übrig. Selbst das Metall der Waffen war geschmolzen. Am Gürtel befindliche Granaten explodierten ebenfalls durch die Hitze. Munition schoss sich selbst ab, alle waren tot.

JC saß in der Falle. Er war das vom Regen nasse Dach hinuntergeschlittert und in einer Art Hinterhof gelandet. Mit seinem Glück fand hier gerade so etwas wie eine Lagebesprechung statt. Er wusste nicht, wie viele es waren, zu zählen hatte er keine Zeit gehabt. Die Meldung des taktischen Computers, sich so schnell wie nur irgend möglich in Sicherheit zu begeben, war auch überflüssig gewesen. JC reagierte blitzartig. Er rammte irgendetwas, das nach Mensch aussah auf die Seite, verfrachtete einige Schuss in einen Köper und warf sich hinter ein etwas, das der taktische Computer als kugelsicher eingestuft hatte, nicht eine Millisekunde zu spät. Projektile schlugen in das Etwas ein, hinter dem JC Deckung gefunden hatte. Der Regen, der irgendwann angefangen hatte auf die Umgebung zu prasseln, durchweichte ihn in wenigen

Sekunden. Er zog den Kopf ein. Das Überraschungsmoment hatte ihm das Leben gerettet. Nichts hätte die im Innenhof befindlichen Leute davor warnen können, dass JC auf einmal von einem Dach herunterstürzte. „Leute, alles in Ordnung?", erkundigte er sich nach den anderen. Der Funk rauschte einen Moment „JC, wo bist du?", meldete sich Lexi. „Das wüsste ich auch gerne. Ich hab ein Fenster nehmen müssen. Das Dach, auf dem ich gelandet bin, war ziemlich glatt. Kleine Rutschpartie und jetzt werde ich von allen Seiten beschossen." JC hörte ein metallisches Klingen. Dem folgte eine kleinere Explosion. Der Abstand zwischen dem „Kling" und dem „Wumm" war zu lang gewesen. Also kein Granatwerfer. Er nutzte sofort die Gelegenheit. JC sprang hoch und erblickte plötzlich etwas, das aussah, als ob es aus zahlreichen Mülltonnen bestand. Es war nicht groß, etwa zwei Meter. Aber es kam in JCs Richtung. Er eröffnete sofort das Feuer. Die Querschläger flogen in alle Richtungen. Er versuchte das Feuer auf den anscheinenden Kopf zu konzentrieren. „Wir könnten hier deine Bild-Verbindung gebrauchen", erklang wieder Lexis Stimme. „Ich könnte hier unten einen Erwacher gebrauchen. Die haben so was wie einen Müllgeist. Ich komm dem nicht ans Leder." JC fluchte innerlich. Er legte noch einmal auf das Müll-Monster an. Doch dieses Mal verwendete er den Unterlaufgranatwerfer. Die Granate schoss in einem kleinen Bogen auf das Müll-Ding zu und explodierte. „Ha", entfuhr es JC. Doch etwas traf ihn plötzlich wie ein Amboss auf die Brust. JC wurde von den Füßen gerissen. „Verflucht! Bring endlich so was wie einen Erwacher in meine Nähe. Dragon, was zur Hölle ist wichtiger als ich?", schrie JC, während er versuchte sich mit aller Kraft zu bewegen. Jetzt erst merkte er, dass sich in seinem linken Knie ein Problem mit der Hydraulik anbahnte. Er streckte das Bein durch. Die eigenartige Vibration sagte ihm, dass etwas nicht stimmte. Die Festplatte arbeitete auf Hochtouren, um das Problem auszugleichen, während Kugeln in JCs Richtung hagelten. Schnell warf er sich wieder in die Nähe seiner Deckung und drückte sich mit dem Rücken dagegen. Er wusste nicht, was er im Moment groß machen konnte, also harrte er einfach in seiner Position aus und sicherte beide Seiten, falls sich jemand entschloss, auf Angriff zu gehen. Der Kugelhagel ließ schließlich etwas nach. JC griff an seinen Gürtel. *„Offensivgranate, Offensivgranate. Ich muss doch noch eine haben."* Doch seine Vorsicht, nichts Hochexplosives an seinem Körper zu tragen, brachte ihn nun in eine äußerst miese Situation. Ihm selbst war es nie passiert. Doch er hatte gesehen, wie ein Projektil eine Granate zündete, die jemand an der Weste trug. Von dem jemand, eine Sonderkommandoeinheit der Lonestars, blieb nicht mehr viel übrig. Das hatte ihm den Anstoß zum Entschluss gegeben. Seine Blend- und Rauchgranaten wurden noch nie getroffen. Doch der Teufel schläft nie. JC brauchte keinen Schlaf. Er entschied sich für eine Blendgranate. Werfen kam nicht infrage. Das war zu auffällig. Er legte das handygroße Etwas an die Ecke hinter dem Ding, das ihm schon einige Minuten lang den Arsch gerettet hatte, er entsicherte die Granate. Schnell zog er seinen Mantel über sich. Und schon war ein leiser dumpfer Knall zu hören. JC sprang sofort in die Höhe. Das Mündungsfeuer der Ares Alpha erhellte Blitzlichtgleich den Innenhof. JC schaltete nicht auf Dauerfeuer. Die Gegner waren nicht so blöd gewesen, einfach stehen zu bleiben. Das Smartlink Fadenkreuz filzte von einem Bewaffneten zum anderen. In Kombination mit dem taktischen Computer schaltete JC eine beträchtliche Anzahl der Gegner aus, schnell ging er wieder in Deckung. Keine Sekunde zu spät, der feindliche Beschuss hatte wieder eingesetzt. JC hob den Lauf der Alpha an den oberen Rand, der, es musste eine Art Kiste sein. Der nächste „Flump" ließ eine weitere Granate aus dem Unterlauf fliegen. Sie segelte hoch durch die Luft. Der Winkel war geradezu perfekt gewesen. Die Explosion oben an der Wand, die JC gegenüber war, ließ große Stücke der Fassade auf die Feinde stürzen. Die hatten keine andere Wahl als aus der Deckung ins Innere des Hofes zu flüchten. JC sprang wieder in die Höhe. Ein „Flump" und dann ging er auf Dauerfeuer. JC erledigte einen nach dem anderen. Die panzerbrechenden Geschosse zerfledderten eine Sicherheitsweste nach der anderen. Doch JC musste schnell wieder in Deckung gehen. Alle waren nicht aus der Deckung geflüchtet. Er überlegte gerade, was er machen sollte als ein weißlicher Lichtblitz aus dem zerbrochenen Fenster brach, das JC als Fluchtweg verwendet hatte, was da oben geschehen war, interessierte JC im Moment überhaupt nicht. Das einzige, was zählte war, dass die Feinde abgelenkt waren. Er sprang erneut hinter seiner Deckung hervor und jagte eine Granate in Richtung seiner Widersacher. Mit einzelnen präzisen Schüssen erledigte er auch die letzten fünf. JC stand da. Die Waffe immer noch im Anschlag und begutachtete sein Werk. Jeder einzelne Regentropfen, der auf die Mündung traf, ließ den Lauf zischen. Für einen kurzen Moment befand er sich wieder auf einem Schlachtfeld. Die Leichen auf dem Boden, das Blut, das sich ausbreitete, durch granatenverbrannte Körper. Plötzlich sah er Phönix, wie er sie küsste. Er strich ihr durch die Haare. Der Geruch ihrer Haut. Er fühlte die Berührung ihrer Hand. JC blinzelte. *„Was war das jetzt?"* „JC." Steels Stimme riss ihn wieder in die Gegenwart. Der spürte, wie ihm der Regen auf den Kopf trommelte und ihm über das Gesicht rann. Steel rutschte gerade an einem Seil herunter. Dragon war der Nächste. Lexi folgte ebenfalls. JC blinzelte. „Was zur Hölle …" Steel brach ab. Er ließ den Blick über den Innenhof wandern. Erst jetzt fiel JC auf, dass hier mindestens dreißig Leichen herumlagen. Männer und Frauen gleichermaßen. Wer der elendigliche Erwacher war, der ihn mit wandelnden Mülltonnen erledigen wollte, konnte JC nicht sagen. Er hätte ihm nur zu gerne einen Tritt verpasst. Die Cummer kamen auf ihn zu. Dragon wirkte etwas geknickt. „Verdammt, wo warst du? Ich schlag mich hier mit lebendigem Müll herum und du bist nicht zu erreichen." Dragon blickte JC fragend an. Lexi grinste. Steel sagte nichts, aber auch er trug eine amüsierte Miene. JC wedelte mit der Hand vor Dragons Gesicht herum. „Hallo. Kein Anschluss unter dieser Nummer?" JC blickte Steel fragend an. „Was ist mit ihm? Der schielt etwas." Noch bevor Steel antworten konnte, sagte Lexi: „Gehörsturz. Vermutlich. Seit die Tür aus den Angeln gesprungen ist, verhält er sich so." JC grinste nun auch. Dragon hingegen schien das gar nicht witzig zu finden. Doch weil sie nicht weggeregnet werden wollten, betraten sie wieder das Innere des Hauses. Sie bedeuteten Dragon, dass er noch mal die Gegend abscannen sollte. Keiner von ihnen wusste so recht, wie sie Dragon das verständlich machen sollten. Steel wedelte wild mit den Armen. Lexi führte eine Art Tanz auf. JC zeigte auf Dragons Augen und fuchtelte dann in Richtung Umgebung. Doch Dragon verstand nach einer Weile. Schnell aber vorsichtig machten sie sich auf den Weg in Richtung Hodges. Schließlich erreichten sie eine weitere Tür. Sie war aus dickem Titan. Selbst mit ihrem gesamten, explosiven Material war hier kein Durchkommen. „He, Phönix, wir stehen buchstäblich vor einer Wand. Ich wollte eigentlich wissen, ob du uns da mal raus helfen könntest?" JC bekam jedoch keine Antwort. „Phönix?" Wieder rauschte der Komlink. „Du glaubst doch nicht, dass ihr etwas passiert ist?" fragte ihn Lexi. JC schüttelte den Kopf. „Es würde sonst doch ein Signal geben." Ihnen blieb nichts anderes übrig als zu warten. Um die Zeit nicht nutzlos herumzustehen, verschanzten sie sich hinter verschiedenen Türen. Dragon, der nach etwa zehn Minuten des Wartens auf Schreie reagierte, war in die Astralebene gegangen, um nach Phönix zu sehen. Ihr Körper, der schlaff in einer Ecke lehnte, wirkte völlig leer. Als ob ihre Seele ausgeflogen war. Keiner wusste so recht was sie machen sollten. Bewegungslos standen sie da und hofften. Doch dann regte sie sich endlich. Langsam öffnete Phönix ihre Augen. „Sorry, dass es so lange gedauert hat. Da waren so manche Probleme mit schwarzem Eis." „He, verdammt! Phönix." JC war so erleichtert, dass er ihre Stimme hörte, dass er beinahe herumgetanzt wär. „Hast du was mitbekommen?", fragte er nach. „Nein, tut mir leid, seid ihr in diese dämliche Halle gegangen seid, hatte ich Probleme. Es ist eben schwer in der Matrix und in der Nicht-Matrix zugleich zu sein. Was war?" Während JC ihr die Situation erklärte, verpasste Steel Dragon, der nicht aufs Ansprechen reagiert hatte, einen kräftigen Tritt. Es dauerte noch eine Weile, bis er wieder Herr seines Körpers war. Sie machten sich bereit. Phönix öffnete die Tür. Dragon war so geschwächt, dass er nicht mehr alleine gehen konnte, sie traten durch die Tür und ...

Ersatz

Lonestar brauchte einen neuen Commander und das wurde Max Prier. Er war mit einem Schlag die Karriereleiter nach oben gerutscht, dass er es selbst kaum glaubte. Seine Dienstkollegen wussten nicht, ob sie ihm gratulieren sollten, schließlich hatte er seinen besten Freund und Partner verloren. Doch immer wieder dachte er an die Worte von Natan: „Einfach nur auf den Jungen aufpassen. Ich werde das Restliche regeln. Außerdem bin ich sowieso der Meinung, dass du der beste Mann für so was bist. Erwacher. Das bisschen Cyberware, das ich habe, hilft mir da nicht weiter." Max war in Natans altes Büro umgezogen. Er selbst hatte die Habseligkeiten an sich genommen. Als Erinnerung. Viele der Lonestars konnten die Trauer von Max verstehen. Norman hatte auch seinen Partner verloren wie zahlreiche andere. Dieser Straßenkampf war noch nicht zu Ende, das war klar. Wenn er die Leute finden wollte, die für den Tod an so vielen Lonestars verantwortlich waren, brauchte er nicht die Unterstützung der Stars. Er brauchte seinen Kontaktmann in den Schatten. Oder besser seine Kontaktfrau. Sie war als Street Doc mit den Schatten und den Shadowrunnern bestens vertraut. Sie kannte sicher jemanden, der in der Lage war, es mit einem Cyberzombie aufzunehmen. Max ergriff sofort das Telefon. Die Lonestars mischten sich somit schon zum hundertsten Mal in die Schatten ein. Den Termin mit Montgomery Higgins verschob er. Seine Begründung war, dass er noch Schmerzen wegen seines Armes hatte. Doch der war vollkommen gesund. Etwas Stärke seiner Magie hatte er natürlich einbüßen müssen, aber immer wenn er zu Hause war, schien seine Kraft wieder etwas stärker zu werden. Er wollte es eigentlich nicht glauben, wie das nur möglich war, aber er hatte das Gefühl, dass Charlie etwas damit zu tun hatte. Charlie war auf dem besten Weg ein Lonestar zu werden. Max hatte ihm schon alles gezeigt und war mit ihm auch schon auf Streife gefahren. Jetzt gab es für den Jungen nichts Tolleres mehr als Polizist zu werden. Der Tod seiner Eltern lastete noch schwer auf ihm, doch Juliet und Charlie waren in der Zwischenzeit beste Freunde geworden. Max dachte an seine Frau. Sie konnte einfach mit Menschen. Sie hatte zwar bei der Cybernetic Firma eigenartige Arbeitszeiten und war oft lange nicht zu Hause. Aber mit Menschen umgehen war ihr ein Leichtes. In den nächsten Tagen würde sie auch eine gute Freundin einladen, die bei derselben Firma arbeitete. Allerdings war der Bereich, für den ihre Freundin tätig war, in Russland. Die Freundin, wie auch immer sie hieß, war zurzeit in den Salish-Shidhe. Er war gespannt auf sie. Aber egal, was er noch zu tun hatte, als Commander der Lonestars, er würde diese Verbrecher, die mit einem Cyberzombie durch Seattle kurvten, finden und zur Strecke bringen. Und wenn er dafür seine Seele an den Teufel verkaufen musste. Die gesamten Fördergelder würde er in die Lonestar-Rüstungsindustrie stecken. Nur einen kleinen Teil bewahrte er für Kaffee auf. Echten Kaffee.

Schneller Tod

Der Raum, der sich ihnen bot, war nicht wirklich klein. An einer Seite waren verschiedenste Bildschirme. Alle zeigten dasselbe. Schneegestöber. Phönix hatte ganze Arbeit geleistet. Hodges hatte nicht damit gerechnet, dass die Cummer einen Decker an ihrer Seite hatten und er hatte alle gewaltig unterschätzt. JC schritt weiter. Die Ares Alpha verströmte den Geruch von viel verschossener Munition. Nichts bewegte sich. Nicht einmal Hodges, der in einem Sessel hinter einem gewaltigen Schreibtisch zusammengeschrumpft war. Die Runner kamen noch näher. Dragon gestützt von Steel. Hodges hatte nur eine Pistole in der Hand. Doch von der Tiffani Self-Defender ging keine Gefahr aus. Die Mündung lag an seiner eigenen Schläfe. Er zitterte. JC taxierte ihn. Die kleinen Rattenaugen, das schmutzige, graublonde Haar, seine schäbigen Klamotten, die zahlreichen Amulette, die er trug, und das schmierige Rattengesicht mit den zu langen Schneidezähnen. Hodges kam seinem Tiertotem exakt gleich. „Willst du dich so aus der Affäre ziehen?", fragte JC ziemlich gelassen. Hodges sagte nichts, er blickte von einem zum anderen. Als er den Kopf wandte, erkannte JC eine Datenbuchse. Aus seinem Nacken wanden sich weitere Schläuche, die sich in der Wand verloren. An der Hand mit der Waffe fehlten einige Hautfetzen. Die Cyberware blitzte durch. Das verstand er jetzt überhaupt nicht. Hodges ein Ratten-Schamane. Ein magisch aktiver Elf ließ sich Cyberware in die Rübe verpflanzen? Etwas Schlechteres konnte ein Erwacher seinem Körper nicht antun. Hodges hatte nun seine gesamte Magie verloren. Das Einzige, was er jetzt noch zaubern konnte, waren Kartentricks. Dragon hatte es ebenfalls erkannt. Er schloss die Augen und öffnete sie wieder, sie waren glasig geworden. „Ja, ja. Scann mich nur ab, blöder Magier. Ihr seid doch alle gleich. Arschlöcher, hirnverbrannte Idioten." Hodges hatte

sie zum ersten Mal direkt angesprochen. Mit Ausnahme ihrer
früheren Runs, die sie zusammen abgewickelt hatten. „Ist das
nicht etwas schädlich für dich?", fragte ihn JC. Hodges blickte in
die völlig schwarzen Cyberaugen. „Das ist mir doch egal", war
die Antwort. „Hast du überhaupt noch Magie?", fragte ihn Lexi.
„Fick dich, du Cowboyschlampe. Fick dich, Cyberzombie. Fick
dich doch. Fickt euch alle." JC fluchte wirklich gerne, das war
ihm bewusst, aber das ging zu weit. Langsam hob er die Waffe.
Und zielte auf Hodges Stirn. Um alles etwas zu verstärken, lud er
den Granatwerfer. „Haaa, das würde ich lassen", sagte Hodges.
„Ihr Idioten wollt doch mein gesamtes Geld haben oder? Ich bin
der Einzige, der die Codes kennt. Wenn ihr mich erledigt, werdet
ihr überhaupt nichts bekommen. Wisst ihr, was eine Schädel-
verbindung ist?" „Phönix?", fragte JC auf Hodges Aussage hin.
Ihre von der Titanverkleidung verzerrte Stimme war nur schwer
zu verstehen. „Kann ich nicht sagen." Doch JC war das Vermögen von Hodges ziemlich egal. Sich jetzt schon vom Leben
als Runner zurückzuziehen wäre schon unbestreitbar, aber er
wusste nicht, wie ihm die Schatten fehlen würden. Schließlich
sagte er: „Mir doch egal, das Einzige, was ich will ist Rache und
die krieg ich jetzt." Alle legten an. Selbst Dragon zielte mit seiner
Baretta auf Hodges. Er wollte nicht auch nur das kleinste Fitzel-
chen Manna für dieses Arschloch verschwenden. Außerdem war
er zu schwach. JC erhob noch einmal die Stimme. „Hodges, du
befindest dich vor einem Exekutionskommando, wir verurteilen
dich zum Tode." Hodges Stimme begann plötzlich zu flackern.
„Das könnt ihr nicht tun. Das ist nicht. Wir sind Shadowrunner.
Das verstößt gegen die Ehre unter Runnern!" „Die Ehre, die
du in den Dreck gezogen hast, als du andere Shadowrunner an
Lonestar, den Feind! verraten hast? Die Ehre, die du in den Dreck
gezogen hast, als du unerfahrene Runner für deine abartigen
Zwecke missbraucht hast? Du bist nicht würdig dich noch einen
Shadowrunner zu nennen." Hodges weinte plötzlich. Wie ein
kleines Kind saß er auf dem Stuhl. Die Hand mit der Waffe war
auf seinen Schoss gesunken. „Nein. Bitte, JC. Bitte. Ich werde
untertauchen, ihr hört nie wieder etwas von mir. Wirklich ich

schwöre es euch." Steel brach jetzt los. „Deine Schwüre sind nichts wert. Du hast mir in den Rücken geschossen, als ich geschlafen habe, und hast mich dann an Lonestar verpfiffen. Wenn JC nicht zufällig vorbeigekommen wäre, um meine Schulden abzuholen, wäre ich jetzt im Knast! Aber du hast auf die falsche Seite gezielt das Herz ist auf der Linken!" Steel lud seine Sturmkanone durch. JC sprach ihn noch einmal an. „Hodges, wir sind nicht wie du. Aber wir werden dich nicht am Leben lassen." Aus Hodges' Augen quollen weitere Tränen. „Wir lassen dich entscheiden. Entweder du erledigst es selbst, falls du Manns genug bist, oder wir werden dich erledigen, und glaube mir, den schnellen und schmerzlosen Tod, den du bekommst, hast du gar nicht verdient." Hodges blickte auf seine Waffe. Er bebte nun am ganzen Leib. Langsam führte er die Mündung seiner Pistole wieder an die Schläfe. Die Runner warteten mit den Waffen im Anschlag. Die Hand von Hodges zitterte heftig. Er bewegte den Zeigefinger nur ein Stück. Er hielt inne und entspannte ihn wieder. Er presste die Augen fest zusammen und der Hahn der Waffe spannte sich erneut. Im nächsten Moment riss Hodges die Pistole nach vorne und versuchte Lexi zu erschießen. Doch so, wie die Mündung der Waffe seine Schläfe verließ, traf Hodges ein gewaltiger Sturm aus Projektilen verschiedener Waffen. Sein Körper wurde buchstäblich zu Brei geschossen. Das Blut spritzte auf den Schreibtisch, Hodges wurde mitsamt dem Stuhl an die rückwärtige Wand gedrückt, panzerbrechende Geschosse, großkalibrige Patronen und Dum-Dum-Projektile zerstörten den Körper von Hodges. Jeder mit Ausnahme von Steel, der seine Munition aus einem Munitionsgürtel bezog, verschoss das gesamte Magazin in den Körper von Hodges und vernichtete jegliche Spur von Leben, die noch in ihm war. Hodges war tot. Die Cummer machten sich auf den Rückweg. Auf Wachleute trafen sie nicht mehr. Alle waren geflohen. Freunde kaufen konnte jeder, aber ob sie im Ernstfall bei einem blieben, war fragwürdig. Doch Freunde finden war eine höhere Kunst, die nur die wenigsten beherrschten. Das Geld von Hodges war nützlich. Auch wenn der Verrat an den Schatten daran klebte. Phönix kämpfte sich während ihres Rückweges durch die Nuyen-Verschlüsselungen. Steel nahm sich noch einen kleinen Viertürer, den er als vorübergehenden Ersatz für seinen eigenen brauchte. Er würde ihren verkaufen, sobald er wieder zu Hause war. Die übrig gebliebenen Waffen, die sie auf dem Weg nach draußen gefunden hatten, waren einfach gut, um sie zu verkaufen. Die Runner freuten sich einfach auf zu Hause. Die Rückfahrt auf Don Fiorenzos Schiff verlief auch ohne weitere Komplikationen. Mit Ausnahme der Beschwerden einiger Passagiere.

Des Endes Anfang

JC öffnete seine Wohnungstür. Da die Runner bei ihm den meisten Alkohol, um zu feiern finden konnten., beschlossen sie hier noch etwas zusammenzusitzen, um zu reden. Das hatten die Cummer noch nie wirklich gemacht. Steel fläzte sich auf einen Stuhl und trank Wodka aus der Flasche. Dragon begnügte sich mit Bier. Lexi, die Steel und Dragon noch heimfahren wollte, hing an einer Flasche Cola. Phönix hatte sich an JC gelehnt, der auf der Couch saß. Alle waren fix und fertig, aber gut gelaunt. „Wisst ihr was?", fragte JC nach dem Gespräch über die Schattenhunde. „Ich glaube, wenn der Mitschnitt von Hodges Exekution in den Schatten bekannt wird, dann steigen wir alle eine gewaltige Stufe höher." Er legte eine digitale Kopie auf den Couchtisch und bekam zustimmendes Lachen. Sie sprachen gelassen über die Geschehnisse der letzten Zeit. Es war allen unklar, wie sich aus so etwas Lächerlichem solche Probleme entwickelt hatten. Im Hintergrund lief leise Musik, die alle noch mehr entspannte. „Ich denk, ich mach mal Urlaub. Ich nehme Piper mit und verschwinde für zwei Wochen. Ich will mich entspannen." „Ist 'n guter Plan." „Stimmt, Steel. Ich zeig dir Texas und lern dir reiten." „Ja, von dir lernt man's am besten." Lexi knuffte ihn auf die Schulter. „Hey. Aber zuerst schaff ich mir 'nen neuen Van an. Mit 'ner Bordkanone." Phönix wand sich an JC. „Auf die Gefahr hin, dass ich mich jetzt lächerlich mache." Sie nahm JC die Zigarette aus dem Mund und küsste ihn. Sie küssten sich zum ersten Mal. In JC breitete sich sofort ein Gefühlschaos aus, das er jedoch genoss. Zuerst tauschen die anderen Blicke aus, doch dann brandete ein Beifallssturm los. Lexi erhob sich sofort. „So, ich bring die beiden jetzt nach Hause." Sie schob Steel und Dragon, der noch neugierige Blicke auf die beiden warf, zur Tür hinaus. Sie verabschiedete sich mit: „Wir finden schon selbst runter." „Weißt du. Ich habe endlich genug Mumm zusammengebracht, dir etwas zu sagen, was ich dir immer schon ins Gesicht sagen wollte." Ihre Worte waren voller Wärme. Er strich ihr sanft über die Haare. Doch JC sprach zuerst. „Es ist schwer, das, was ich im Moment denke, in Worte umzuwandeln. Aber ich versuch es mal", begann er. „Du bist mir das Wichtigste, das es auf dieser Welt gibt ... In der Zeit, in der ich dich kennengelernt habe, habe ich dich lieben gelernt. Ich werde dich festhalten und dich nie wieder loslassen. Ich will den Rest meines Lebens mit dir verbringen." Er brach ab, um erneut nach Worten zu suchen. „Ähm. Verdammt, das ist jetzt kompliziert. Ich ... Ähm. Nein, anders. Vielleicht bin ich nicht so der Typ, der zu dir passt. Im Gegensatz zu dir, bin ich doch nur ein kleines Licht. Mein gesamter Verstand reicht nicht aus, um dir das Wasser reichen zu können. Aber ich kann dir eins versprechen. Ich werde bis zum Tod kämpfen, um dich zu beschützen. Ich würde selbst noch weitergehen." Er brach ab. Etwas war von ihm abgefallen, das ihn schon seit ewigen Zeiten eine schwere Last war. Phönix schüttelte den Kopf. „Warum denkst du das von dir? Warum? Glaubst du, dass du nur ein scheißgeiler Irrer bist, der nichts im Schädel hat? Na ja, irgendwie stimmt das sogar." Sie lächelte verschmitzt. „Aber mir doch egal, ist doch nicht das Wichtigste. Ich weiß nicht, was die Zukunft bringt und ich weiß auch nicht, was ich von dir erwarten kann." Er unterbrach sie. „Blinde Loyalität." Sie antwortete nicht. Beide sahen sich nur an. „Verdammt, sag endlich was! Ich bekomm sonst noch einen Kurzschluss." Sie blickte ihn immer noch an. Phönix selbst wusste nicht, was sie darauf erwidern konnte. „Verflucht, Phönix, ich liebe dich. Ich liebe dich so sehr, dass es wehtut." Sie legte ihre Hand auf sein Herz. „JC. Hör zu. Ich hatte das noch nie. Bei dir hab ich ein unbeschreibliches Gefühl an Geborgenheit und Schutz. Wenn dir in der Zwischenzeit noch immer nicht klar geworden ist, was ich will, ist mir das vollkommen egal. Ich hab mich auch in dich verliebt. Ich brauche dich genauso sehr. Vielleicht sogar etwas mehr. Mir ist egal, dass du in der Zwischenzeit mehr Maschine als Mensch ..., ich meine Elf bist. Ist doch toll, hab ich was zum Herumschrauben, wenn mir langweilig ist." Sie blickte ihm in die kalten Augen. „Du verwandelst dich in einen Cyberzombie. Das ist offiziell. Aber immer, wenn ich dich sehe, bist du der Mann, den ich liebe. Immer, wenn du mich hörst, hast du Gefühle. Sobald wir in Verbindung stehen, bist du lebendig und wirst es bleiben." Er schloss Phönix fest in die Arme. Ihren zarten, wunderschönen, zerbrechlichen Körper. Sie würde er um jeden Preis beschützen. Lange saßen sie da und hielten sich fest. Mit geschlossenen Augen hielt er sie in seinen Armen, fühlte ihren Atem, fühlte ihren Herzschlag, fühlte ihre Hände auf seinem Rücken und verlor sich in ihr. Der gesamte Hass, den er während der Kämpfe aufgestaut hatte, war verschwunden. Er hielt sie, seine Phönix, in den Armen. Die Frau, die er so unbeschreiblich liebte. JC hob sie hoch und trug sie in das Schlafzimmer. „Dein Kreuz und die Couch vertragen sich nicht, was?" Er legte sie behutsam auf ihre Seite des Bettes und warf beide Ares auf den Nachttisch. Dann rollte er sich neben sie. Langsam strich er durch ihr Haar. Phönix legte die Arme um ihn. „Kannst du dich noch erinnern, wie wir das erste Mal hier waren?" „Logisch." Sie legten sich hin. „Ich hab tatsächlich auf der Couch gepennt. So verfluchte Kreuzschmerzen hatte ich noch nie." Phönix lachte. „He, lach nicht, warte, die Aktion mit dem Kopfkissenbezug. Ich werde verrückt, du hast zerzaust so gut ausgesehen." Sie strubbelte sich durch ihre Haare. „Was soll das werden?" „Ich will dich in Versuchung führen." Er küsste sie sanft. „JC, wir haben jetzt schon so oft nur nebeneinander geschlafen. Du willst unsere Gewohnheiten doch nicht ändern." „Dann hör auf, so verdammt sexy auszusehen. Ich war an dem Kissenbezug-Tag so verdammt scharf. Das war nicht mehr normal." Sie strich sich über die Brust. „Das ist nicht gerade hilfreich für unsere Gewohnheiten." „Warum? Macht dich das an?" „Ein bisschen", flunkerte er. Sie zog sich das T-Shirt aus. „Du kämpfst mit harten und unfairen Mitteln." „Ich weiß." Phönix griff unter sein ärmelloses Shirt. „Du hast nicht zufällig heute Nacht noch was vor?", fragte sie ihn mit einem verschmitzten Lächeln. „Nichts ohne dich." Er schälte sich aus seinem Shirt. Sie strich ihm über die künstlichen Schläuche, die seine Muskeln

ersetzten. „Sexy Dinger, hast du die überall?" „Weist du doch."
„Stimmt, war nur ein Vorwand, dir die Hose auszuziehen." „Bitte."
Er schälte sich aus seiner Hose. „Oha!", grinste Phönix, als sie
seine engen, schwarzen Shorts sah. Darauf waren zahlreiche Bienen
abgebildet. „So, ich hab jetzt ein Problem." „Welches?" „Was für
einen Vorwand such ich mir, um die deine auszuziehen?" „Dafür
brauchst du keinen." JC zog Phönix die Hose aus. „Ich hab mich
oft gefragt, wie ich dich rumkriegen könnte. Aber dass es so einfach ist, hab ich mir auch nicht gedacht." „Bitte, ich steh auf dich,
seit ich dich zum ersten Mal gesehen hab." „Uhu. In diesem
vercyberten Körper ist doch noch ein schlagendes Herz." „Stimmt.
Irgendwo muss es sein. Aber egal, wo auch immer. Es gehört dir.
Kannst es haben. Bei mir ist es sowieso in den falschen Händen,
mach's nicht unbedingt kaputt. Müsste mir sonst ein neues kaufen
und im Moment bin ich ziemlich pleite." „Warte mal. Ist dein
Herz auch künstlich?" „Nein, aber mein Hirn. Nur, dass es im
Moment nicht in meinem Kopf ist." „Wo denn?" „Na ja. Sicher
einige Etagen tiefer. Zumindest hat sich das restliche Blut dahin
verzogen." „Ich mach dich doch nicht etwa noch schärfer als du
schon bist?" „Wenn deine Hand da bleibt, wo sie jetzt ist, dann
schon." „Hi, hi. Was sagst du jetzt?" „Ähm." Seine Nackenhaare
stellten sich auf. „Ja, ein untrügliches Zeichen, dass du kein Blut
mehr im Hirn hast." „Hirn? Was für ein Hirn?" Sie begann zu
lachen. JC küsste sie auf ihren Hals. Sie duftete nach … nach …
JC wusste nicht, wonach. Sie duftete einfach nach ihr. „O.k. Ich
gebe auf. Hast gewonnen. JC. Ich wollte dich doch scharf machen."
Er grinste sie an. „Ja, ja, ja. Wo ist denn dein Blut jetzt?" „Hm.
Ungefähr da." Sie führte seine Hand. „Aha. Was wäre, wenn ich
dich jetzt etwas scharf mache?" „Mal sehen." Sie schloss die
Augen. „Ist doch nicht schlecht so ein bisschen Vorspiel." Ihre
Antwort war nur ein zittriges „Nein". „Fühlt sich gut an?" „Ja."
Sie öffnete den Mund. Ihr Rücken hob sich leicht vom Laken.
Er legte seinen Mund nahe an ihr Ohr und flüsterte: „Ich liebe
dich." Die Nacht war für die beiden voller Leidenschaft. Fast
greifbar lag Liebe in der Luft. Ihre heißen Körper versanken in
den Gefühlen, die sie so lange vor sich selbst und voreinander

verborgen gehalten hatten. Für JC existierte bis zum Morgen nur noch Phönix. Das Tödliche, das in ihm immer so präsent war, schnurrte zufrieden. Doch am nächsten Tag um 10:00 am öffnete Phönix ihre Augen. Sie lag eng an JC geschmiegt in seinen Armen. Er war schon wach. In seinen pupillenlosen, schwarzen Cyberaugen war ein kleiner Funken Leben erschienen. Sein Komlink am Nachttisch begann zu klingeln. „Nicht mal für einen Moment Ruhe hat man in diesem Leben. Sobald ich weiß, wer das ist, werde ich dich wieder halten und nicht mehr loslassen." Er griff ohne hinzusehen nach der Quelle der Störung. Er hob ab und eine unbekannte Stimme erhob sich. „Guten Tag, Mister Denton, alias Cyberzombie. Sie kennen mich nicht. Mein Name ist Mister Jonson. Und ich hätte da einen komplizierten Auftrag für sie, der sie eventuell interessieren könnte."

Der Autor

Peter Jakkyl wurde 1986 in Innsbruck geboren und lebt in Tirol, und zwar als erklärter Nachtmensch. Schreiben, Kaffee trinken und beide Miezekatzen knuddeln sind untrennbar miteinander verbunden. Zeichnen, Feuerspucken und Schwertkampf dienen eher zur Entspannung. Doch auch Computerspiele „zocken" ist für die erklärte Couchkartoffel eine annehmbare Freizeitbeschäftigung.

novum VERLAG FÜR NEUAUTOREN

Der Verlag

„ *Wer aufhört besser zu werden, hat aufgehört gut zu sein!*

Basierend auf diesem Motto ist es dem novum Verlag ein Anliegen neue Manuskripte aufzuspüren, zu veröffentlichen und deren Autoren langfristig zu fördern. Mittlerweile gilt der 1997 gegründete und mehrfach prämierte Verlag als Spezialist für Neuautoren in Deutschland, Österreich und der Schweiz.

Für jedes neue Manuskript wird innerhalb weniger Wochen eine kostenfreie, unverbindliche Lektorats-Prüfung erstellt.

Weitere Informationen zum Verlag und seinen Büchern finden Sie im Internet unter:

www.novumverlag.com

Bewerten Sie dieses Buch auf unserer Homepage!

www.novumverlag.com